Max Appenroth

QUEER DURCH DEN REGENBOGEN

MAX APPENROTH

QUEER DURCH DEN REGENBOGEN

Impressum
Queer durch den Regenbogen

1. Auflage
© 2023 Community Editions GmbH
Weyerstraße 88–90, 50676 Köln

Alle Rechte der Verbreitung, auch durch Film, Funk, Fernsehen, fotomechanische Wiedergabe, Tonträger aller Art, auszugsweisen Nachdruck oder Einspeicherung und Rückgewinnung in Datenverarbeitungsanlagen aller Art, sind vorbehalten. Vervielfältigungen dieses Werkes für das Text- und Data-Mining bleiben vorbehalten.

Die Inhalte dieses Buches sind von Autor*in und Verlag sorgfältig erwogen und geprüft, dennoch kann eine Garantie nicht übernommen werden. Eine Haftung von Autor*in und Verlag für Personen-, Sach- und Vermögensschäden ist ausgeschlossen.

Text: Max Appenroth
Redaktion: Noah Stoffers
Lektorat: Kanut Kirches
Projektleitung: Sarah Völker
Layout & Satz Innenteil: Joachim Buhmann

Bild- und Grafiknachweis:
© Katrin Chodor: Foto Cover Autor*in Sticker
© Rory Midhani: Umschlaggestaltung & Illustrationen, S. 6, S. 383
© Joachim Buhmann: Chat-Bubbles und Emojis

Zitatnachweis:
S. 118/119: Skunk Anansie – Weak, 15. Januar 1996,
Album: Paranoid and Sunburnt

Gesetzt aus der Scotch Text von Neil Summerour
und der Agenda von Greg Thompson

Gesamtherstellung: Community Editions GmbH
ISBN: 978-3-96096-282-3
Printed in Germany
www.community-editions.de

Für alle jungen LGBTQIA+ Menschen, die mit ihrem Dasein die Welt jeden Tag etwas bunter und offener gestalten.

TRIGGER-WARNUNG

Hallo,

es ist schön, dass du dieses Buch in den Händen hältst! Diese Geschichte ist inspiriert von vielen Erinnerungen, Begegnungen und Erfahrungen – meist schönen, aber zum Teil leider auch negativen Ereignissen. Ich möchte dich hier gerne darauf hinweisen, dass in der Geschichte stellenweise Mobbing, Anfeindungen aufgrund des Körpers (Fat-Shaming), sexualisierte Gewalt und auch Homo- und Transfeindlichkeit auftauchen.

Neben einem Glossar habe ich am Ende des Buches auch eine Liste von Organisationen und Anlaufstellen zusammengestellt, bei denen du dich informieren kannst, wenn du mit ähnlichen Erfahrungen zu kämpfen hast.

Aber nun wünsche ich dir erst einmal ganz viel Spaß auf der Reise *Queer durch den Regenbogen*!
Dein Max

Kapitel 1

PAULAS PARFÜM

DER Tag im Jahr war endlich gekommen. Es war Ende Juni und so heiß, dass ich permanent einen nassen Film auf der Haut hatte und alles klebte. Jede Bewegung war eigentlich zu viel. Aber das sollte mich nicht aufhalten. Denn in dem kleinen Ort, in dem ich aufgewachsen bin, fand das größte Fest des Jahres statt: die Sommersonnenwende. Das absolute Highlight kurz vor den Ferien und in mir machte sich die Vorfreude durch ein Wahnsinnskribbeln im Bauch bemerkbar.

Zwei Wochen vorher hatte ich mich abends, als meine Eltern vor dem Fernseher saßen, leise in den Keller geschlichen. *Jetzt bloß keine falsche Bewegung machen, damit die ollen Holztreppen nicht knarzen,* dachte ich mir und mein Herz pochte schneller. Schritt für Schritt tapste ich auf Zehenspitzen die alte Kellertreppe hinunter. Unten angekommen zog ich mit aller Kraft eine schwere Kiste vors Regal. *Anders komme ich sonst gar nicht ans oberste Fach.* Hinter den Konservendosen war schon ewig eine Flasche Baileys versteckt. „Das süße Zeug trinken die eh nicht", murmelte ich leise vor mich hin und griff nach der Flasche, die schon völlig mit Staub bedeckt war.

„Was machst du denn da? Du weißt schon, dass das nix für 16-Jährige ist?", rief es auf einmal hinter mir. Vor Schreck taumelte ich auf die Kante der Box und konnte mich gerade noch mit der linken Hand am Regal festhalten. Beinahe hätte ich auch noch die Flasche fallen lassen, hielt sie aber zum Glück fest genug im Griff meiner rechten Hand. Da sah ich meinen zwei Jahre älteren Bruder Olli in der Türe stehen. Mit seinem dunkelblauen Designer-Trainingsanzug mit dem goldenen Reißverschluss und der großen Kette um den Hals sah er immer ein bisschen aus wie so ein Pseudo-Gangster aus gutem Hause.

„Ich hab nur was zum Backen im Vorratsregal gesucht", brachte ich Olli entgegen.

„Du willst wohl kaum 'n beschwipsten Schokokuchen backen? Die Story kannst du jemand anderem erzählen." Er hatte natürlich sofort verstanden, was hier vor sich ging, und ich merkte, wie ich knallrot wurde. Lügen konnte ich noch nie gut. „Lass das bloß nicht die Eltern merken, dass du hier den Alkohol aus dem Keller klaust."

Ich schaute Olli an. „Du sagst denen aber nichts, oder?"

Er schüttelte den Kopf, zeigte allerdings ernst mit dem Finger auf mich und sagte: „Dafür hab ich was gut bei dir."

In meinem Zimmer zog ich hastig eine schwarze Kiste unter meinem Bett hervor und steckte die Flasche hinein. Die Kiste schob ich anschließend ganz nach hinten unters Bett und stapelte meine drei Paar Fußballschuhe davor. Dann fiel ich aufs Bett und holte tief Luft. Das war vielleicht ein Schreck gewesen. *Mit dem Baileys kann ich bei den anderen bestimmt punkten,* malte ich mir aufgeregt aus. Aber eigentlich wollte ich ja nur eine Person beeindrucken – und das war Paula.

Paula ging gemeinsam mit meinem Bruder Olli in eine Klasse und war mit das beliebteste Mädchen der ganzen Schule. Sie war außerdem stellvertretende Schülersprecherin und ich liebte es, im Gang in der Schule hinter ihr zu laufen und Paulas blumiges Parfüm zu riechen. Durch Olli hatte ich schon ein paarmal die Gelegenheit gehabt, mit ihr zu sprechen. Bei Ollis letzter Geburtstagsparty Anfang des Jahres kam Paula sogar zu mir ins Zimmer, weil sie keinen Bock mehr hatte, mit Olli und seinen Freunden Trinkspiele zu spielen. Wir unterhielten uns gefühlt stundenlang über alles Mögliche. Paula lachte auch ständig über meine Witze. Ich war selbst überrascht davon, wie cool ich in dem Moment plötzlich gewesen war. Zum ersten Mal sagte ich anscheinend immer das Richtige.

Ich hatte die ganze Zeit so ein krasses Kribbeln in meinem Bauch und beobachtete Paula genau, als sie sich mit den Fingern durch ihre langen, dunkelblonden Haare fuhr. Und dann war da natürlich auch der Duft ihres Parfüms. Nachdem Paula weg war, hatte ich vor dem Schlafengehen extra das Fenster nicht geöffnet, nur damit ihr Geruch noch länger in meinem Zimmer blieb. Und ich konnte sie noch immer riechen, als ich das Licht ausmachte. Seit dem Abend im Januar konnte ich an nichts anderes mehr denken als an Paula.

Schon Tage vor dem Fest hatte ich überlegt, was ich bloß anziehen könnte. Ich wollte besonders gut aussehen und entschied mich für mein bordeauxrotes Lieblings-Poloshirt und die neuen blauen Jeans-Shorts, die ich kurz vorher gekauft hatte. Ich nahm mir heute extra viel Zeit, um mich fertig zu machen. Denn ich wollte perfekt aussehen. Ich ging noch mal mit der Bürste durch meine langen Haare. *Wenn die scheiß langen Dinger nicht immer so ziepen würden.* Und wieder kam mir der Gedanke, die Haare endlich abzuschneiden. Vielleicht nach dem Sommer. Ich band mir die Haare fest zu einem Zopf nach hinten zusammen und sprühte so viel Haarspray drauf, dass ich husten musste.

Olli war zum Glück schon aus dem Haus und ich schlich mich rüber in sein Zimmer. Er hasste es, wenn ich ohne zu fragen an seine Sachen ging. Aber in dem Moment war mir das völlig egal. Ich wusste genau, wo seine Parfüms waren, und zog die oberste Schublade der schwarzen Kommode auf. Zwischen den vielen kleinen Duftflaschen suchte ich ein ganz Bestimmtes. Ich las mir selbst laut die einzelnen Worte auf der Flasche vor „Tommy Hilfiger – Tommy – For Men" und sprühte mich am Hals und den Unterarmen mit dem Duft ein.

Beim Rausgehen blieb ich vor dem Spiegel noch einmal stehen und schaute mich von oben bis unten an. *Du gefällst mir!*, schoss es durch meinen Kopf. Ich merkte, wie sich im nächsten Moment Aufregung in meinem Bauch breitmachte. Mit Kribbelgefühl verließ ich das Haus und wandelte fast schon wie auf Wolken schwebend rüber zu Marta nach nebenan.

„Hast du den Baileys eingepackt?", rief sie mir noch vor einem „Hallo" entgegen.

„Sag's doch noch ein bisschen lauter, damit auch unsere Eltern ja davon mitbekommen!", zischte ich. Natürlich hatte ich den Baileys in meinem schwarzen Rucksack dabei und hob ihn Marta direkt vor die Nase.

Marta wusste von meiner Schwärmerei für Paula. Wir kannten uns schon seit Martas Geburt, sechs Monate nach meiner eigenen, und wir waren gemeinsam aufgewachsen, als wären wir Geschwister. Wir wussten absolut alles voneinander und hatten keinerlei Geheimnisse. Marta war etwas kleiner als ich, hatte helle Haut mit ganz leichten Sommersprossen um die Nase, lange dunkelblonde Haare mit kleinen Locken und hatte sich sogar schon mit vierzehn einen Nasenring stechen lassen dürfen. Damit sah sie unglaublich reif aus für ihr Alter und ich war neidisch darauf.

Auch Marta hatte sich für heute etwas Besonderes angezogen und Make-up aufgelegt. Außerdem hatte sie Pappbecher für den Baileys besorgt. Wir machten uns auf in Richtung Festplatz, der am Stadtrand auf einem kleinen Hügel direkt am Wald gelegen war. Auf dem Weg dorthin flimmerte die Hitze des Tages immer noch auf dem Asphalt. Ich hatte Panik, dass sich an dem dunkelroten Shirt womöglich riesige Schweißflecken unter den Armen bilden könnten. Das wäre der absolute Horror, so Paula zu begegnen. Selbstzweifel nagten an mir und die Aufregung im Bauch wich dem Gefühl von Unsicherheit. Vielleicht war das Outfit doch nicht die richtige Wahl gewesen?

Von Weitem konnte ich schon die Brücke über die Landstraße hoch zum Bergwald sehen. So hieß der Festplatz und es war an den vielen dunklen hohen Fichten auf dem Hügel unschwer zu erkennen, woher der Name kam. Als wir die Brücke überquerten und näher kamen, wurde die Musik immer lauter. Offensichtlich waren die Grills der Wurstbuden auch schon angeschmissen worden, denn man konnte die verbrennende Grillkohle riechen. Ich mochte den Geruch, weil er immer bedeutete, dass nun wirklich endlich Sommer war. Die bunten, glitzernden Lichter der drei Fahrgeschäfte waren nun auch endlich zu sehen und die Vorfreude auf den Abend kam zurück!

„Hier ist ja schon richtig was los!", sagte ich zu Marta. Die schaute mich nur an und rief laut: „Was hast du gesagt? Ich kann dich kaum verstehen!"

Ich wiederholte mich deutlich lauter: „HIER GEHT JA SCHON RICHTIG DIE POST AB!" Marta nickte mir mit einem aufgeregten Funkeln in ihren Augen zu.

Dann entdeckte ich neben dem Ausschank drei vertraute Gestalten. Die fehlten mir gerade noch! Das besonders ätzende Jungs-Trio aus meiner Klasse, bestehend aus Sebastian, Till und Cem – oder wie Marta und ich die drei nannten: Tick, Trick und Track –, kam direkt auf uns zu. „Na, haste mal wieder in der Männerabteilung geshoppt?", sagte Till und grinste mich hämisch an.

„Oder gibt's jetzt schon 'n Onlineshop für fette Mannsweiber wie dich?", fügte Sebastian hinzu.

Ich spürte, wie die Wut in mir hochstieg, konnte aber nicht mehr als ein „Haltet doch die Fresse!" rausdrücken.

Marta hakte sich in meinen linken Arm ein und zog mich mit den Worten „Komm Ava, lass die Idioten Idioten sein. Wir gehen woanders hin!" davon.

Und da waren sie wieder, die Selbstzweifel. Diese drei Arschlöcher machten mir bei jeder Gelegenheit das Leben schwer. Als hätten die nix Besseres zu tun! Doch mit einem Mal waren Tick, Trick und Track komplett vergessen. Denn da drüben bei den bunt beleuchteten Boxautos stand sie: Paula! Mein Herz schlug sofort schneller und mein Bauch und meine Hände kribbelten. Ein Lächeln machte sich auf meinem Gesicht breit.

Auch Paula hatte mich gesehen und winkte mir sogar zu. Das beruhigte den Großflughafen der Schmetterlinge in meinem Bauch nicht gerade. Gefühlte tausend Starts und Landungen in einer Sekunde! Mir wurde ein bisschen flau im Magen. Jetzt musste ich es nur noch schaffen, Paula und ihre Freundinnen dazu zu bringen, den Baileys mit mir und Marta zu trinken. Aber wie und vor allem wo? Ich hatte eine Idee.

„Du hast doch Silkes Nummer, oder? Frag sie doch mal per WhatsApp, ob sie und die anderen Bock haben, drüben auf dem kleinen Spielplatz den Baileys mit uns zu trinken", schlug ich vor und lief in dem Moment schon in Richtung Spielplatz los.

Marta kam mir hinterher und fragte: „Was willst du denn mit Silke? Die ist doch total langweilig und nervig."

Wie langsam kann jemand gedanklich sein?! Ich konnte ein genervtes Seufzen nicht unterdrücken. „Verstehst du denn nicht? Wenn du Silke schreibst und sie einlädst, dann kommt Paula bestimmt auch mit rüber."

Jetzt hatte es endlich auch bei Marta klick gemacht und sie verstand meinen Plan. Sie zog ihr Handy raus und schickte Silke eine Nachricht. Die Antwort ließ nicht lange auf sich warten und die Gruppe rund um Silke – inklusive Paula – setzte sich in Bewegung.

Am Spielplatz angekommen, packte ich meinen Rucksack aus. Als ich den Blick hob, standen auch schon Paula, Silke und ihre Freundinnen neben mir. Und da war er wieder, dieser süße Duft von Paulas Parfüm, der mir direkt in die Nase stieg. Das Kribbeln in meinem Bauch wurde immer schlimmer und ich spürte auch, wie mir auf einmal wieder fürchterlich warm wurde und meine Hände schwitzten. Aber ich durfte mir auf keinen Fall etwas anmerken lassen. Ich versuchte lässig zu wirken und lächelte. Meine gespielte Gelassenheit war aber spätestens mit dem Moment hin, als ich versuchte, die Flasche zu öffnen. Ich drehte und drehte, aber meine Hände waren so nass, dass sich der scheiß Deckel kein Stück bewegte.

Fuck! Es musste schnell eine Ausrede her und ich stammelte leicht panisch: „Mist, ich bin letzte Woche beim Skaten gefallen und hab mir die Hand verletzt. Ich kann nicht richtig fest greifen und die Flasche aufmachen."

Marta schaute mich entgeistert an. „Das hast du mir ja gar nicht erzählt!"

Das ist jetzt nicht dein Ernst, dachte ich und stieß Marta mit dem Ellbogen in die Seite.

Schnell ruderte sie zurück: „Ach, jetzt erinnere ich mich. Klar, dein Sturz. Das war nicht schön und ..."

„Eigentlich ist gar nix passiert, nur mein Handgelenk tut jetzt halt noch weh", unterbrach ich sie.

Und da tauchte Olli hinter dem Klettergerüst auf. „Was ist denn hier los? Bekommt ihr Luschen die Flasche nicht auf oder was?" Olli mit seiner pöbeligen Art hatte mir gerade noch gefehlt. „Ich mach euch die Flasche auf, aber dann steht mir natürlich ein voller Becher zu."

Na ja, besser als gar nicht trinken und vor Paula dumm dastehen. „Dann mach die Flasche halt auf, aber schau, dass du nichts verschüttest."

Das hatte jetzt zumindest schon mal geklappt und Paula schien den Baileys gerne zu trinken, auch wenn der natürlich in der Hitze viel zu warm war. Selbst Olli war in dem Moment ungewohnt nett. Er unterhielt sich gemeinsam mit Paula und mir über das letzte Fußballspiel des VfB Stuttgart vor der Sommerpause. Paula war genauso fußballbegeistert wie ich und spielte genau wie ich in einem Team für Mädchen einen Ort weiter. Allerdings in einem Team über meinem Team, da sie ja zwei Jahre älter war als ich. Es war schön, dass es etwas gab, das uns verband. Außerdem hatte ich das Gefühl zu wissen, worüber ich redete, trotz der ganzen Aufregung.

„Ich muss mal pinkeln." Paula warf ihren leeren Becher auf den überfüllten Mülleimer. „Aber auch wenn's noch nicht ganz dunkel ist, will ich irgendwie nicht alleine in den Wald", murmelte sie verlegen.

„Ich komm mit dir!", sprudelte es ein bisschen zu laut aus mir heraus, sodass alle mich plötzlich anschauten. „Ich muss sowieso auch", fügte ich etwas ruhiger hinzu, wobei Letzteres sogar gelogen war.

„Pass auf, dass dich keine Zecke beißt!", sagte Paula, als wir gemeinsam in den Wald hineinliefen. Der Boden war komplett trocken, da es länger nicht geregnet hatte, und die Äste knackten bei jedem Schritt unter unseren Füßen. Die Tannennadeln rochen intensiv und ich schaute mich um.

„Kuck mal, da drüben den Baum kannst du nehmen und ich geh hier rüber – und wenn eine Zecke kommt, dann rette ich dich!", scherzte ich und Paula lachte. Als wir beide fertig waren, kamen wir hinter den Bäumen hervor und liefen wieder zueinander.

Wir blieben voreinander stehen und unsere Blicke trafen sich. Ich schaute in ihre Augen, die einen wunderschönen dunklen Rand um die grünen Pupillen hatten. Da war er wieder, der Parfümgeruch. Ich nahm meinen ganzen Mut zusammen und sagte zu ihr: „Ich finde, du hast wirklich besondere Augen!"

Paula lächelte und ihr Blick wurde noch intensiver. Was im nächsten Moment geschah, überraschte mich völlig. Paula nahm auf einmal meine rechte Hand mit ihrer linken, ich spürte ihre warmen Finger und sie zog mich ganz nah an sich heran. Im nächsten Moment berührten ihre Lippen meine und sie zog mich noch etwas stärker zu sich. Ich wusste nicht mehr, wo oben und unten, links und rechts und überhaupt irgendetwas war. Für ein paar Sekunden schien die Welt stillzustehen und mein Herz schlug so heftig, dass ich es wie Paukenschläge in meinen Ohren hören konnte. Das war kein Küsschen! Das war ein waschechter Kuss. Mein allererster Kuss.

Im nächsten Moment wurde ich aus dem Rausch, der durch meinen Körper schoss, durch eine bekannte Stimme gerissen. „Was macht IHR denn da?!"

Das war keine Stimme, die ich gerne hörte. Cem stand ein paar Schritte entfernt von uns zwischen zwei Bäumen am Waldrand und hatte offenbar alles gesehen. *Kein Wunder, so groß wie der ist, sieht er sowieso immer alles,* dachte ich mir. Aber Cems Größe war das kleinste Problem. Paula ließ sofort meine Hand los und lief schnellen Schrittes in Richtung Spielplatz. Auch Cem lief mit seinen langen Beinen in dieselbe Richtung und ich kam gar nicht so schnell hinterher, wie ich gerne wollte. Noch bevor ich Cem einholen konnte, rief der schon lauthals in die Gruppe auf dem Spielplatz, zu der sich nun auch Sebastian und Till gesellt hatten: „Ava hat Paula geküsst! Ava hat Paula geküsst!"

Ich blieb wie angewurzelt stehen, als ich das hörte, und sah, wie alle Köpfe sich zu mir drehten. Ich spürte, welches Chaos sich in mir ausbreitete. Vom schönsten Moment meines bisherigen Lebens in Sekunden in die größte Scheiße abzudriften, die mir jemals widerfahren ist, das konnte auch wirklich nur ich hinbekommen. Ich spürte, wie mir die Tränen in die Augen schossen, drehte mich um und rannte zurück in den Wald. Ich rannte einige Meter, bis ich heulend hinter einem Baum zusammenbrach.

Tausend Gedanken schossen mir durch den Kopf und ich wusste gar nicht, welchen davon ich zuerst greifen sollte. Da hörte ich es auch hinter mir knacken und wie Marta meinen Namen rief. „Ich bin hier", sagte ich schluchzend. Große Tränen liefen mir über die Wangen, tropften auf mein bordeauxrotes Shirt und hinterließen dunkle Flecken.

Marta setzte sich neben mich auf den Waldboden, nahm meine Hand und sagte erst einmal gar nichts. Ein paar Minuten vergingen, bis ich mich langsam wieder fing und sagte: „Es stimmt gar nicht, dass ICH Paula geküsst habe."

Marta schaute mich verwundert an. „Was meinst du damit?"

Immer noch mit dem größten Chaos in mir erwiderte ich: „Sie hat MICH geküsst. Nicht umgekehrt."

***

Montagmorgen. Und nicht nur das. Montagmorgen nach den Sommerferien. *Gibt es irgendeinen beschisseneren Zeit-*

punkt in der Woche? Vermutlich nicht. Ich war gemeinsam mit Marta auf dem Weg zur Sporthalle. Ich schlurfte mit meinen Schuhen über den Gehweg. Mir fehlte jegliche Energie für das, was mir bevorstand.

„Wer hat sich diesen Müll denn nur ausgedacht? Die ersten zwei Stunden Montagfrüh und dann gleich Sport. Ich könnte im wahrsten Sinne des Wortes kotzen", jammerte Marta in ihren dunklen Klamotten mit ähnlich wenig Elan in ihrer Stimme. Wenigstens war ich mit meinem Gefühl nicht allein.

Auch wenn der Fußweg zur Sporthalle schön war, direkt am kleinen Bach entlang, umgeben von Bäumen und mit Blick auf die Felder, zog sich bei jedem Schritt meine Magengrube mehr zusammen. Und das war eigentlich unabhängig von der Tageszeit, denn ich hasste den Sportunterricht abgrundtief – egal um welche Uhrzeit. Allein bei dem Gedanken an die Situation mit den anderen Mädchen in der Umkleidekabine machte sich das ekelhafte Gefühl von Panik in meinem Bauch breit und mein Atem wurde schneller. Ständig verglichen sich die anderen Mädchen oder redeten unentwegt über Typen. Jedes Mal wurde mir dann wieder bewusst, dass ich da nicht reinpasste und anders war. Zu allem Überfluss wussten seit dem Fest vor den Ferien alle von meinem fehlenden Interesse an Typen.

Was ich außerdem bei den Mädchen beim besten Willen nicht nachvollziehen konnte: Warum trug irgendjemand freiwillig Push-up-BHs? Diese hängenden Dinger am Körper störten doch sowieso die ganze Zeit! Warum dann auch noch hochpushen? Ich fühlte mich mit meinen Sport-BHs viel wohler, weil die meine Brüste wenigstens etwas flach drückten. Mit der Hand fuhr ich mir über den Brustkorb.

Wenn die anderen sich beim Umziehen zum Sport nur endlich mal die dummen Kommentare sparen würden ...

Ich versuchte mich zu beruhigen, indem ich die Pflastersteine auf dem Fußweg zählte. Alles Mögliche zu zählen, war schon seit der Grundschule eine kleine Macke von mir, mit der ich mich immer wieder ablenken konnte.

76, 77, 78. Marta unterbrach mich: „Jetzt erzähl doch aber mal was von Italien! Die Bilder, die du mir geschickt hast, sahen so schön aus! Dieses türkisblaue Meer mit den Felsen im Wasser! Da wäre ich am liebsten sofort reingesprungen."

Mir war so gar nicht nach Urlaubsanekdoten. Ich seufzte. „Schön wär's gewesen, wenn du und deine Family wieder mitgefahren wärt. Ohne dich und vor allem mit den Mertens war es ein kompletter Albtraum."

Die Mertens waren mit meiner Familie befreundet und hatten die drei anstrengendsten Kinder aller Zeiten. Die gingen mir den ganzen Urlaub sowas von auf die Nerven. Diese Nörgelei! Nie waren sie mit irgendwas zufrieden. Aber nicht nur das: Meine Mutter hatte ständig versucht, mich mit Andreas, dem mittleren Sohn der Mertens, zu verkuppeln. Andreas' Mutter war von dieser Idee total begeistert und hatte bei dem Plan tatkräftig mitgewirkt.

„Du kannst dir das nicht vorstellen. Das war so peinlich! Die haben uns sogar ein Candle-Light-Dinner in einem Restaurant organisiert! Andreas war total aufgeregt und hat geschwitzt ohne Ende. Ich saß da und hab gehofft, dass ein Riesenloch im Boden aufgeht, ich darin verschwinde und nie wieder auftauche."

„Was ist denn aus unserem Plan geworden, dass du endlich deinen Eltern im Urlaub sagen wolltest, dass du gar nicht auf Typen stehst?", fragte mich Marta fast schon ein bisschen eingeschnappt.

Noch zu Beginn der Sommerferien hatte ich gemeinsam mit ihr tagelang den perfekten Plan geschmiedet, wie ich mich während der Ferien in Italien endlich bei meinen Eltern outen könnte. Ich wusste schon seit ich 13 bin, dass ich so gar keinen Bock auf Jungs habe und einfach andere Mädchen gut finde. Und seit dem schönsten und zugleich schlimmsten Tag meines Lebens kurz vor den Sommerferien hätte ich nun endlich auch mal bei meiner Familie mit der Sprache rausrücken müssen, bevor mir jemand damit zuvorkam.

„Mann, Marta, das ist gar nicht so leicht. Ich hab tausend Versuche gemacht, aber es ging einfach nicht. Und Olli hat mich auch die ganze Zeit nur gestresst und unter Druck gesetzt, weil er mal wieder wegen irgendwas angefressen ist."

Olli wusste ja genau, was los war. Er hatte an dem besagten Tag vor den Sommerferien alles mitbekommen. Außerdem stand Olli unglaublich gern im Mittelpunkt und machte ständig wegen allem ein Drama. Teilweise redete er tage- oder sogar wochenlang nicht mit mir. „Der weiß doch selber schon gar nicht mehr, warum er eingeschnappt ist", erwischte ich mich regelmäßig zu mir selbst sagend. Typen soll einer mal verstehen …

Na ja, Urlaub hin oder her, ich musste das Fiasko von vor den Ferien jetzt erst einmal ausbaden und das Schlimmste stand mir noch bevor. Marta und ich waren schon fast an der Sporthalle angekommen, als mir der Abend der Sommersonnenwende noch einmal schmerzlich durch den Kopf schoss. In mir zog sich alles zusammen. Eine Mischung aus

Scham und Angst und meine Nackenhaare stellten sich bei dem Gefühl auf. Was würde mich wohl erwarten? Heute war das das erste Mal, dass ich die meisten meiner Mitschüler*innen nach dem Abend beim Fest wiedersah. In der Zeit der Ferien, in der ich nicht mit meiner Familie in Italien gewesen war, hatte ich mich förmlich zu Hause eingeschlossen, weil ich keinen Nerv hatte, auch nur einer Menschenseele aus meiner Schule zu begegnen.

Cems Gebrüll über den ganzen Spielplatz „Ava hat Paula geküsst!" hatte sich in meinen Ohren förmlich eingebrannt. Ich hörte den Satz immer und immer wieder durch meinen Kopf schallen. Das Ereignis hatte sich noch am selben Abend unter den Mitschüler*innen fast aller Klassen rumgesprochen. Für Paula änderte sich allerdings gar nichts. Zum einen war sie an der Schule total beliebt. Und zum anderen war sie ja diejenige gewesen, die angeblich geküsst worden war und gar nicht so schnell reagieren hatte können, wie sie eigentlich gewollt hatte. Zumindest war das die Variante der Geschichte, die Paula erzählte – die sie in einer Story auf Instagram geteilt hatte. Und als hätte das allein nicht schon als Demütigung gereicht, hatte sie mich in der Story auch noch verlinkt. Selbstverständlich glaubten ihr alle an der Schule. Egal was ich gesagt hätte, dem dicken Ding, das den utopischen Wunschgedanken hatte, eines der hübschesten Mädchen der Schule abzubekommen, hätte sowieso niemand geglaubt.

Marta und ich standen vor der Umkleidekabine.

„Ich kann da nicht reingehen", sagte ich.

Sie sah mich mitfühlend an. „Ach, mach dir nix draus. Die haben das bestimmt schon alle wieder vergessen." Wir wussten beide, dass das lächerlich war. Als hätte jemand DAS Ereignis des Jahres vergessen. Ich hätte natürlich leugnen können, dass ich lesbisch war. Aber damit hätte ich alles vermutlich nur noch viel schlimmer gemacht. Da musste ich jetzt durch ...

Die Tür fühlte sich heute deutlich schwerer an als noch vor den Ferien und ich drückte mit aller Kraft dagegen. Sofort kam mir der altbekannte Geruch entgegen, den ich die Sommerferien über definitiv nicht vermisst hatte. Eine Mischung aus Schweiß, nassem Gemäuer und Reinigungsmittel, die sich zu einem ekelhaften, schweren Dunst vermischten, bei dem man das Gefühl hatte, so gar kein Krümelchen Sauerstoff mehr abzubekommen. Gepaart mit dem sowieso schon flauen Gefühl in meinem Magen stieg mir die Panik in den Kopf und ich hatte das Gefühl, ich könnte jeden Moment umkippen.

Als die anderen Mädchen mich sahen, schnappten sich diejenigen, die oben ohne dastanden, schnell ihre Shirts und hielten sie sich vor die Brust.

„Boah Leute, das ist jetzt aber echt ein bisschen übertrieben", zischte Marta. Ich stand da wie angewurzelt, noch mit der Türklinke in der rechten Hand. Ich spürte, wie die Hitze in meinem Körper aufstieg und in meinem Kopf ankam. Ich wurde knallrot.

„Du kannst dich hier nicht mehr umziehen", sagte eines der Mädchen aus meiner Klasse. „Kannst ja rüber zu den Jungs gehen", hörte ich aus einer anderen Ecke. Ich starrte auf den Boden und wusste nicht, was ich sagen sollte. Mein Kopf war auf einmal komplett leer.

Noch immer mit der Türklinke in der Hand holte ich tief Luft. In einem Lesben-Forum hatte ich kürzlich erst einen

Beitrag von einem anderen Mädchen gelesen, das sich in der Schule geoutet hatte und auch von Problemen in der Kabine schrieb. In meinem Kopf begann es zu rattern, ich wollte mich an einen Wortlaut einer anderen Forums-Userin erinnern, die in ihrer Antwort Tipps gegeben hatte, was man sagen könnte. Ich hob langsam den Kopf und schaute in den Raum. Man hörte lediglich das Rattern der Lüftungsanlage, die schon seit Monaten nicht richtig funktionierte und offensichtlich während der Ferien nicht repariert worden war.

Alle Augen waren auf mich gerichtet und ich fühlte mich förmlich von den Blicken der anderen durchbohrt. Ich räusperte mich und begann zunächst mit leiser, zittriger Stimme zu sagen: „Na und? Dann stehe ich halt auf …" Ich holte noch einmal tief Luft und richtete mich auf. Meine Stimme wurde fester. „Dann stehe ich halt auf Mädchen. Aber das heißt noch lange nicht, dass ich deswegen alle Frauen scharf finde oder auf Weiber wie euch stehe."

Am Gesichtsausdruck der anderen konnte ich erkennen, dass sie damit nicht gerechnet hatten. Ich fühlte den Mut in mir wachsen, ging nun endlich komplett in die Kabine und hörte die Türe hinter mir ins Schloss fallen. Eine meiner Klassenkameradinnen fragte mich ganz empört: „Hä, warum denn nicht? Was ist denn so schlimm an uns?"

Ich holte gerade Luft und wollte etwas sagen, da stellte sich Marta vor mich und brachte der versammelten Menge energisch entgegen: „Erst soll sich Ava woanders umziehen und dann seid ihr angepisst, weil sie euch nicht geil findet? Merkt ihr denn eigentlich, wie bescheuert ihr euch verhaltet? Ava steht auf Mädchen. Was soll's? Leben wir denn noch im Mittelalter, oder was? Kommt mal klar!"

Dafür liebte ich meine beste Freundin Marta. Auch wenn sie manchmal echt auf dem Schlauch stand, wusste sie in solchen Situationen einfach immer genau das Richtige zu sagen. Ich lächelte sie an und formte mit den Lippen ein tonloses „Danke".

Langsam kam wieder Bewegung in die Kabine und die anderen Mädchen zogen sich weiter um. Manche zwar noch etwas verhalten und mit dem Körper von mir abgewandt, aber das war dann wohl mein offizielles Coming-out in der Schule. *Jetzt fehlt nur noch meine Familie.* Und mein Kopf fing direkt wieder an zu rattern.

Der erste Schultag war geschafft. Ich war völlig k. o. und wollte einfach nur noch zu Tante Bärbel zum Mittagessen. Ich war schon viel zu lange nicht mehr bei ihr gewesen. Sechs Wochen Ferien bedeuteten nämlich auch, dass ich meistens zu Hause gegessen hatte und nicht wie sonst während der Schulzeit bei ihr. Nach den Ferien hatte meine Mutter als Personalleiterin eines großen Pharmaunternehmens wieder alle Hände voll zu tun. Mein Vater, dem die örtliche Buchhandlung gehörte, war sowieso den ganzen Tag in seinem Laden.

Deswegen kümmerte sich Tante Bärbel ums Mittagessen. Sie wohnte etwa auf halber Strecke von der Schule zu mir nach Hause in einer kleinen Sackgasse. Ihr Haus stand etwas fernab von der ruhigen Straße. Vor lauter Pflanzen und Bäumen musste man es erst einmal in dem ganzen Grün suchen. Aber ihr Garten sah immer etwas verwunschen aus, mit den vielen Pflanzen, die sich an den kreativsten Figuren und Steingebilden hochrankten. Die von Tante Bärbel selbst gemachten bunten Fantasiefiguren erinnerten ein bisschen an kleine Trolle mit bunten hochgestellten Haaren. Sie hatte für jede Person aus unserer Familie eine Figur getöpfert. Meine hatte Haare in einem dunklen Türkis, meiner Lieblingsfarbe.

Schon als ich in der Auffahrt ankam, strömte mir der herzhafte Geruch des Mittagessens entgegen und ich hörte einen lauten Schwarm Spatzen im Gebüsch neben dem Haus zwitschern. Ich sog den Duft des Essens tief ein. Mit jedem Schritt wurde er intensiver und ich versuchte zu erschnuppern, was es wohl geben würde. *Ob sie wohl mein Lieblingsessen gekocht hat?* Tante Bärbel musste mich schon gehört haben, als ich durchs Gartentor kam. Genau in dem Moment, als ich meinen Arm ausstreckte, um mit meinem rechten Zeigefinger auf den weißen runden Knopf der Klingel zu drücken, öffnete sie schon die Haustüre.

„Ava!", rief Tante Bärbel mir laut entgegen, als hätte sie der ganzen Nachbar*innenschaft mitteilen wollen, dass ich angekommen war. Mit ihren weit ausgebreiteten Armen zog sie mich zu sich und drückte mich fest an sich. Ich nahm wahr, dass sie gekocht hatte, bemerkte aber auch den wohlig warmen, vertrauten Geruch, der sie immer umgab. Herzlichkeit wäre wohl das Wort, wenn man Tante Bärbel mit nur einem Begriff beschreiben müsste.

Mir fiel auf, wie perfekt ihre kleinen braunen Locken gestylt waren. *Wahrscheinlich war sie die letzten Tage erst wieder beim Haareschneiden,* dachte ich mir. Zusammen mit ihrer großen goldenen Brille sah sie immer recht schick aus. Und dass wir einer Familie entstammen, sah man auf jeden

Fall auch an unserer Körperform. Sie war nämlich auch ganz schön kräftig, genau wie ich.

Tante Bärbel merkte sofort, dass etwas vorgefallen sein musste, und noch mit festem Griff ihrer warmen Hände an meinen Schultern fragte sie mich: „Was ist los, mein Kind? Ist irgendetwas in der Schule passiert?"

Ihr konnte man nichts vormachen. Sie wusste immer sofort, wenn etwas mit mir nicht stimmte. Ich schaute sie an und merkte, wie mir die Tränen langsam in die Augen stiegen. Ich konnte gar nichts sagen und da drückte mich Tante Bärbel wieder fest an sich und flüsterte mir leise ins Ohr, sodass es kitzelte: „Hier in der kleinen Bärbel-Welt bist du sicher! Hier kann dir niemand etwas tun." Das sagte mir Tante Bärbel schon seit ich ein kleines Kind war und sie hatte Recht damit. Nirgends fühlte ich mich sicherer als an diesem Ort. Genau wie jetzt, hier in Tante Bärbels warmen und festen Armen.

Ich schloss meine Augen und atmete durch die Nase tief ein. Ich spürte, wie mein Brustkorb sich mit Luft füllte, und setzte an: „Tante Bärbel, ich muss dir was sagen."

Sie rümpfte die Nase, was sie immer tat, wenn ihre große goldene Brille wie jetzt in diesem Moment viel zu weit heruntergerutscht war, und schaute mich mit ihren großen braunen Augen an. „Du kannst mir immer alles sagen. Das weißt du."

Ich holte noch einmal tief Luft und sagte in schnellen Worten: „Ich mag keine Jungs, ich stehe auf Mädchen."

Ich konnte es in dem Moment erst gar nicht deuten und war verunsichert, als Tante Bärbel auf einmal ein ganz zufriedenes Lächeln im Gesicht hatte. „Wenn's nur das ist, meine Kleine, dann ist das doch etwas Wunderschönes! Es geht ja schließlich um die Liebe. Deine Liebe! Und du entscheidest für dich ganz allein, wem du diese schenken möchtest." Ich spürte wie mir gefühlt ein ganzes Gebirge vom Herzen fiel. Ich umarmte Tante Bärbel wieder und merkte in diesem Moment, wie hungrig ich doch war. Ich hatte heute wegen dem ganzen Trubel noch gar nichts gegessen und mein Magen machte auf einmal ein lautes Geräusch. Tante Bärbel lachte. „Komm, ich glaube, das ist unser Zeichen, dass da jemand hungrig ist. Ich hab dir auch dein Lieblingsessen gekocht. Es gibt Putenkeulen mit Bandnudeln."

***

Man merkte, dass uns der Winter so langsam bevorstand. Auf dem Weg zur Schule hatte ich mich dann doch geärgert, dass ich nicht die dickere dunkelgrüne Daunenjacke angezogen hatte, wie meine Mutter vorgeschlagen hatte. Ich lief gemeinsam mit Marta wie jeden Morgen dieselbe Strecke. Es hatte über Nacht geregnet und die Straße war nass, sodass mir bei jedem Schritt kleine Wassertropfen hinten ans Hosenbein spritzten. Bald konnte ich merken, wie der immer feuchter werdende Stoff meiner Jeans sich kalt an meine Waden presste. *Toller Start in den Tag.* Ich war tief in meinen Gedanken versunken und Marta musste das gespürt haben.

„Was geht dir denn durch den Kopf?", fragte sie. „Du bist so still heute."

Sie hatte Recht, es gab tatsächlich etwas, das mich sehr beschäftigte. „Ich bin ja seit dem Sommer in diesem Lesben-

Forum Lesarion angemeldet. Da gibt es seit ein paar Tagen eine hitzige Diskussion darüber, ob trans Männer sich im Forum beteiligen dürfen oder nicht."

„Trans was?" Marta blieb für einen Moment stehen und schaute mich verdutzt an.

Ich zuckte mit den Achseln und sagte: „Ich weiß auch nicht so recht, was das bedeutet. Aber ich glaube, das sind Männer, die mal Frauen waren."

„Moment mal, aber bedeutet lesbisch sein denn nicht, dass Frauen auf Frauen stehen? Und warum wollen sich denn jetzt Männer in einem Forum für Frauen beteiligen?"

Ich konnte Martas Gedanken nachvollziehen.

„Ich versteh das auch nicht ganz. Aber manche sind da schon echt hart mit den Sachen, die sie da gegen die Männer sagen", sagte ich, während wir weiterliefen und am Ende der Straße schon das große Schultor in Sichtweite kam.

„Und was ist das Problem?", hakte Marta nach.

„Anscheinend sollen wohl die trans Männer das Frauentum verraten, weil sie zur Gegenseite übergelaufen sind. Aber ich hab echt keinen Plan, was das soll." Ich zuckte mit den Schultern.

Marta schüttelte den Kopf. „Also ich seh das so, dass sie sie selbst sein wollen, anstatt irgendwen zu verraten. Immer diese unnötigen Dramen überall."

Auch wenn Lesarion für mich ein Ort war, an dem ich zumindest online mal das Gefühl hatte, nicht alleine zu sein, merkte ich, dass manche Einstellungen der Frauen im Forum sehr aggressiv waren. Vor Kälte zupfte ich mir den Kragen meiner Jacke höher und zog meine Schultern näher zu meinen Ohren. „Ich find's teilweise eh krass, wie gemein manche Leute online sind und was die sich trauen zu sagen. Ich werd da auch ständig für meine langen Haare blöd angemacht."

Dieser Punkt traf mich tatsächlich immer wieder, da ich mir sowieso gerne die Haare kürzer schneiden lassen wollte, mich aber bis jetzt noch nicht getraut hatte.

Ich blieb stehen und blickte Marta an. „Vielleicht sollte ich mir die Haare wirklich abschneiden, was denkst du?"

Mit den Händen in den Taschen ihres dicken Mantels stieß mich Marta lächelnd mit dem Ellbogen sanft in die Seite. „Ich glaube, kurze Haare würden dir super stehen! Du hast das perfekte Gesicht dafür!"

Ich schmunzelte bei Martas Aussage. Vielleicht sollte ich das wirklich mal angehen.

In der Schule angekommen standen die anderen Mitschüler*innen unserer Klasse teilweise noch vor dem Tor und rauchten. Mir stieg der Qualm in die Nase und ich schüttelte den Kopf. „Ich frag mich immer, woher die die Kohle haben, um die ganzen Kippen zu bezahlen."

Die braunen Backsteinfliesen auf dem Boden des Schulgebäudes waren nass und der Hausmeister war bemüht, mit seinem dreckigen Wischmop hinter den hereinströmenden Schüler*innen hinterher zu wischen. „Vorsicht! Lauft langsam!", rief er immer wieder. Der Bäcker musste für den Pausenverkauf auch schon den Ofen angeschmissen haben, denn das Foyer mit den hohen Decken, in denen die unteren Klassen die gebastelte Herbstdeko schon aufgehängt hatten, roch nach frischen Brötchen. Mir knurrte der Magen. Während ich noch überlegte, ob mein Taschengeld für einen

Snack in der Pause reichte, sah ich Paula um die Ecke biegen. Sie trug dezenten Lippenstift und lächelte ein bisschen albern. Und dann sah ich den Kerl, dem das Lächeln galt. Groß, bestimmt schon Oberstufe, mit richtig breiten Schultern. Er ging neben ihr her.

„Ist das Karl?", fragte Marta neugierig und reckte den Hals.

„Keine Ahnung", brummte ich mürrisch. Mir war der Appetit vergangen.

In der ersten Stunde war Mathe angesagt. Wir kamen ins Klassenzimmer und ich lief rüber zu meinem Platz am Fenster. Bevor ich mich setzte, blieb ich kurz am Fenster stehen und schaute hinaus. Der Baum vor dem Fenster war schon ganz kahl geworden und hatte nur noch vereinzelt ein paar braune Blätter an den Ästen. Eine Amsel saß auf einem Ast nicht weit vom Fenster und als ich mich bewegte, flog sie davon. *Einfach ins Warme fliegen, das wäre manchmal genau das Richtige.*

Meine Jacke wollte ich erst gar nicht ausziehen, denn morgens wurden die Heizungen erst mit Schulbeginn angemacht und die Zimmer in der Schule waren fast genauso kalt wie es draußen war.

„Boah, ich hasse diese scheiß schwäbische Sparsamkeit! Wollen die, dass wir in der Schule erfrieren? Wer soll bei der Kälte denn klar denken und lernen können?", sagte ich mürrisch, als Marta sich rechts neben mir platzierte.

„Jetzt übertreib mal nicht so", setzte mir Marta entgegen und schaute mich mit gerunzelter Stirn an.

Vielleicht hatte sie recht. Ich merkte, dass ich angespannt war. Wir sollten heute die Mathe-Arbeit der letzten Woche zurückbekommen. Am aufgeregten Gemurmel um mich herum merkte ich aber auch, dass nicht nur ich nervös war. In dem Moment kam unser Lehrer Herr Kreis zügig ins Zimmer gelaufen. Er legte schwungvoll einen Stapel Blätter auf den Tisch, sodass ein kleiner Windstoß bei mir ankam. *7:45 Uhr und schon so viel Energie, das sollte mir auch mal passieren.* Zum Glück war neben dem Fenster auch die Heizung, und ich spürte an meinem linken Bein die Wärme, die sich langsam ausbreitete.

„Also ich muss schon sagen, dass mich der Schnitt der Klassenarbeit sehr überrascht hat. Und das nicht im guten Sinne. Bei einigen war es ja zu erwarten, dass wie gewohnt nichts kommt. Aber dass wir bei einer 2,8 im Schnitt liegen, hat mich schockiert", wetterte Herr Kreis in seinem breiten schwäbischen Dialekt los, ohne guten Morgen zu sagen.

Ich lehnte mich rüber zu Marta und flüsterte: „Vielleicht sollte er sich mal fragen, ob das nicht auch an seinen Lehrmethoden liegt …"

„Gerade du, Ava, solltest hier jetzt besser mal deinen Mund halten", sagte Herr Kreis mit seiner festen, tiefen Stimme. Es war auf einmal mucksmäuschenstill im Klassenzimmer und man hörte nur den Wind von draußen gegen die Fenster pusten. Er nahm den Stapel Blätter vom Tisch, leckte an seinem rechten Daumen und Zeigefinger und blätterte durch den Stapel. Etwa bei der Hälfte angekommen, zog er zwei zusammengetackerte Blätter heraus und kam zu mir herüber. Er baute sich demonstrativ vor mir auf: fast zwei Meter groß, graue Haare und grauer Schnauzer, den linken Arm in die Hüfte gestemmt. Ich schaute an ihm hoch und merkte, wie ich mit rundem Rücken immer kleiner wurde. Das konnte nichts Gutes bedeuten. Mit einem klatschenden Geräusch knallte Herr Kreis mir die zwei Zettel auf den Tisch, sodass ich zusammenzuckte und so weit es ging auf meinem Stuhl zurückrutschte.

„Du kannst es einfach nicht. Du kannst es wirklich nicht und jede Mühe von uns Lehrkräften ist bei dir schlichtweg verloren", wetterte Herr Kreis und funkelte mich von oben herab an. Ich wurde immer kleiner und kleiner und senkte meinen Blick. Ohne auch nur einmal zu blinzeln starrte ich auf die Blätter und sah eine große, eingekreiste rote Sechs. Mir lief ein kalter Schauer über den Rücken und alles zog sich in mir zusammen. Als wäre das nicht schon demütigend genug gewesen, hörte ich es hinter mir kichern. Als Herr Kreis sich umdrehte und zurück in Richtung Tafel ging, flüsterte Till hinter mir zu Cem: „Nicht nur dick, sondern auch noch doof." Beide lachten.

Ich saß still da und starrte immer noch auf die große rote Sechs. *Das macht den Lehrer*innen wahrscheinlich auch noch Spaß, so sadistisch zu sein.* Marta legte mir ihre linke Hand auf den Unterarm und schaute mich mitleidig an. Aber wir kannten das beide ja schon. Mathe war nie meine Stärke gewesen und ich hoffte nur, dass das nicht schon wieder bedeuten würde, dass ich zum Halbjahr versetzungsgefährdet war.

Wenigstens ist heute Mittwoch, ging mir durch den Kopf, als ich von Tante Bärbel am späten Nachmittag nach Hause lief. Mittwochs war immer Fußballtraining angesagt, sodass ich nach dem Scheißtag in der Schule wenigstens etwas Dampf ablassen konnte. Zu Hause angekommen, lief ich direkt die Holztreppe hoch. Ich hatte ein gemütliches Zimmer unter dem Dach, in dem mein Bett versteckt in einer

Ecke stand. Meinen Kleiderschrank hatte ich direkt neben der Tür platziert, sodass er einen zusätzlichen Sichtschutz auf mein Bett bot. An den Wänden hingen bunte Poster von den Foo Fighters, Metallica und Iron Maiden, meinen absoluten Lieblingsbands. Ich hörte Schritte auf der Treppe vor meinem Zimmer und im nächsten Moment kam meine Mutter herein und stellte einen großen, grünen Wäschekorb mit meinen gewaschenen und fein säuberlich zusammengelegten Klamotten ab. Sie hatte noch die schicke Kleidung von der Arbeit an. Als Personalleiterin eines großen Pharmaunternehmens ging meine Mutter immer sehr modisch gekleidet arbeiten: mit glatt geföhnten blonden Haaren bis kurz unter die Ohren und perfektem Make-up. Nachmittags kümmerte sie sich dann noch um den Haushalt und das Abendessen, sodass sie eigentlich immer mit irgendetwas beschäftigt war.

„Danke, Mama. Sind da auch meine Trainingssachen drin?", sagte ich zu ihr, während ich auf dem Boden kniete und meine Sporttasche unter dem Bett hervorzog.

Sie lächelte zu mir rüber: „Deswegen bringe ich dir die Wäsche ja, weil ich weiß, dass du deine Sachen gleich brauchst."

Ich sah auf meinem pinken Wecker neben dem Bett, dass es schon drei Minuten vor 18 Uhr war. „Ich muss mich beeilen. Papa kommt mich bestimmt gleich abholen, wenn er die Buchhandlung geschlossen hat."

Im Rausgehen drehte sich meine Mutter noch einmal um und sagte: „Ich frage mich immer, wie du von den Iron-Maiden-Postern mit den toten Gestalten keine schlechten Träume bekommen kannst."

Sie hatte recht, die Bilder waren in der Tat etwas gruselig. Aber ich mochte auch die fantasievolle Art, in der Eddie als Bandmaskottchen von Iron Maiden dargestellt wurde.

In meinen Gedanken versunken, ob ich wohl jemals Iron Maiden live auf einem Konzert sehen würde, hörte ich es draußen hupen. *Das muss Papa sein!* Ich schnappte mir meine neongrünen Nike-Stollenschuhe von unter dem Bett und griff nach meiner Sporttasche. Ich lief in die Einfahrt hinaus und stieg zu ihm in die silberne Mercedes-Benz A-Klasse, die er schon seit ein paar Jahren fuhr.

„Wie war's in der Schule?", fragte er mich, als wir gemeinsam losfuhren.

„So wie immer", antwortete ich nichtssagend und fragte mich, ob ich den Duft von dem gelben, nach Vanille riechenden Wunderbäumchen, das am Rückspiegel im Auto hing, mochte oder doch eklig fand. Es erinnerte mich ein bisschen an Paulas Parfüm. Ein trauriger Gedanke. Jetzt, da Paula neuerdings fest mit Karl aus der Abschlussklasse zusammen war, hatten sich meine Fantasien gänzlich verabschiedet, dass sich der Kuss noch mal wiederholen könnte. Auch mein Vater schien mit seinen Gedanken schon wieder woanders zu sein, denn er murmelte etwas vor sich hin, das ich nicht verstand. Umso besser, dann musste ich zumindest nicht über die schlechte Mathe-Klassenarbeit sprechen. Grundsätzlich unterhielt ich mich gerne mit meinem Papa. Er konnte gut zuhören und auch wenn er sich manchmal etwas Zeit ließ mit seinen Antworten, was mich teilweise zur Weißglut brachte, waren diese aber immer irgendwie schlau. Mein Papa sprach stets mit ruhiger Stimme und war das komplette Gegenteil von meiner Mama, die immer emotional, manchmal auch übertrieben reagierte. *Vielleicht ergänzen sie sich deswegen so gut.*

Das Training war der perfekte Ausgleich. Selbst das Warmlaufen in der kalten Luft draußen auf dem Platz machte mir heute nichts aus, obwohl ich es eigentlich hasste. Papa und Trainer Jürgen standen gemeinsam mit dem Co-Trainer Chris am Seitenrand. Jürgen erklärte uns einen Spielzug, den er für die kommende Rückrunde im neuen Jahr entwickelt hatte. Ich war hochkonzentriert dabei und schloss den Spielzug am Ende mit einem glanzvollen Tor unten rechts in die Ecke ab. Jürgen, Chris und Papa jubelten am Seitenrand. Nach dem Training lief ich noch fünf Extrarunden um den Platz. Mit meiner Leistung und dem Extralauf war das heute vielleicht die Chance gewesen, Jürgen weiter zu beeindrucken und in der nächsten Saison sogar Teamkapitänin zu werden. Die anderen Mädchen mussten sich schon alle umgezogen haben, denn ich konnte sie nicht mehr auf dem Platz sehen. Nur Papa und Jürgen standen noch an der Seite des alten hellblau angestrichenen Flachbaus, der als Vereinsheim diente und schon deutlich bessere Tage gesehen hatte. Mit einem zufriedenen Grinsen im Gesicht lief ich in Richtung Umkleidekabinen. Gerade war das Flutlicht auf dem Platz ausgegangen und der Rasen vor mir war durch das Licht vom Vereinsheim gerade noch erkennbar. Direkt neben der Eingangstüre zur Kabine im Schatten vom Haus sah ich, wie eine Zigarette aufglühte, konnte aber erst noch kein Gesicht dazu erkennen. Meine Schritte wurden etwas langsamer und ich versuchte im Dunkeln das Gesicht der

Person auszumachen. Links neben dem Vereinsheim außer Sichtweite hörte ich leise Papas und Jürgens Stimmen, was mir ein sicheres Gefühl gab. Als ich allmählich näher kam, erkannte ich an der dürren Figur und der engen schwarzen Adidas-Trainingshose mit den weißen Streifen an der Seite, dass Chris dort im Dunkeln stand. Ich blieb stehen und schaute ihn an. Er warf seine Kippe knapp vor meinen Füßen auf den Boden und kam auf mich zu. Chris stoppte kurz vor mir und drückte die noch glühende Zigarette mit seinem Schuh aus. Er stand nun zwischen mir und der Türe der Umkleidekabine, in der meine Sporttasche lag. Mir war kalt geworden, denn vom Training und den extra gedrehten Runden war ich nass geschwitzt und es mussten heute Temperaturen um den Gefrierpunkt herrschen. Ich bekam Gänsehaut und verschränkte die Arme vor meinem Körper.

„Ist dir etwa kalt?", fragte er.

No shit, Sherlock, dachte ich mir. „Ja, ein bisschen."

Er kam noch ein Stück näher auf mich zu und legte seinen Arm um meine Schulter „Komm, ich wärm dich auf."

Im wahrsten Sinne des Wortes stand ich da wie festgefroren, noch mit den Armen verschränkt vor meinem Bauch. In Chris' Atem knapp neben meinem Gesicht roch ich den Rauch seiner Zigarette und ekelte mich. Sein Arm hing locker über meiner Schulter, mit der Hand direkt vor meiner Brust. *Was will der denn jetzt von mir?!*

„Ich hab dich heute beim Training genau beobachtet. Wirklich beeindruckende Leistung", sagte Chris zu mir.

Mehr als ein leises „Danke" brachte ich nicht hervor und merkte, wie mein ganzer Körper sich in der Situation anspannte.

„Du hast das Zeug, es im Fußball weit zu bringen, Ava. Ich kann dich dabei unterstützen." Ich schaute ihn an. Chris grinste breit und zwinkerte mir mit dem linken Auge zu. „Vielleicht kannst du mich dann auch ein bisschen unterstützen." Als er das aussprach, spürte ich, wie die Hand, die über meiner Schulter hing, leicht nach meiner Brust griff. In mir stieg Panik auf und ich starrte Chris mit großen Augen an. Auch wenn es nur ein Bruchteil einer Sekunde war, fühlte es sich an wie eine Ewigkeit. Was sollte ich bloß tun?

Ich stieß Chris von mir weg und lief schnell die fehlenden drei Schritte in die Umkleidekabine und schloss die Türe hinter mir. *Hier rein wird er mir ja wohl nicht folgen!* Womit ich zum Glück recht hatte. Ich packte so schnell ich konnte meine Straßenklamotten in meine Tasche und blieb in meinen verschwitzten Trainingssachen. Mein Atem ging schnell und ich fühlte ein Gefühl von Übelkeit in mir aufsteigen.

Ach, verfickte Scheiße! In der Eile und mit meinen zittrigen Händen war mir meine Sprudelflasche aus Glas mit einem lauten Klirren auf den Boden geknallt und in tausend Scherben zersprungen.

„Das ist mir jetzt auch egal. Hier komm ich eh nie wieder her", murmelte ich vor mich hin und steckte meine Fußballschuhe als Letztes in die Tasche.

Mein Herz klopfte stark, als ich zur Türe ging und diese langsam öffnete. Ich schaute vorsichtig nach draußen. Erst nach links. Dann nach rechts. Chris war nicht zu sehen. Hastig lief ich auf den Steinplatten am Vereinsheim entlang. Kalt liefen mir die Tränen über die Wangen. Da hörte ich wieder die Stimmen von Papa und Jürgen. Bevor ich zu ihnen um die Ecke ging, wischte ich mir mit dem Ärmel von meiner roten Trainingsjacke einmal übers Gesicht. Mit gesenktem Kopf lief ich schnellen Schrittes mit meiner schwarzen Tasche über der Schulter an den beiden vorbei.

„Komm, Papa, ich will jetzt nach Hause", sagte ich hastig, ohne die beiden anzusehen „Tschüss Jürgen, danke fürs Training."

Als ich schon auf halber Strecke zum Auto war, schnappte ich die Worte meines Papas in der Entfernung auf: „Die Jugend, immer ist irgendetwas Dramatisches, das eines großen Abgangs bedarf."

Wenn du auch nur einmal eine Ahnung von irgendwas hättest, schoss mir mürrisch durch den Kopf. Ich roch in der Kälte, dass jemand in der Nähe wohl noch mit Kohle heizte. Immerhin hatte Papa von Weitem schon mal die Fernbedienung fürs Auto betätigt. Ich sah die orangen Lichter der Blinker hinten am Auto aufleuchten und das Innenlicht im Auto angehen. Am Auto angekommen, streckte ich meine Hand gerade nach dem Griff der Beifahrer*innentür aus, als ich mitten in die halbgefrorene Matschpfütze direkt neben dem Auto trat.

Verdammte Kacke! Ich schaute an mir hinunter und sah, dass mein Schuh völlig verdreckt war. Ich spürte im nächsten Moment, wie die kalte Feuchtigkeit langsam meine Socke durchzog. Ich bekam Gänsehaut und eine unglaubliche Wut breitete sich in mir aus. Ich war wütend auf mich selbst – nicht nur wegen der Pfütze. *Wieso zum Henker habe ich das gerade mit Chris zugelassen?* Ich hatte ja bereits von Julia aus meinem Team gehört, dass er ihr nach dem Training vor zwei Wochen die Hand ihrer Aussage nach deutlich zu nah am Schritt auf den Oberschenkel gelegt hatte.

Daraufhin hatte ich mir geschworen, dass mir so etwas nie passieren würde. Schon gar nicht von so einem ekelhaften Typen, der gerade mal fünf Haare über der Oberlippe hatte, das als Schnauzbart bezeichnete und auch noch damit angab.

Hinter mir hörte ich Papas schwere Schritte auf dem steinigen Parkplatz. In meiner Wut riss ich die Autotür schwungvoll auf und schleuderte meine Sporttasche zwischen den Vordersitzen hindurch auf die Rückbank. Ich ließ mich auf den Sitz fallen und knallte die Beifahrer*innentür mit einem lauten Wumms zu. Im gleichen Moment stieg Papa ins Auto ein.

„Mann, Ava! Was soll das denn?", wetterte er direkt laut los. „Deine Schuhe! Ich hab erst letztes Wochenende das Auto sauber gemacht. Denkst du etwa, ich mach das zum Spaß?!"

In mir zusammengesunken saß ich auf dem Sitz. Der Kragen meiner dicken Winterjacke verdeckte mein halbes Gesicht. Ich spürte, wie mir eine Flut von Tränen in die Augen schoss. „Lass mich doch einfach in Ruhe mit deinem scheiß Auto! Ich hab gerade andere Probleme als 'ne matschige Fußmatte." Ich drehte meinen Kopf weg von meinem Vater in Richtung Fenster und brach in Tränen aus. Dicke salzige Tropfen strömten mir über die kalten Wangen und der Rotz lief mir aus der Nase über meine Lippen. Ich sah meinen Vater im Fenster, das den erleuchteten Innenraum widerspiegelte. Er saß wie versteinert neben mir. Das Bild wurde vor lauter Tränen immer verschwommener. Ich schloss meine Augen und biss vor Wut so fest meine Zähne zusammen, dass mein Unterkiefer krampfte. An dem Rascheln seiner Winterjacke und einem sich öffnenden Reißverschluss hörte ich, dass mein Papa sich bewegte. Im nächsten Moment tippt er mir sanft auf die linke Schulter und reichte mir ohne etwas zu sagen eine Packung Taschentücher. Ich drehte den Kopf und schaute kurz zu ihm auf. Seine warmen braunen Augen unter den grauen Augenbrauen schauten mich sorgenerfüllt an.

„Ich weiß nicht, was mit dir los ist, aber wenn du dafür bereit bist, kannst du immer mit mir sprechen", sagte er mit seiner ruhigen, tiefen Stimme.

Auch wenn mein Papa oft nicht mitzubekommen schien, was gerade um ihn herum geschah, wusste er doch immer ganz genau, was er sagen sollte, wenn es wirklich wichtig war. Ich griff nach den Taschentüchern und wischte mir den weiter aus der Nase herauslaufenden Rotz ab. Als mein Vater den Motor anschmiss und zurücksetzte, drehte ich meinen Kopf wieder zum Fenster und schaute auf zu den vorbeirauschenden Straßenlaternen. Die Lichter gingen bald über in das Leuchten einzelner Sterne, als wir die Ortschaft verließen und der Motor von der steigenden Geschwindigkeit auf der Landstraße lauter wurde.

Kapitel 2

ÜBER DEN TELLERRAND HINAUS

Zu Hause schleuderte ich meine Schuhe von den Füßen in die Ecke der Garderobe und ließ meine Jacke auf die Bank im Flur fallen. Es roch nach gekochtem Essen und ich hörte meine Mutter aus der Küche rufen: „Da seid ihr ja endlich! Ich warte schon seit zwanzig Minuten auf euch. Die Schnitzel in der Pfanne sind jetzt völlig trocken!"

Auch wenn ich mich jeden Abend auf das Ergebnis der Kochkünste meiner Mutter freute, war mir heute Abend so gar nicht nach Essen geschweige denn Gesellschaft zumute. Ich wollte allein sein, Metallica hören und mich unter meiner Bettdecke verkriechen. Als ich gerade auf die Treppe nach oben abbiegen wollte, stand meine Mutter im Flur: „Ava, was soll das denn? Warum lässt du deine Jacke und deine Schuhe einfach so rumfliegen?"

Im Hintergrund hörte ich meinen Vater leise zu meiner Mutter sagen: „Karin, lass sie. Ihr geht's gerade nicht so gut."

Papa hat's wenigstens geschnallt, dachte ich mir. Aber Mama ließ nicht locker. Sie stand da, mittlerweile in ihren bequemen Hausklamotten, die aber immer noch aussahen, als wären sie vom Laufsteg der letzten Berliner Fashion Week, und stemmte beide Hände in die Hüften. Ihre Stimme wurde fester. „Ich hab dir und deinem Bruder beigebracht, wie man easy Ordnung halten kann. Wie willst du das denn deinen Kindern mal beibringen, wenn das schon im Hausflur scheitert?"

Jetzt reicht's! Ich hab die Schnauze voll von dem Gelaber! Ich spürte, wie sich mein Puls beschleunigte und wie meine Halsschlagader anfing zu pochen. Ich stand noch immer auf der Treppe.

Meine Mutter hatte sich gegenüber vom Treppenabsatz im Durchgang zum Esszimmer in ihrer fast schon heroischen Körperhaltung positioniert, dahinter stand mein Vater etwas verloren, immer noch mit demselben sorgenvollen Blick aus dem Auto, und Olli saß unweit von ihm am Esstisch, hielt sein Handy in beiden Händen und blickte über den Rand des Displays in meine Richtung. Wieder stiegen mir Tränen in die Augen. Ich ließ meine Sporttasche aus meiner linken Hand auf die Stufen fallen. Es kümmerte mich nicht, dass die Tasche die letzten drei Stufen herunterpolterte und direkt vor den Füßen meiner Mutter landete. Ein Zittern ging durch meinen Körper. Da war sie wieder, die Wut, die sich während der Fahrt eben noch etwas beruhigt hatte. Ich ballte meine Hände so fest zu einer Faust, dass ich die Fingernägel in meinen Handflächen spüren konnte. Meine Augen, die bereits mit Tränen gefüllt waren, verkleinerten sich und ich schaute meine Mutter wutentbrannt an. „Meine Kinder? Wer sagt dir denn, dass ich Kinder will? Ich will keine Kinder. Und selbst wenn?! Praktisch würde sich das ganz schön schwierig gestalten, denn Typen sind das absolut Widerlichste und Ekelerregendste, was ich mir vorstellen kann. Ich bin lesbisch. Und damit kannst du dir deine dummen Enkelkinder abschminken", platzte es aus mir heraus.

Ohne irgendeine Reaktion meiner Familie abzuwarten, drehte ich mich auf dem Absatz um und rannte zwei Stufen gleichzeitig nehmend die Treppe rauf in mein Zimmer. Kurz vor der letzten Stufe hörte ich Ollis Stimme sagen: „Das stimmt. Ava hat versucht, ein Mädchen aus der Schule zu küssen."

Dieser kleine Drecksack. Unqualifizierte Beiträge dieser Art waren absolut Ollis Stärke. Und was wusste er denn schon? *Hat versucht, ein Mädchen aus der Schule zu küssen ...,* wiederholte ich seinen Satz in meinem Kopf. *Paula hat MICH geküsst, verdammt noch mal!* Wenn das nur endlich mal jemand raffen würde.

Oben angekommen, knallte ich die Türe von meinem Zimmer hinter mir zu und fiel mit dem Gesicht in mein Kissen aufs Bett. Die Einzige, die mir jetzt helfen konnte, war Marta. Da ich nach dem Training noch nicht geduscht hatte, konnte ich meinen eigenen Schweiß riechen. *Egal,* dachte ich mir. Ich zog mein Handy raus und öffnete den Facebook Messenger. Zum Glück war neben Martas Namen ein kleiner grüner Punkt. Das hieß, sie musste online sein. Ich fing an, hastig zu tippen.

> Hey Marta. Kannst du mir mal sagen, warum die Welt so unglaublich scheiße ist?

Binnen Sekunden wurde meine Nachricht als gelesen angezeigt. Sie fing an zu tippen, wie ich an den drei auftauchenden grauen Pünktchen erkennen konnte.

> Was ist denn los?

Noch immer liefen mir Tränen übers Gesicht, aber ein leichtes Gefühl von Erleichterung machte sich breit, als ich Marta im Chat die Ereignisse des Abends schilderte.

> Fuck, dieser ekelhafte Sack hat dich wirklich angefasst? Das tut mir voll Leid, Ava. 😢😢😢

> Aber hey, jetzt hast du dich wenigstens bei deinen Eltern geoutet. War jetzt vielleicht nicht so das Traum-Coming-out, aber es ist raus.

Wo sie recht hatte, hatte sie recht. Gesagt hatte ich es jetzt zumindest schon mal, aber ein Gespräch würde vermutlich noch folgen.

Mein Telefon vibrierte direkt wieder, als ich noch in meinen Gedanken bei meinem Coming-out war.

> Das mit Chris musst du aber jemand sagen. Der Typ muss 'ne Strafe bekommen!

Bei dem Gedanken an das, was mir da vorhin auf dem Fußballplatz passiert war, zog sich in mir alles wieder zusammen.

> Aber wem soll ich das denn sagen?????

> Dein Dad ist doch mit Jürgen befreundet. Der kann doch da was machen.

Auch hier war an Martas Vorschlag wieder etwas Wahres dran. Aber wäre das in dem ganzen Trubel mit dem Coming-out nicht ein bisschen zu viel? Außerdem zog sich immer noch alles in mir zusammen, wenn ich nur an die Berührung dachte. Wie sollte ich jemandem das erzählen? Aber wie Marta sagte, Chris durfte damit nicht davonkommen oder bei anderen die gleiche Scheiße machen.

Ich hatte meine Gedanken noch gar nicht zu Ende gedacht und lag noch immer auf meinem Bett mit meinem Handy in der Hand und wollte Marta gerade zurückschreiben, da klopfte es an meiner Tür.

„Was?", rief ich mürrisch und konnte lediglich an der Stimme erkennen, dass es mein Papa war. Ich konnte aber nicht verstehen, was er sagte.

Mein „Ich kann dich nicht verstehen!" nahm er zum Anlass, die Türe zu öffnen.

„Kann ich bitte reinkommen?", fragte er vorsichtig. Durch meinen Schrank als Raumteiler konnte ich ihn nicht sehen.

„Was willst du denn?"

Mit der geöffneten Türe kam der Duft des gekochten Abendessens in mein Zimmer.

„Schau mal, ich hab dir einen Teller mit Essen gebracht. Nach dem Training und der ganzen Aufregung musst du doch hungrig sein", sagte er mit einem sanften Lächeln im Gesicht und stand in dem Moment mitten in meinem Zimmer. Ich fragte mich, wie er eigentlich der Einzige in der Familie sein konnte, der so schlank war. Er aß ja das gleiche wie der Rest der Familie und stand dann da mit seinen 1,85 Metern und den grauen Haaren, fast schon ein bisschen hager.

„Ich stell dir das mal hier rüber und du isst einfach, wenn du Lust hast." Ich hörte, wie mein Vater den Porzellanteller auf meinen Schreibtisch stellte.

„Papa?", sagte ich leise und schaute mit meinen roten, verquollenen Augen zu ihm rüber.

Auf seine ruhige Art blickte er mich vom Schreibtisch aus an, über dem ein großes, schwarzes Metallica-Poster hing. „Was denn los, mein Mäuschen?" Er kam drei leise Schritte in seinen roten Wollsocken auf mich zu, setzte sich auf meine Bettkante und legte seine warme, große Hand auf meine.

Sämtliche Wut war in dem Moment verflogen. Entspannt war ich aber dennoch nicht. Es breitete sich auf einmal ein Gefühl von Angst in mir aus und Gedanken schossen mir in den Kopf, die ich bislang völlig ignoriert hatte. Was, wenn meine Eltern mich nicht mehr mögen, weil ich auf Frauen stehe?

Meine Augen taten von dem ganzen Heulen schon richtig weh und brannten bei jedem Blinzeln. Doch wieder kamen mir Tränen in die Augen. „Habt ihr mich noch lieb, auch wenn ich anders bin?"

Mein Papa schaute mir immer noch direkt in die Augen und der Griff seiner Hand an meiner wurde fester.

„Mach dir darüber mal bitte gar keine Sorgen. Wir lieben dich, genau wie du bist. Und irgendwie kann ich es ja auch ein bisschen nachvollziehen, wenn du Frauen gut findest." scherzte er.

Ich musste leicht schmunzeln, als er das sagte. *Das ist so typisch Papa,* ging es mir durch den Kopf.

„Und die Mama bekommen wir auch mit eingefangen. Die will doch nur, dass es dir gut geht. Wenn das eben mit Mädchen anstatt Jungs der Fall ist, dann ist das halt so", fügte er noch hinzu.

„Papa, da ist noch etwas." Die Worte kamen nur zögernd heraus und meine Stimme war kaum zu hören. Ich merkte, wie mein Mut wieder schrumpfte und nur ein flaues Gefühl zurückblieb.

Papa musste irgendetwas vermutet haben, denn ich war überrascht von seiner nächsten Frage: „Sag mal, ist beim Training heute irgendwas passiert? Du warst so traurig danach, obwohl du doch so gut gewesen warst?"

Ich holte tief Luft und wusste eigentlich auch gar nicht so recht, wie ich beschreiben sollte, was vorgefallen war. Papa hielt meine Hand wieder fest und schaute mich an. Mein Mut kehrte zurück.

„Chris hat mich auf dem Weg in die Kabine angefasst", sagte ich schließlich ganz leise.

„Wie angefasst?", fragte Papa und setzte sich kerzengerade auf.

„Na, er hat den Arm um mich gelegt und mir an die Brust gefasst. Er sagte auch, dass er mir im Fußball hilft, wenn ich ihm ein bisschen helfe. Aber ich weiß gar nicht so genau, was er damit meinte." Ich wich seinem Blick aus und musterte einen Fleck an der Decke. Warum war ich denn jetzt unsicher, obwohl Chris der Arsch gewesen war?

„Dem dreh ich den Hals ...", noch in seinem Satz brach Papa ab und merkte, dass es jetzt nicht um Chris oder seine eigene Wut ging.

„War das das erste Mal, dass er das bei dir gemacht hat?", wollte Papa wissen.

Ich nickte immer noch mit Tränen in den Augen, fügte aber noch hinzu: „Ich hab aber gehört, dass er Julia wohl auch angefasst hat."

„Komm mal her, mein Mäuschen." Er nahm mich fest in den Arm und versicherte mir: „Ich rufe Jürgen gleich an. Der Typ kommt eurem Team oder gar irgendeinem anderen jungen Mädchen kein noch so kleines Stück mehr zu nahe. Darauf kannst du dich verlassen, Ava."

Papa hatte Wort gehalten. Bereits beim nächsten Training war Chris nicht mehr mit dabei und nach der Winterpause hatten wir eine neue Co-Trainerin. Man spürte deutlich die Erleichterung im Team. Aber nicht nur mit Chris hatte sich etwas getan. Als ich nämlich nach dem ersten Training nach der Winterpause nach Hause kam und mich gerade zum Abendessen setzte, sah ich neben meinem Teller an meinem Platz eine aufgeschlagene Zeitschrift liegen. Die Überschrift „Mein Coming-out im Showbusiness" sprang mir direkt ins Gesicht. Ich nahm die Zeitschrift in die Hand. Es ging in dem Artikel um eine bekannte Schauspielerin, die öffentlich gemacht hatte, dass sie lesbisch war. Mama kam gerade mit einer Schüssel gekochter Kartoffeln in der Hand aus der Küche: „Das hab ich heute gelesen und dachte, es könnte dich vielleicht interessieren."

Ich schaute von der Zeitschrift auf. „Danke, Mama."

Ich freute mich über die Geste und auch wenn der Anfang noch etwas holprig war, hatte Mama verstanden, dass es um etwas ging, das mir wichtig war, und sie gab sich Mühe, mich besser zu verstehen.

***

Ostern war gerade vorbei und nach den Feiertagen stand eine große Klassenfahrt nach London auf dem Programm. Papa fuhr mich und Marta in aller Frühe zum Flughafen nach Stuttgart. Es war gerade mal sieben Uhr und wir waren schon fast am Flughafen. Treffpunkt war eigentlich erst um acht, aber Papa wollte unbedingt sichergehen, dass wir nicht in einen Stau gerieten. Als ich an der Straße die große Tafel mit der Beschriftung „Abflug" sah, machte sich eine Mischung aus Aufregung und Nervosität in mir breit. Mein Bauch kribbelte. Marta neben mir schaute aus dem Fenster und gähnte.

„Ich hab vor lauter Aufregung letzte Nacht kaum geschlafen!", sagte sie mit müder Stimme.

„Du kannst ja gleich im Flieger etwas schlafen", schlug ich vor.

Sie blickte mich an, als hätte ich den Verstand verloren. „Was?! Mehrere Tonnen Stahl fliegen durch die Luft, ich hab keinen Plan, wie sowas funktioniert, und soll dabei auch noch schlafen?"

Ihre Flugangst hatte ich völlig verdrängt. Wenn's hoch kam, hatte ich gerade mal fünf Stunden geschlafen, da ich meinen Koffer zigmal ein- und wieder ausgepackt hatte, bis ich mit dem Inhalt zufrieden gewesen war. Mama hatte mir extra meine fünf Lieblings-Band-Shirts gewaschen und gebügelt, damit ich diese einpacken konnte. Ich zog mein Handy aus der Tasche und checkte noch mal den Wetterbericht, ob sich nicht doch etwas verändert hatte. *Jetzt ist es eh zu spät und du kannst nix mehr anderes einpacken,* dachte ich mir im selben Moment. Papa folgte der Beschilderung in Richtung Abflüge und fuhr die Rampe hoch.

„Ich kann hier oben nicht parken. Ich kann euch nur absetzen. In den Flughafen reinlaufen und da auf eure Klasse warten bekommt ihr ja aber sicherlich hin, oder?", hörte ich ihn von vorne sagen.

„Klar, Papa, das bekommen wir gerade noch hin." Denn der Treffpunkt hätte nicht einfacher sein können und unsere Englischlehrerin Frau Evers hatte tausendmal wiederholt, dass wir uns um Punkt acht Uhr am Burger King am Flughafen treffen würden. *Die ist bestimmt selbst schon da,* schätzte ich Frau Evers ein. Sie war eine junge motivierte Lehrerin, die gerade aus dem Referendariat kam, und dies war ihre erste Klassenfahrt. Begleitet wurde sie von Herrn Kreis, auf den ich gut und gerne verzichtet hätte. Nach der letzten Mathearbeit war er allerdings etwas überrascht gewesen. Dank der Hilfe von Bärbels Lebensgefährten war ich gut vorbereitet und hatte eine Drei minus geschrieben. Eine wirkliche Ausnahme für mich. Aber das half mir wenigstens, nicht schon wieder versetzungsgefährdet zu sein.

Am Flughafen angekommen herrschte großes Getümmel.

„Ich dachte, die Ferien sind vorbei? Was machen die ganzen Leute denn hier schon so früh?", sagte Marta und stand völlig überfordert mit weit geöffneten Augen und großen Augenringen da.

„Komm, ich hol uns einen Wagen für die Taschen, dann müssen wir die wenigstens nicht schleppen." Ich lief los in Richtung der Gepäckwagen. Aus der Entfernung sah ich Sebastian und Till aus einem Auto aussteigen. Cem hatte sich kurz vorher beim Sport den Fuß gebrochen und konnte nicht mitfahren. *Wenigstens ein Idiot weniger dabei.*

Ich griff nach dem Gepäckwagen, aber der bewegte sich kein Stück. Die Rollen waren fest und irgendwas schien sie zu blockieren. Fluchend zog und rüttelte ich an dem Scheißding, aber es löste sich einfach nicht von dem Wagen davor. Ich fluchte laut, aber unverständlich vor mich hin: „Dieses verdammte Teil! Warum bewegst du dich denn nicht?!"

„Junges Fräulein, Sie müssen den Griff nach unten drücken. Dann geht das auch", hörte ich auf einmal eine Stimme hinter mir. Ich drückte den langen Handgriff runter – und in der Tat: Auf einmal ließ sich der Wagen ganz leicht herausziehen.

„Danke", sagte ich hastig und schaute auf.

Till und Sebastian hatten natürlich alles wieder einmal mitbekommen und lachten sich lauthals schlapp. Ich drehte mich um und lief verärgert mit dem Wagen zurück zu unserem Auto. „Junges Fräulein ... ich geb dir gleich junges Fräulein", murmelte ich vor mich hin. Meine Laune war damit erst mal dahin.

„Tick und Track sind auch schon angekommen. Hoffentlich bekommen die am Schalter ein One-Way-Ticket nach Timbuktu ausgestellt", kam es mürrisch aus mir heraus.

Papa warf die Taschen auf den Wagen und gab erst Marta eine Umarmung.

„Pass mir gut auf Ava auf, dass sie keinen Unfug macht", sagte er zu ihr und zwinkerte mir dabei liebevoll zu.

Er kam zu mir und nahm auch mich fest in den Arm. „Schau mal, ich hab beim Geldwechseln etwas mehr umgetauscht. Gönn dir was Schönes in London und hab vor allem ganz, ganz viel Spaß! Es gibt nichts, was dich mehr bildet als Reisen!" Mit diesen Worten drückte er mir einen Fünfzig-Pfund-Schein in die Hand.

„Danke, Papa! Du bist der Beste!" Ich gab ihm ein Küsschen auf die linke Wange und schaute mir danach kurz den orangeroten Schein in meiner Hand an. Die Queen blickte majestätisch vom Schein zu mir und in meinem Kopf ratterte es schon, wofür ich das Geld wohl ausgeben würde.

Nach dem Einchecken saßen wir am Gate A25 und warteten darauf, dass wir endlich einsteigen konnten. Ich sah andere Leute mit ihren kleinen Rollkoffern vorbeirennen und hörte die Durchsage: „Letzter Aufruf für Ihren Flug LH549 nach Berlin. Bitte begeben Sie sich umgehend zum Flugsteig A13."

Berlin. Ich hatte schon so viel von dieser Stadt gehört, war aber selbst noch nie dort gewesen. Ganz in Gedanken versunken tippte Marta neben mir mit ihrem Knie gegen meins.

„Schau mal, Ava! Diese Arschlöcher!", sagte sie und hielt mir ihr Handy mit der offenen Instagram-App vor die Nase. Mir wurde gleich ganz anders und eine Mischung aus Wut und Scham machte sich in mir breit. Das darf doch nicht wahr sein! Till, dieser Drecksack, hatte meinen halben Wutanfall an dem Gepäckwagen vor gut einer Stunde mitgefilmt und in seiner Story bei Instagram mit dem Hashtag #FAIL gepostet. Ich schaute mich um. Nicht nur Marta schien die Story gesehen zu haben, denn überall um mich herum kicherte es. Mein Kopf wurde heiß und ich merkte, wie ich knallrot anlief. Ich sprang auf und rannte in Richtung Toiletten. Was Besseres fiel mir nicht ein, als mich den Blicken und dem Auslachen der anderen zu entziehen. Mit deutlich zu viel Kraft stieß ich die Türe zu einer Toilettenkabine auf, sodass diese mit Wucht und einem lauten Geräusch gegen die Wand knallte.

„Na hör'n se mal, junges Fräulein! So aber nich!", blökte eine ältere Dame, als sie gerade aus der Kabine daneben kam.

„Lasst mich doch alle mit eurem scheiß *Junges Fräulein* in Ruhe!", schrie ich sie an. Die arme alte Dame stand völlig erschrocken mit aufgerissenen Augen da und ich knallte ihr meine Kabinentür vor der Nase zu. Noch im selben Moment tat es mir Leid. *Alte Frauen anschreien, das bist doch nicht du, Ava!* Aber was sollte ich denn machen? Ich fiel mit dem Rücken schwer gegen die Tür und blinzelte ein paar alberne Tränen weg. Dann holte ich tief Luft, als könnte ich all meine Wut und Hilflosigkeit wegatmen. Seit dem Kindergarten schon machten mich Till, Sebastian und Cem bei jeder noch so kleinen Möglichkeit vor allen anderen lächerlich und dabei hatte ich denen doch gar nichts getan. Ich hatte immer gehofft, dass sie sich irgendwann jemand anderes suchen würden. Doch das war nicht der Fall.

Nun stand ich da in meiner Kabine und schämte mich. Ich musste mir irgendwas einfallen lassen, wie ich von diesen drei Arschlöchern wegkommen konnte. Meine Gedanken wurden abrupt unterbrochen: „Liebe Fluggäste, Ihr Eurowings Flug nach London steht nun am Flugsteig A25 für Sie zum Einsteigen bereit. Bitte halten Sie Ihr Ticket und Ihren Ausweis bereit und begeben Sie sich zum Flugsteig."

Fuck. Wenn ich nach London wollte, dann musste ich da jetzt wohl oder übel raus. *Ich lass mich nicht weiter von den Typen fertigmachen!* Diesen Satz wiederholte ich mantraartig, während ich zu unserem Gate zurücklief. Marta hatte schon Ausschau nach mir gehalten.

„Da bist du ja! Ich hatte schon Schiss, dass du den Flug verpassen würdest!", sagte sie und hakte sich mit ihrem Arm in meinem ein.

„Marta, ich kann das mit Tick, Trick und Track nicht länger ertragen. Jetzt ist ja wenigstens Cem nicht dabei, aber du siehst ja, weniger schlimm wird's dadurch auch nicht", flüsterte ich ihr zu, als wir uns langsam in der Schlange zum Einsteigen vorwärtsbewegten und das Piepen des Ticketscanners immer deutlicher zu hören war.

Marta nickte, während sie wie gebannt auf das Flughafenpersonal vor uns starrte. Ihre Finger bohrten sich in meinen Arm. „Wir überlegen uns was. Aber erst mal muss ich diesen Flug überleben …"

In London nahmen wir den Zug vom Flughafen ins Stadtzentrum. Das kam mir vor wie eine halbe Ewigkeit. Die Stadt musste riesig sein, wenn der Zug vom Flughafen schon so lange brauchte. Wir stiegen an der Haltestelle Regent's Park aus der U-Bahn aus. Ich hatte Mühe, meine Tasche die vielen Treppen hochzuschleppen.

Marta keuchte hinter mir ebenfalls: „Gibt's hier denn keine Rolltreppe?"

Oben angekommen brandete der Straßenlärm über uns hinweg und überall drängten sich Leute vorbei. Es waren so viele! Frau Evers und Herr Kreis versuchten, uns alle zusammenzubekommen. „Kommt mal bitte hier rüber! Hier zu mir an die Seite!", rief Frau Evers laut.

Herr Kreis hatte wohl auch seine mürrische Art mit im Gepäck: „Thomas, gehst du jetzt mal den Leuten hinter dir aus dem Weg? Du kannst da nicht auf der Treppe stehen bleiben!"

Endlich waren wir alle beisammen und der Tross setzte sich langsam in Bewegung. Allen voran lief Frau Evers mit ihrem Handy in der Hand. „Google Maps sagt, dass es acht Minuten Fußweg zur Jugendherberge sind. Auf geht's!"

An der YHA Central, unserer Jugendherberge, angekommen erfuhren wir, dass es zwei Achterzimmer für die Jungs und zwei Siebenerzimmer für die Mädchen gab. Wir liefen hastig die Treppen nach oben, auch wenn wir Mühe hatten, mit den schweren Taschen voranzukommen. Es ging ja schließlich darum, die besten Betten abzugreifen! Völlig außer Atem kamen wir im Zimmer an, in dem es kühl war, weil die hohen Fenster weit offen standen. Beim Blick auf die vier Stockbetten aus grauen Metallstangen war sofort klar, dass Marta und ich uns eins teilen würden. Wir steuerten beide auf das Bett direkt am Fenster zu.

„Willst du nach oben oder unten?", kam zeitgleich aus uns herausgeschossen und wir prusteten los.

Erleichterung kam in mir auf, als Marta sagte: „Mir ist das echt egal."

„Cool, dann geh ich lieber nach unten."

„Was sollen wir denn gleich machen?", fragte Marta mich aufgeregt, als ich gerade meine Tasche unters Bett schob. „Wir haben noch zwei Stunden bis zum Abendessen und Frau Evers sagte, dass wir die Gegend erkunden dürfen."

Marta war schon längst in ihrem Handy versunken und ich konnte von der Seite sehen, dass sie bei Google Maps *Shopping* eingegeben hatte. Ehe ich etwas sagen konnte, schlug sie vor: „Hier direkt um die Ecke ist die Oxford Street. Lass uns da hingehen! Ich will die Großstadt erleben! Außerdem will ich unbedingt irgendwann in den kommenden Tagen noch in die Tate Gallery of Modern Art!" Martas Augen leuchteten, als sie das sagte.

Sie liebte Kunst und malte selbst schon seit sie ein kleines Kind war und hatte schon früh den Wunsch geäußert, Kunst studieren zu wollen. Ich war ein bisschen neidisch auf ihr Talent und darauf, dass sie schon eine klare Vorstellung von dem hatte, was sie mal nach der Schule machen wollte. So eine klare Vorstellung hatte ich von meiner Zukunft noch nicht. Aber für den jetzigen Moment fand ich ihren Vorschlag, shoppen zu gehen, gut, denn ich wollte ja schließlich die fünfzig Pfund loswerden, die Papa mir noch zugesteckt hatte. „Okay, dann lass uns shoppen gehen!"

Kichernd vor Aufregung liefen wir die Treppe wieder hinunter und raus auf die Straße. Als wir der Oxford Street näher kamen, wurde es immer voller auf der Straße und die Autos um uns herum hupten im Feierabendverkehr. Ich hatte mir London viel kälter und nasser vorgestellt, aber auch hier schien der Frühling schon angekommen zu sein. Es war gerade kurz nach 16 Uhr und die Sonne schien noch an einem fast wolkenlosen Himmel. *Wenigstens ist der Start hier schon mal gut!*

„Nur noch zwei Querstraßen weiter, dann sind wir schon an der Oxford Street." Marta schaute gebannt auf ihr Handy, damit wir ja nicht falsch laufen würden. Während sie uns leitete, schaute ich mich aufmerksam um und war völlig eingenommen von der Stadt. Die meisten Häuser um mich herum waren aus roten Backsteinen gebaut. So etwas hatte ich zuvor in der Menge noch gar nicht gesehen. Manche der Häuser hatten kleine Mini-Vorgärten, die mit schwarz gestrichenen kleinen Metallzäunen umringt waren. Andere wiederum hatten riesige Fensterfronten, hinter denen sich Bekleidungsgeschäfte und Restaurants verbargen. Plötzlich blieb ich vor einem Fenster stehen. Das Haus war wieder aus rotem Backstein gebaut und die sauberen Fenster waren von in dunkelgrün angestrichenem Holz eingerahmt. In schwarzer Schrift mit goldenem Rand stand auf der Fensterscheibe *Oxford Barber*. Ich blickte durch das Fenster und sah, wie ein Kunde gerade in einem großen braunen Ledersessel Platz nahm und ein junger Mann mit dunklem langem Bart ihm einen schwarzen Umhang umlegte. Im selben Moment sah ich eine kleine Preistafel im Fenster stehen. Ich las mir selbst laut die erste Zeile vor: „Hair cut short – 20 Quid." *Was zum Henker sind denn Quid?*

Marta kam zurückgelaufen, denn sie hatte erst gar nicht gemerkt, dass ich stehen geblieben war. Sie wollte mich weiterlotsen: „Komm Ava, da vorne ist die Oxford Street."

„Was sind denn Quid?", fragte ich sie immer noch komplett in meine Gedanken vertieft.

„Hast du denn nicht aufgepasst in Englisch? Frau Evers hat doch vor den Osterferien erklärt, dass das ein anderes Wort für Pfund ist", erklärte Marta und verdrehte die Augen.

„Du Marta, ich glaub, ich weiß, wofür ich das Geld von meinem Papa nehme." Ich blickte sie an. „Ich lass mir hier die Haare schneiden!" Als ich es ausgesprochen hatte, mischten sich Aufregung und Verunsicherung in mir.

Marta schaute mich fragend an. „Aber Barber sind doch Herrenfriseure!"

„Mir doch wurst. Ich will kurze Haare und wenn jemand das kann, dann ja wohl so jemand hier." Im selben Moment drückte ich schon die Türe auf. Mir klopfte das Herz. So lange hatte ich schon überlegt und mir zu Hause vor dem Schlafengehen Fotos von Kurzhaarfrisuren im Internet angesehen. *Wenn nicht jetzt, wann dann?*

Die beiden Männer im Salon stoppten ihr Gespräch und schauten mich an. Der Barber fragte auf Englisch: „Wie kann ich dir helfen?"

Ich tappte nervös von einem Fuß auf den anderen. Das war nicht nur der Moment, in dem ich womöglich meine Haare abschneiden ließ, ich musste auch das erste Mal mit jemandem außerhalb der Schule richtig Englisch sprechen. Unsicher fing ich an zu stammeln: „Ich ... Ich, Haare schneiden kurz." Mit gerunzelter Stirn und der Schere in seiner rechten Hand schaute mich der Barber an.

„Sie möchte gerne ihre langen Haare abschneiden lassen", hörte ich Marta hinter mir in perfektem Englisch sagen. Sie grinste mich an.

„Okay, nehmt da drüben Platz. In fünfzehn Minuten bist du dran." Der Mann nickte mit seinem Kopf in die Richtung von zwei dunkelroten Sesseln neben dem Fenster. Ich schaute mich genau um. Der Fußboden war mit kleinen schwarz-weißen Fliesen ausgelegt und es gab zwei Plätze zum Haareschneiden vor zwei großen Spiegeln. Im Hintergrund lief jazzige Musik und es roch nach Männerparfüm. Vor Aufregung kitzelte mein Bauch und ich zählte die Fliesen auf dem Boden. Erst die schwarzen und dann die weißen.

Ich schaute zu Marta auf. „Soll ich das wirklich machen?", wollte ich mich bei ihr vergewissern.

Marta schien fast genauso aufgeregt wie ich. „Klar machst du das! Das ist doch hier die perfekte Gelegenheit!"

Kurz darauf rief mich der Barber zu sich rüber. Mit wackeligen Beinen lief ich die paar wenigen Schritte rüber zu dem braunen Stuhl und nahm Platz. Auf meinem Handy zeigte ich ihm ein Bild von einer Frisur, die ich mir schon vor Wochen ausgesucht hatte. Im nächsten Moment spürte ich, wie der sich langsam auf mich ablegende schwarze Umhang meine Haut an den Händen berührte. Der Barber schaute mir von hinten durch den Spiegel in die Augen, als er meinen dicken Zopf in die linke Hand nahm und mit der rechten seine Schere aus seiner Umhängetasche nahm. Er setzte sie an und fragte mich lächelnd: „Bist du sicher?"

Ich nickte ihm zu und merkte, wie sich seine Schere durch meine Haare arbeitete. *O Gott! O Gott! O Gott!* Ich konnte gar nicht fassen, was ich hier gerade spontan entschieden hatte. Ich sah, wie meine langen Haare Strähne für Strähne auf den Fußboden fielen. Mit jeder fallenden Strähne wuchs die Freude in mir und ich wusste, dass ich genau die richtige Entscheidung getroffen hatte!

Ich beobachtete den Barber bei jedem Schritt. Er schien genau zu wissen, was er tat, und seine Handgriffe wirkten routiniert. Außerdem war er ein wahnsinnig schöner Mann. Er hatte einen etwas dunkleren Hauttyp und kurze schwarze Haare, die er mit viel Wachs zu einer glatten Frisur modelliert hatte. Dazu hatte er leuchtend hellgrüne Augen, die herausstachen. Die Seiten bei mir schnitt er mit einer Maschine ganz kurz und nahm für meine Haare auf dem Kopf die Schere. Im Spiegel hatte ich gesehen, wie Marta hinter mir auf dem roten Sessel saß und die ganze Aktion filmte. „Ich freu mich so für dich und will das festhalten. Wer weiß, wofür das noch gut ist!"

Ich liebte Marta einfach für ihre Art. Der Barber schien fast fertig zu sein, denn er nahm den Fön und pustete mir die vielen abgeschnittenen Haare von meinem Umhang. Er grinste und stand im nächsten Moment mit einem runden Spiegel in der Hand hinter mir, um mir den Schnitt am Hinterkopf gespiegelt zu zeigen.

Ich schaute mich ganz genau an und drehte den Kopf nach links und rechts und wieder zurück. *Wow! Das sieht richtig geil aus!* Auch Marta nickte mir von hinten durch den Spiegel bestätigend zu und zeigte mit dem Daumen nach oben. Endlich war ich die langen Haare los und konnte es noch gar nicht glauben. Nach dem Bezahlen trat ich auf die Straße. Es fühlte sich ganz anders an auf meinem Kopf. Viel leichter und irgendwie etwas kühler. Ich spürte den Wind an meinen Ohren, wie ich ihn noch nie gespürt hatte. Ich versuchte meine Gefühle einzuordnen, was gar nicht so einfach war. Da waren etwas Aufregung, Freude und … ja, was? Ich holte tief Luft und im nächsten Moment konnte ich das Gefühl greifen: Ich fühlte mich frei!

Zurück im Hostel waren die meisten aus unserer Klasse schon im Speisesaal versammelt. Es roch nach Essen, aber ich konnte in der wilden Mischung der Gerüche nicht ausmachen, was es heute wohl zum Abendessen geben würde.

„Ich tipp ja auf Pizza", sagte Marta und schnupperte mit erhobener Nase. Als wir den Speisesaal betraten und näher auf die zwei langen Tischen für unsere Klasse zukamen, verstummte Stück für Stück das Gemurmel am Tisch. Jene, die noch nicht auf uns aufmerksam geworden waren, wurden von den anderen um sie herum angestupst und es wurde auf mich gezeigt. Zunächst sagte niemand etwas.

„Habt ihr ein Gespenst gesehen oder was ist los?", sagte ich schließlich. Ich fühlte mich gut und stark mit der neuen Frisur. Schon auf dem Weg zurück hatte ich mir geschworen, dass ich mich wegen der Haare nicht dumm anmachen lassen würde!

„Ein Gespenst nicht, aber 'n hässliches Mannsweib", kam direkt von Till am Ende des Tisches. Überraschenderweise lachte niemand mit ihm. Nicht mal Sebastian. Der war wohl durch meine Erscheinung zu verwirrt. Frau Evers schaute Till böse an.

„Ach, weißt du, Till, dein dummes Geschwätz wird langsam langweilig", sagte ich. Als ich meinen Mund wieder geschlossen hatte, war ich selbst überrascht von meiner Aussage. Ich spürte außerdem, dass ich innerlich ganz ruhig war. Till hatte damit nicht gerechnet und guckte mich nur noch stumm an. Marta und ich setzten uns auf zwei freie Stühle am Tisch und das Gemurmel um uns herum wurde langsam wieder etwas lauter. Alle schienen zu ihren Gesprächen zurückzukehren und Marta und ich grinsten uns zufrieden an.

Als wir nach dem Essen – und es hatte tatsächlich Pizza gegeben – zur Besprechung der kommenden Tage nach nebenan in den mit neonfarbenen Graffitis dekorierten Gemeinschaftsraum gingen, fiel mir links am Eingang eine Wand voller Flyer auf. Neben den bunten Infozettelchen der ganzen Attraktionen und Hop-on-hop-off-Busse stach mir direkt eine Postkarte mit Regenbogen darauf ins Auge. Ich blieb stehen und griff danach. Auf schwarzem Hintergrund stand vorne groß in der Mitte *Q-Space Soho* und auf Englisch darunter: *Bist du zwischen 15 und 25 und queer, lesbisch, schwul, bisexuell, trans oder dir einfach noch nicht ganz sicher? Dann ist das der richtige Ort für dich! Komm vorbei!* Drumherum waren viele bunte kleine Flaggen, von denen ich bislang nur die Regenbogenflagge kannte, und ich fragte mich, was wohl die anderen bedeuteten. Schnell drehte ich die Postkarte um und las mir aufmerksam die Rückseite durch. Ich fand eine Liste mit Terminen zu den unterschiedlichen Gruppentreffen und Veranstaltungen von Q-Space und war plötzlich ganz aufgeregt.

„Marta, schau mal, was ich gefunden habe!" Ich hielt ihr die Karte direkt vor die Nase.

Sie machte einen Schritt zurück und kniff die Augen zusammen. „Wie soll ich denn etwas erkennen, wenn du mir mit der Karte förmlich die Augen ausstichst?", scherzte sie.

„Das muss irgendein Zentrum für Jugendliche wie mich sein. Und Samstagabend ist da ein Potluck und Party! Wenn ich jetzt nur wüsste, was ein Potluck ist …" ich schaute Marta gebannt an, in der Hoffnung, dass sie mir das beantworten könnte.

„Woher soll ich das denn wissen, Ava?" Im gleichen Moment rief sie schon laut zu Frau Evers, die gerade den Raum betrat: „Frau Evers, was ist ein Potluck?"

Frau Evers drehte sich zu uns rüber und kam die paar wenigen Schritte, die uns trennten, auf uns zu. „Ein Potluck ist ein gemeinsames Essen, zu dem jede Person etwas mitbringt. Ein bisschen wie ein Picknick."

Ich nickte und mir gingen direkt tausend Sachen durch den Kopf. *Ich muss da unbedingt hin!* Das war der Gedanke, der sich immer mehr verfestigte.

„Wo hast du das denn her, Marta?", fragte Frau Evers neugierig.

Marta, das kleine Plappermaul, antwortete natürlich sofort. „Ach, Ava hat da diesen Flyer gefunden und Samstag ist eine Potluck-Party."

„Zeig doch mal her", sagte Frau Evers und zog mir die Postkarte aus der Hand.

Ich lief rot an und wusste eigentlich gar nicht so recht, wieso. Seit der Kussaktion beim Fest der Sommersonnenwende wussten ja alle, dass ich Mädchen mochte. Das hatte sich mit Sicherheit auch im Zimmer der Lehrkräfte rumgesprochen, so wie ich unser kleines Kaff kannte.

„Ach, das ist ja cool! Ava, möchtest du dort hingehen? Ich könnte mir vorstellen, dass das genau das Richtige für dich ist – und Soho ist auch nicht weit von hier."

Mit offenem Mund schaute ich Frau Evers ungläubig an. *Hat sie das gerade wirklich gesagt?*

„Ja, ich würde sehr gerne gehen. Aber haben wir nicht andere Pläne mit der Klasse?", fragte ich voll Sorge, dass Frau Evers das wohl vergessen hatte.

Doch die legte mir ihre Hand auf die Schulter und lächelte mich an. „Ich glaube, das hier ist wichtiger für dich, als ständig mit der Meute rumzuhängen, die du sowieso die ganze

Zeit siehst. Ich rufe da gleich mal an. Die werden ja sicherlich Sozialarbeiter*innen oder ähnliches vor Ort haben und wenn das der Fall ist, erlaube ich dir, dort hinzugehen."

Meine Augen wurden größer. Ich konnte gar nicht glauben, dass Frau Evers mir das erlauben würde, nach alldem, was mir bisher passiert war.

„Danke, Frau Evers! Ich verspreche, ich werde ab sofort immer meine Hausaufgaben für Englisch machen!" Dabei sprang ich ihr fast vor Freude um den Hals.

Sie lachte. „Ich glaube, wir wissen beide, dass das nicht passieren wird. Aber genieß du mal die Chancen, die dir die Großstadt bietet. Wir sind schnell genug wieder auf dem Land."

Vor lauter Vorfreude auf Samstag konnte ich mich anschließend kaum darauf konzentrieren, was uns Frau Evers und Herr Kreis über die Pläne für die kommenden Tage erzählten. Denn wie sich schnell herausstellte, waren tatsächlich erwachsene Aufsichtspersonen Samstag vor Ort, sodass der Party nichts im Wege stand. *Was ziehe ich nur an und was soll ich denn da zu Essen mitbringen?* Ich ging in meinem Kopf die begrenzten Optionen meiner Klamotten durch und überlegte, was wohl ein gutes Gericht für ein Potluck wäre. In meinem Kopf rechnete ich auch aus, dass es noch genau 47 Stunden waren, bis der Abend bei Q-Space losgehen würde. Das kam mir auf einmal schrecklich lange vor, auch wenn ich wusste, dass das Quatsch war.

Bei dem ganzen Programm, das wir mit der Klasse Freitag und Samstag tagsüber hatten, verging die Zeit wirklich wie im Flug. Tower Brigde, Madame Tussauds, Buckingham Palace – Frau Evers und Herr Kreis ließen wirklich keine

Attraktion aus. Und selbst der sonst so mürrische Herr Kreis schien die Zeit in London zu genießen und war viel freundlicher als sonst.

Als wir Samstag nach dem Ausflugstag auf dem Weg zurück ins Hostel waren, kam Frau Evers auf mich zu. „Ava, wegen heute Abend, ich hab mir auf der Karte angeschaut, wo Q-Space ist. Das sind circa fünfzehn Minuten zu Fuß und ich bin damit einverstanden, dass du alleine hingehst. Auf dem Rückweg vom Abendessen holen wir dich dann um Punkt 21:30 Uhr ab. Sei dann bitte pünktlich vor der Tür. Für den Notfall hast du ja die Telefonnummern von Herrn Kreis und mir."

Ich war ganz kurz ein bisschen enttäuscht, weil ich ja wusste, dass der Abend bis 22 Uhr gehen sollte. Aber mir war auch klar, dass Frau Evers sich hier mit einer Extrawurst für mich auch etwas aus dem Fenster lehnte. Ich schaute sie an. „Danke, Frau Evers. Ich werde pünktlich draußen stehen. Darf ich Sie noch etwas fragen, bitte?"

Sie nickte mir zu. „Klar, frag, was du willst."

„Was soll ich denn nur für das Potluck mitbringen? Ich war ja noch nie bei so was."

Frau Evers schmunzelte mich an. „Gegenüber vom Hostel ist doch so ein kleiner Supermarkt. Hol da einfach eine Flasche Cola und eine Packung Muffins oder Kekse. Nachtisch mag jede Person."

„Danke!", sagte ich und strahlte sie an. Das war eine gute Idee. Ich hatte ja sowieso noch ein bisschen Geld von Papa übrig nach dem Haarschnitt und letztendlich wurden es sogar Muffins UND Kekse.

„Ich bin so aufgeregt, Marta!", sagte ich zu ihr, als wir uns in unserem Zimmer für den Abend fertig machten. „Wie soll ich denn da mit meinem krümeligen Englisch mit irgendwem sprechen?"

„Ach, sei einfach du selbst! Ich bin mir sicher, die sind bestimmt alle voll nett da und freuen sich über ein neues Gesicht." Wie auch immer sie das machte – Marta sagte in solchen Momenten immer genau das Richtige.

Ich schnappte mir meinen Rucksack, packte Cola, Muffins und Kekse ein und machte mich auf den Weg.

Um bloß nichts zu verpassen, war ich zügig unterwegs. *Von wegen fünfzehn Minuten.* Ich schaffte den Weg in zehn Minuten und kam sogar noch einmal an dem Barber vorbei, bei dem ich noch zwei Tage zuvor meine langen Haare hatte fallen lassen. Vor der Türe der Adresse auf dem Flyer angekommen, blieb ich stehen und las: *LGBT Association Soho.* Ob es so etwas auch bei uns gab, fragte ich mich. *Vielleicht in Stuttgart. Auf dem Land ganz sicher nicht.* Im Fenster der Organisation hingen viele bunte Poster und da waren auch wieder die ganzen kleinen Flaggen.

Es war fünf vor sieben. Ob ich wohl schon reingehen konnte? Ich drückte feste gegen die Tür und dahinter öffnete sich ein heller Raum, in dem viele Sofas und grüne Pflanzen standen. Über einem Sofa stand in großen Buchstaben an der Wand: *STONEWALL WAS A RIOT!* Wieder mal ein Wort, das ich nicht kannte. Ich hatte gerade die Türe hinter mir zufallen lassen, als eine etwas kräftigere Frau auf mich zukam. Sie hatte dunkelblonde Haare bis zu den Ohren und trug einen Nasenring. Vermutlich war sie etwa in Frau Evers Alter. „Hi, ich bin Ruby! Willkommen bei Q-Space. Wer bist du denn?"

Schüchtern sagte ich ganz leise „Ich bin Ava und komme aus Deutschland."

„Schön, dass du da bist, Ava! Wir freuen uns über jeden Besuch, egal woher eine Person kommt. Ich leite die Gruppe heute Abend. Komm, ich zeig dir alles", sagte Ruby und deutete mit ihrer Hand an, ihr zu folgen. Ruby musste die Person gewesen sein, mit der Frau Evers vorab gesprochen hatte. Sie führte mich durch die Räume, die allesamt einen wahnsinnig gemütlichen Eindruck machten. Die Sofas im großen Raum waren alle an die Wände geschoben, sodass nachher mehr Platz zum Tanzen war. Zumindest sagte das Ruby und der Raum füllte sich langsam mit mehr Jugendlichen. Ich hatte gerade meine Sachen auf dem großen Tisch mit dem Essen abgestellt, da kam Ruby mit einer zweiten Person an. „Schau mal Ava, das ist Tess. Sie kommt hier schon länger her und ich denke, ihr zwei versteht euch bestimmt super!"

Im ersten Moment brachte ich kein Wort heraus und starrte Tess nur an. Sie war ein bisschen größer als ich, hatte ebenfalls recht kurze Haare, die von einer nach hinten gedrehten blauen Basecap verdeckt waren. Sie trug ein schwarzes T-Shirt und darüber ein gelb-türkis kariertes Hemd und sah darin unglaublich gut aus. Ich hatte mich endlich gefangen und stammelte meinen Namen. „Sorry, aber mein Englisch ist leider ganz schlecht", schob ich noch fix hinterher.

Ich blickte einem sympathischen Lächeln entgegen. „Ach, das ist kein Problem. Zur Not benutzen wir Hände und Füße zum Sprechen."

Wir lachten beide und das Eis war gebrochen. Ich erzählte Tess über unsere Klassenfahrt und was wir alles schon in London gesehen hatten. Dann schnappten wir uns

Pappteller und luden uns reichlich Salate und Würstchen vom Buffet auf. Wir setzten uns an einen Tisch und eine dritte Person gesellte sich dazu, die Tess mit einer Umarmung begrüßte und sich dann bei mir als Johnny vorstellte. „Johnny leitet hier die Gruppe für trans Männer", erklärte mir Tess, während sie genüsslich von einem Würstchen abbiss. Ich schaute verlegen auf meinen Teller und stocherte in meinem Salat herum. *Es wäre ja jetzt eine Chance, nachzufragen, was ein trans Mann ist. Aber was, wenn die denken, dass ich völlig bescheuert bin?* Aber mir wurde klar, dass ich die beiden vielleicht sowieso nie wieder sehen würde. Ich nahm meinen Mut zusammen: „Ich bin mir gar nicht so sicher, was ein trans Mann ist. Tut mir leid."

Johnny lehnte sich lässig in seiner schwarzen Lederjacke auf dem Stuhl zurück: „Muss dir nicht leid tun. Die meisten wissen das nicht. Bei meiner Geburt hat jemand einfach das falsche Kästchen bei weiblich angekreuzt, ich wusste aber schon immer, dass ich ein Junge bin. Und genau das lebe ich jetzt auch so. Ganz easy." Dann hatte ich ja doch gar nicht so falsch gelegen, als Marta und ich vor ein paar Wochen darüber gesprochen hatten. Wie das wohl für jemanden wie Johnny sein musste? Er sah richtig cool aus. Johnny war etwa so groß wie ich, sah durch die Lederjacke recht muskulös aus und hatte links und rechts im Gesicht rotbräunliche Koteletten. Ich grübelte darüber, wie alt er wohl war, traute mich aber nicht zu fragen. Nach dem Essen räumten wir gemeinsam alle Essenssachen weg. Es waren mittlerweile auch etwa dreißig Jugendliche gekommen und Tess sagte, dass sie jetzt gleich Musik anschmeißen und ein bisschen tanzen würden. In dem Moment ging das Licht aus und

Ruby rief laut: „Let's daaaaaance!" Aus einem Lautsprecher aus der Ecke dröhnte direkt Lady Gagas *Born this way*.

„Ich kenn den Song!", sagte ich ganz laut und aufgeregt zu Tess.

Sie griff nach meiner Hand, zog mich in die Mitte des Raumes und animierte mich zum Tanzen. Mitten im Refrain drehte Ruby die Musik leise und die ganzen Leute um mich herum sangen aus voller Kehle laut mit! *Was geht denn hier ab? Ist das geil!* Überwältigt von meinen Gefühlen bewegte ich meinen Körper wild zum Beat und hatte das breiteste Lächeln im Gesicht, sodass mir nach kurzer Zeit schon die Muskeln in meinen Wangen schmerzten. Aber das war mir völlig egal. Ich fühlte mich frei und vor allem das allererste Mal nicht so allein wie sonst.

Tess kam etwas näher an mich heran und legte mir ihre Hände auf die Hüften. „Ist das okay für dich?"

Ich nickte ihr zu und hatte in dem Moment kräftig Herzklopfen. Sie schaute mich an. „Ich mag deinen Haarschnitt. Der sieht richtig cool aus!"

Mit der Hand fuhr ich mir durch die Haare: „Den Schnitt hab ich mir vorgestern hier um die Ecke verpassen lassen. Davor waren meine Haare noch so lang!" Und deutete mit meiner Hand auf die Höhe an meiner Schulter. Tess machte große Augen: „Wow! Das war 'ne gute Entscheidung. Ich mag Mädchen mit kurzen Haaren und du siehst richtig cute aus."

WTF? Ich glaub, die flirtet mit mir! Verunsichert schaute ich zu Tess, versuchte mir aber die Verunsicherung nicht anmerken zu lassen. Wir tanzten ausgelassen mit allen Körperteilen in Bewegung zu Rihannas *Diamonds,* bevor wir uns beide völlig außer Atem auf eins der Sofas um die improvisierte Tanzfläche fallen ließen. In dem Raum waren es bestimmt hundert Grad. Jedenfalls war ich völlig nassgeschwitzt vom Tanzen und trank einen großen Schluck Cola aus meinem roten Pappbecher. Neben mir nahm Tess meine Hand und lehnte sich zu mir rüber. Sie schaute mich an. „Ich würde dich wirklich gerne küssen. Darf ich?"

Völlig überrascht von der Frage schaute ich Tess mit weit geöffneten Augen an und nickte ganz leicht. Worte konnte ich keine rausbringen. Im nächsten Moment passierte es auch schon, dass ich ihre warmen Lippen auf meinen und ihre andere Hand in meinem Nacken spürte. Tess öffnete leicht ihren Mund und ihre Zunge suchte sanft nach meiner. Knutschend saßen wir eine ganze Weile auf der Couch, bis ich mein Telefon in meiner Hosentasche vibrieren spürte. *Shit!* Ich hatte die Zeit völlig vergessen. Ich zog mein Handy aus der Tasche. 21:37 leuchteten die Ziffern hell auf dem Display. Frau Evers rief mich an.

Ich blickte Tess entschuldigend an. „Tut mir voll leid, aber ich muss gehen. Meine ganze Klasse steht vor der Tür und wartet auf mich."

Tess lachte. „Der Abend wird ja immer besser! Anscheinend hab ich gerade Cinderella geküsst. Geh schnell, bevor sich dein Abhol-Kommando in einen Kürbis verwandelt", scherzte sie und zwinkerte mir dabei noch zu. Tess nahm mir mein Handy aus der Hand und tippte ihre Nummer ein. „Melde dich!" Nickend zog ich mir meine Jacke an und lief Richtung Tür. Diese hatte ich gerade aufgemacht, als ich eine Hand auf meiner Schulter spürte. „Warte mal." Es war Tess, die mir noch mal einen leidenschaftlichen Kuss auf die Lippen gab.

Draußen von der Straße hörte ich einige meiner Klassenkamerad*innen „Wohooo" rufen, andere pfiffen. Mann, war mir das peinlich, aber der Abend war's absolut wert gewesen!

„Soso", sagte Frau Evers, als ich mich der Gruppe anschloss.

Reuevoll schaute ich meine Lehrerin an, während ich mir noch den Reißverschluss meiner Jacke hochzog. „Tut mir leid, Frau Evers. Ich hab total die Zeit vergessen."

„Das hab ich gesehen. Aber das Zuspätkommen lasse ich ausnahmsweise mal durchgehen." Sie lächelte. „Ich freu mich für dich, dass du einen schönen Abend hattest."

Das war er wirklich. Vielleicht sogar der beste Abend, den ich je hatte. Jetzt musste ich nur an Infos kommen, wie ich sowas auch zu Hause finden konnte. Eines stand fest: Ich musste irgendwas dafür tun, um aus diesem kleinen Kaff rauszukommen. Aber wie sollte das gehen?

Nach dem Trip nach London und der Erkenntnis, welche Möglichkeiten es in größeren Städten gab, suchte ich verzweifelt nach einem Weg, aus unserem kleinen Kaff auszubrechen. Ich war zwar gerade im Sommer siebzehn geworden, konnte aber ja noch nicht irgendwo alleine wohnen. Also kam ich auf die Idee, die Schule zu wechseln. Auch wenn ich dann nicht mehr bei Marta in der Klasse sein würde, wäre ich so aber auch weg von Tick, Trick und Track und Lehrer*innen wie Herrn Kreis. Das allein war für mich Grund genug und mein Entschluss stand fest. Ich hatte einfach die Telefonnummer eines Gymnasiums in der nächsten Stadt rausgesucht und gefragt, wie man die Schule wechselt. Die Frau am anderen Ende der Leitung war von der Frage überfordert und stellte mich zum Rektor Herrn Burger durch.

„Also das ist ja mal ein Ding. Ich hab noch nie erlebt, dass eine Schülerin selbst anruft. Das machen sonst nur die Eltern. Diese Person möchte ich unbedingt kennenlernen!", sagte er und lud mich und meine Eltern kurz darauf zum Gespräch ein.

Meine Eltern waren von meinem Vorhaben mindestens genauso überrascht und wussten erst mal kein Argument, was dagegensprechen würde.

„Auf der anderen Schule lernt man als dritte Fremdsprache Spanisch. Das sprechen 500 Millionen Menschen auf der Welt. Das macht viel mehr Sinn, als Italienisch zu lernen. Außerdem ist der Schwerpunkt Politik an der Schule superinteressant und könnte mir bei der Entscheidung für meine Zukunft einen guten Grundstein legen."

Das war mein offizielles Argument gegenüber meinen Eltern, die von den Hänseleien in der Schule nichts wussten. Es sollte für mich ein kompletter Neuanfang sein. Vor allem nach dem ganzen Dilemma mit Paula und dem Kuss.

Nachdem auch das Gespräch bei Herrn Burger gut gelaufen war, hieß es für mich dann, noch mal neu durchzustarten. Ich hatte mir vorgenommen, dass alles anders werden sollte und ich mich nicht mehr herumschubsen lassen würde. Nein, es sollte genau das Gegenteil passieren: Ich wollte Freund*innen finden und zeigen, dass ich dazugehörte, auch wenn ich etwas anders war! *Das darfst du nicht verkacken, Ava!,* sagte ich mir in den Tagen vor dem Schulstart immer und immer wieder. Marta lag mir in den letzten Tagen der Sommerferien ständig mit ihrem Gejammer in den Ohren, wie sie denn nur nun jeden Morgen allein zur Schule laufen sollte. Ich konnte sie ja verstehen. Wir waren seit der ersten Klasse jeden Schultag gemeinsam zur Schule gelaufen. Marta wusste aber auch ganz genau, wie wichtig ein Neuanfang nach dem ganzen Drama seit meinem mehr oder weniger erzwungenen Coming-out in der Schule war. Außerdem konnte ich mich gerade nicht so richtig auf Marta konzentrieren. Ich hatte anderes im Kopf und war am ersten Schultag nach den Ferien unglaublich aufgeregt!

Kapitel 3

ALLES AUF ANFANG

Am ersten Schultag versuchte ich mich zurechtzufinden und suchte meinen Klassenraum. Der Nummer nach musste das Zimmer im Erdgeschoss sein. Das Schulgebäude kannte ich schon von der Führung beim Kennenlerngespräch mit Herrn Burger und ich lief instinktiv in die richtige Richtung. Ich stellte fest, dass das Gebäude älter sein musste als meine alte Schule, aber die marmorierten Fliesen auf dem Boden gefielen mir viel besser als die ollen braunen in meiner alten Schule. Als ich den Klassenraum betrat, herrschte wildes Gemurmel. Ich blieb erst einmal im Türrahmen stehen und verschaffte mir einen Überblick. Einige saßen schon auf den schwarzen Stühlen an den Tischen mit ebenfalls schwarzem Rand, andere saßen auf den Tischen und unterhielten sich. Vor mir war eine große Fensterfront, vor der sich eine Art Garten befand. Das gefiel mir und ich lief zu einer kleinen Gruppe Mädchen, die vor den Fenstern saß.

„Hey, wer bist du denn?", fragte ein Mädchen mit langen schwarzen Haaren und einer Art schwarzem Gewand. Die tiefschwarzen Haare erzeugten einen krassen Kontrast zu ihrer weißen Hautfarbe, die einem direkt ins Auge stach.

Ich antwortete mit einem Satz, den ich mir schon seit Wochen im Kopf zurechtgelegt hatte: „Hi, ich bin Ava und ich bin neu hier an der Schule."

„Ich bin Kerstin, willkommen in der langweiligsten Klasse auf Erden." Kerstin war das Mädchen im schwarzen Gewand und ich vermutete, dass sie ein Gothic-Fan war. Sie musterte mich einmal von oben bis unten. „Voll das coole Shirt! Ich mag Bloc Party auch voll gern. Was hörst du denn sonst so?"

Mit der Frage war das Eis direkt gebrochen und wir unterhielten uns über unsere Lieblingsbands, bei denen sich einige Überschneidungen herausstellten. Wir waren so in unser Gespräch vertieft, dass wir gar nicht mitbekamen, dass Herr Burger das Klassenzimmer betreten hatte und die erste Stunde schon begann.

„Wie ich sehe, hast du schon Anschluss gefunden, Ava", sagte Herr Burger mit einem freudigen Lächeln im Gesicht. „Möchtest du dich vielleicht der Klasse kurz vorstellen?"

Ich nickte. Denn auch hierauf hatte ich mich die ganzen Sommerferien über vorbereitet und so erzählte ich der Klasse, wer ich war. Als ich sagte, dass ich gerne Fußball spiele, hörte ich direkt hinter mir: „Kannst du gut kicken?"

„Würd ich schon sagen, ja. Ich spiele schon seit ich ganz klein bin und geh zweimal die Woche zum Training."

Der Junge, der mir die Frage gestellt hatte, zeigte mit beiden seiner Daumen nach oben. „Das find ich cool!"

Geil, die ersten zehn Minuten und gleich ein Kompliment. Bislang schien alles gut für mich zu laufen. Kerstin erzählte mir später, dass das Lukas war. Ein Junge, mit dem eigentlich alle gut klarkamen.

„Wie ihr ja spätestens jetzt festgestellt habt, werde ich für die kommenden zwei Jahre bis zu eurem Abschluss euer Klassenlehrer bleiben. Ihr seid ja aufgrund der Wahl eurer Fächer neu gemischt und wir müssen noch Klassensprecher*innen wählen. Wer würde sich dafür bereiterklären?", fragte Herr Burger.

Ich schaute mich um und konnte nur vereinzelt leises Flüstern wahrnehmen. Bislang meldete sich niemand. Ich drehte meinen Kopf noch einmal nach links und rechts und Herr Burger musste das gesehen haben. Er schaute mich an und fragte: „Ava, vielleicht hast du Lust, dich direkt als Einstieg an der Schule zu engagieren? Dadurch lernst du auch schnell andere Mitschüler*innen aus anderen Klassen kennen."

Das war vielleicht meine Chance! Könnte ich es so schaffen, dazuzugehören? Ich hatte mir schon seit der Grundschule gewünscht, Klassensprecherin zu sein, und hatte es sogar einmal versucht. Das war allerdings in einem Desaster geendet, da ich nur zwei Stimmen bekommen hatte. Die von Marta und meine eigene. Obwohl ich Schiss hatte, dass sich das wiederholen könnte, antwortete ich vorsichtig auf Herrn Burgers Frage: „Na ja, wenn niemand anderes Lust dazu hat, kann ich das schon machen."

„Na, das nenn ich mal Initiative. Kaum an der Schule angekommen und schon gleich für die Mitschüler*innen einsetzen. Das gefällt mir." Herr Burger strahlte mich an.

Neben mir bewegte es sich und Kerstin sagte motiviert: „Ach komm, wenn niemand außer Ava möchte, dann mach ich das mit ihr zusammen." Sie streckte mir ihre Hand als Faust geballt entgegen und ich wusste im ersten Moment gar nicht, was ich damit anfangen sollte. Kerstin griff nach meiner Hand, drückte meine Finger ebenfalls in Form einer Faust und stieß ihre Faust dagegen. „Kennt man da, wo du herkommst, etwa keinen Fistbump?" Kerstin lachte.

Ich lachte verlegen mit. „Ach, das meinst du. Klar kenn ich das."

„Damit hätten wir unsere zwei Klassensprecherinnen, wenn es keine Einwände gibt?", unterbrach Herr Burger unser Fistbump-Geplänkel.

„Dann gratuliere ich hiermit Ava und Kerstin! Vielen Dank für euer Engagement." Herr Burger klatschte vor Freude in die Hände. Jetzt war erst mal Deutschunterricht angesagt und ich konnte gar nicht fassen, was sich gerade ereignet hatte. Der erste Tag an einer neuen Schule, gleich eine neue Freundin, die meinen Musikgeschmack und Klamottenstil feiert, ein Junge, der es cool fand, dass ich Fußball spielte, und ich war zur Klassensprecherin ernannt worden? *Warum bin ich hier nicht schon viel früher gelandet?*

In der Pause stellte mich Kerstin ein paar anderen aus der Abschlussklasse der Schule vor, die auch eher in dunklen und punkigen Klamotten auf dem weiten Pausenhof standen. „Sagt mal, ist am Wochenende nicht das Konzert von Don't kill my cat in der Alten Abtei?", fragte Kerstin in die Runde.

„Ja, das ist Freitagabend. Kommt ihr auch?", fragte ein Junge, der selbst aus dieser eher auffälligen Gruppe herausstach. Er war ein ganzes Stück größer als ich, hatte eine dunkle Hautfarbe, schwarz lackierte Nägel und ein wahnsinnig hübsches Gesicht.

„Ich bin übrigens Sanjay und die Queen der Schule", sagte er und streckte mir die Faust für einen Fistbump entgegen. *Das muss deren Ding sein,* dachte ich mir, wusste aber ja jetzt, wie ich darauf reagieren sollte.

Ich boxte seine Faust mit meiner an und stellte mich kurz vor.

Sanjay schaute mich an. „Also mein Gaydar schlägt hier gerade ganz schön aus. Du spielst doch bestimmt auch in meinem Team, oder?"

Ich schaute Sanjay mit großen Augen an. *Was will der denn jetzt von mir?*

„Sanjay möchte damit sagen, dass er schwul ist und glaubt, dass du vielleicht auch homo bist", erklärte Kerstin.

Ich presste erschrocken die Lippen zusammen und wich ihrem Blick aus. Was sollte ich denn jetzt bloß sagen? Gleich am ersten Tag in der neuen Schule wollte ich mich eigentlich nicht outen. Nicht, dass die gleiche Scheiße wie an der anderen Schule hier direkt weiterging. Aber wenn er das so offen ansprach, waren die anderen vielleicht cool damit?

„Also wegen deines Äußeren mit den kurzen Haaren, deinen Klamotten. Ich wette, dass ich richtig liege", hörte ich Sanjay sagen, während ich noch mit mir selbst debattierte, was ich denn nun machen sollte.

Früher oder später erfahren sie es wahrscheinlich eh. „Ja, ich bin lesbisch. Gibt's damit irgendein Problem, oder was?", fragte ich mürrisch.

„Hey, hey, hey, entspann dich, Ava. Kein Plan, was du erlebt hast, wo du herkommst. Aber wir haben damit kein Problem." Erleichterung machte sich in mir breit, als Kerstin das sagte.

Ich schaute zufrieden in die Runde. *Die sind eigentlich echt alle ganz schön nice hier,* dachte ich.

„Nun, nachdem wir das nun auch geklärt hätten, was ist nun mit Freitag?", wollte Sanjay wissen.

Ich wollte mich auch irgendwie am Gespräch beteiligen und fragte: „Was ist denn die Alte Abtei?"

Sanjay und Kerstin fingen beide zeitgleich an zu reden, aber Kerstin setzte sich durch: „Die Alte Abtei ist ein Jugendclub hier mitten in der Altstadt am Marktplatz. Ein uraltes Kloster, in dem mal Nonnen gelebt haben. Jetzt ist es aber fest in der Hand von Jugendlichen, die alles selbst organisieren. Es gibt nicht mal Sozialarbeitende und eigentlich fast jedes Wochenende Punk- oder Metalkonzerte."

Ich fragte mich, wo ich gelebt hatte, dass ich von der Alten Abtei noch nie etwas gehört hatte. Und eins stand fest: Ich musste da dieses Wochenende unbedingt hin! Die Pause neigte sich so langsam dem Ende zu und als wir wieder zurück ins Schulgebäude liefen, schrieb ich Marta direkt eine WhatsApp-Message:

> Hey Marta! Die neue Schule ist megacool! Ich bin Klassensprecherin!

Ich sah unter Martas Namen, dass sie als *online* angezeigt wurde und zu schreiben begann.

> Whaaaat?! Wie krass ist das denn? Das wolltest du ja schon seit der Grundschule mal machen.

> Na ja, du hättest mich gewählt, aber alle anderen nicht, lol! Und außerdem gehen wir am Wochenende hier in die Alte Abtei. Egal was du geplant hast, du MUSST mitkommen!

> Aye, aye, Captain! Aber was ist die Alte Abtei?

Während der Biostunde schrieb ich Marta alles, was ich über die Alte Abtei erfahren hatte, erzählte ihr von Sanjay und seinem *Gaydar*. Natürlich bemerkte das die Bio-Lehrerin, bei der ich es mir damit gleich mal verscherzt hatte.

Der Rest der Woche lief aber tatsächlich genauso super wie der erste Tag und ich fühlte mich total wohl. Ich freute mich auf den Sportunterricht am Freitag, denn es war das erste Mal, dass für mich Fußball im Schulunterricht auf dem Programm stand. Für die Oberstufe konnte man Kombinationen aus verschiedenen Sportdisziplinen wählen. Ich hatte mich für die Kombination aus Fußball, Volleyball und Leichtathletik entschieden. Um Letzteres kam man gar nicht herum: Leichtathletik war in allen vier Auswahlmöglichkeiten vertreten. Zum Glück war es aber jetzt nicht mehr nur dieser Mist aus Gymnastik, Tanzen und Turnen, bei dem ich in der alten Schule immer völlig versagt hatte. Bei den Ballsportarten konnte ich nun endlich zeigen, was ich draufhatte.

Wir hatten freitags die letzten beiden Stunden Sport und dann noch mal dienstagnachmittags alle zwei Wochen.

Die Sporthalle war an das große städtische Hallenbad angegliedert und als ich durch die automatische Schiebetüre das Gebäude betrat, kam mir der schwere, feuchte Geruch von Chlor entgegen. Ich fühlte mich fast wie in einer Dampfsauna und fragte mich, wie man bei der Luft Sport treiben sollte. Ich lief in den großen Vorraum hinein, in dem links die Kasse für das Schwimmbad war. Während ich mir das Siebzigerjahre-Interior-Design der Schwimmhalle anschaute und mich fragte, wie man jemals grelles Orange und Kackbraun farblich als gute Mischung verstehen konnte, sah ich wie vier erwachsene Personen auf mich zukamen. Das mussten die Sportlehrer*innen sein. Eine Frau mit kurzen blonden Locken und einer dünnen Brille ohne Rand schaute mich direkt an: „Du bist Ava, die neue Schülerin, stimmt's?"

Ich blieb mit etwas Distanz misstrauisch stehen und blickte verwundert zurück: „Ähm ja. Um was geht's denn?"

Ein junger, hochgewachsener Mann schaltete sich dazwischen: „Ich bin Herr Tohm und einer der Sportlehrer. Wir wollten gerne mit dir besprechen, dass du die Sportgruppe wechseln musst."

„Wechseln solltest", unterbrach ihn die lockige Frau. „Wechseln solltest, Ava. Schau mal, du bist das einzige Mädchen in der ganzen Stufe, die die Kombination mit Fußball gewählt hat."

„Ja, und? Ich mag Fußball, deswegen habe ich mich ja dafür entschieden", widersprach ich.

„Du kannst aber nicht als einziges Mädchen bei den Jungs spielen", sagte Herr Tohm mit fester und durchdringender

Stimme. Das hatten nun auch meine Klassenkammerad*innen gehört, die ein paar Meter von uns entfernt im Foyer dabei standen. Eine kleine Gruppe von ihnen kam zu uns herüber und die vier Lehrer*innen schauten sich um. *So 'ne Scheiße, jetzt fall ich schon wieder wegen irgendwas auf,* schoss es mir durch den Kopf. Die ersten Tage waren doch so gut verlaufen.

„Warum soll Ava nicht bei uns spielen?", fragte Lukas, der das Ganze aus der Distanz mitverfolgt hatte.

„Na ja, das ist eher ungeschickt, auch mit den Kabinen, wenn Ava sich alleine umziehen muss. Und na ja, eben das einzige Mädchen unter den ganzen Jungs. Das kann ja nicht gut gehen", sagte die Lehrerin mit den Locken, deren Namen ich bislang immer noch nicht gehört hatte.

Lukas drehte sich zu den anderen Jungs und flüsterte etwas, das ich nicht verstehen konnte. Auch die Lehrer*innen steckten die Köpfe zusammen und sprachen ganz offensichtlich über mich. Das Tuscheln und die Blicke waren eindeutig! Ich kam mir in der Situation richtig scheiße vor und starrte einfach nur auf den Boden. Meinen Neuanfang an der neuen Schule, der alles besser machen sollte, sah ich schon dahinschwinden. Was, wenn es wieder genauso beschissen werden würde wie vor dem Wechsel? Ich ballte unwillkürlich die Hände zu Fäusten, bis ich spürte, wie sich meine Fingernägel in die weiche Haut bohrten. Vielleicht sollte ich die Schule einfach abbrechen.

Die Gedanken, was ich alternativ machen könnte, schossen mir gerade durch den Kopf, als Lukas mit einem Räuspern auf sich aufmerksam machte. Die Lehrer*innen und ich schauten auf. Lukas setzte an: „Also, wir Jungs können das Problem nicht verstehen. Ava sagte selbst, dass sie seit Jahren sogar zweimal die Woche zum Fußballtraining geht. Das heißt, kicken wird sie ja wohl können. Wir sind dafür, dass Ava bei uns mitspielt – und wenn's nicht klappt, kann sie nächste Woche ja immer noch wechseln."

Fassungslos stand ich da. Zögerlich sagte ich: „Also, probieren würd ich's schon gerne mal."

„Na gut. Aber du musst uns gleich erst mal zeigen, dass du wirklich Fußball spielen kannst. Wir treffen dann kommende Woche eine finale Entscheidung", sagte Herr Thom.

„Boah, was für eine Kacke, Ava. Denen hast du es dann aber gezeigt, oder?" Marta war richtig aufgebracht, als ich ihr von dem Ereignis in der Sporthalle erzählte. Ihr Gesichtsausdruck mit zusammengezogener Stirn zeigte deutlich, dass sie nachempfinden konnte, wie beschissen der Moment für mich gewesen war.

„Ach, Herr Thom stolpert doch selbst ständig über den Ball und weiß noch weniger von Fußball als ich. Und das muss viel heißen, denn uns Schwuppen fehlt ein Gen für Ballsport. Das ist wissenschaftlich erwiesen!", scherzte Sanjay, der mit uns in einer Ecke mit zusammengestellten durchgesessenen Sofas in der Alten Abtei saß.

Kerstin rutschte auf ihrem schwarzen Ledersessel bis an den Rand vor und beugte sich zu Sanjay. „Red doch nicht wieder so einen Unsinn, indem du deine eigene Community schlecht machst. Es gibt bestimmt viele schwule Profi-Fußballer. Die haben nur nicht den Arsch in der Hose, das öffentlich zu sagen."

Sanjay legte seine Hand waagerecht unters Kinn. „Also wenn jemand was gegen Schwule sagen darf, dann ja wohl ich."

Mit seinem lustigen Gesichtsausdruck brachte er alle zum Lachen. Ich mochte Sanjays Art und Weise, sich selbst nicht so ernst zu nehmen, und war immer mehr von seinem Aussehen beeindruckt. Er hatte kurze tiefschwarze Haare, die er mit Gel zu einer perfekten Frisur geformt hatte. Beide seiner Ohren waren mit Ohrringen übersät und die untersten Ohrlöcher waren auf bestimmt zwei Zentimeter aufgedehnt. Solche Tunnels fand ich echt cool. Dazu hatte er einen dicken Ring in der Mitte seiner Nase. Weil Sanjay ständig damit an seinen Lippen spielte, wusste ich auch, dass er ein Zungenpiercing hatte. *Wie sich so was wohl beim Knutschen anfühlt?* Ich versuchte es mir vorzustellen. Außerdem musste er für sein Alter schon einen wirklich starken Bartwuchs haben, denn man konnte auf seiner rasierten Haut einen dunklen Schimmer wahrnehmen. Er ließ nur links und rechts bis etwas unter die Ohren Koteletten stehen und erinnerte mich damit ein bisschen an Johnny, den trans Mann aus London. Sanjays Augen waren braun, aber so dunkel, dass sie fast so schwarz wie seine Haare waren und dadurch etwas wirklich Faszinierendes mit sich brachten.

„Aaaava! Wo bist du denn gerade?" Marta wedelte mit ihrer Hand vor meinem Gesicht hin und her. *Fuck.* Hoffentlich hatte niemand mitbekommen, dass ich Sanjay wahrscheinlich schon viel zu lange musterte.

„Wir wollen alle wissen, wie die Sportstunde gelaufen ist. Erzähl doch mal!", schob Marta ungeduldig nach und schaute mich mit erwartungsvollen Augen an.

„Also, ähm, ja, die Sportstunde …", stammelte ich und musste mich gedanklich erst einmal sortieren. „Ich hab die natürlich alle in Grund und Boden gespielt! Also zwei Jungs waren wirklich, wirklich gut, aber die spielen wohl auch in der Baden-Württemberg-Auswahl. Ich konnte auf jeden Fall gut mithalten. Herr Thom sagte am Ende nur zu mir: ‚Das war net schlecht.' – und wir wissen ja alle, dass das in Schwaben das höchste Lob ist. Meinen Platz in der Sportgruppe seh ich damit sicher."

Die anderen freuten sich mit mir und schnippten aus Zustimmung mit ihren Fingern. Sanjay streckte mir seine Faust für den bekannten Fistbump entgegen. „Klischee erfüllt: lesbisch und gut im Fußball. Lieben wir!", sagte er und lachte.

Wir unterhielten uns weiter über allerlei Dinge und Marta schien sich auch super mit meinen neuen Schulkamerad*innen zu verstehen. Ich schaute mich in dem großen Raum mit den hohen Decken um. Es war ein altes Gebäude und die Fenster ragten fast unter die Decke. Etwa bis auf Hüfthöhe war der Raum mit rot angestrichenem Holz vertäfelt. Die Wände darüber waren in einem leichten Beigeorange gestrichen. Wir saßen in einer Ecke direkt vor zwei großen Fenstern. Rechts neben mir befand sich eine kleine Bühne mit einer Sofagruppe darauf. Im Zentrum des Raums stand eine lange, geschwungene Bar mit hohen Barhockern. Hinter der Bar sah ich zwei junge Männer mit langen Haaren, einer von den beiden trug eine Brille mit schwarzem Rahmen, der andere war fast zwei Meter groß und ich hörte, wie er von einer anderen Person mit „Hey Arno!" begrüßt wurde. Hinter der Bar standen zwei große Kühlschränke und darüber hing ein beleuchtetes Schild mit der Getränkeliste. Ich staunte. *Die haben nicht wirklich zwölf verschiedene Biersorten.* Daneben gab es auch eine Vielzahl an Limos und Säften, aber Bier schienen hier alle gern zu trinken.

Es war kurz vor 20 Uhr und das Konzert sollte bald losgehen. „Wollen wir uns noch schnell was zu trinken holen und dann rüber in den Konzertraum gehen?", schlug Kerstin vor.

„Ich muss auf jeden Fall noch mal vorher pinkeln. Kann mir jemand sagen, wo hier die Klos sind?"

„Such dir einfach draußen auf dem Gang links eine der Türen aus. Die kannst du nicht verfehlen", sagte Sanjay und deutete mit dem Finger in die Richtung der Türe.

„Uff, hilf mir mal!" Es war gar nicht so einfach, aus diesen alten, ausgesessenen Sofas wieder aufzustehen, und ich stützte mich mit der Hand auf Martas Knie.

„Na, wirste langsam alt?", scherzte sie, während ich mir mein T-Shirt zurechtzupfte. Ich verließ den großen Thekenraum und konnte auf dem Gang schon hören, dass die Band gerade ihren Soundcheck machte. *Dum. Dum. Dum. Dum.* Das musste die Bassdrum vom Schlagzeug sein, die laut über den Flur dröhnte. Wie Sanjay sagte, sah ich links auf dem Flur drei Türen. Ich suchte nach dem Symbol für das Mädchenklo, fand stattdessen auf den drei Türen nur dasselbe Schild: *Egal wer, egal was, aber setz dich hin,* las ich leise murmelnd vor mich hin und versuchte es zu verstehen. Alle drei Türen waren verschlossen und die Klos schienen besetzt zu sein.

„Na, das erste Mal hier?", hörte ich es auf einmal neben mir sagen und blickte rüber. Ich sah ein schlankes Mädchen mit langen schwarzen, glänzenden Haaren, das dunkel um die Augen geschminkt war und wahnsinnig hübsch aussah.

Etwas schüchtern antwortete ich: „Fällt das etwa so sehr auf?", und versuchte dabei zu lächeln.

„Ich stand das erste Mal genauso blöd vor den Türen und hab nach dem Mädchenklo gesucht. Aber eigentlich ist's ganz cool. Denn es sind eh Einzelkabinen und wer letztendlich drauf sitzt, ist der Schüssel egal." Das Mädchen lachte. „Ich bin übrigens Karla und wer bist du?"

In dem Moment ging eine der drei Türen auf und Karla ging darauf zu.

„Ich bin Ava", sagte ich noch schnell, bevor sie die Türe hinter sich verschloss. *Wow. Die ist echt schön.* Ich war völlig davon angetan, wie locker Karlas schwarze Haare fielen und wie glanzvoll ihre helle Haut aussah. Ihre Haare mussten sich unglaublich weich anfühlen. Ich vermisste meine langen Haare absolut nicht, aber fand sie bei anderen Frauen manchmal anziehend. Kaum war ich fertig mit meinem Toilettengang, da sah ich Kerstin, Marta und Sanjay auf dem Flur und es dröhnte laute Metalmusik durch den Raum.

„Da bist du ja! Das Konzert hat schon angefangen!", sagte Kerstin und wir liefen gemeinsam in Richtung des langen Flurs, aus dem die immer lauter werdende Musik schallte. Der Konzertraum war lang und schmal. Auf einer Bühne standen vier Musiker*innen und der Sänger grölte in das Mikrofon. Ich war überwältigt von dem lauten Sound und hielt mir erst einmal die Ohren zu. Sanjay drückte sich sofort in die Menschenmenge. Mit seiner Hand deutete er zu uns, dass wir folgen sollten. Ich bekam ein bisschen Panik. Es war so voll, dass ich um mich herum nur Körper anderer Menschen spürte, die sich gegen mich drängten.

Bei jedem Schritt entschuldigte ich mich, weil ich immer irgendwem auf die Füße trat. Gehört hatte mein leises *Sorry!* ohnehin niemand, aber ich hörte nicht auf, es zu sagen. Die Menge wippte zur Musik und einige schüttelten ihre langen Haare vor sich im Takt. *Was machen die denn da?* Ich hatte das schon mal in Musikvideos von Iron Maiden gesehen, verstand aber diese Art des Tanzens nicht so richtig. Sanjay blieb stehen und schien mit dem ergatterten Platz zufrieden zu sein. Ich griff nach Martas Hand, deren Gesichtsausdruck deutlich begeisterter war als meiner. Sie verstand, dass ich nervös war, und brüllte mir förmlich ins Ohr: „Hol zwei-, dreimal tiiieef Luft. Dann geht es!"

Haha, du bist witzig. Die Luft hier drin ist so dick, die kann man schneiden. Aber es half tatsächlich, mich ein bisschen auf meine Atmung zu konzentrieren, und auch ich begann, mich zur Musik hin und her zu bewegen. Im gleichen Moment tauchte Karla neben mir auf, rief ein lautes „Woohoo!" und streckte ihre rechte Hand mit Zeigefinger und kleinem Finger als kleine Hörner geformt nach oben. Um mich herum gingen immer mehr Arme mit diesem Handzeichen in die Höhe und ich tat es ihnen gleich. Das Ganze begann mir Spaß zu machen. Besonders jetzt, da Karla neben mir stand. Ich spürte, wie meine Hände feucht wurden, und wischte sie immer und immer an meiner Jeans ab. *Bloß cool bleiben!,* befahl ich mir innerlich und merkte, wie aufregend die ganze Situation für mich war. Leute, die so waren wie ich. Ein bisschen nerdy, Metal-Heads, punkig. Musik, die mir gefiel, meine neuen Freund*innen aus der Schule mit dabei und ein wahnsinnig heißes Mädchen direkt neben mir, das mich immer wieder anlächelte. Ich malte mir gerade aus, wie der Abend wohl weitergehen könnte, insbesondere mit Karla, als der Riesentyp Arno von hinter der Bar neben uns auftauchte, seinen Arm um Karla legte und sie auf die Lippen küsste. Mir blieb der Mund offen stehen und ich hörte auf, mich zur Musik zu bewegen. Ich war geschockt, weil das absolut nicht ins Konzept meiner gerade warm gelaufenen Fantasie des Abends passte.

Marta legte ihre Hände um meine Ohrmuschel und brüllte gegen die Musik in mein Ohr: „Geht's dir nicht gut? Alles okay?"

In dem Moment wurde mir klar, dass ich unglaublich blöd ausgesehen haben musste. Ich drückte ein aufgesetztes Lächeln raus und deutete mit beiden Daumen nach oben, dass alles okay sei. Marta tanzte direkt weiter ausgelassen zu den dröhnenden E-Gitarren-Sounds, die aus Lautsprechern links und rechts neben der Bühne hämmerten. Es war ja auch alles okay. Eigentlich. Ich hatte mir vermutlich nur von dem Aufeinandertreffen mit Karla etwas anderes erhofft.

Die Band hatte gerade ihr letztes Lied zu Ende gespielt und die Menschenmasse verließ langsam den Konzertraum durch die enge Tür, durch die wir gekommen waren. Das waren bestimmt an die hundert Leute in dem kleinen Raum. Wieder auf dem Flur angekommen, spürte ich die deutlich frischere Luft in meine Atemwege strömen. Ich holte tief Luft und lehnte mich gegen die kalte Wand. Das fühlte sich gut an, ein bisschen abzukühlen. Ich stand dort, um auf Sanjay und Kerstin zu warten, die sich in dem ganzen Getümmel bis an die Bühnenkante vorgetanzt hatten. Da kamen Karla und Arno gerade aus dem Raum.

Karla blieb stehen und sprach mich an: „Ava war dein Name, richtig?"

Ich nickte. „Gut gemerkt!", versuchte ich lässig zu antworten.

„Ich merk mir einfach nie irgendwelche Namen. Links rein, rechts raus." Karla lachte und lächelte mich an.

Arno klinkte sich ein: „Das kann ich bezeugen. Madame hier hat ein Namensgedächtnis wie ein Goldfisch. Also musst du schon etwas Besonderes sein. Ich bin übrigens Arno und der erste Vorsitzende hier im Verein."

Als Arno sagte, dass ich etwas Besonderes für Karla sein musste, machte mein Herz einen kleinen Sprung. *Irgendwie hat die's mir angetan.* Aber wie konnte das nur in so kurzer Zeit sein?

Ich atmete einmal durch und wandte mich dann an Karlas großgewachsenen Freund. „Sag mal, Arno, ich hab auf einem Schild am Klo gesehen, dass ihr für montags für die Thekenschicht von 17–21 Uhr noch Leute sucht. Was muss man denn dafür machen?" Ich fummelte nervös an der Naht am unteren Ende meines T-Shirts herum.

Arno musterte mich eindringlich. „Na, du musst halt regelmäßig montags da sein, die Alte Abtei aufschließen, die Kasse vor und nach der Schicht zählen und hast in dem Zeitraum die Verantwortung für alles. Deswegen sind die Thekenteams auch immer zu zweit."

Das klang alles machbar und nach einer guten Möglichkeit, sich einzubringen. „Ich hätte da voll Lust drauf!"

„Hast du so was denn schon mal gemacht und eine zweite Person dafür?", hakte Arno nach.

Ich nickte eifrig. „Meine Tante hat eine Kneipe. Da hab ich schon mal ausgeholfen und ich könnte Marta fragen, die hat bestimmt auch Lust", schlug ich vor. Marta konnte ich sicherlich dafür begeistern, aber das andere war gelogen. Eine meiner Tanten hatte zwar eine Kneipe und ich hatte dort meinem Papa schon mal ein Bier gezapft, aber das konnte man natürlich nie im Leben mit den Aufgaben in der Alten Abtei vergleichen.

„Schick mir am besten dazu noch mal eine E-Mail. Ich denk drüber nach." Im selben Moment wurde Arno von einem seiner Kumpels am Arm in Richtung Tischkicker gezerrt.

Das war vielleicht die Chance für mich, Karla etwas besser kennenzulernen. Es war spät geworden und Marta und ich mussten die letzte S-Bahn nach Hause bekommen. Auf dem kurzen Fußweg legte ich direkt los: „Marta, ich hab DIE perfekte Idee, wie wir wieder mehr Zeit miteinander verbringen können, jetzt, da ich auf der neuen Schule bin."

Ich erzählte ihr von der Thekenschicht und Marta war gleich Feuer und Flamme! „Die Idee find ich super! Als du nämlich vorher auf der Toilette warst, hat mich ein Typ namens Tarek angesprochen. Der stand heute Abend mit dem langen Kerl hinter der Bar und ich find, der sieht voll nerdig-süß aus. Nach dem Konzert hat er mir sogar noch seine Nummer gegeben."

„Ach, du meinst der mit der schwarzen Brille und dem coolen Undercut?", erinnerte ich mich.

„Ja, genau der!" Marta quiekte vor Aufregung. Wir sahen, noch bevor wir am Bahnhof angekommen waren, die einfahrende S-Bahn und rannten los. Völlig außer Atem sprangen wir noch mit dem Piepen der Türen in die Bahn. *Was für ein Abend!*

Gleich am nächsten Tag schrieb ich Arno über die Website der Alten Abtei eine E-Mail:

Ava
Thekenschicht am Montag
an: Alte Abtei

Hey Arno,
Marta und ich hätten voll Lust auf die Thekenschicht montags. Sollen wir morgen gleich vorbeikommen?
Liebe Grüße,
Ava
(die ‚Neue' von gestern)

Arno musste gerade am Computer gesessen haben, denn seine Antwort ließ nicht lange auf sich warten:

Alte Abtei
Re: Thekenschicht am Montag
an: Ava

Hi Ava,
wir suchen schon seit 'ner Weile Leute für montags und wir können's ja mal mit euch zweien versuchen. Ich bin Montag dann um 16:30 Uhr da und zeig euch alles.
LG Arno

Die Antwort klang zwar nicht von Begeisterung überladen, aber das war mir egal. Wir würden unsere Chance bekommen, das war das Wichtigste. Meine Eltern fanden die Idee gut, dass Marta und ich uns gemeinsam in dem Jugendverein engagierten.

Arno war überrascht von Marta und mir und die ersten Thekenschichten liefen super. So kam es dann, dass wir binnen kürzester Zeit ein fester Bestandteil der Alten Abtei wurden.

Für mich war es das erste Mal, dass ich das Gefühl hatte, irgendwo so richtig dazuzugehören – und das sogar, ohne mich verstellen zu müssen. Die anderen Leute, die sich im Verein engagierten, waren alle total offen gewesen und Sanjay und ich – auch wenn wir beide ausschließlich schwarze Klamotten trugen – waren die bunten Schafe der Herde. Das störte aber niemanden. Karla und ich hatten uns mittlerweile angefreundet und ich hatte mich eigentlich damit abgefunden, dass hier nie was laufen würde. Bis zu der großen Party am Tag vor Weihnachten. Dieser Abend sollte der vermutlich verwirrendste meines bisherigen Lebens werden …

Es begann alles damit, dass Kerstin und Sanjay Marta und mich von der S-Bahn-Station abholten, um gemeinsam in die Altstadt zu laufen.

Sanjay war in einer aufgekratzten Laune.

„Leute sind online einfach so scheiße. Im realen Leben hätte keiner von den Ärschen auf Grindr die Eier in der Hose, mir so 'ne rassistische Kacke ins Gesicht zu sagen", wetterte er und bewegte dabei seine Arme wild hin und her.

Kerstin versuchte, ihn zu beruhigen: „Cutie, mach dir da doch nix draus. Blocken und weiter geht's mit dem Leben."

Sanjay schüttelte heftig den Kopf. „Sorry Honey, aber so einfach funktioniert das nicht."

„Kann mich mal eben jemand ins Boot holen? Was ist denn Grindr?", fragte Marta und ich war dankbar, dass sie fragte, denn ich hatte genauso wenig einen Plan, traute mich aber nicht, zu fragen.

Kerstin hatte ich in der ganzen Aufregung noch gar nicht so recht wahrgenommen, aber sie antwortete schnell, um auf sich aufmerksam zu machen: „Das ist 'ne Dating-App für Schwule."

Sanjay fing laut an zu lachen: „Dating? Viel mehr Fleischbeschau. Da geht's einfach nur ums Ficken."

Ich war neugierig geworden und fragte: „Und was ist da jetzt passiert?"

Sanjay ließ sich theatralisch auf eine Bank an der Bushaltestelle des Bahnhofs fallen. „Ach, ich bin einfach die ständigen Vergleiche mit Schokolade aufgrund meiner Hautfarbe leid. Ich kann's nicht mehr hören und Schokolade schmeckt mir deswegen auch schon nicht mehr. Und ohne Schokolade ist mein Leben eigentlich vorbei."

„Was würden wir nur ohne unsere Drama-Queen tun! Die ganzen Idioten wissen gar nicht, was sie verpassen, wenn sie dir ständig so eine Scheiße schreiben. Und Aufklärung wäre hier dringend notwendig." Kerstins Versuch, ihn aufzumuntern, schien geklappt zu haben, denn Sanjay lächelte so langsam wieder.

Während ich über die App nachdachte, über die sich anscheinend Leute zum Sex verabredeten, fiel mir auch auf, wie kalt es schon wieder geworden war. Es war eine sternenklare Nacht gewesen und ich spürte die eiskalte Luft beim Einatmen an meiner Nase. Schnee war eine Nacht vor Weihnachten erst mal nicht im Wetterbericht angesagt. Vom Bahnhof aus führte eine lange Treppe hoch in die Altstadt. Jedes Mal versuchte ich alle Treppenstufen zu zählen, wurde aber immer wieder von irgendetwas oder jemandem abgelenkt. Heute wollte ich es schaffen. Dumm nur, dass die anderen wussten, dass ich jedes Mal versuchte, die Stufen zu zählen, und es darauf anlegten, mich abzulenken.

„Na, Ava? 56, 39, 716, 5." Marta ärgerte mich, indem sie mir ständig irgendwelche Zahlen entgegenrief. Ich flunkerte sie an: „Heut' sind mir die Treppenstufen egal." Innerlich zählte ich aber weiter – *28, 29, 30, 31* – und streckte in meiner Jackentasche drei Finger an meiner linken Hand ab für die erreichte 30.

„Was gibt's bei euch eigentlich morgen zu essen? Meine Mutter hat heute schon die Gans gebraten und das ganze Haus hat danach gestunken. Als würde ich auch nur ein Stück von dem ekelhaften Federvieh essen!" Kerstin machte bei dieser Aussage ein passendes Würgegeräusch. Sie war Vegetarierin und versuchte einem bei jedem Bissen ins Salamibrötchen in den Pausen den Appetit mit ihren Schlachthof-Horror-Storys zu vermiesen.

47, 48, 49, 50. Alle Finger waren nun gestreckt. Ich konzentrierte mich, um auch am Gespräch teilzunehmen. „Bei uns gibt's Raclette, wie jedes Jahr. Da können alle essen, was sie wollen. Aber wenn mein Papa seinen Speck auf den heißen Stein oben legt, haben wir auch drei Tage den Hecht in der Bude stehen. Meine Mama meckert jedes Mal."

„Was soll das denn heißen, den Hecht in der Bude stehen haben?", fragte Sanjay. „Das hab ich ja noch nie gehört."

Mist. Ich dachte, ich wäre mit einem Satz raus aus der Nummer und zählte immer noch weiter. Wir waren bei knapp der Hälfte der Treppen angekommen und ich war bei Stufe 67.

Schnell antwortete ich: „Halt, dass es von dem Bratgeruch im Haus stinkt."

Hochkonzentriert versuchte ich, nicht die Zahl in meinem Kopf zu verlieren. Allerdings musste ich aus Versehen im Flüsterton die 70 laut ausgesprochen haben, denn Marta reagierte sofort: „Du alte Lügnerin! Du zählst doch schon wieder! Dafür, dass du ein nicht existentes Mathetalent hast, bist du aber auf Zahlen ganz schön versessen!"

Damit war's wohl vorbei, aber ich war zumindest schon mal bis über die Hälfte der Treppenstufen gekommen. Sonst war den anderen meine Macke des Zählens meistens früher aufgefallen.

Als wir ankamen und Kerstin die große schwere Holztüre aufzog, die bestimmt schon seit über hundert Jahren im Scharnier hing, drückte sich uns der Lärm von unzähligen Stimmen und die laute Punkmusik entgegen. Die Alte Abtei war brechend voll.

„Was ist denn hier los?", fragte Marta, die ganz offensichtlich von der Menschenmasse überfordert schien.

„Ach, das ist noch gar nichts! Wart mal bis in ein, zwei Stunden! Ich bin an solchen Abenden immer wieder froh, dass ich Stiefel mit Stahlkappen trage", sagte Sanjay, während er schon einem Kumpel schräg gegenüber in der Nähe der Toilettentüre winkte.

Kerstin klinkte sich ein: „Viele, die heute hier sind, wohnen woanders, sind aber zu Schulzeiten in der Alten Abtei ein- und ausgegangen und für Weihnachten wieder in der Gegend. Das ist wie eine Art Klassentreffen."

Von Marta abgesehen würde ich wegen niemandem zu einem Klassentreffen meiner alten Schule gehen. Ich dachte gerade darüber nach, wie es wohl jetzt mit der Klasse meiner neuen Schule wäre, als mich jemand fest von hinten umarmte.

„Cool, dass ihr heute auch alle gekommen seid!" Ich erkannte Karlas Stimme. Sie kam hinter mir hervor und ließ aber nicht so recht von mir ab. Sie legte ihren Arm lässig auf meine Schulter und begrüßte den Rest der Runde mit deutlich weniger körperlichem Einsatz. Auch Marta war das aufgefallen, die natürlich wusste, dass ich Karla toll fand. Als Karla sich – immer noch mit ihrem Arm um mich – mit Kerstin über das Programm des Abends unterhielt, flüsterte Marta mir ins Ohr: „What the fuck?!"

„Schhhh." War Marta verrückt, dass sie direkt so darauf reagierte? Aber das war einfach ihre Art und ich konnte ihr das nicht übelnehmen. Mit einem kleinen Stoß mit dem Knie gab ich ihr zu verstehen, dass sie die Klappe halten sollte.

Sanjay kam angelaufen, hatte schon fünf Bierflaschen in den Händen und drückte jeder von uns eine in die Hand. „Hier, zur Feier des morgigen Tages, dass euer Retter geboren wurde. Ich hab mit dem Gedöns ja zum Glück nix am Hut."

„Und was ist mit mir? Mich hast du wohl vergessen, als du bestellt hast." Theatralisch wischte sich Karla eine imaginäre Träne unter dem Gesicht weg.

„Hier, wir können uns meins teilen", sagte ich und drückte ihr meine Flasche in die Hand.

Karla gab mir ein Küsschen auf die Wange: „Ach Ava, ohne dich würd ich hier noch verdursten."

Was geht denn bei der heute ab? Ich war total verwirrt. *I mean.* Wir hatten uns in den letzten Wochen total gut verstanden und Karla war fast jeden Montag zu Martas und meiner Tresenschicht gekommen. Dabei hatten wir uns so gut wie die ganze Zeit unterhalten, sodass ich manchmal gar nicht mitbekommen hatte, dass jemand etwas bestellen wollte. Aber Marta hatte uns selten unterbrochen, weil sie ja wusste, dass ich auf Karla stand. Aber hey, trotz der ganzen Verwirrung wollte ich das Ganze auch nicht zu sehr hinterfragen, denn ich genoss Karlas Aufmerksamkeit.

Wir hatten alle super Laune und gingen gemeinsam rüber in den Konzertraum, der heute zu einer Tanzfläche umfunktioniert war. Tarek legte Musik auf. Marta war bei ihm schon ein deutliches Stück weiter als ich bei Karla. Aber die beiden hatten ja gänzlich andere Voraussetzungen gehabt. Marta lief rüber zum DJ-Pult und begrüßte Tarek mit einem langen Kuss. Die beiden hatten angefangen, sich zu daten, kurz nachdem wir das erste Mal in der Alten Abtei gewesen waren und Tarek Marta seine Nummer gegeben hatte.

„Manchmal wünschte ich, ich wäre auch normal und könnte einfach Typen daten. Ich glaub, da ist es viel einfacher, jemanden kennenzulernen", sagte ich, als Marta zurückkam, und seufzte laut.

Marta nahm mich in den Arm. „Ach Ava, das pinke Schaf in der Herde zu sein, ist doch auch manchmal cool."

„Also der Titel ist ja wohl schon an Sanjay vergeben", scherzte ich zurück, als ich ihm beim Tanzen zusah. Er war einfach ein wirklich hübscher Mann, der wusste, wie man sich zum Beat der Musik bewegte. Die meisten um ihn herum tanzten nur mit den Beinen, aber Sanjay setzte seinen ganzen Körper in Bewegung. Ihn auf der Tanzfläche zu sehen, war aufregend.

Mit einer weiteren Runde Bier in der Hand bildeten Marta, Sanjay, Kerstin, Karla und ich einen kleinen Kreis und tanzten zu einem Song nach dem anderen. Es war bestimmt fast eine Stunde vergangen und ich musste pinkeln. Außerdem war ich an der Reihe, eine Runde Bier auszugeben. Als ich zurück in den Konzertraum kam, stand meine kleine Crew in der Nähe der Bühne am Rand. Sie unterhielten sich über irgendwas und lachten, als ich ankam. Ich versuchte herauszuhören, worum es ging.

Sanjay lachte laut und sagte: „Es ist einfach so eklig, wie manche Typen küssen. Was meine Mandeln schon alles erlebt haben, könnt ihr euch nicht vorstellen!"

„Als hätten deine Mandeln nur beim Küssen was zu tun. Gegen die hat sich schon ganz anderes gedrückt." Zweideutige Witze waren definitiv Kerstins Stärke und ich wusste nun auch, worum es ging. Sanjay erzählte mal wieder von seinen unzähligen Dating-Storys.

Er lehnte sich gegen die Wand hinter sich und verschränkte die Arme vor sich. „Es ist aber einfach mal Fakt: Frauen küssen deutlich besser!"

Kerstin schaute ihn misstrauisch an. „Weil du schon sooo viele Frauen geküsst hast, oder was?"

Er grinste verschmitzt zurück: „Die ein oder andere. Ich würd ja wirklich gern mal wissen, wie Ava küssen kann."

Ich wusste ja, dass Sanjay direkt war, aber das erwischte mich eiskalt. Durch meinem Kopf schossen tausend Gedanken, als ich an Sanjays forderndem Blick sah, dass er das ernst gemeint hatte.

„Du willst mich wirklich küssen?", vergewisserte ich mich und versuchte dabei seinem Blick nicht auszuweichen.

Er zog eine Augenbraue etwas nach oben, grinste dabei und sagte: „Klar, ich wette, du kannst gut küssen mit deinen schönen Lippen. Und was soll schon passieren? Ich bin schwul, du bist lesbisch. We got nothing to lose!"

Was zum Henker ist denn heute Abend nur los? Meine Verwirrung wuchs ins Unermessliche. Sanjay wollte mich küssen, machte mir dazu noch ein Kompliment für meine Lippen. Aber recht hatte er, ich mochte meine Lippen selbst ganz gern an mir. Außerdem war Karla ungewohnt touchy. Ich sagte in dem Moment selbst zu mir: *Ava, komm mal aus deinem verkopften Krampf raus!* Sanjay hatte recht, was gab's schon zu verlieren?

Ich ging einen Schritt auf ihn zu. „Okay. Tu mir aber den Gefallen und sabber dabei nicht rum."

Und dann geschah es. Sanjay kam von seiner Seite ebenfalls einen Schritt auf mich zu, legte seine Hand seitlich an meinen Hals und drückte sanft seine Lippen gegen meine. Es dauerte nicht lange und der Druck wurde etwas fester und sein Mund öffnete sich dabei. Obwohl er sich am selben Tag rasiert haben musste, spürte ich, wie leichte Stoppeln knapp unter seiner Unterlippe meine Haut an den Lippen kratzten. Ich kannte das Gefühl nicht, da ich bislang ja nur Mädchen geküsst hatte. Seine Zunge bahnte sich ihren Weg in meinen Mund und begann mit meiner zu spielen. Und da war ich wieder in meinem Kopf und versuchte, so gut es ging seiner Zunge zu folgen. Feinfühlig wie er war, musste er das gespürt haben, denn er unterbrach den Kuss. „Entspann dich", flüsterte er mir ins Ohr.

Ich war zunächst erschrocken. Hatte ich's direkt verkackt und Sanjay dachte, dass ich gar nicht küssen konnte? Das wollte ich unter keinen Umständen geschehen lassen. Bestärkt durch die zweieinhalb Bier, die ich getrunken hatte, kratzte ich allen Mut in mir zusammen und nun war ich es, die nach seinen Schultern griff und ihn an mich heranzog. Ich küsste ihn etwas forscher und versuchte, bei den Bewegungen unserer Zungen den Ton anzugeben.

„Nehmt euch doch ein Zimmer!", quäkte Marta neben uns und lachte laut.

Kerstin stimmte mit ein: „Also, wenn ich nicht wüsste, dass ihr nicht mal gegenseitig auf euer Geschlecht steht, würde ich hier den Beginn einer großen Romanze sehen!"

Sanjay stand noch immer recht nah vor mir und schaute mich mit einem leicht süffisanten Blick an. „Ava, Ava, Ava. Das war schon ganz schön nice! Schade, dass du kein Typ bist. Dich würd ich sofort mit nach Hause nehmen! Und meine These ist damit bestätigt: Frauen küssen besser!"

Ich kam nicht umhin, zu bemerken, dass Karla mich die ganze Zeit anstarrte. *Shit!* Darüber, welche Botschaft das an sie senden würde, hatte ich gar nicht nachgedacht. Dabei war sie heute so anhänglich. Ihren Blick erwidernd, versuchte ich zu lesen, was in ihr vorging. Einen Augenblick schienen sich unsere Blicke ineinander zu bohren, dann unterbrach sie den Kontakt. „Kommt, lasst uns mal nach vorne in den Thekenraum gehen, ich brauch ne Pause vom Tanzen und bin ganz durstig von der heißen Knutsch-Szene eben!", scherzte sie.

Heiße Knutsch-Szene?, wiederholte ich leise in mir, als wir den kalten Flur nach vorne zum Thekenraum liefen. Nun war ich völlig verwirrt. Fand Karla etwa gut, dass ich mit Sanjay rumgeknutscht hatte?

„Hey Leute, sucht euch schon mal ohne mich einen Platz. Ich geh mal eben vor die Türe frische Luft schnappen. Ich bin in fünf Minuten wieder da", sagte ich und blieb vor der großen Türe des Thekenraums stehen.

Marta schaute mich an: „Ist alles okay bei dir?"

„Ja, mir ist einfach nur superheiß. Ich muss mal richtig durchatmen", sagte ich und wollte damit meinem Bedürfnis nachgehen, einen Moment für mich zu haben, um mich zu sortieren. Karlas Blick, der Kuss mit Sanjay. Durch meinen Kopf schossen tausend Gedanken, aber vor allem wurde mir klar, dass mir der Kuss gefallen hatte. Doch wie konnte das sein, ich war mir doch so sicher, dass ich nicht auf Typen stand? *Erst mal kurz raus.* Ich lief das breite Treppenhaus hinunter und zur Eingangstüre hinaus. Ein Schwall eiskalter Luft schlug mir entgegen, ich atmete tief ein. Mein Atem gefror in der Luft, aber nach der Hitze drinnen, genoss ich die Abkühlung. Die Altstadt schien komplett leer zu dieser Zeit und die alten Straßenlaternen warfen ein leicht oranges Licht auf die Straße. Neben der alten Abtei war eine enge Gasse mit einer kleinen Bank, auf der ich mich niederließ. Ich holte tief Luft und ging in meinem Kopf Stück für Stück die Szenen der letzten zwei Stunden noch einmal durch. Es war ja nichts Schlimmes passiert, aber irgendwie musste ich den Knoten der Verwirrung in meinem Kopf doch lösen können. Anscheinend sollte das aber nicht in diesem Moment geschehen, denn ich hörte auf einmal Schritte neben mir und schaute auf. Karla kam auf mich zu und hatte zwei Flaschen Cola in der Hand.

„Hey, ich dachte, du könntest vielleicht einen Schluck vertragen", sagte sie und reichte mir eine Flasche. Dann zögerte sie. „Oder willst du gerade lieber allein sein?"

Ich wusste so gar nicht, was ich wollte, deswegen sagte ich nur: „Ne, ne, ist schon okay. Danke für die Cola."

Karla nahm neben mir auf der Bank Platz und streckte mir ihre Flasche zum Anstoßen entgegen. Mit einem leisen Klirren stieß ich mit ihr an und nahm einen großen Schluck.

„Darf ich dich was fragen, Ava?" Karla schaute mich an.

„Klar. Du kannst mich alles fragen."

Mit ihrer Frage hatte ich allerdings gar nicht gerechnet. „Wie ist das für dich eigentlich mit dem Lesbischsein?"

Überrumpelt fragte ich zurück: „Was meinst du denn genau?"

Karla senkte den Blick auf ihre Füße, mit denen sie in den Kies vor der Bank kleine Kreise zog. „Na, ich weiß auch nicht recht. Wie ist das denn, mit Frauen zusammen zu sein?"

Ich hatte keinerlei Ahnung, wie ich ihr diese Frage beantworten sollte, versuchte es aber: „Na, ich denke mal, dass es genauso ist wie mit Männern, nur dass man halt mit Frauen zusammen ist. Das ist wahrscheinlich nicht großartig unterschiedlich. Ich hatte aber bisher noch keine richtige Beziehung."

„Ich frag mich manchmal, wie es wäre, wenn ICH mit einer Frau zusammen wäre", sagte Karla als Nächstes.

Ich kam weiter ins Grübeln, was das wohl alles zu bedeuten hatte. „Du hast ja aber doch Arno und ich dachte, ihr seid happy zusammen?"

Karla schaute wieder zu mir auf: „An Arno liegt es nicht. Ich mag ihn wirklich sehr, weiß aber einfach nur nicht, ob das wirklich alles ist. Verstehst du, was ich meine?"

Immer noch unsicher, glaubte ich aber langsam zu verstehen, worauf Karla hinauswollte. „Du meinst, dass du vielleicht noch andere Sachen ausprobieren möchtest?"

„Ja, so in etwa. Aber ich glaube, dass Arno das nicht wollen würde." Ich sah schon fast etwas Verzweiflung in Karlas Augen, die in diesem Moment trotz des schummrigen Lichts klar erkennbar waren. Ihr Blick und das, was sie sagte, gaben mir das Gefühl, dass heute Abend anscheinend nicht nur ich durcheinander war.

„Ich kann ja verstehen, dass du Arno nicht verletzen magst, aber sollten wir in unserem Alter nicht die Sachen ausprobieren, die uns interessieren?" Damit versuchte ich ihr in ihrem Dilemma etwas Verständnis entgegenzubringen, merkte aber an ihrer Reaktion, dass ich es anscheinend nur schlimmer gemacht hatte.

Karla ließ ihren Kopf in ihre auf den Beinen aufgestützten Hände fallen. „Genau das ist ja das Problem. Entweder ich bin egoistisch, mache, worauf ich Lust hab, und verletze Arno oder ich stecke zurück und verletze ihn nicht."

Meine Neugierde wurde größer und ich musste sie fragen: „Was willst du denn ausprobieren?"

Karla schaute wieder auf und ihr Blick hatte sich verändert. Die kleinen Falten auf der zusammengezogenen Stirn deuteten zwar immer noch auf eine gewisse Anspannung hin, aber ihre Augen funkelten nun. Ihre wunderschönen langen schwarz gefärbten Haare wehten ihr etwas ins Gesicht. „So wie Sanjay, ich würde gerne mal wissen, wie es ist, eine Frau zu küssen. Nein, warte." Karla holte tief Luft und schloss ihre Augen für einen kurzen Moment und schaute mich dann mit einem intensiven Blick an. „Ich würde gerne wissen, wie es ist, DICH zu küssen."

Oh dear! Hat der Weihnachtsmann dieses Jahr nur Verwirrung im Gepäck? Ich saß erst einmal mit leicht geöffnetem

Mund da und wusste gar nicht, was ich sagen sollte. Langsam kroch die Kälte in mir hoch. Ich musste schon weit länger als fünf Minuten draußen gewesen sein und hatte viel zu wenig an. Aber das war jetzt völlig egal. Was sollte ich Karla sagen? Klar, wollte ich sie gerne küssen. Das hatte ich mir schon seit unserem ersten Aufeinandertreffen vor drei Monaten gewünscht. Trotz der Kälte schoss mir ein kleiner Ball Aufregung vom Bauch in Richtung Herz und ich fühlte mich wie ein menschlicher Flipperautomat.

„Ich mag dich echt gern, Karla, und ich find dich auch heiß. Aber ich hab nie gedacht, dass es jemals 'ne Option wäre, dich zu küssen", fing ich an. „Aber ich würd das schon gerne ..." Noch bevor ich meinen Satz zu Ende gesprochen hatte, spürte ich, wie sich Karlas Lippen sanft auf meine legten. Noch mit offenen Augen sah ich, dass sie ihre geschlossen hatte, und tat es ihr gleich. Ihr Kuss war deutlich sanfter als der von Sanjay früher am Abend. Karla suchte auf der Bank nach meiner Hand und als sie sie gefunden hatte, griff sie fest danach und verschränkte ihre Finger zwischen meinen. Ich hatte gänzlich das Zeitgefühl verloren und konnte gar nicht sagen, wie lange wir knutschend auf der Bank gesessen hatten. Dieser schöne Moment war aber blitzartig beendet, als ich Marta vorne aus Richtung des Eingangs der Alten Abtei an der Straße laut meinen Namen rufen hörte. Erschrocken hörten Karla und ich auf, uns zu küssen. Mein Herz raste, aus Sorge, dass irgendjemand uns gesehen haben könnte. Ich sprang von der Bank auf und rief Marta zu: „Ich bin hier! Was ist denn los?"

„Alter, Ava, unsere letzte Bahn fährt in zehn Minuten. Du wolltest doch nur kurz raus. Wir müssen los!" Marta warf mir meine Jacke entgegen und ging schnellen Schrittes in Richtung der großen Treppen raus aus der Altstadt.

Ich drehte mich noch einmal zu Karla um und lächelte sie an. Auch sie lächelte und winkte mir zu. Im Rennen zur Treppe versuchte ich mir irgendwie meinen schwarzen Kapuzenpulli über den Kopf zu ziehen, während ich parallel meine Jacke in einer Hand festhalten musste.

Außer Atem ließ ich mich auf einen Sitz in dem fast komplett leeren S-Bahn-Waggon fallen und holte tief Luft. Die Heizung war wenigstens in der Bahn volle Pulle an und ich merkte, wie der Wechsel von kalt nach warm meine Wangen zum Glühen brachte. Ich konnte ein Lächeln nicht unterdrücken. Trotz all der Verwirrung – die natürlich durch Karlas Kuss noch tausendfach verstärkt worden war – schossen mir aus allen Richtungen Glücksgefühle durch den Körper und ich musste erst mal klarkriegen, dass das gerade wirklich geschehen war! Karla hatte mich geküsst.

Marta, die mir gegenübersaß, bemerkte sofort, dass etwas los war. Sie richtete den Zopf ihrer langen Locken und war noch außer Atem von der Rennerei. „Hab ich irgendwas verpasst oder warum grinst du so?"

Ich griff nach ihren Händen: „Halt dich fest, Marta! Karla hat mich draußen vor der Alten Abtei geküsst!"

Als hätte sie meine Aufforderung wörtlich genommen, wurde Martas Griff an meinen Händen so fest, dass es fast wehtat. „What?! Wie kam es denn dazu?"

„Du musst mir nicht die Finger zerquetschen. Die brauch ich noch!"

Marta lachte und lockerte ihren Griff. „Sorry, ich bin nur so aufgeregt! Das sind ja mal die News des Jahres!"

Ich erzählte Marta von dem Gespräch auf der Bank mit Karla und wiederholte Wort für Wort, was sie zu mir gesagt hatte.

Als ich die Geschichte fertig erzählt hatte, sagte Marta: „Ava, du wirst ja noch zur richtigen Herzensbrecherin. Mit zwei Leuten an einen Abend rumknutschen, das ist ne Leistung!"

Ich lachte laut auf. „Also, wir wollen mal die Kirche im Dorf lassen. Ich glaube, so oft, wie Sanjay sein Herz schon verschenkt hat, ist da eh nix mehr zum Brechen übrig und mit Karla ... ja, mit Karla, das könnte noch schwierig werden."

Trotz der ganzen Euphorie und dem wundervollen Kuss fiel mir im selben Moment wieder ein, dass Karla mit Arno zusammen war. Das hatte ich für einen kurzen Moment verdrängt. Mit einer Mischung aus Verliebtsein und totaler Verunsicherung saß ich nun auf dem weichen Sitz der S-Bahn. Ganz genau, was sollte das denn jetzt werden? Ich ließ Karlas Worte noch mal in meinem Kopf Revue passieren. *Ich würde gerne wissen, wie es ist, dich zu küssen!* Und das *dich* hatte sie ja noch extra betont. Ich spürte beim Kuss, dass das nicht so eine Party-Knutscherei wie die mit Sanjay war. In meinem Kopf vermischten sich die ganzen Erinnerungen des Abends zu einem Wirrwarr. Obwohl für mich rational gedacht der Kuss mit Karla natürlich das viel aufregendere Event war, löste der Kuss mit Sanjay aber etwas in mir aus, das ich im ersten Moment gar nicht so recht greifen konnte.

„Hallo, Erde an Ava. Erde an Ava. Ist irgendwer im Kontrollzentrum da oben ansprechbar?", hörte ich Marta laut sagen.

Ich war völlig in meinen Gedanken versunken gewesen. „Ja, klar, ich bin da. Ich muss den Abend nur erst mal verdauen. Irgendwie ist das schon ganz schön viel gewesen."

Zu Hause angekommen, schmiss ich meine Jacke in die

Garderobe und rief ein kurzes „Ich bin zurück. Gute Nacht, Papa" ins Wohnzimmer, wo mein Vater noch die Mitternachtsnachrichten schaute. „Schlaf gut, Mäuschen", rief er zurück. Er hätte sicherlich gerne etwas über meinen Abend erfahren, aber mir war so gar nicht danach zumute, mit ihm zu reden. Ich stieg die Treppe hoch in den ersten Stock und lief direkt zum Zähneputzen ins Badezimmer. Der Kuss mit Sanjay ließ mich einfach nicht los und ich ging die Sequenzen in meinem Kopf Schritt für Schritt durch. Dabei versuchte ich, das Gefühl und meine Sinneswahrnehmungen der einzelnen Momente zu deuten. Kribbeln im Bauch, Schmecken, Unsicherheit, Riechen, das Gefühl von seinen Schultern in meinen Händen, Aufregung, seine kratzigen Barthaare an meinen Lippen. Und ja, Geilheit. Das, was mich so verwirrte, war genau das: Es hatte mich angemacht! Verdammt, wo kam das denn nur her? „Mann, Ava, du bist lesbisch, er ist schwul, das macht keinen Sinn!", sagte ich halb nuschelnd mit der Zahnbürste im Mund mit Blick auf mich selbst im Spiegel. Mir tropfte Zahnpasta aus dem Mund ins Waschbecken. Ich wich meinem eigenen Blick aus und beugte mich zum Ausspucken runter.

Kapitel 4

ICH KRIEG KEINE LUFT!

Dem Abend folgte ein Frühjahr des totalen Chaos. Sobald Sanjay ein bisschen was getrunken hatte und keine Typen in Sicht waren, die er abschleppen könnte, forderte er mich heraus, noch mal mit ihm zu knutschen. Mitten auf der Tanzfläche oder im Gang zum Klo, gegen die nächste Wand gepresst. Ich machte mehr als einmal mit und auch nach dem fünften Geknutsche hätte es für mich nicht weniger verwirrend sein sollen, aber ich machte mir ehrlich gesagt einfach keine weiteren Gedanken darüber.

Mit Karla war das aber was ganz anderes. Wir suchten uns regelmäßig Orte und Möglichkeiten, wo wir fortsetzen konnten, was kurz vor Weihnachten vor der Alten Abtei angefangen hatte. Dazu schrieben wir uns ständig über den Insta-Messenger und ich verfolgte natürlich haargenau ihren Feed und speicherte jeden ihrer Beiträge mit einem Kribbeln im Bauch. Sie war so wunderschön mit ihren langen, weichen schwarzen Haaren. Manchmal gab sie sogar während meiner Tresenschichten vor, mir beim Getränkeauffüllen helfen zu wollen. „Komm, ich hol mit dir gerne zwei

Kisten Radler aus dem Getränkelager. Gib mir einfach den Schlüssel", sagte sie, als wir wieder mal alle zusammen in der Alten Abtei rumhingen.

Sie wusste längst durch Arno, wo der Schlüssel fürs Getränkelager war. Mit diesem in der Hand zwinkerte sie mir zu – das war mein Zeichen, ihr zu folgen. Wir liefen kurz hintereinander versetzt Richtung Getränkelager, in dem zuerst Karla verschwand und durch den ich kurze Zeit später nachkam, als die Luft rein war. Im Lager zog mich Karla zu sich heran und küsste mich stürmisch. Ich legte meine Hände auf ihre Hüften und zog ihr Becken nah an meins heran. Ich wusste von ihren Erzählungen, dass sie mit Arno Sex hatte, und wünschte mir manchmal, ich könnte an seiner Stelle sein.

An diesem Tag im Lager schob Karla ihre Hand unter mein Shirt, vorbei an meinem Sport-BH, und berührte meine Brust. Ich wollte all die kleinen Berührungen, ihre Finger auf meiner Haut und meine Hand unter ihrem T-Shirt. Mehr als alles andere! Aber zeitgleich merkte ich, wie ich ein Stück zurückzuckte. *Meine Brüste sind so hässlich, fass die bloß nicht an,* schoss es mir durch den Kopf und ich hatte Angst, dass Karla spüren würde, welche Form meine Brüste hatten. Ich konnte die Form zwar selbst nicht genau beschreiben und festmachen, was so schlimm an ihnen war, aber ich wusste einfach, die ollen Dinger waren nicht schön.

Karla musste meinen kleinen Rückzieher gespürt haben und fragte mich: „Alles okay? Hab ich was falsch gemacht?"

„Ne, ne. Ich bin nur ganz sensibel an den Brüsten und angefasst zu werden, ist manchmal ein bisschen unangenehm", stammelte ich.

Ich schaute Karla an und spürte, wie in der eigentlich heißen Situation trotzdem etwas Traurigkeit in mir aufstieg. Obwohl ich die Antwort aus ähnlichen Situationen der letzten Wochen eigentlich schon kannte, fragte ich sie wieder: „Karla, was ist das mit uns? Ich will dich nicht nur heimlich küssen. Ich mag dich echt gern."

Genau wie in den Situationen zuvor wich Karla einen Schritt zurück. „Ich mag dich ja auch gern und ich denke drüber nach, mich von Arno zu trennen. Aber ich brauch einfach noch etwas Zeit. Ich bin mit ihm ja schon seit ..."

Zweieinhalb Jahren zusammen, bla, bla, bla, bla, sprach ich selbst in meinem Kopf weiter und rollte innerlich mit den Augen. Karla hatte mir schon unzählige Male gesagt, dass sie sich nicht so schnell von Arno trennen kann, weil sie ja schon sooooo lange zusammen waren. Ich konnte es nicht mehr hören. Ich wollte mehr, hatte aber Angst, dass sich Karla für Arno entscheiden würde, wenn ich noch mehr Druck machte. Also schluckte ich einmal mehr meine Traurigkeit herunter, küsste Karla die Worte von den Lippen und tat später hinter der Bar wieder, als wäre nichts gewesen.

Diese Situation zog sich ein ganzes halbes Jahr bis Juni weiter. Marta hing mir ständig im Nacken: „Mann, Ava, du lässt dich von Karla benutzen. Die hat ihre wundervolle Beziehung mit Arno und noch den kleinen Kick mit dir nebenbei. Die trampelt auf deinen Gefühlen rum. Das ist nicht okay!"

Marta hatte recht, aber ich konnte Karla nicht loslassen. Innerlich malte ich mir aus, wie es wohl wäre, wenn alle wüssten, dass wir zusammen sind. Was wäre, wenn ich sie einfach immer und überall küssen könnte, wenn mir danach war. Gerade jetzt, da das Storm Music Festival anstand, wünschte ich mir nichts mehr, als mit ihr Hand in Hand über das Festivalgelände zu laufen. Sanjay, Marta, ich und alle unsere Bekannten der Alten Abtei fuhren am kommenden Pfingstwochenende zu dem Event. Fast alle. Arno konnte nicht mitkommen, da es das Konfirmationswochenende seines kleinen Bruders war. Er fluchte deswegen schon seit Wochen. Karla hatte vorgeschlagen, dass wir uns beim Festival ein Zelt teilen könnten.

Arno fand die Idee super, denn er hatte ja absolut keine Ahnung, was zwischen ihr und mir vor sich ging. Tante Bärbel hatte sich angeboten, Sanjay, Kerstin, Marta und mich zum Festival zu fahren, das nur eine gute Stunde Fahrt von uns zu Hause weg stattfand. Nur deshalb erlaubten meine Eltern mir das überhaupt. Ich wurde ja erst einen Monat später achtzehn. Tante Bärbel sollte für meine Mama eine Art Späherin sein und alles erst mal abchecken, bevor sie uns ablud. Zumindest stellte sich das meine Mutter so vor, aber Tante Bärbel machte hier natürlich nicht mit. „Ich vertrau euch Mädels und Sanjay. Wenn was ist, ruft ihr einfach an und ich komme", hatte sie gesagt, als sie uns am Campingplatz des Festivalgeländes mit Sack und Pack absetzte.

„Ich bleib erst mal hier bei dem Rest stehen und ihr sucht einen guten Platz für die Zelte, okay?", schlug Kerstin vor.

Unter keinen Umständen hätten wir alles auf einmal schleppen können. Ich schnappte mir meinen Rucksack, eine Tüte voller Snacks, Dosenravioli und Saft und dazu das Zelt für mich und Karla. „Fuck, warum haben wir denn so viele Sachen eingepackt?" Wir waren noch gar nicht weit gekommen und ich spürte schon, wie mir die Arme schwer wurden und ich anfing zu schwitzen. *Das kann ja heiter werden.* Gerade angekommen und schon völlig verschwitzt. Auf dem staubigen Fußweg schaute ich mich schon mal nach links und rechts um, in der Hoffnung, zu sehen, wo die Duschen waren.

Der Campingplatz lag einfach auf einer großen Feldwiese und da es schon länger nicht geregnet hatte, war der Boden völlig ausgedörrt. Na ja, besser als Matsch war das allemal. Nachdem wir ungefähr fünf Minuten gelaufen waren, die sich aber wie eine Ewigkeit anfühlten, kamen wir an einem Fleckchen an, das groß genug sein sollte, um unsere vier Zelte und den Pavillon aufzustellen. Ich ließ mit einem Mal alles Gepäck und mich selbst auf den Boden plumpsen.

„Ich fang an, alle Sachen auszubreiten, und bau eure Zelte auf, wenn ich hierbleiben kann und nicht noch mal den Weg entlang alles schleppen muss", sagte ich komplett außer Atem.

Die anderen waren mit dem Deal einverstanden und liefen wieder los. *Sommerwetter ist ja schön und gut, aber nicht, um Zeugs umherzuschleppen ...*

Damit vielleicht auch noch die anderen von der Alten Abtei Platz haben würden, legte ich unseren Krimskrams auf einer deutlich größeren Fläche aus. Ich musste über mich selbst lachen. *Das ist so Deutsch, Ava.* So wie Papa im Urlaub immer die Liegen am Pool frühmorgens mit unseren Handtüchern besetzte und dann noch mal zwei Stunden schlafen ging. Ich suchte eine Stelle auf der Wiese, an der es keine Löcher oder größeren Steine gab, und breitete meinen Zeltboden aus. Für mich und Karla sollte alles perfekt sein. Seit sie mir gesagt hatte, dass sie mit mir in einem Zelt schlafen wollte, malte ich mir aus, ob es womöglich bei dieser Gelegenheit zwischen uns über das Knutschen hinausgehen würde. Ich hatte noch keine großen sexuellen Erfahrungen gemacht. Hoffentlich würde es dieses Wochenende so weit sein.

Deswegen musste ich auch unbedingt herausfinden, wo die Duschen waren. Nachdem Karlas und mein Zelt schon halbwegs stand, kamen die anderen schwer atmend mit dem Rest der Sachen an unserer kleinen Base an. „Wir sind gar nicht weit von den Toiletten und Duschen", sagte Sanjay. „Die hab ich da hinten hinter den Bäumen schon gesehen. Da können wir gleich mal ne Runde Drinks mixen, wenn wir's zum Pinkeln eh nicht weit haben." Er machte sich über die Tüten mit dem Saft her und zog eine Flasche Wodka aus seinem Rucksack.

Fast hatte ich vergessen, dass ich Karla versprochen hatte, ihr unseren Standort zu schicken, sobald wir angekommen waren. Sie kam gemeinsam mit den anderen aus der Alten Abtei und müsste auch jeden Moment da sein. Ich zog mein Handy aus der Tasche, schickte ihr per WhatsApp unsere Location und hoffte, dass die Angabe genau genug war, um uns zu finden. Die Aufregung in mir stieg und mein Herz klopfte stark. In dem Moment reichte mir Sanjay einen Becher mit Wodka-Orangensaft. Der Becher war natürlich pink.

„Mehr Klischee geht auch nicht, oder, Sanjay?", sagte ich, während ich ihm wohlwollend zuzwinkerte.

Mein Mund war trocken und der Drink kam mir ganz gelegen. Wir waren fast fertig mit den Zelten, als Karla und der Rest der Crew nicht weniger abgemüht von der Schlepperei ankamen. Karla ließ ihre Tasche und den Schlafsack fallen und umarmte mich. Wie schon häufiger zuvor blieb sie neben mir stehen und legte mir einen Arm über die Schulter. Wie jedes Mal in dieser Situation platzte ich fast vor Freude.

Dass sie vor den anderen ihre Zuneigung zu mir zeigte, war für mich das Größte, auch wenn ich deutlich mehr als das wollte.

„Voll Schade, dass Arno nicht dabei sein kann", sagte Tarek, Martas Freund, als er sich gerade die Gläser seiner schwarzen Brille am T-Shirt sauber machte.

Karla zuckte mit den Schultern: „Selbst Schuld, wenn man kleine Geschwister hat. Aber ich bin ja in bester Gesellschaft hier." Sie warf mir ein Grinsen zu.

Marta stand ein paar Schritte entfernt gegenüber von mir und ihr Blick sprach Bände. Sie war eindeutig nicht happy damit, wie die Dinge sich zwischen mir und Karla entwickelten. *Sei doch einfach froh, dass es bei dir und deinem Boyfriend so perfekt läuft,* dachte ich mir. Wahrscheinlich wollte Marta mich nur vor einer weiteren Enttäuschung mit Karla schützen. Von alldem wollte aber ich in diesem Moment so gar nichts wissen. Die Vorfreude auf das Wochenende flirrte in der Luft. Wildes Geplapper ertönte von allen Seiten, Witze flogen hin und her, Gelächter schwappte durch die warme Sommerluft und die Stimmung wurde mit später werdender Stunde immer besser. Das Festival heute Abend sollte die Band Skunk Anansie auf der Bühne am See eröffnen. Ich war großer Fan, weil die schwarze, glatzköpfige Sängerin der Band namens Skin nicht nur eine wahnsinnige Power in der Stimme hatte, sondern auch noch selbst Teil der queeren Community war. Die Texte der Band sprachen mir in vielerlei Hinsicht oft aus der Seele und hatten immer was Politisches in sich.

Bevor wir uns auf den Weg machten, ging ich noch fix duschen, weil meine Haut total klebte. Ich war zwar schon von den paar Sonnenstunden die Tage zuvor etwas vorgebräunt, hatte dann aber doch Sonnencreme benutzen müssen. Die wollte ich unbedingt abwaschen. Auf dem Weg rüber zur Seebühne war ich von den Drinks schon ein bisschen angeschwipst und in einer total guten Laune. Den anderen ging es nicht anders und wir sangen schon die ersten Lieder von Skunk Anansie auf dem Weg zum Festivalgelände. Ich konnte den Eingang mit dem großen Tor und dem Banner *Welcome to Storm Festival* vor dem See schon sehen, als ich auf einmal spürte, wie sich ein Arm in meinen einhakte und mir ein Kuss auf die Wange gedrückt wurde. Mein Herz machte einen Sprung gefühlt bis über den See vor uns hinweg, als ich bemerkte, dass es Karla war. „Ich freu mich so, dass wir gemeinsam hier sind!", sagte sie, als sie im Laufen ihren Kopf an meine Schulter schmiegte.

Ich wusste gar nicht, wie mir geschah, und eine Welle von Glücksgefühlen strömte durch meinen Körper. Wir gingen durch die Eingangskontrolle und holten uns am Getränkestand alle noch ein Bier. Von den großen, meterhohen Lautsprecher links und rechts neben der großen Bühne dröhnte bereits laute Musik über den Platz. Die Bassdrum des Schlagzeugs versetzte bei jedem Schlag das Innere meines Körpers in Bewegung. Zumindest fühlte es sich so an. Es war schon fast Zeit für den Headliner des Tages und ich war völlig fasziniert von der Größe des Geländes. In der Dämmerung leuchteten die Schilder der Fressbuden und der Merchandise-Stände um mich herum. Und die vielen Leute! Ich kannte ja Konzerte aus der Alten Abtei, aber das hier war definitiv next Level! Um mich herum waren unzählige Menschen. Immerhin konnte man aber die erhöhte Bühne von überall sehen. Das beruhigte mich, denn ich wollte unbedingt einen Blick auf die Sängerin werfen. Karla hing immer noch an mir und ich fragte mich, ob andere, die uns nicht kannten, vielleicht sogar glaubten, dass wir ein Paar waren. Die Menge begann zu springen und zu jubeln, als Skunk Anansie auf die Bühne gerannt kamen und die Sängerin ins Mikro schrie: „Storm Festival, are you with meeeee?"

Um mich herum rasteten die Leute völlig aus und ich ließ mich anstecken von der Energie und griff ganz intuitiv nach Karlas Hand. Ich hielt ihre warme Hand in meiner, während wir uns zur Musik bewegten. Gänsehaut machte sich auf meinem ganzen Körper breit. Karla ließ nicht von meiner Hand ab und man merkte, dass sich das Konzert langsam dem Ende neigen musste, denn die Band haute einen Superhit nach dem anderen raus. Bald würde bestimmt auch mein Lieblingssong *Weak* kommen. Den Gedanken hatte ich noch nicht zu Ende gedacht, da hörte ich schon die ersten Akkorde und stieß ein lautes „Yeah!" aus – mit einem breiten Grinsen im Gesicht. Ich sang laut bei den ersten Worten mit und merkte aber, wie sehr mich der Song gerade in der ganzen Atmosphäre catchte und mich traurig stimmte. Tränen stiegen in mir auf. Ich drehte mich zu Karla und nahm auch ihre andere Hand. Ich stand ihr gegenüber und schaute ihr tief in die Augen und sang bei dem Song mit:

„So what am I now? I'm love's last hope
I'm all of the soft words I once owned
If I opened my heart, there'd be no space for air
Cos I wanted you
Weak as I am, no tears for you
Weak as I am, no tears for you
Deep as I am, I'm no one's fool
Weak as I am

In this tainted soul
In this weak young heart
Am I too much for you?"

Auch Karla schien in dem Moment sehr ergriffen. Ihre Augen füllten sich mit Tränen. Trotz der Tausenden Menschen um uns herum schien die Welt für einen Moment stillzustehen. „Karla, bin ich dir zu viel?", fragte ich sie.

Trotz der lauten Musik musste sie genau verstanden haben, was ich sagte. Karla zog mich ganz nah an sich heran und schloss mich fest in ihre Arme. „Mann, Ava, ich bin in dich verliebt! Du bist mir alles andere als zu viel!" Im nächsten Moment legte sie ihre Hände auf meine Wangen und küsste mich. Mitten vor allen Leuten, in aller Öffentlichkeit passierte endlich das, wonach ich mich so sehr gesehnt hatte! Und als hätte es nicht perfekter sein können, schossen mit dem finalen Song der Band von hinter der Bühne Raketen nach oben und ein bunt funkelndes Feuerwerk zeigte sich über uns am Himmel. Ich hatte wieder Tränen in den Augen. Aber dieses Mal waren es Tränen der Freude, die ich mir schnell am T-Shirt abwischte.

Auf dem Weg zurück zum Campingplatz liefen Karla und ich Arm in Arm und blieben immer wieder stehen, um uns zu küssen. „Come on, wir kommen wegen euch zweien nicht voran! Ich will zum Zelt, ich hab Wodka-Durst", beschwerte sich Sanjay mit einem Lächeln, das klar zeigte, dass er uns nur ärgern wollte.

Es schienen alle immer noch bester Laune zu sein, außer Tarek. Der lief mit beiden Händen in der Hosentasche still neben der Gruppe her und starrte auf den Weg vor sich. Aber das war mir egal. Niemand sollte mir meinen Glücksmoment nehmen! Denn es sollte noch besser kommen. Beim Campingplatz angekommen saßen Karla und ich noch für einen Drink mit den anderen in unserer kleinen Camping-Oase. In der Hoffnung, dass Karla mir vielleicht folgen würde, gab ich vor, müde zu sein und ins Bett gehen zu wollen. Neben dem Zelt putzte ich mir mit einer Wasserflasche zum Ausspülen die Zähne und krabbelte in das kleine Iglu-Zelt. Kurze Zeit später hörte ich den Reißverschluss vom Vorzelt und sah Karla durch das Mückennetz am inneren Zelteingang. „Ich komm auch gleich nach dem Zähneputzen", sagte sie und warf mir ein Luftküsschen zu.

In meinem Bauch zog sich alles zusammen und mein Körper kribbelte bis in die Fingerspitzen. Meine Hände wurden feucht und ich wischte sie immer und immer wieder an meinem T-Shirt ab. Was würde wohl gleich geschehen? Neben der Aufregung stieg auf einmal Panik in mir auf. *Was, wenn ich etwas falsch mache oder Karla Sex mit Frauen nicht so gut findet, wie mit Typen? Little Demons, fuck off!* Ich wollte mir den Moment nicht von meinen Selbstzweifeln zerstören lassen. Und da kam Karla auch schon ins Zelt gekrabbelt. Sie warf mich um und legte sich auf mich. Wir küssten uns und ich fuhr mit meinen Händen durch ihre weichen Haare. Ich hatte mein linkes Bein aufgestellt, sodass es zwischen Karlas Beinen war, und ich spürte, wie sie sich dagegen drückte und bewegte. Mich machte das alles total an und mein Atmen wurde intensiver. Nach und nach zogen wir uns gegenseitig aus. Ich wusste gar nicht so recht, wohin mit mir. Als Karla meinen Sport-BH ausziehen wollte, zögerte ich kurz, ließ es dann aber doch zu. So ganz wohl war mir dabei allerdings nicht. Passierte das wirklich alles und stand ich kurz davor, mein erstes Mal zu haben?

Ich richtete mich ein Stück auf. „Karla, wart mal. Ich hab das noch nie gemacht."

Sie strich mir mit ihrer Hand sanft durchs Gesicht. „Ich auch nicht. Also zumindest nicht mit Frauen."

Irgendwie beruhigte mich das. Ich ließ mich wieder zurücksinken und spürte, wie sich Karla langsam mit ihren Lippen ihren Weg von meinem Hals, über meine Brust, an meinem Bauchnabel vorbei zwischen meine Beine bahnte. *Fuck! Here we go.* Ja, es passierte wirklich und überwältigt von meinen körperlichen Reaktionen konnte ich das gar nicht so recht fassen. Wie sollte ich mich dabei bloß bewegen? Ich unterdrückte es, selbst Geräusche zu machen. Ich wusste zwar irgendwie, dass Leute beim Sex stöhnen, aber ich war unsicher, was vielleicht zu laut wäre. Schließlich waren wir in einem Zelt. Das ganze Rascheln von den Schlafsäcken hörten die da draußen vermutlich sowieso schon alle! So richtig fallen lassen konnte ich mich deswegen nicht und signalisierte Karla nach einem kurzen Moment, dass ich mit ihr die Position tauschen wollte. Sie hatte nichts dagegen und schaute mich mit funkelnden Augen an. Karla legte sich auf den Rücken und ich knabberte sanft an ihren Brustwarzen, strich über ihren nackten Bauch und tiefer, bis zwischen ihre Schenkel. Sie griff in mein kurzes Haar, spreizte die Beine etwas weiter. Auch ihr Atem wurde stetig schneller und sie drückte mir immer wieder ihr Becken entgegen. Völlig außer Atem lagen wir uns anschließend in den Armen. „Ava, es tut mir leid, dass ich dich so lange hingehalten habe.

Das hier hätte schon viel früher passieren sollen, aber ich hab mich einfach nicht getraut."

„Gut Ding will Weile haben", sagte ich ganz plump und schlug mir innerlich im nächsten Moment mit der Hand vor die Stirn.

Boah Ava, du Trampel. In dem Moment nach meinem ersten Mal Papas Lieblingsspruch zu zitieren, war vielleicht nicht ganz so passend. „Sorry, ich meinte, das ist schon okay. Wichtig ist, dass es passiert ist. Ich hab dich nämlich wirklich gern."

Aneinander gekuschelt schliefen wir gemeinsam ein. Am nächsten Morgen wachte ich als Erstes auf und kroch leise aus dem Zelt, um Karla nicht zu wecken. Marta war als Einzige auch schon wach und kochte unter dem Pavillon Kaffee. Noch bevor ich ihr guten Morgen sagen konnte, schoss es bereits im Flüsterton aus ihr heraus: „Alter, Ava, was geht denn bei euch ab? Und sag mir nicht, da ist gestern nix im Zelt passiert?!"

Mit dem breitesten Grinsen zog ich meine Schultern fast bis zu meinen Ohren hoch. „Ich hab keine Ahnung, wovon du redest!", sagte ich.

Sie schaute mich mit einem fordernden Blick an. „Ava! Das kannst du nicht bringen! Erzähl! Jetzt sofort, mit allen Details! Sonst gibt's keinen Kaffee für dich!"

So brühwarm wie der frische Kaffee erzählte ich ihr natürlich alles sofort bis ins letzte Detail. Wir sprachen ganz leise, damit die anderen uns in den Zelten nicht hörten. Am liebsten hätte ich es aber lauthals in die Welt hinausgeschrien.

Marta runzelte die Stirn. „Ich freu mich ja voll für dich, aber Tarek ist verwirrt – und sauer, weil ich ihm nicht schon vorher was von euch zweien gesagt hab. Er will das sofort alles Arno erzählen", sagte Marta und ich konnte die Besorgnis in ihrer Stimme hören. Schon wieder schien ein Drama vor der Türe zu stehen, aber ich hatte es ja selbst heraufbeschworen.

Wir mussten jetzt erst mal Zeit gewinnen. „Ich rede mit Karla! Sag Tarek, er soll Arno nix sagen. Wenn er was erfährt, dann sollte das Karla selber machen."

Marta nickte: „Ja, damit hast du recht. Das versteht Tarek bestimmt auch."

Als Karla sichtlich angeschlagen von der letzten Nacht aus unserem Zelt gekrabbelt kam, streckte ich ihr eine Tasse mit dampfendem Kaffee entgegen.

„Boah, habt ihr keine Kopfschmerzen?", fragte sie, als sie mit ihrer Hand die schon am wolkenlosen Himmel strahlende Sonne von ihrem Gesicht abschirmte.

„Ich sag's doch immer: Klarer Wodka hält auch den Schädel klar." Sanjay lachte und saß tatsächlich schon mit dem ersten Wodka-O in der Hand in seinem Campingstuhl unter dem weißen Pavillon. „Wenn ihr auch immer so viel Fusel und dazu noch Bier durcheinandertrinkt, seid ihr selbst schuld!"

Karla rollte mit den Augen und nahm einen großen Schluck Kaffee aus ihrem Becher, während sie sich auf einer Decke im Schatten niederließ. Ich hörte den Sound ihres Telefons, als sie es gerade anschaltete, und es dauerte kaum einen Augenblick, bis ihre sowieso schon sehr helle Haut kreidebleich wurde.

„Fuck!", sagte sie laut hörbar und ihr Blick wanderte direkt zu Tarek. Karla streckte ihm ihr Handy entgegen. „Damit hast du doch was zu tun, oder?"

Aus dem Augenwinkel konnte ich erkennen, dass Karla über Nacht ganze acht unbeantwortete Anrufe und siebzehn ungelesene Nachrichten von Arno erhalten hatte. Tarek war die Situation ganz offensichtlich unangenehm, denn er sprang von seinem Stuhl auf. Mit einem „Ich geh mal duschen!" versuchte er sich aus der Affäre zu ziehen.

Marta stellte sich ihm in den Weg. „Du gehst gar nirgends hin", schoss es mit starker Stimme aus ihr heraus. „Wieso musstest du dich da einmischen?"

An Tareks hängenden Mundwinkeln und dem schon fast verzweifelten Blick konnte ich erkennen, dass ihn das Ganze nicht kalt zu lassen schien. „Mann, Arno ist mein bester Freund. Was sollte ich denn machen?"

„Vielleicht mischst du dich zukünftig einfach nicht in die Sachen anderer Personen ein?" Karla ließ ihren Kopf in die Hände fallen.

Ich debattierte mit mir selbst, ob ich was sagen oder tun sollte. Schließlich stand ich auf, ging rüber zu Karla und setzte mich zu ihr auf die Decke. „Arno weiß alles?", fragte ich sie.

Sie schaute von ihrem Handy auf. „Ja, anscheinend. Tarek, der Arsch, hat ihm alles brühwarm erzählt."

„Ach kacke. Das tut mir leid, Karla. Ich wollt nicht, dass du Stress bekommst." Als ich diesen Satz beendete, spürte ich Panik in mir aufsteigen. Was, wenn Karla einen Rückzieher machte und das gestern alles eine einmalige Sache bliebe? Ich spürte meinen Herzschlag bis in meine Halsschlagader und mir wurde flau im Magen.

Doch Karla schaute mich mit einem kleinen Lächeln an und nahm meine Hand. „Es ist ja nicht so, als hätte ich damit gerechnet, dass Arno gar nix mitbekommen würde. Ich hätt's ihm schon gern selber gesagt, aber ich möchte nicht mehr weiter gegen DAS hier ankämpfen." Als sie *DAS hier* sagte, küsste sie sanft meine Hand. Mein Herz machte einen Sprung und ein Gefühl von Euphorie zog schlagartig in meinen Bauch, der sich bis eben ja noch total flau angefühlt hatte.

Karla hatte sich zu mir bekannt! Was bedeutete das für uns? War ich etwa auf dem Weg, meine erste feste Freundin zu haben? Noch am selben Tag hörte ich, wie Karla mit Arno telefonierte. Ich bekam nicht viel mit, aber die einzelnen Fetzen, die ich aufschnappte, waren genug für mich zur Bestätigung. „Arno, es hat ja auch nix mit dir zu tun. Unsere Zeit war schön, aber es gibt einfach noch mehr, das ich ausprobieren möchte."

Er tat mir ein bisschen leid, aber zeitgleich konnte ich mein Glück gar nicht fassen. Karla und ich. *We're a thing now.*

Der letzte Tag des Festivals war schon gekommen und nach meinem letzten Schluck Kaffee aus meinem Becher raffte ich meine dann doch etwas müden Knochen aus meinem Campingstuhl auf. Beim zweiten Anlauf schaffte ich es dann auch, mich aus dem viel zu tiefen Stuhl in die Senkrechte zu bewegen. Wieder einmal kam mir der Gedanke, dass ich vielleicht doch etwas abnehmen sollte.

„Karla, ist es okay, wenn ich unsere Sachen schon mal aus dem Zelt hole, damit ich es abbauen kann?", fragte ich sie und beugte mich dabei über sie, um ihr einen Kuss zu geben.

Sie lächelte mich an: „Klar, schmeiß mein Zeug einfach raus, ich pack das dann vor dem Zelt zusammen und helf dir gleich."

Während ich langsam rings um das Zelt die Heringe aus dem Boden zog, überlegte ich mir, wie ich Karla am besten DIE Frage stellen könnte. In meinem Kopf spielte ich hundert Möglichkeiten durch, was ich sagen könnte. Gleichzeitig kamen wieder Zweifel in mir auf. Wieso sollte jemand so Schönes wie Karla mit einem Klops von Mensch wie mir zusammen sein wollen? Ich wollte gerade die Zeltstangen in die Tasche packen und Karla kam auf mich zu, um mir dabei zur Hand zu gehen. Wir knieten uns gegenüber, sie hielt die Zelttasche auf und ich versuchte, die Stangen irgendwie hineinzuquetschen. „Dass diese scheiß Dinger auch immer so klein gemacht sind. Ich glaube, Zelthersteller*innen machen das extra, nur um den Leuten nach dem Camping-Urlaub gleich wieder die Erholung zu nehmen ...", sagte ich, während ich mit hochrotem Kopf und viel Kraft den Reißverschluss der Tasche zumindest zur Hälfte hochziehen konnte.

Karla lachte. „Du bist so lustig, Ava!"

War jetzt der richtige Moment gekommen, sie zu fragen? *Wenn nicht jetzt, wann dann?!,* dachte ich mir. Ich holte tief Luft und griff nach Karlas Hand. „Du, ich wollte dich was fragen." Ich kam ins Stocken.

Karla schaute mich mit ihren funkelnden Augen an und ein sanfter Windstoß blies ihr eine dunkle Strähne ins Gesicht. „Was denn?"

Ich strich ihr sanft die Strähne aus dem Gesicht und setzte neu an: „Karla, ich wollte gerne wissen, ob du meine Freundin sein magst?"

In meinem Kopf machte sich Angst breit und ich rechnete schon fest mit einer Abfuhr, als Karla mich stürmisch küsste. Ihre Antwort auf meine Frage war damit auch unausgesprochen eindeutig. Sanjay konnte es mal wieder nicht lassen, diesen Moment ironisch zu kommentieren, und sagte: „Soll ich euch wieder ein Zelt aufbauen? Das kann man ja nicht mit ansehen."

Das war jetzt fast genau ein Jahr her und es stand wieder das Pfingstwochenende an. Ich war mittlerweile achtzehn geworden, wir hatten gerade unsere mündlichen Prüfungen fürs Abi hinter uns gebracht, welches ich mit Ach und Krach bestanden hatte. Zur Belohnung hatte Karla mich mit einer Reise überrascht. Wir saßen gemeinsam in der S-Bahn zum Stuttgarter Hauptbahnhof. „Gib mir doch wenigstens einen Tipp, wo es hingeht", bettelte ich sie bestimmt schon zum hundertsten Mal an. Und wie auch die zig Male zuvor schüttelte sie breit grinsend den Kopf, sodass ihr die schönen, glänzenden langen Haare ins Gesicht fielen. Das liebte ich so sehr an ihr, dass sie sich immer wieder was Neues einfallen ließ. Sie gab mir das Gefühl, etwas Besonderes zu sein. *Wie habe ich das nur verdient?!*, ging mir auch in diesem Moment wieder durch den Kopf. Wir kamen dem Hauptbahnhof immer näher und fuhren an dem riesigen weißen Gebäude des Porsche Museums vorbei. Karla starrte mit großen Augen aus dem Fenster, als die S-Bahn gerade wieder mit einem summenden Geräusch anfuhr. „Ich frag mich immer, wie viel der Klotz wohl gekostet haben muss."

Ich schaute sie mit einem gestellt genervten Blick an: „Fräulein, jetzt lenken Sie mal nicht vom eigentlichen Thema ab. Sie wollten mir gerade sagen, wo es hingehen soll." Dabei stürzte ich mich auf sie und wir beide quiekten in unserer Freude. Es war mittlerweile für uns normal, auch in der

Öffentlichkeit zu zeigen, dass wir ein Paar waren. Der älteren Dame im Vierersitz neben uns schien das so gar nicht zu passen. „Zwei Frauen? Und das auch noch in der Öffentlichkeit? Das muss doch nicht sein!"

Ganz provokativ küsste ich Karla. „Meinen Sie das hier?", fragte ich und lachte. „Ja, genau das muss sein. Denn die Liebe ist das schönste überhaupt – egal, zwischen wem sie stattfindet!"

Viel schien ihr darauf nicht einzufallen. Sie zupfte empört an ihrer grauen Dauerwelle herum und verschwand fast in ihrem warmen, braunen Mantel. Ich hörte sie nur auf breitem Schwäbisch „Herrgott sapperlot!" sagen. Solche Reaktionen waren Karla und ich leider schon gewohnt. Aber inzwischen reagierten wir automatisch mit Aktion anstatt Rückzug auf so etwas. So richtig hatten wir darüber nie gesprochen, aber ich bewunderte Karla dafür, mit welcher Leichtigkeit sie die Veränderung vom Hetero-Dasein zu unserer Beziehung nahm. Ich hatte zunächst noch befürchtet, dass es für sie womöglich ein Problem werden würde.

Heute sollte sowieso niemand unsere Laune trüben, denn wir machten unsere erste gemeinsame Reise. Wir waren am Hauptbahnhof angekommen und machten uns von den S-Bahn-Gleisen im Erdgeschoss auf den Weg nach oben zu den Fernzuggleisen. „Wir müssen zu Gleis neun, da wirst du dann auch sehen, wohin es geht." In Karlas Stimme konnte ich hören, dass auch sie aufgeregt war.

Meine Schritte wurden schneller und vor Aufregung zählte ich die Fliesen in der Bahnhofsvorhalle vor mir. Ich mochte den alten Bahnhof. Er hatte irgendwas Mystisches mit der hohen Decke, der immer kühlen Luft im Gebäude – egal ob es draußen 35 Grad waren – und dem Geräusch der hallenden Durchsagen. Die Vorhalle ließ jedes Mal Gedanken in mir aufkommen, wie es hier wohl in den Zwanziger- und Dreißigerjahren zugegangen sein musste. Das alte Gebäude und die alten Anzeigetafeln und Beschilderungen der Geschäfte lösten ein Nostalgiegefühl in mir aus. Wir waren nun auf Höhe der Gleise angekommen. „Gleis sieben, Gleis acht, Gleis neun", zählte ich laut. Am Gleis angekommen blieb ich stehen und blickte fast ungläubig auf die Anzeigetafel. Mit halb offenem Mund sah ich, wie Karla neben mir ein Foto von mir machte. „Mann, was machst du denn mit mir?", sagte ich zu ihr.

„Ich hab doch nur ein Foto gemacht", entgegnete Karla erschrocken.

„Nein, nein, Süße. Das meine ich doch gar nicht. Wir fahren nach Berlin?" Ich strich ihr liebevoll mit meiner Hand über die Wange und noch bevor sie antwortete, gab ich ihr einen Kuss.

„Das ist dein vorgezogenes Geburtstagsgeschenk. Ich hatte vor ein paar Wochen gesehen, dass du bei Lesarion im Forum über das Lesben-Pfingst-Treffen in Berlin gelesen hast. Ich dachte mir, dass du da gerne hinwolltest", erklärte Karla ihre Idee hinter der Reise.

Ich konnte nicht anders, ich musste sie einfach noch mal küssen. *Wie kann ein Mensch denn nur so süß sein?* „Aber Karla, ist das nicht wahnsinnig teuer?"

Mit einem Blick auf die Uhr zog mich Karla in Richtung Zug. „Nicht, wenn man's richtig macht. Meine Mama hatte noch zwei Lidl-Spartickets übrig und wir können in Berlin bei meinem Cousin Lasse pennen. Der wohnt da seit zwei Jahren und hängt mir eh schon seit seinem Umzug in den

Ohren, dass ich unbedingt mal zu Besuch kommen soll. Und das LPT selbst ist für unter Zwanzigjährige kostenlos. Auf der Website steht ..."

„... dass Junglesben gern gesehen sind. Ich find ja das Wort Junglesben ganz schlimm. Klingt fast so, als wären wir die Kälber von alten Frauen mit Eutern." Meine Fantasie war bei sowas immer sehr visuell und ich hatte direkt Bilder im Kopf.

„Als wärst *du* ein Kalb. Ich bin immer noch bi und nicht lesbisch." Diese Unterscheidung war Karla immer sehr wichtig. Mir war es aber völlig egal, wie sie ihre Sexualität beschrieb, solange sie mit mir zusammen war.

Karla hatte an alles gedacht. Sie hatte als Verpflegung für die Zugfahrt liebevoll Sandwiches geschmiert. „Kennst du das, du hast eigentlich keinen Hunger, aber sobald du im Zug sitzt, MUSST du einfach essen", sagte Karla und hatte schon im nächsten Moment einen großen Bissen Brot im Mund.

Ein paar Krümelchen fielen ihr in den Schoß, die sie mit einer schnellen Handbewegung Richtung Boden fegte. „Hat niemand gesehen", sagte sie und lachte dabei los.

Ich liebte ihr Lachen und ihre offene, freie Art. Sie schien sich oft einfach nicht darum zu kümmern, was andere von ihr dachten – und dafür bewunderte ich sie. Wir kamen unserem Ziel Berlin schnell näher, denn die Zeit verging wie im Flug. Karla hatte selbst an Kartenspiele und Kniffel gedacht. Bei den lauten Würfelgeräuschen warfen uns einige Mitreisende gequälte Blicke zu oder versteckten sich hinter ihren Zeitungen, aber wir hatten so viel Spaß, dass mich das nicht wirklich kümmerte.

In Berlin angekommen, war ich erst einmal überwältigt von dem Monstrum an Hauptbahnhof. Das Ding hatte fünf

Etagen! Karla schien aber den Durchblick zu haben. Karlas Cousin Lasse hatte ihr genau beschrieben, wie wir vom Hauptbahnhof zu ihm nach Kreuzberg kommen. „Erst mit der S-Bahn eine Station zur Friedrichstraße und dann mit der U6 Richtung Alt-Mariendorf bis zum Mehringdamm", wiederholte Karla schon fast mantraartig.

Das Mantra schien zu klappen und wir fanden uns kurze Zeit später im lauten Gewusel der Stadt wieder. Lasse wohnte direkt am Mehringdamm, unweit der U-Bahn-Station. Er hatte ein Zimmer in einer Wohngemeinschaft mit zwei seiner Kommilitonen in einer großen Altbauwohnung. Ich stand in der großen Wohnküche und bewunderte die hohen Decken. Ich dachte mir, wie gut, dass da noch so viel Luft nach oben war, da fiel der Berg Geschirr in der Spüle gar nicht so auf.

In Lasses Zimmer stand ein Hochbett mit einer schon ausgezogenen Schlafcouch darunter, was unser Bett für die kommenden zwei Nächte sein sollte. Mit unserer Ankunft am Freitag und der Abreise am Sonntagnachmittag hatten wir an sich gar nicht so viel Zeit in Berlin. Deswegen scheuchte uns Lasse direkt wieder aus der Wohnung. „Los, wir haben nicht viel Zeit, wenn wir noch das Brandenburger Tor, den Fernsehturm und die Eastside Gallery sehen wollen, bevor es dunkel wird. Aber erst mal holen wir uns hier um die Ecke 'ne Currywurst bei Curry 36. Das ist die beste Currywurst ever und ein Muss für Touris in der Stadt", schwärmte er uns vor.

Noch mit dem warmen Papptellerchen in der Hand mit Currywurst drauf liefen wir direkt wieder runter in den U-Bahnhof. Lasse lief voraus und ich war ehrlich gesagt total erleichtert, dass wir jemanden hatten, der uns durch die Stadt führte. Ich kam aus dem Staunen gar nicht mehr heraus. Vor dem Brandenburger Tor stand eine Menschenmasse und fast alle hatten ihr Handy oder eine Kamera in der Hand, um Fotos zu machen. „Ihr müsst an solchen Orten immer vorsichtig mit Taschendieb*innen sein. Wenn Leute mit offenem Mund dastehen, wie Ava, nutzen die Säcke das gerne aus", rief Lasse ein paar Schritte von uns entfernt stehend und zündete sich lässig eine Zigarette an.

Ich schloss meinen Mund und blickte mich misstrauisch um. In so einer großen Stadt fühlte ich mich irgendwie immer ganz klein, aber doch irgendwie auch endlich mit genug Platz um mich herum. Nicht so eingeengt wie zu Hause, wo alle einem immer nur sagen, was nicht geht und wie man nicht sein sollte. Erinnerungen an die Klassenfahrt nach London kamen mir in den Sinn und ich spürte die Aufregung in mir hochsteigen. Am Samstag stand tagsüber das LPT auf dem Programm. „Kommt, ich mach noch ein Bild von euch zwei Turteltäubchen zusammen und dann hüpfen wir in den Bus rüber zum Alex", sagte Lasse.

Ein bisschen verwirrt schaute ich zu Karla und flüsterte: „Wer ist denn Alex? Ich dachte, wir wollten zum Fernsehturm?"

Karla schmiss ihre Arme um meine Schultern und fing an zu lachen. „Ach Ava, für deine Schusseligkeit lieb ich dich noch ein bisschen mehr. Mit Alex meinen wir den Alexanderplatz und da steht doch der Fernsehturm."

Ich Dödel hätte ja auch wirklich mal eins und eins zusammenzählen können, aber das war offenbar in der Aufregung nicht möglich.

Nachdem wir unsere geplanten Stationen abgeklappert hatten, holten wir uns zurück in Kreuzberg noch einen Döner und ein Bier und saßen gemeinsam auf einer Parkbank. Obwohl es schon 22 Uhr war, empfand ich die Luft um mich herum als warm und es ging kein bisschen Wind. Ja, fast schon etwas stickig. An uns liefen unzählige Menschen vorbei, die alle gerade in die Nacht zu starten schienen. *Wie muss es wohl sein, wenn man hier lebt?*, fragte ich mich in diesem Moment.

Am nächsten Morgen machten wir uns schon früh auf den Weg. Für zehn Uhr war nämlich ein Frühstück der Junglesben angesagt und Karla meinte, das sei doch der perfekte Einstieg in den Tag. Mit knurrendem Magen betraten wir das Gebäude der Berliner Hochschule für Technik in Berlin-Wedding, wo das LPT stattfand. Am Eingang stand ein Welcome Desk und die Person dahinter begrüßte uns freundlich. „Seid ihr das erste Mal beim LPT?", fragte die kurzhaarige Frau mit einem blau karierten Hemd. Karla und ich nickten beide.

Mit einem wachsenden Lächeln im Gesicht entgegnete uns die Frau: „Na dann, herzlich willkommen! Schön, dass ihr da seid!"

Sie drückte uns einen Lageplan vom Gebäude, ein Programm und zwei Sticker als Namensschildchen in die Hand und wünschte uns viel Spaß. Karla ging mit dem Zeigefinger über den Lageplan. „Wir müssen Raum 2.104 finden."

„Die Zwei vorne steht vielleicht für den zweiten Stock", schlug ich vor. Mit einem leichten Murmeln stimmte Karla mir zu und wir suchten im Gebäude nach den Treppen. Als wir den langen Flur im zweiten Stock entlangliefen, der uns laut

Plan zu Raum 2.104 führen sollte, hörten wir schon Musik und Stimmen. Der Flur hatte einen komischen grauen Linoleumboden und es roch etwas muffig. Es waren für heute 28 Grad angesagt und man konnte schon am Morgen die Hitze spüren. Am Raum angekommen sahen wir einen großen Tisch in der Mitte mit Stühlen drumherum platziert, von denen einige schon besetzt waren. In der Mitte des Tisches standen Marmeladen- und Nutellagläser, Orangensaft in Plastikflaschen und zwei große aufgerissene Bäckerei-Papiertüten mit einem Berg von Brötchen. Von der Seite kam eine kleine Person mit blonden schulterlangen Locken und schwarzer Brille angesprungen. „Hi, ich bin Amelie und ihr seht so aus, als wärt ihr hier genau richtig! Wie heißt ihr denn?"

Karla und ich stellten uns vor und in dem Moment fielen mir auch die Namensschildchen wieder ein. Ich kramte in meinem Rucksack nach einem Stift. „Und wo kommt ihr her?", wollte Amelie wissen.

Karla übernahm zum Glück das Reden, weil ich mich in dem Moment etwas überfordert fühlte und schüchtern war. „Wir kommen aus dem Süden, aus der Nähe von Stuttgart."

„Ach, wie schee. Aus'm Schwobaländle", versuchte Amelie den schwäbischen Dialekt nachzumachen. „Sucht euch gern einen Platz und haut rein. Es ist genug zu essen da und Kaffee kommt auch gleich noch."

Im selben Moment lief eine Person mit zwei Kannen an uns vorbei und zog einen Duft von frisch gebrühtem Kaffee hinter sich her. „Mo ist unsere Rettung!", rief Amelie der Person entgegen.

Mo war zwar recht klein, hatte aber dennoch eine krasse physische Präsenz. Unzählige Piercings im Gesicht und die mit Tattoos übersäten Arme ließen sie aus der Gruppe klar herausstechen. Karla und ich suchten uns einen Platz und schnappten uns erst mal eine der weißen Kaffeetassen aus der Mitte des Tisches. Karla machte einen Vorschlag. „Lass uns mal aufs Programm schauen, was heute ansteht. Ach, wobei ..." Im selben Moment stand sie von ihrem Stuhl auf und fragte in die Runde, welche Workshops am heutigen Tag anstünden und was die anderen empfehlen würden.

„Ich geb nachher den Dragking-Workshop. Kommt doch gern vorbei, wenn ihr Bock habt", sagte Mo mit einem kurzen Räuspern vom Kopfende der Tafel zu uns rüber.

„Dragking? Das heißt, wir verkleiden uns als Männer?", fragte Karla und ich war erleichtert, denn ich hatte keine Ahnung, was Dragking eigentlich bedeutete.

Mo lachte, „Ja, so in etwa. Meine Performance Group, die Berlin Boyz, leitet den Workshop."

Die Berlin Boyz, wiederholte ich leise vor mich hin und mein Kopf ratterte. *Warum sollte man sich denn als Lesbe verkleiden wie Männer und was will man da performen?* Ich war völlig verwirrt, sah aber in Karlas Augen, dass sie sichtlich von der Idee angetan war. „Komm, das machen wir nachher, Ava. Das klingt voll cool!" Damit war klar, wir würden den Workshop machen. Wenn Karla sich einmal etwas in den Kopf gesetzt hatte, konnte ich sie ohnehin nicht mehr davon abbringen.

Und so fand ich mich zwei Stunden später gemeinsam mit Karla in einem anderen Raum den Flur entlang wieder. Mit uns saßen noch ungefähr zehn weitere Frauen und Mo mit ihren zwei Berlin-Boyz-Kolleginnen zusammen in einem großen Stuhlkreis.

„Hi, ich bin Mo Money. Das links neben mir ist Tom Trash und rechts von mir sitzt Timmy Jumper. Das sind unsere Künstlernamen, wenn wir mit den Berlin Boyz auftreten", begann Mo mit der Vorstellung.

Ich wusste nicht genau, warum, aber ich hatte wahnsinniges Herzklopfen. Tom saß neben Mo in einem blauen Arbeitsanzug mit weißem Unterhemd und hatte einen Bart. Aber die Stimme von Tom klang eindeutig wie die einer Frau und ich hatte im ersten Moment gar nicht gecheckt, was abging, bis Tom erklärte: „Was wir heute mit euch machen, ist ganz simpel. Wir zeigen euch, wie ihr euch so einen schicken Bart ankleben könnt wie ich und wie ihr euch die Brust flach abbindet. Für die Beule in der Hose habe ich einige Paare Socken mitgebracht, die ihr euch leihen könnt. Keine Sorge, die sind alle frisch gewaschen." Die Gruppe fing an zu lachen.

Brust abbinden, Bart kleben, Beule in der Hose. Auf was hatte ich mich hier nur eingelassen? Nervös rutschte ich auf meinem Stuhl hin und her und wischte mir an meinen Shorts den Schweiß von meinen nassen Händen. Um etwas Privatsphäre zu bieten, hatten die drei Workshopleiterinnen in einer Ecke ein weißes Tuch aufgehängt und halfen uns dabei, uns mit Kompressionsbinden die Brust flach abzubinden. Karla stand hinter mir und wickelte den Verband um mich herum – unter der sprachlichen Anleitung von Mo, die auf der anderen Seite des weißen Tuches stand. „Am einfachsten ist es, wenn Ava selbst die Brüste mit den Händen nach links und rechts zur Seite festhält und Karla dann nicht zu fest, aber auch nicht zu locker, drumherum wickelt." So lautete die Empfehlung von Mo, aber das klang einfacher, als es war.

„Au, das tut weh. Du klemmst mir hier voll die Haut ein."
Ich versuchte, meine Finger rauszuziehen, die Karla schon mit eingewickelt hatte.

Von der anderen Seite des Vorhangs hörte ich: „Ein bisschen tut das immer weh. Die Haut sortiert sich unter dem Verband nach kurzer Zeit selbst. Das wirst du merken."

Mo sagte daraufhin noch mal lauter in den Raum: „Leute, hört mal kurz her: Für den Workshop hier, für einen kurzen Moment, sind die Binden okay. Aber das ist keine Lösung für mehrere Stunden und kann zu Schäden führen. Dafür empfehle ich euch richtige Binder oder ein ganz bestimmtes Tape, das ich euch nachher zeigen kann."

Ziemlich bewegungseingeschränkt zog ich mir mein T-Shirt über und schaute an mir runter. *Wow. Das macht echt ne flache Brust.* Und das Zwicken und Ziehen wurde tatsächlich schnell besser. Als Nächstes sollten wir uns eine klitzekleine Strähne aus unseren Haaren schneiden für den Bart. „Wir brauchen nicht viele Haare, aber wenn ihr eure eigenen nehmt, sieht das deutlich natürlicher aus", erklärte uns Timmy, während er schon über einem Blatt Papier eine seiner eigenen rotblonden Strähnen ganz fein in klitzekleine Stücke schnitt.

Timmy fuhr mit der Erklärung fort: „Wir nehmen dann gleich diesen Stift hier namens ‚Stoppelpaste', den bekommt man im Theaterbedarf. Den schmieren wir uns ins Gesicht, an die Stellen, wo wir den Bart haben wollen, und pinseln dann die klein geschnippelten Härchen drauf. Schaut mal zu, wie ich das mache."

Timmy saß vor einem beleuchteten Theaterspiegel und ich beobachtete jeden einzelnen Schritt ganz genau. Diese

Stoppelpaste sah ein bisschen aus wie ein Deo-Stift. Timmy zog damit transparente Linien durchs eigene Gesicht. Anschließend griff er nach dem Pinsel, tunkte diesen in die Haarschnipsel und fuhr damit über die Stoppelpaste. Mit jedem Pinselstrich wurde Timmys Bart dichter und sichtbarer – und sein Gesicht markanter. Ich konnte kaum einen Unterschied zu einem richtigen Bart erkennen. Das wollte ich nun unbedingt ausprobieren.

Mit einem Blick in den Spiegel neben mir schnitt ich mir eine viel zu große Strähne aus dem Haar, die eine sichtbare Lücke hinterließ. Aber das war mir jetzt egal. Akribisch schnipselte ich die Haare winzig klein. Die anderen waren mittlerweile auch beim praktischen Teil des Workshops angekommen und taten Ähnliches. „Schau mal Timmy, ist das klein genug?", fragte ich.

Mit einem Blick auf mein kleines Haar-Häufchen bekam ich die Antwort: „Ich würd's noch ein bisschen feiner schneiden, dann lässt es sich leichter auftragen. Mit der Menge kannst du ne ganze Reihe an Bärten pinseln." Timmy lachte.

Nachdem ich die Haare noch etwas feiner geschnitten hatte, nahm ich die Stoppelpaste. Timmy stand hinter mir und schaute mir über die Schulter. Ich wollte einen Vollbart und fuhr mit dem Stift vom Haaransatz an meiner Kotelette links ganz langsam und fokussiert rüber nach rechts.

„Sehr gut. Jetzt würde ich an den Wangen, am Kinn und natürlich noch über der Oberlippe etwas nachziehen. Hier aber etwas dünner", sagte Timmy und ich folgte der Anleitung. „Am Anfang nimmst du erst mal nur ganz wenige Haare auf den Pinsel. Du hast ja recht dunkle Haare und wir wollen lieber sachte anfangen. Wenn es nicht dunkel oder kräftig genug ist, können wir immer noch nachpinseln", sagte Timmy und zeigte mir, wie ich den Pinsel sachte in meine klein geschnittenen Haare tunken sollte. Mit weit aufgerissenen Augen blickte ich in den Spiegel und tupfte mir den Pinsel sanft ins Gesicht. Es funktionierte wirklich! Die Härchen blieben an der Stoppelpaste kleben und mein Bart wurde langsam dichter und dichter. Im Augenwinkel konnte ich beobachten, dass Karla auch schon beim Pinseln angekommen war. Sie hatte sich aber nur ganz wenig Haar abgeschnitten und trug die Stoppelpaste gerade am Kinn auf.

„Wenn ihr mit den Bärten fertig seid, könnt ihr euch noch ein paar Socken schnappen. Am Ende vom Gang ist ein Klo mit etwas größeren Spiegeln. Da könnt ihr hingehen und euch als Ganzes anschauen. Jungs, scheut euch nicht, auch aufs Männerklo zu gehen", sagte Tom mit einem neckischen Zwinkern in den Augen.

Ich ließ die Gelegenheit aus, mir beim Rausgehen ein Paar Socken aus der kleinen Kiste neben der Türe zu nehmen. So richtig wohl war mir bei dem Gedanken nicht, mir die Socken einer fremden Person in die Hose zu stecken. Ich hatte gar nicht gemerkt, wie die Zeit verflogen war. Als ich auf dem Flur auf die Uhr sah, zeigte sie, dass der Workshop schon zweieinhalb Stunden lang ging. „Boah Ava, das sieht so geil aus! Das steht dir richtig gut und du siehst mit deinen kurzen Haaren echt aus wie ein Kerl!" Karla griff nach meiner Hand und zog mich den Flur entlang in Richtung Klo. „Das musst du dir selbst mal anschauen!"

Wir traten in einen Waschraum, der grau gefliest war. Vor uns hingen drei Waschbecken nebeneinander an der Wand mit einem großen Spiegel über die ganze Länge der Wand.

Wenn man nicht direkt an den Waschbecken, sondern drei bis vier Schritte davon entfernt stand, konnte man sich von Kopf bis Fuß im Spiegel sehen. Ich stand da und musterte mich von oben bis unten. Ich drehte mich zur Seite, sodass ich mein Körperprofil sehen konnte. Meine Brüste waren kaum zu erkennen. Einige Sekunden lang starrte ich nur auf diese Stelle. Mit meiner Hand fuhr ich mehrmals über meinen Oberkörper und fühlte nach. Auch hier war kaum etwas zu spüren. Ich ging näher an den Spiegel und schaute mir meinen Bart genau an.

Meinen Kopf drehte ich nach links und rechts. Das sah wirklich aus wie ein Dreitagebart und es machte mein Gesicht unheimlich markant. Völlig abgelenkt von dem, was ich sah, merkte ich erst jetzt, was in mir vor sich ging. Ich schaute mir selbst tief in die Augen und sah Tränen in meinen Augen aufsteigen. *Was soll das denn jetzt?* Ich verstand überhaupt nicht, woher das kam. Meine Atmung beschleunigte sich. Doch irgendwas war da, ich konnte kaum tief Luft holen. Panik stieg in mir auf und ich griff mit meinen Händen unter mein Shirt und versuchte die Kompressionsbinde abzubekommen. *Scheiße, ich krieg keine Luft!* „Mach das ab. Mach das verfickte Ding ab!" Ich schrie Karla förmlich an.

Ohne nur den blassesten Schimmer zu haben, was gerade vor sich ging, reagierte Karla blitzschnell und half mir, den Verband zu lösen. Das Gefühl, als sich meine Lungen wieder mit Luft füllten, beruhigte mich ein kleines bisschen. Meine Hand streckte ich nach dem Seifenspender aus und zog an dem kleinen Griff darunter, bis die Seife mir von der Handfläche lief. Ich beugte mich über das Waschbecken und rieb mir Wasser und Seife ins Gesicht. Vor mir im Becken sah ich die kleinen Haarschnipsel im Wasser tanzen, bis sie vom Abfluss verschluckt wurden. Bis das Wasser komplett klar war, schrubbte ich mir aufgebracht über die Wangen und die Oberlippe. Immer noch etwas außer Atem stellte ich das Wasser ab und stützte mich mit den Händen auf das Waschbecken. Ich blickte auf zu Karla, die neben mir stand und mich anstarrte, als hätte sie gerade einen Geist gesehen.

„Was war das denn für ein Anfall?", fragte sie mich.

Ich zuckte mit den Schultern und versuchte mir irgendwas einfallen zu lassen. „Keine Ahnung, der Bart sah einfach kacke aus."

Mir war in diesem Moment schon klar, dass das eine Lüge war. Aber ich hatte selbst absolut keine Ahnung, was das gerade gewesen war und woher diese Panik kam. Auch Karla hatte nun keinen Bock mehr auf ihren Bart. Sie tat es mir gleich und wusch ihn ab. „Was hältst du davon, wenn wir ein bisschen an der Spree in Richtung Stadtzentrum laufen? Ich glaub, frische Luft könnte dir guttun", schlug sie vor.

Immer noch völlig in dem Versuch versunken, zu verstehen, was gerade passiert war, nickte ich. Meine Wangen und mein Kinn waren rot vom Abrubbeln der Bartstoppel und in meinen Haaren klaffte die Lücke der Strähne. Die würde mich jetzt wohl noch ein paar Tage an diesen Moment im Klo der Hochschule erinnern.

Kapitel 5

DER DUFT NACH FREIHEIT

Noch bevor wir das LPT verlassen hatten, fing uns Amelie an der Türe ab: „Sehen wir uns heute Abend in Neukölln im SchwuZ? Mit dem Festivalticket kommt ihr da für umme rein."

Ich konnte noch gar nicht klar denken und entgegnete ihr einfach nur ein „Vielleicht". Es hatte einen ganzen Moment gedauert, bis ich wieder in irgendeiner Form richtig ansprechbar war. Ich merkte, dass ich die vorangegangen Szenen innerlich in diesem Moment gar nicht so richtig aussortiert bekam, und tat das, was ich sowieso gut konnte: verdrängen. Karla merkte, dass ich nicht so gesprächig war, und lief ruhig neben mir her, als wir die Spree entlangspazierten.

Nach einem Stopp für ein Falafel-Sandwich waren wir wieder bei Lasse in der WG angekommen und ruhten uns auf der Schlafcouch etwas aus. Es war längst Abend geworden. Lasse kam ins Zimmer herein und hielt eine Flasche in der Hand. „Mädels, ich denke, es ist Zeit für ein bisschen Berliner Luft!"

Karla und ich schauten ihn beide entgeistert an, weil wir nicht verstanden, was er meinte. Er streckte uns die glasklare Flasche mit türkisem Etikett entgegen. Berliner Luft war ein Likör. „Damit ihr zwei Pappnasen ein bisschen in Stimmung kommt. Wollt ihr denn gar nicht die Berliner Nächte erkunden?"

Stimmt, da war ja noch die Party, die Amelie erwähnt hatte, aber ich konnte mich nicht mehr richtig an den Namen erinnern. „Es gibt tatsächlich heute Abend noch ne Party. Aber ich hab vergessen, wie der Club heißt. Das war irgendwas mit Schmutz oder so", sagte ich, während Lasse mir ein ziemlich volles Glas mit Berliner Luft in die Hand drückte.

Er prustete los. „Du meinst das SchwuZ in Neukölln! Das ist ein cooler Club für Leute wie euch. Hab sogar mal gehört, dass er 'n besseres Soundsystem als das Berghain hat."

Berghain? Ich verstand schon wieder nur Bahnhof.

„Wie kommen wir denn dahin?", fragte Karla.

Lasse nahm einen großen Schluck vom Likör direkt aus der Flasche und verzog dabei das Gesicht. „Ach, das ist easy. Einfach nur mit der U7 vier Stationen bis Rathaus Neukölln und dann zwei Minuten weiter zu Fuß. Da seid ihr von Tür zu Tür in weniger als fünfzehn Minuten."

„Komm, Karla, lass uns da mal hingehen. Wir haben ja nix zu verlieren. Selbst wenn die Party scheiße ist, kommen wir halt wieder nach Hause", schlug ich vor und schaute sie mit großen Augen an.

Keine zwanzig Minuten später saßen wir in der U7 Richtung Rudow auf dem Weg ins SchwuZ. Auf der Website hatte ich gesehen, dass es den Club schon seit über 35 Jahren gab. Er schien eine queere Institution in Berlin zu sein. Wir liefen den kurzen Weg von der U-Bahn-Station über die Karl-Marx-Straße zum Club. Obwohl es schon fast Mitternacht war, liefen uns gefühlt hundert Menschen entgegen. Die Straße war ein bunter Mix aus Lichtern der Dönerbuden und den Autoscheinwerfern. Es lag ein Summen aus Stadtgeräuschen in der Luft und ich war wie elektrisiert von der Atmosphäre. Ich hakte mich bei Karla unter und gab ihr übermütig einen Kuss auf die Wange. „Danke, dass du mich hierhergebracht hast! Und noch mal sorry für heute Nachmittag. Ich weiß nicht so recht, was da los war."

Karla schaute zu mir rüber und zog mich mit ihrem Arm näher an sich heran „Schon gut. Ich war nur etwas erschrocken. Aber solange wieder alles in Ordnung ist, bin ich happy."

Das SchwuZ selbst sah von außen eher strange aus. Ein Gebäude in einem Industriehof mit großem silbernem Rolltor, Lastwagenrampen und einer Türe, an der links und rechts schwarz gekleidetes Security-Personal stand. Waren wir hier wirklich richtig? Dem großen Schild am Eingang zufolge ja. Auf einer schwarz-weißen Tafel, die aussah wie bei einem Kino, stand *LPT Party* unter dem beleuchteten SchwuZ-Schild.

„Ach, schau mal Ava, da vorne steht Amelie in der Schlange!", sagte Karla und rief auch direkt laut ihren Namen.

Amelie winkte uns und ihre Handbewegung deutete darauf hin, dass sie wollte, dass wir zu ihr nach vorne in die Schlange kommen sollten. Karla zog mich am Arm an den anderen wartenden Personen vorbei. Widerwillig ließ ich mich mitziehen. Mir war das mega peinlich, denn die anderen warteten ja schließlich auch. Einzelne Frauen in der Schlange brabbelten auch etwas vor sich hin, aber keine intervenierte stärker.

„Na, ihr zwei Hübschen! Seid ihr bereit für 'ne wilde Nacht?", fragte Amelie und man konnte die Begeisterung in ihrer Stimme deutlich hören.

Karla hüpfte von einem Fuß auf den anderen. „Ich hab Megabock, zu tanzen. Ich hoffe, die Musik ist gut!"

„Mach dir da keine Gedanken! Heute ist für alle was dabei. Auf dem Pop Floor legen Madame Voilá und LC Deluxe auf und bei den beiden kommt immer ne geile Stimmung auf! Und – ich glaube, das wird unsere schwarz gekleidete Ava hier ansprechen – Galaxiemädchen wird auf dem Indie Floor spielen. Die ist hier in der Lesbenszene ziemlich bekannt."

Krass, mit einem Indie Floor hatte ich nicht gerechnet und die Angst verschwand, dass es nur elektronische Musik geben würde. So hatte ich mir nämlich Berliner Clubs vorgestellt. Kaum Licht, viel Nebel und Techno, bis die Ohren bluten. An der Türe angekommen wurden wir von den Securitys von oben bis unten gemustert. Und auch hier hatte ich anderes erwartet. Das waren selbst auch Frauen. *Stehen nicht an großen Clubs sonst irgendwelche Brecher an der Türe?* „Kann ich bitte eure Ausweise sehen?", fragte eine große blonde Frau mit dickem Nasenring.

O Gott, hatte ich meinen Ausweis dabei? Panisch tastete ich meine Taschen ab. Natürlich steckte mein Geldbeutel in der Jacke, aber vor lauter Nervosität konnte ich kaum stillstehen. Das erste Mal in einem richtigen Club! Mit zitternder Hand hielt ich der blonden Frau mit den breiten Schultern meinen Ausweis entgegen. Sie leuchtete mit einer Taschenlampe drauf und blickte mir dann prüfend ins Gesicht. Wieder hatte ich kurz Panik, dass etwas nicht stimmte. Ich merkte, dass meine Augen ganz trocken waren, weil ich anscheinend vergessen hatte, zu blinzeln, traute mich aber natürlich gerade jetzt auch nicht, dem Blick auszuweichen. Auch hier war die Panik total unbegründet, denn die Frau lächelte mich an und wünschte uns viel Spaß.

Wir liefen durch eine riesige Eingangshalle. Die Decken waren bestimmt zehn Meter hoch und man hörte die Stimmen der vielen Menschen von den Wänden ringsherum widerhallen. An der Kasse zeigten wir unsere Festivaltickets und folgten Amelie in den Club. Ich blickte mich um und hörte direkt *Rebellion* von Arcade Fire vom Dancefloor neben der Garderobe zu uns rüberschallen. *Geil!*

Amelie drehte sich hüpfend im Kreis und griff nach meinen Händen. „Ich seh doch an deinem Grinsen, dass dir das Lied gefällt!", rief sie laut durch die Musik und die ganzen Stimmen um uns herum.

Amelies Stimme war kräftig, klang aber etwas rau, als würde sie oft lauter reden. „Kommt, ich zeig euch erst mal alles hier", sagte sie kurz darauf. „Wusstet ihr eigentlich, dass dies hier mal eine Brauerei war?"

Karla schaute sie an und zog die Stirn in Falten. „Ne, aber wieso ist das denn jetzt ein Club? Trinken die Leute in Berlin kein Bier mehr?"

Amelie lachte. „Wir sind ja hier mitten in der Stadt und ich denk mal, dass der Brauereigeruch dann irgendwann zu viel wurde. Berliner Kindl hat jetzt am Stadtrand seine Brauerei und wir können uns über 'ne geile Location freuen!"

Und in der Tat sah der Club ziemlich cool aus. Die Wände waren teilweise nicht richtig verputzt und es hingen noch rostige Metallteile in sicherer Höhe aus den Wänden. Das Ganze hinterließ eine coole Industrial-Atmosphäre. Amelie führte uns durch einen Durchgang hin zum Pop Floor. *Krass, wie groß das alles ist!* „Amelie, hier find ich nie wieder raus!", sagte ich zu ihr, nachdem wir schon um zig Ecken und durch mindestens drei Räume gelaufen waren.

„Keine Sorge, Notausgänge gibt's hier genug und hier kann man sonst auch gut bis in die Morgenstunden versacken!" Dabei zog sie mich und Karla mitten auf die Tanzfläche.

Ich schaute mich um und musste erst mal checken, wo wir waren. Der Raum war noch größer als diese riesige Eingangshalle. In der Mitte hing eine schillernde Discokugel, die das Licht in einem wechselnden Farbenspiel in kleinen Pünktchen an die Wand und in unsere Gesichter reflektierte. Leicht erhöht auf einem Podest sah ich zwei Personen, die mit Sektglas in der Hand tanzend ganz offensichtlich Spaß hatten. Beide trugen Kopfhörer um den Hals gelegt. Das mussten Madame Voilá und LC Deluxe sein. Ich hatte gar nicht bemerkt, dass ich vor lauter Staunen einfach nur dastand und gar nicht tanzte. Obwohl sie um einiges kleiner war als ich, legte Amelie auf Zehenspitzen ihren Arm um meine Schulter, um mir durch die laute Musik hindurch etwas zu sagen. „Komm, beweg dich mal ein bisschen! Ich hab dir ja wohl nicht zu viel versprochen mit der Stimmung!"

Sie stimmte in Kelly Clarksons Hit *Stronger* ein und auch ich konnte mich nun nicht mehr halten. Ich schnappte nach Karlas Händen und zog sie an mich heran, um sie zu küssen. Auch sie hatte das breiteste Grinsen im Gesicht und irgendwie schien in diesem Moment alles einfach nur perfekt zu sein. Ich war mit der Person, die ich liebte, zusammen an einem Ort, wo wir nicht allein so waren, wie wir waren. Wo anscheinend niemand uns irgendeinen dummen Spruch drücken wollte oder uns für irgendwas verurteilte. Der Text des Songs war so passend: *What doesn't kill you makes you stronger. Stand a little taller!* Ich spürte, wie mich die ganze Atmosphäre und die Euphorie in mir wortwörtlich aufrechter stehen ließ und ich meinen Kopf stolz in die Höhe reckte.

Ich schloss meine Augen und sog die Energie um mich herum auf. Ich wollte all das loslassen, was mich in der Vergangenheit so verletzt hatte. Wehgetan hatte es mir, aber ich lebte. *Ich stehe hier und bin stolz auf die Person, die ich bin.* Das war das allererste Mal, dass mir so was durch den Kopf ging. Und da war es wieder, dieses Gefühl, das ich zuvor auch schon in London verspürt hatte: Ich fühlte mich frei! Mit tausend Gedanken im Kopf wurde mir eins aber auf einmal glasklar. Ich würde dieses Gefühl von Freiheit niemals in meinem konservativen, kleinen, ländlichen Nest in Süddeutschland finden. Ich musste in die große Stadt. Im selben Moment fasste ich den Entschluss: Ich musste nach Berlin. Egal wie!

***

„Tolle Wurst, und was soll ich dann machen?" Marta warf mir einem Blick zu, an dem ich nicht ganz erkennen konnte, ob sie wütend, traurig oder gar beides zusammen war.

Nach unserer Rückkehr am Sonntag war ich natürlich sofort zu Marta rübergelaufen und hatte ihr von all den Erlebnissen aus Berlin erzählt – und von meinem Wunsch, dorthin zu ziehen. Na ja, zumindest von fast allen Erlebnissen. Den Melt-Down auf der Toilette hatte ich ausgelassen, weil ich einfach nicht wusste, wie ich ihr das hätte erklären sollen. Verdrängung war in dieser Hinsicht meine Taktik. Ich fragte sie schließlich: „Was willst du denn jetzt nach dem Abi machen? Du hast doch selbst gesagt, dass du nicht unbedingt hierbleiben willst." Ich mochte Marta sehr, aber sie musste einfach auch verstehen, dass ich nicht nur ihr zuliebe in Süddeutschland bleiben konnte.

„Ach, I don't know. Auch wenn mit Tarek nach dem Hin und Her der letzten Wochen nun endgültig Schluss ist, wäre meine Mama so gar nicht happy damit, wenn ich wegziehe." ihre Stimme klang schon fast etwas jämmerlich und sie drehte mit ihrem Finger in ihren langen Locken. Das machte sie immer, wenn sie unsicher war.

Ich stand am Fenster ihres Zimmers, vor dem direkt ein großer Kartoffelacker lag. „Mann, Marta, wenn wir jetzt nicht nach dem Abi abhauen, stehen die Chancen gleich null, dass das jemals passieren wird. Und wir müssen doch einfach noch mehr sehen als DAS hier."

„Und wie hast du dir das mit Karla vorgestellt? Wie soll das denn gehen? Die wird ja wohl kaum ihre Ausbildung hier kicken und mit nach Berlin gehen", merkte Marta an, wahrscheinlich, um von sich selbst abzulenken.

Sie hatte damit natürlich recht. Mit Karla tat sich hier ein ganz schönes Problem auf. Ich hatte ihr noch im SchwuZ von meiner Idee erzählt, nach Berlin zu ziehen. Wie zu erwarten war, fand sie die Idee aus demselben Grund nicht gut, den Marta angesprochen hatte. Doch das Verlangen, aus der ländlichen Einöde auszubrechen, war so groß, dass ich das irgendwie möglich machen musste. Selbst wenn das eine Fernbeziehung für mich und Karla bedeutete. Viel wichtiger war aber: Wie würde ich meine Eltern überzeugen können?

„Aber Ava, jetzt mal ehrlich. Was sollte ich denn in Berlin machen?", fragte mich Marta.

Ihre Stimme klang etwas aufgeschlossener als noch vor wenigen Augenblicken. Marta war unglaublich kreativ und wahnsinnig begabt mit ihrer Acrylmalerei. Eine Großstadt wie Berlin, mit all dem Potenzial, würde Marta so viele Möglichkeiten eröffnen. Sie folgte auf Instagram all den großen Modern-Art-Galerien weltweit und hatte mit ihren achtzehn Jahren ein besseres Kunstverständnis als alle Erwachsenen, die ich kannte, zusammen. Und genau da wollte ich mit meiner Überzeugungsarbeit ansetzen. „Wann warst du das letzte Mal hier in der Gegend irgendwo auf einer Ausstellung, die dich so richtig gecatcht hat?", fragte ich sie.

Als hätte ich ihr gerade die absurdeste Frage gestellt, antwortete Marta mir: „Was ist das für ne Frage. Natürlich noch nie."

Ich erzählte ihr von der Eastside Gallery in Berlin, den unzähligen Kunstläden, an denen wir vorbeigekommen waren, und der ganzen kribbelnden Atmosphäre der Stadt, die durch Einflüsse aus der ganzen Welt einen Fundus an Kreativität bieten würde. „Außerdem kann ich mir vorstellen, dass man in Berlin viel besser Kunst studieren kann als in Stuttgart", fügte ich noch hinzu.

Mit einem herausgepressten „Pff" vorweg sagte Marta: „Die UdK, die Universität der Künste in Berlin, ist die beste Kunsthochschule überhaupt. Aber da kommt man nur superschwer rein."

Marta nahm sich selbst und ihre Kunst viel zu wenig ernst. „Marta, du bist so talentiert, und wenn du das nicht schnallst, dann muss ich da wohl etwas nachhelfen. Wir machen einen Deal. Du bewirbst dich bei der UdK. Wenn du angenommen wirst, kommst du mit mir nach Berlin, und wenn nicht, kannst du gern hier zwischen den Misthaufen sitzen bleiben." Ich war mir sicher, dass sie angenommen werden würde, da sie schon seit Wochen an einer wirklich krassen Bewerbungsmappe gearbeitet hatte.

„Warum lass ich mich von dir nur immer zu solchen Sachen überreden?", jammerte sie.

Ich warf mich auf sie, um sie zu umarmen. „Glaub mir mal, das wäre auch für dich die beste Entscheidung überhaupt!"

Der dickste Brocken der Überzeugungsarbeit lag aber noch vor mir. Meine Eltern. Nachdem es schon Wochen gekostet hatte, ihnen klarzumachen, dass ich nicht studieren, sondern viel lieber eine Ausbildung zur Schreinerin machen wollte, würde der Wunsch, nach Berlin zu ziehen, der nächste Hammer sein. Meine Eltern hatten beide nicht studiert. Meine Mama war als DDR-Flüchtlingskind in einer neunköpfigen Großfamilie aufgewachsen, mein Papa 1949 kurz nach Ende des zweiten Weltkrieges geboren. Ihre Familien hatten nicht viel Geld zum Leben gehabt. Meine Eltern mussten beide früh für sich selbst sorgen und mehr als den mittleren Schulabschluss konnten sie einfach nicht machen. Nachdem mein Bruder Olli nach der elften Klasse die Schule geschmissen hatte, lag nun alle Hoffnung auf mir. Als Erste in unserer Familie mit Abi hatten meine Eltern von mir erwartet, dass ich unbedingt studieren würde.

Für mich selbst hatte ich aber ganz andere Pläne. Ich liebte es, mit Holz zu arbeiten, und hatte schon als kleines Kind in unserer Garage alles, was ich an Holz zwischen die Finger bekommen konnte, zu irgendwas zusammengehämmert oder -geklebt. Mein Schulpraktikum in der zehnten Klasse hatte ich in einer Zimmerei gemacht. Selbst für ein Praktikum war es damals schwer gewesen, als Mädchen einen Platz zu finden. Das ging nur über Vitamin B durch Papas Beziehungen und er war damals schon gar nicht davon begeistert gewesen.

Ich war nervös und blieb zu Hause noch einige Sekunden vor unserer Haustüre stehen. Wie sollte ich mit dem Gespräch anfangen? *Am besten erzähle ich ihnen erst mal von den tollen Erlebnissen. Wenn ich sie mit meiner Freude anstecken kann, wird's bestimmt einfacher.* Der Plan ergab zumindest in meinem Kopf Sinn. Meine Hände zitterten so sehr, dass ich Schwierigkeiten hatte, das Schlüsselloch zu treffen. Als ich zur Türe reinkam, hörte ich, dass meine Eltern die Nachrichten schauten, und setzte mich noch einen Moment auf die Treppe im Flur. Ich starrte auf den Fußboden vor mir und zählte die einzelnen kleinen Stäbchen im Eichenholzparkett. Im Hintergrund hörte ich: „... und jetzt schalten wir rüber zu unserem Wetterfrosch."

Das war das Ende der Nachrichten. Ich richtete mich auf, holte noch einmal tief Luft und lief ins Wohnzimmer hinein.

„Ach, schau mal, wer sich auch mal wieder blicken lässt", sagte meine Mutter neckisch, aber mit einem Lächeln im Gesicht.

Papa dreht sich in seinem Sessel zu mir um. „Ich bin schon ganz gespannt zu hören, was du alles erlebt hast. Das letzte Mal war ich kurz nach dem Mauerfall in Berlin und ich bin mir sicher, dass sich einiges verändert hat."

Ich setzte mich in meine Lieblingsecke auf unserer großen roten Ledercouch und folgte meinem Plan. Mit möglichst viel Euphorie versuchte ich meine Nervosität zu überspielen und erzählte von meinen Erlebnissen. Die Zugfahrt, unsere Sightseeingtour, das LPT – den Drag-Workshop ließ ich natürlich aus –, die Party im SchwuZ, meine neue Bekanntschaft mit Amelie. Ich versuchte ihnen das Großstadt-Feeling und was dies mit mir machte, zu beschreiben. „Ich hab mich da einfach so wohlgefühlt und entschieden, dass ich meine Ausbildung in Berlin machen will."

Darauf folgte betretenes Schweigen. Meine Eltern schauten mich für einige Sekunden an und blickten sich dann gegenseitig in die Augen, bis meine Mutter endlich das Schweigen brach: „Und wie hast du dir das vorgestellt?"

Ja, das war eine gute Frage. So richtig durchdacht hatte ich meinen Plan noch nicht. Noch bevor ich antworten konnte, schaltete sich mein sonst ruhiger Papa mit energischer Stimme dazwischen. „Ava, in diesen Drogensumpf ziehst du mir nicht."

„Drogensumpf? Glaubst du etwa, dass es hier auf dem Land keine Drogen gibt?", schoss es direkt aus mir heraus. Im gleichen Moment biss ich mir auf die Lippen. Das war nicht das, was er hören wollte. Wieder holte ich tief Luft und setzte noch einmal neu an. „Papa, ich versteh ja, dass du dir Sorgen um mich machst. Und ich weiß nicht, was du von Berlin noch in Erinnerung hast, aber wie du gerade selbst schon sagtest, die Stadt hat sich verändert. Was ich dieses Wochenende erlebt habe, war das allererste Mal das Gefühl: Ich gehöre dazu! Niemand hat mich blöd angeschaut für die Art und Weise, wie ich aussehe. Karla und ich konnten offen Händchen halten, ohne dass irgendwer sich einen unerwünschten Kommentar erlaubt hat. Ich war glücklich dort."

Meine Eltern schauten sich wieder an und ich war ehrlich gesagt ein bisschen überrascht, dass Mama so gefasst war. „Ava, noch mal meine Frage: Wie stellst du dir das vor?", wiederholte sie sich.

Ich erklärte ihnen, dass ich genau wie Karlas Cousin Lasse gern in einer WG wohnen wollte, um Anschluss zu finden. Ich würde mir eine Ausbildungsstelle suchen und mein Leben neu anfangen. „Außerdem denkt Marta darüber nach, mitzukommen", fügte ich abschließend hinzu und man sah an dem sich verändernden Gesichtsausdruck meiner Eltern, dass dies Wirkung hatte.

„Die hast du also auch mit deiner Schnapsidee angesteckt, oder wie?", zischte es dann aber doch noch einmal aus meinem Papa hervor.

Und wieder war ich von der Reaktion meiner Mama überrascht. Sie nahm Papas Hand und sagte: „Otto, jetzt lass uns doch bitte mal sachlich bleiben. Ava ist achtzehn geworden und wir müssen ihr die Möglichkeit geben, ihr Leben selbst in die Hand zu nehmen."

Was war denn nur mit meiner Mutter los, die sonst eher die Emotionale der beiden war? Aber sie hatte recht. Auch wenn ich noch finanziell auf die Hilfe meiner Eltern angewiesen war, war es mein Leben und ich brauchte diese Chance!

Nun lenkte Papa auch ein, weil er merkte, dass er hier keine andere Wahl hatte. „Du bekommst deinen Willen, aber nur unter der Bedingung, dass du vor deinem Umzug einen Ausbildungsplatz findest und dir das selbst organisierst. Ohne Ausbildungsplatz in der Tasche kein Umzug."

Als ich schon halb den Raum verlassen hatte, rief Mama mir noch hinterher: „Ach Ava, bevor ich's vergess', ich war gestern beim Breuninger und hab dir für den Abi-Ball einen Hosenanzug gekauft. Schlüpf da doch mal rein und zeig den mir."

Der Abi-Ball war das letzte große Highlight, bevor es dann endlich die Abschlusszeugnisse Ende Juni gab. Hastig lief ich die Treppe nach oben, nahm zwei Stufen gleichzeitig, weil ich den Anzug sehen wollte. Mama hatte zum Glück recht früh kapiert, dass ein Kleid, wie sonst auch, für mich überhaupt nicht infrage gekommen wäre. Wie frisch aus der Reinigung hing ein hellgrauer Anzug in einer durchsichtigen Plastikfolie auf einem Bügel an meiner Kleiderschranktüre. Daneben hing auf einem zweiten Bügel ein sonnenblumengelbes Hemd. *Das ist doch nicht ihr Ernst?* Die Farbkombination ging gar nicht. Schon ohne die Jacke angezogen zu haben, konnte ich sehen, wie krass tailliert sie war. *No way!* Ich stellte mir einen richtigen Anzug vor. Dunkel, ein weißes Hemd darunter und vielleicht sogar mit einer Fliege. Karla würde mich natürlich zum Abi-Ball begleiten und würde ein Kleid tragen. In meinem Kopf stellte ich mir uns als das perfekte Paar vor. Da passte der Hosenanzug, den Mama mir ausgesucht hatte, überhaupt nicht ins Bild. Ich griff nach dem Anzug und dem Hemd und lief die Treppe wieder nach unten.

„Mama, das ist lieb, dass du das besorgt hast ...", setzte ich an, sie fiel mir aber direkt ins Wort.

„Dir gefällt er nicht."

Ich stand da und schüttelte reumütig den Kopf.

„Das ist gerade die aktuelle Kollektion von Jil Sander, das war nicht günstig." Meine Mama versuchte mich über eine andere Schiene zu überreden.

„Ja, aber ich mag den Schnitt nicht. Ich will nicht, dass er so tailliert geschnitten ist. Ich will lieber einen Anzug, wie Papa ihn manchmal zu besonderen Anlässen trägt", versuchte ich mich zu erklären.

„Du willst doch nicht rumlaufen wie ein Mann?" Meine Mama schaute mich ungläubig an.

Ich wurde nervös und trat auf der Stelle von einem Fuß auf den anderen. Denn das war eigentlich genau, was ich wollte. Einen Herrenanzug. Als Frau. Aber eben einen Herrenanzug. Papa schaltete sich ein: „Ich hab einen Vorschlag. Ich fahr mit dir nächste Woche in die Innenstadt nach Stuttgart zu Peek & Cloppenburg und wir schauen, ob wir was anderes finden. So lange hängst du die Sachen, die Mama gekauft hat, ordentlich in den Schrank. Dann hast du wenigstens was, falls wir nix finden. Die kann man ja zur Not danach immer noch zurückgeben."

Ich war mit dem Kompromiss einverstanden, obwohl ich schon jetzt wusste, dass mich niemand dazu bringen würde, als hellgraues Mäuschen mit gelbem Touch zum einzigen Abi-Ball meines Lebens zu gehen.

Ich ging die Treppe hoch zurück in mein Zimmer, ich hatte ja noch etwas anderes zu tun. Es war schließlich schon Anfang Juni und wenn ich zum ersten September einen Ausbildungsplatz in Berlin finden wollte, musste ich jetzt ganz schön Gas geben. Denn, dass auch in Berlin die Ausbildungen eines jeden Jahres Anfang September starteten, so viel hatte ich mir auf der Rückfahrt im Zug schon ergoogelt. Oben angekommen, setzte ich mich aufs Bett und fing an über Google Maps in Berlin nach Schreinereien zu suchen. Mein Plan war es, mir eine Liste zu schreiben und morgen dann alle abzutelefonieren, ob sie noch Azubis suchen. Aber irgendwas war komisch, denn es gab kaum Schreinereien in Berlin und meine Motivation sank direkt von der anfänglichen Euphorie zu Boden. Warum gab's denn so was nicht in Berlin? Vielleicht konnte Amelie mir helfen. Unsere Nummern hatten wir noch am Abend im SchwuZ ausgetauscht, wovon Karla nicht so recht angetan gewesen war. Mein Telefon hatte ich ja sowieso in der Hand und drückte auf das grüne WhatsApp-Icon.

> Hey Amelie, alles klar bei dir? Big News: Ich hab beschlossen, ich zieh nach Berlin! Ich such jetzt nach einem Ausbildungsplatz als Schreinerin. Kannst du mir dabei helfen? Ich kann irgendwie in Berlin keine Schreinereien finden. ✌️

Ich kramte gerade in einer Box neben meinem Bett nach einer Handcreme, als ich schon das *Ding* einer ankommenden Nachricht hörte. *Die ist aber fix,* dachte ich. Aber die Nachricht war nicht von Amelie. Lukas aus meiner Klasse hatte mir geschrieben.

> Hey Ava, die Jungs und ich wollten fragen, ob du Lust hast, beim Abi-Ball in zwei Wochen bei uns beim Männerballett mitzutanzen. Wir treffen uns Mittwoch nach der Schule auf dem kleinen Pausenhof zum Üben. Sag Bescheid, wenn du Bock hast.

Als hätte er gehört, dass ich gerade mit meinen Eltern über den Abi-Ball gesprochen hatte ... Aber was wollte Lukas von mir mit dem Männerballett? Ich wusste natürlich von den unzähligen Besprechungen über den Abi-Ball, dass die Jungs als einen spaßigen Show-Act planten, einen Balletttanz aufzuführen. Das war natürlich alles andere als ein ernst zu nehmendes Vorhaben und nur zur allgemeinen Belustigung gedacht, weil keiner von den Jungs auch nur im Ansatz tanzen konnte. Unser Abi-Jahrgang war schon seit Wochen an den Planungen und ich freute mich schon sehr auf den Abend, der endlich den Abschluss meiner Schullaufbahn und eine nicht immer schöne Zeit besiegeln sollte. Ich fand die Vorstellung schon witzig, mit den Jungs im pinken Glitzer-Tutu über die Bühne zu hüpfen. Innerlich spürte ich auch irgendwie Freude, dass Lukas mich das fragte, denn das bestätigte mein Gefühl, dass ich irgendwie zu der Jungs-Clique dazugehörte. All dem vorangegangen war vor knapp zwei Jahren das Fiasko mit den Sportgruppen. Durch mein Fußballtalent konnte ich nicht nur die Jungs, sondern auch die Sportlehrer*innen von meinem Können überzeugen. Und am Ende wär's ohne meine zwölf Punkte in Sport auch mit dem Abi noch knapper geworden, als es sowieso schon war. Ich weiß nicht mal, ob ich es geschafft hätte. Ohne groß weiter darüber nachzudenken, schrieb ich Lukas zurück:

> Hi Lukas, klar, ich bin dabei! Ich komm dann Mittwoch vorbei.

Amelie meldete sich erst am nächsten Morgen zurück und löste mein Rätsel mit den fehlenden Schreinereien.

> Das sind coole Neuigkeiten. Wir können definitiv ein paar mehr lesbian Vibes in Berlin vertragen! Ich musste aber erst mal schauen, was Schreinereien machen. Hier heißt das nämlich anders. Hier heißt das Tischlerei. Vielleicht findest du da mehr. Ich kann aber mal 'ne Freundin fragen, die selbst in einem Handwerksbetrieb arbeitet. Vielleicht weiß die was.

Ich machte mich sofort ans Werk und fing mit den neu gewonnenen Infos und der zurückgekehrten Euphorie an zu recherchieren. Meine Liste wuchs auf 25 Betriebe an, die ich alle nach und nach runtertelefonierte. Wo eben aber noch Motivation und Aufregung waren, machte sich schnell wieder Ernüchterung breit. Ich hatte schon fast drei Viertel der Nummern gewählt und bislang nur mit zwei Tischlereien gesprochen, die eine schriftliche Bewerbung von mir wollten. Eine Sekretärin am anderen Ende der Leitung fragte mich sogar direkt, ob ich für meinen Sohn anrufen würde, als ich fragte, ob sie noch Lehrlinge suchen. Als ich sie aufklärte, dass ich selbst einen Ausbildungsplatz suchte, bekam ich nur in dickstem Berliner Dialekt zu hören: „Ne, sowat mach'n wa hier nich. Da müss'n se woanders kieken."

Die anderen Werkstätten hatten entweder schon Azubis für das neue Lehrjahr oder aber, was ich am meisten zu hören bekam: Wir können keine Frauen einstellen, wir haben keine Umkleidekabinen oder Klos für Frauen. Ich dachte mir: *What the fuck! Wir sind im 21. Jahrhundert und ihr denkt, wir können so was nicht?!* Das brachte mich richtig in Rage und ich beschloss, eine Pause zu machen, da ich einfach zu wütend war. Ich pfefferte mein Telefon auf mein Kopfkissen, schmiss laut Billy Talent an und fing an zu tanzen, um mich abzureagieren.

Viel hatte sich letztendlich nicht getan und bis zum Tag des Abi-Balls hatte ich lediglich drei Bewerbungen verschickt. Als Personalleiterin hatte Mama Ahnung von guten Bewerbungen und half mir, eine schicke Bewerbungsmappe für die Betriebe zusammenzustellen. Wenigstens hier konnte ich punkten. „Auch wenn ich mir etwas anderes für deine Zukunft vorgestellt habe, gehst du deinen Weg, da bin ich mir sicher", sagte Mama, als wir die drei Bewerbungen zur Post brachten. „Manchmal muss man für die eigenen Träume kämpfen, damit sie Realität werden."

Heute konnte allerdings nichts meine Stimmung trüben. Es war endlich der Tag des Abi-Balls und Karla war bei mir zu Hause angekommen, um uns gemeinsam für den großen Abend fertig zu machen. Sie zog sich gerade neben mir den Lidstrich mit einem schwarzen Eyeliner und ich versuchte irgendwie, meine Haare mit Gel zu bändigen, war aber unzufrieden mit dem Resultat.

„Komm, lass mich mal machen." Karla griff nach meinen Schultern, drehte mich zu ihr und fummelte in meinen Haaren herum. „Bist du ein bisschen aufgeregt?" Sie lächelte mich an.

In der Tat, mein Bauch kribbelte schon seit gestern und ich war nervös, was die anderen zu meinem Outfit sagen würden. Aber nicht nur das. Die Jungs und ich hatten beschlossen, dass wir meine Beteiligung am Männerballett als Überraschung geheim halten würden. Nicht mal Karla hatte ich was gesagt.

Sie stand vor mir in ihrem engen, schwarzen, schulterfreien Kleid, das über die Vorderseite in einem Wellenschwung silberne, türkise und blaue Glitzersteine hatte. Ihre weichen schwarzen Haare fielen ihr locker in den Ausschnitt und sie sah einfach unglaublich heiß aus. Hätten wir ein bisschen mehr Zeit gehabt, hätte ich sie am liebsten direkt wieder ausgezogen und Sex mit ihr gehabt. Aber dafür würde bestimmt später am Abend noch genug Zeit sein. Passend zu den türkisen Steinen auf ihrem Kleid hatten Papa und ich eine Fliege gefunden. Denn statt dem grauenvollen Outfit, das meine Mama angeschleppt hatte, ging ich mit einem klassisch schwarzen Anzug und weißem Hemd zum heutigen Anlass. Auch wenn Mama der Herrenanzug an mir nicht so ganz passte, fühlte ich mich in dieser Wahl deutlich wohler. Karla und ich waren das perfekte Match und als wir beide angezogen vor dem Spiegel standen, machte ich ein Selfie von uns beiden für Instagram. Bei dem Anblick dieser wunderschönen Frau an meiner Seite würden die Jungs bestimmt alle neidisch werden. Der Gedanke gefiel mir.

Olli hatte wie immer keinen Bock mitzukommen und so brachen meine Eltern, Karla, Marta und ich zusammen auf, um in die Festhalle neben meiner Schule im Nachbarort zu fahren. Auf dem Weg nach draußen hielt ich wie jeden Tag der letzten zweieinhalb Wochen noch mal am Briefkasten an. Bislang war meine Hoffnung auf eine Antwort auf meine Bewerbungen jedes Mal enttäuscht worden. Mit einem

Quietschen öffnete sich der Briefkasten und ich stöberte neben den Werbeprospekten nach Post. Da war ein Brief für Papa und ein weiterer Umschlag, der tatsächlich an mich adressiert war. Ich suchte nach einem Absender und fand ihn auf der Rückseite: MöbelArt GmbH! Das war endlich eine Antwort! Mein Herz klopfte wie wild. Aufgeregt rupfte ich den Umschlag auf, sodass ich das Schreiben an einer Ecke sogar einriss. Mit schnellen Augen las ich über den Brief. Neben der üblichen Anrede las ich gleich zweimal den folgenden Satz:

„Wir bedanken uns für Ihre aussagekräftige Bewerbung und möchten Sie gerne am Mittwoch, den 9. 7., um 9 Uhr zu einem Bewerbungsgespräch mit anschließendem Probearbeiten einladen."

Ich sprang vor Freude die drei Stufen vom Briefkasten auf den Gehweg vor unserem Haus und rief laut zu meiner Familie, Karla und Marta, die schon zur Hälfte ins Auto gestiegen waren: „Ich bin übernächste Woche zum Probearbeiten eingeladen worden!"

Vor der Festhalle wartete schon Tante Bärbel mit ihrem Partner Michael, die sich den Abend natürlich nicht entgehen lassen wollten. In meiner Euphorie gab ich Tante Bärbel eine schwungvolle Umarmung und erzählte ihr von den Neuigkeiten aus Berlin. Wir liefen gemeinsam in die Festhalle. Durch das Foyer, in dem einige Stehtische mit Personen drumherum standen, liefen wir in den großen Festsaal. Dort lagen auf den langen Tafeln vor der Bühne weiße Tischdecken. Jeder Platz war schön eingedeckt und in der Mitte der

Tische rankten sich bunte Blumengestecke als Dekoration. Wir suchten nach unseren Namen auf den Tischen, dann ließen Marta, Karla und ich meine Eltern und Tante Bärbel mit Anhang bei den für uns vorgesehenen Plätzen für einen Moment allein.

Wir hatten noch ein kleines Fotoshooting vor uns, bevor das große Programm mit der Dinner-Show losging. Im Foyer stand eine große Fotowand und wir sahen schon die anderen Abiturient*innen aus meinem Jahrgang entweder alleine oder mit ihren Girl- oder Boyfriends vor der Wand posieren. Unser Kunstlehrer hatte sich breitschlagen lassen, als Fotograf einzuspringen, und alle paar Sekunden sah ich den Blitz hinter dem großen schwarzen Schirm aufleuchten. Ich war unglaublich aufgeregt, denn ich sah, wie die Jungs mich und Karla anstarrten. Mit großem Abstand hatte ich die hübscheste Begleitung, da war ich mir ganz sicher. Ich legte stolz meinen Arm um sie und gab ihr einen sanften Kuss auf die Wange. Lukas kam zu uns rüber gelaufen. „Hey Ava, bist du bereit für die Eröffnungsnummer?", fragte er mich und puffte mich mit dem Ellbogen in die Seite.

„Was denn für 'ne Eröffnungsnummer?", fragten Marta und Karla im selben Moment und blickten mich verwirrt an.

Ich schmunzelte schelmisch und sagte nur süffisant: „Ihr werdet es gleich schon sehen!"

Dann waren wir an der Reihe mit den Fotos. Zuerst wollte ich ein Erinnerungsfoto an den Abend nur mit Karla an meiner Seite. Auch wenn ich nur minimal größer war als sie, wollte ich, dass Karla vor mir stand und ich sie von hinten umarmen konnte. Irgendwie wollte ich gerne ihre

Beschützerin sein und stellte mir vor, wie ich in dieser Position alle Gefahren der Welt von ihr abwehren konnte. Ich liebte Karla wirklich sehr, das wurde mir in diesem Moment wieder bewusst.

„Boah, ihr zwei Turteltäubchen seht so süß aus! Ava, deine Augen leuchten richtig!", sagte Marta und ihr trauriger Blick ließ vermuten, dass sie Tarek doch ein bisschen vermisste.

Als der Fotograf uns aber drei lustig aussehende, leuchtend neonfarbene Sonnenbrillen für ein paar spaßige Shots in die Hand drückte, hellte sich ihre Stimmung sofort wieder auf und wir posierten mit den Händen zu Pistolen geformt in einer Reihe hintereinander als kleine Gangster-Gang. Im Augenwinkel sah ich Lukas, wie er mir das Zeichen gab, ihm zu folgen. *Jetzt geht's los mit dem Ballett!*

„Hey, ihr zwei. Geht schon mal zurück zum Platz. Ich komme gleich nach", sagte ich und gab Karla noch fix einen Kuss.

Die Jungs plapperten wild durcheinander – offensichtlich war ich mit meiner Aufregung nicht allein. Wir standen hinter dem großen schwarzen Vorhang auf der Bühne und zogen uns weiße Strumpfhosen und rosa Tutus an. Wir hatten vorab abgesprochen, dass wir obenrum unsere weißen Hemden mit den Fliegen und Krawatten für den Kontrast des Outfits anlassen würden. Im Hintergrund hörte ich, wie die Moderation die Gäste im Saal begrüßte, woraufhin applaudiert wurde. *Fuck, das klingt nach einer ganzen Menge Menschen da draußen.* Zweifel kamen in mir auf. War das wirklich eine gute Idee gewesen? Ich war das einzige Mädchen in der Gruppe und konnte so gar nicht tanzen. Aber jetzt konnte ich keinen Rückzieher mehr machen. Und da rief Lukas auch schon: „Eine Minute bis zum Auftritt, macht euch bereit und bringt euch in die Anfangsformation!"

Wieder hörte die Leute im Publikum klatschen und stand von einem Bein aufs andere hüpfend in der Reihe. Ich schloss die Augen, ballte immer wieder die Hände zu einer Faust und streckte schnell die Finger wieder aus. Die Musik fing an zu spielen und zu dem erst ruhigen Ballettklassiker *Szene Nr. 10* aus Schwanensee von Tschaikowski tippelten wir nach und nach auf die Bühne. Das Publikum pfiff und jubelte laut. Vereinzelt hörte man ein Lachen und jemand rief: „Ausziehen!" Ich gab mir Mühe, die einstudierten Schritte abzurufen, stolperte aber ständig über meine eigenen Füße. Allerdings erging es den anderen Jungs nicht besser und wir machten uns alle ziemlich lächerlich. Aber wir hatten vorab ja auch nichts anderes von uns erwartet und es war das Ziel, den Abend mit einer lustigen Nummer zu beginnen.

Nach der ersten Nummer gab es kräftig Applaus. Dem ersten Stück folgte als kleine Zugabe der *Russische Tanz* aus dem Nussknacker. Wir formierten uns neu und legten direkt los. Bei der schnellen Musik hielt es kaum jemanden der Gäste in den Stühlen und alle klatschten begeistert im Takt mit. Als das Lied zu Ende war, ging das Klatschen in tosenden Applaus über und die Menge rief laut: „Zugabe! Zugabe!"

Mehr hatten wir nicht im Repertoire, also bewegten wir uns in einer Reihe nach vorne zur Bühnenkante und verbeugten uns. Nun blendete auch das Licht nicht mehr so stark und ich erspähte meine Familie. Marta und Karla standen laut jubelnd und klatschend neben meinen Eltern. Mein Papa und Tante Bärbel schienen beide mächtig Spaß zu haben. Sie hatten beide ein Lächeln im Gesicht und applaudierten energisch. Doch meine Mama stand mit halb offenem Mund da und hielt einfach nur die Hände vor der Brust zusammen. In ihrem Blick konnte ich sehen, dass sie fassungslos war. Es war nur die Frage, warum genau. Ich stand mit meiner Hand an der Stirn, um das wieder heller werdende Licht abzuwenden, auf der Bühne und mein Blick ging wieder rüber zu Karla. Mit ihren Daumen und Zeigefingern formte sie das Symbol eines Herzens. Die Zweifel, ob der Auftritt eine gute Idee gewesen war, verkrümelten sich zum Glück. Jetzt wollte ich feiern! Mit meinem Abi in der Tasche musste ich jetzt nur noch einen Ausbildungsplatz finden. Die Zusage für ein Bewerbungsgespräch und das Probearbeiten gaben mir wieder Zuversicht, dass mein Wunsch, nach Berlin zu ziehen, doch in Erfüllung gehen könnte. In meinem Bauch machte sich ein Gefühl von Glückseligkeit breit und selbst Mama hatte ihre Fassung so langsam wiedergefunden und genoss das bunte Programm unseres Abschlussjahrgangs.

Wir liefen gemeinsam mit meiner Familie zum Parkplatz, nachdem der Abend im Festsaal vorüber war. „Ava, warte mal kurz und lass die anderen schon mal vorgehen", sagte mein Papa zu mir und hakte sich bei mir ein.

Er nahm mich fest in den Arm und ich wusste im ersten Moment gar nicht so recht, was er von mir wollte. Er fuhr dann aber fort: „Ich habe heute Abend mal wieder gemerkt, ich muss loslassen. Das fällt mir aber noch ein bisschen schwer, deswegen habe ich letztens auch so emotional reagiert, als wir über Berlin gesprochen haben."

Ich sah, dass ihm Tränen in die Augen stiegen. *Ach Papa, du wieder.* Mein Papa war einfach der Beste. Mir wurde jetzt auch klar, dass meine Umzugspläne für mich zwar natürlich aufregend, aber für meine Familie und alle anderen, die ich zurückließ, nicht einfach waren. Ich sagte zu ihm: „Du musst mich doch nicht komplett loslassen, ich komm ja auch immer wieder zu Besuch. Das versprech ich dir."

„Was sagt denn eigentlich Karla dazu, dass du wegziehen willst?", fragte mich Papa.

Ich seufzte. „Das wird nicht so ganz einfach, weil sie ja noch ihre Ausbildung hier fertig machen muss. Aber wir bekommen das hin. Wir wollen uns mindestens einmal im Monat sehen und da freut ihr euch ja auch drüber, wenn ich regelmäßig da sein werde."

Papa nickte zufrieden und wir setzten uns langsam in Bewegung, um den anderen zum Auto zu folgen. Von Weitem hörte ich Marta und Karla laut lachen und ich war in diesem Moment sehr glücklich über meine Familie, zu der ich auch Marta und Karla zählte.

Nach diesem Abend überschlugen sich die Ereignisse. Marta und ich fuhren gemeinsam nach meiner Abschlussfeier nach Berlin. Ich hatte ja die Einladung zum Bewerbungsgespräch und Probearbeiten bekommen und konnte Marta dazu überreden, mitzufahren, um für den Fall der Fälle schon mal Wohnungen zu besichtigen. Der Fall der Fälle war der, dass ich einen Ausbildungsplatz bekommen und Marta an der UdK angenommen werden würde.. Martas Plan ging zwar nicht so recht auf, aber sie hatte sich parallel auch für das Fach Kunstgeschichte an der Freien Universität Berlin beworben und dort einen Platz bekommen. „Das ist zumindest schon mal nah genug dran", hatte sie gesagt, als kurz nach der Absage der Universität der Künste die Zusage von der FU kam.

„Vielleicht klappt es dann im nächsten Jahr an der UdK. Lass dein Ziel nicht aus den Augen!", antwortete ich darauf, war aber trotzdem überglücklich, dass wir nun gemeinsam das Abenteuer Berlin in Angriff nahmen. Denn mein Plan ging gänzlich auf. Das Bewerbungsgespräch lief super. Die Chefin und ich verstanden uns gut und beim anschließenden Probearbeiten konnte ich zeigen, was ich draufhatte. Mir taten zwar nach dem ganzen Stehen am Abend meine Füße höllisch weh, aber ich hatte eine Menge Spaß bei den kleinen handwerklichen Testaufgaben gehabt, die ich von den Tischlergesellen gestellt bekommen hatte. Die vielen Basteleien mit Holz in unserer Garage zu Hause zahlten sich aus. Zwei Tage später kam dann der Anruf der Chefin, dass sie sich freuen würde, wenn ich in der Werkstatt eine Ausbildung anfangen würde.

Kapitel 6

ALTE UND NEUE WELTEN

Boah Marta, was hast du denn in diese Kiste gepackt? Sind da Steine drin?", rief ich laut durch das Treppenhaus, als ich eine schwere Umzugskiste auf den Treppenabsatz vor mir stellte.

Es waren noch zwei Stockwerke bis ans Ziel. Zwei Stockwerke bis in meine erste eigene Wohnung. Nicht nur meine Wohnung, sondern die Wohnung von mir und Marta. Unsere kleine Zweizimmer-Altbauwohnung lag in Neukölln, ganz in der Nähe vom ehemaligen Flughafen Tempelhof. Ich holte noch mal tief Luft und wuchtete die schwere Kiste nach oben. Die Kanten des Kartons drückten sich schmerzhaft in meine Finger. Endlich oben angekommen lief ich über die Holzdielen im Flur vorbei am Badezimmer und der Küche rechts in ihr Zimmer. Völlig außer Atem stellte ich die schwere Kiste ab. „Ich kann gar nicht fassen, dass wir das jetzt wirklich hier machen!", sagte ich zu ihr.

Marta kramte gerade in einem anderen Karton und schaute auf: „Ja, irgendwie fühlt sich das noch ganz surreal an. Außerdem hab ich Hunger. Wollen wir 'ne Pizza bestellen?"

Karla tauchte hinter mir im Türrahmen auf und hatte Martas Vorschlag gehört. „Da bin ich dabei. Der Transporter unten ist auch fast leer. Wir müssen den dann nur am Alex abgeben gehen. Bestell doch einfach so in zwanzig Minuten, dann müsste die Pizza da sein, wenn Ava und ich zurück sind."

Ich mochte ihr praktisches Denken sehr. Nachdem wir die letzten Teile nach oben geschleppt hatten, fuhren Karla und ich zur Autovermietung am Alex. Sie saß ganz still auf dem Sitz neben mir. Ich fragte sie: „Ist alles okay bei dir, Süße?"

Karla holte tief Luft: „Ach, ja, also ..." Sie brach mitten im Satz ab, fuhr dann aber fort: „Ich weiß, wir haben das alles durchgesprochen und glauben daran, dass das bei uns hält, aber jetzt ist es irgendwie so real geworden. Es wird schwer, dich nicht so nah bei mir zu haben."

Ihre Stimme war zittrig und ich merkte, dass auch ich emotional wurde. „Ich weiß, das wird nicht so ganz einfach. Aber wir schaffen das! Und wenn du deine Ausbildung in zwei Jahren fertig hast, kommst du auch nach Berlin, so wie wir es geplant haben. Das ist alles absehbar!", versuchte ich sie zu beruhigen, obwohl ich selbst nicht wirklich eine Ahnung davon hatte, was da auf uns beide zukommen würde. 650 Kilometer zwischen Berlin und meiner Heimat waren natürlich nicht wenig Distanz, aber ich war mir sicher, dass Karla und ich das schaffen würden.

Sie atmete tief durch: „Wir sehen uns alle zwei bis drei Wochen", wiederholte sie unseren Plan wie ein Mantra.

„Und verbringen die Urlaube zusammen!", versprach ich.

„Nur zwei Jahre, das ist machbar, richtig?" Sie zwang ein Lächeln auf ihre Lippen, als der Alex vor uns auftauchte.

„Natürlich ist es das!" Ich fuhr den Transporter auf den Parkplatz. „Und wir haben ja noch ein paar Tage für uns, bevor die Ausbildung losgeht!" Die würden wir auskosten!

Abends waren wir noch mit Amelie verabredet, die uns bei Vorspiel e.V., dem schwul-lesbischen Sportverein in Berlin, mit zum Fußballtraining nehmen wollte. Darauf freute ich mich schon sehr, denn Fußball wollte ich auf gar keinen Fall aufgeben und mir gefiel auch die Idee, mit anderen Lesben gemeinsam Sport zu treiben. Außerdem erhoffte ich mir hierdurch natürlich Anschluss in Berlin zu finden. Ich hatte zwar Marta als Anker und Amelie als erste Anlaufstelle, aber ich wünschte mir, auch in Berlin neue Freund*innen zu finden.

Wir kamen bei der Sportanlage in der Lobeckstraße in Kreuzberg an. Ich hatte meine Sporttasche auf der Schulter und sah Amelie schon in einer Gruppe anderer Frauen vor der Eingangstüre der Sporthalle warten. Amelie sah uns und hüpfte auf und ab. *Dieser kleine energetische Flo.* „Hi Ava, hi Karla! Willkommen ihr Neu-Berlinerinnen!", rief sie uns zu, als wir gerade die Hälfte der Straße überquert hatten.

„Naja, eine Neu-Berlinerin", murmelte Karla sichtlich getroffen.

Ich winkte und sagte „Hallo, ich bin Ava" in die Runde der Teamkolleginnen von Amelie. Die Mädels stellten sich alle vor, aber ich konnte mir nicht mal ein Drittel der Namen merken. Das würde sicherlich noch ein paar Trainingseinheiten dauern. Wir liefen gemeinsam in die Umkleidekabine und ich packte voller Aufregung meine neonorangen Nike-Fußballschuhe aus. Wegen der Sommerferien hatte ich viel zu lange nicht mehr gespielt und freute mich sehr auf das Training. Karla saß neben mir auf der Bank. Sie war ja nur zum Zuschauen mitgekommen und schaute sich in der Kabine um. Amelie erzählte uns: „Wir sind gerade vor der Sommerpause als Bezirksmeisterinnen in die Stadtliga aufgestiegen. Das wird keine einfache Saison. Deswegen sind wir um jede Bereicherung des Teams dankbar und ich bin schon gespannt, was du so draufhast, Ava."

Ich drückte mir nervös ein Lachen heraus und sagte: „Ähm, no Pressure! Danke!"

Karla mischte sich ins Gespräch ein, erhöhte den Druck für mich durch ihre Aussage allerdings nur: „Ava ist echt gut und war sogar Kapitänin in ihrem Team zu Hause."

„Na dann alle mal raus auf den Rasen und fünf Runden warmlaufen", rief die Trainerin Gabi, die unser Gespräch mitgehört haben musste, in die Kabine.

Ich war ein wenig nervös vor dem Training, aber gleichzeitig auch happy, denn es war das erste Mal für mich, dass ich beim Fußball eine Trainerin hatte. Nach dem, was vor ein paar Jahren mit Chris passiert war, erleichterte mich das irgendwie.

Das Training machte unglaublich Spaß. Ich sog den Großstadt-Flair mit jeder kleinen Sinneswahrnehmung ein – mit den ganzen hohen Gebäuden rund um den Sportplatz und die U-Bahn, die ich aus der Distanz hören konnte. Aufregung, Glücksgefühle und Zufriedenheit machten sich in mir breit.

Und so kam es, dass ich jeden Montag und Mittwoch mit Sack und Pack von Neukölln mit der U 8 bis zum Moritzplatz nach Kreuzberg zum Training fuhr und sich damit auch eine kleine Routine in meinem Freizeitprogramm etablierte. Mit meiner Ausbildung hatte ich bereits eine klare zeitliche

Struktur, denn ich musste jeden Morgen um 7:30 Uhr am Hermannplatz in Kreuzberg in der Werkstatt auf der Matte stehen. Es brauchte einige Zeit, bis ich mich daran gewöhnt hatte, denn das war für die körperliche Arbeit echt früh. Insgesamt hatte ich zweieinhalb Jahre Ausbildungszeit vor mir und schon längst festgestellt, dass die Ausbildung gar nicht so easy war. Jetzt im Winter kam noch dazu, dass ich im Dunkeln in die Werkstatt lief und auch im Dunkeln wieder aus der Werkstatt herauskam. Ich hatte absolut nichts vom Tag. Über jeden Gang zu Kund*innen außerhalb oder einfach auch nur zum Baumarkt auf der anderen Straßenseite der Hasenheide war ich dankbar.

Die körperliche Arbeit, die wir teilweise draußen machten, war in der Kälte furchtbar anstrengend. Ich hasste es, wenn Holzlieferungen kamen, denn das bedeutete, dass wir massive Holzbohlen und große Spanplatten ins Holzlager wuchten mussten. Ich war ja nicht gerade groß und mit meinen 1,71 Metern war es schwer für mich, das Holz zu bewegen und nicht das Gleichgewicht zu verlieren.

„Ava, jetzt schau doch mal richtig hin, wie ich es mache." Jan, einer der beiden Tischlergesellen in der Werkstatt, stand hinter mir. „Du legst die Hand genau so an die Kante und greifst dann fest zu. Ich weiß, mit kalten Fingern ist das schwierig, aber das schaffst du schon."

„Du hast gut reden. Du bist ja auch viel größer als ich." Es war so kalt draußen, dass ich meinen Atem sehen konnte. Jan war wirklich groß, hatte kurze dunkelbraune Locken, einen Goatee-Bart und trug eine runde silberne Brille. Als wir endlich alle Platten ins Holzlager gehievt hatten, fragte ich ihn: „Sag mal, wann stehst du eigentlich morgens auf?

Dein Bart ist jeden Tag so akkurat geschnitten, das braucht doch Zeit." Ich schaute mir Jans Bart genau an. Er sah damit irgendwie attraktiv aus. Jan lachte. „Mit der Zeit kommt die Übung. Das geht fix."

Dass ich ihn attraktiv fand, überraschte mich. Ich mochte es aber sehr, von ihm zu lernen. Denn von ihm ging stets eine ruhige, schon fast warme Ausstrahlung aus, auch wenn er gefühlt unentwegt am Plappern war. Wenn wir zwei zusammen unterwegs waren, gab es immer viel zu lachen, und die Arbeit mit ihm machte Spaß.

Nach einer Phase des gegenseitigen Herantastens wurde er auch immer offener, mir handwerkliche Dinge zu zeigen. Nach einigen Monaten waren wir zwei ein richtig gutes Team geworden. Ich hatte auch irgendwie das Gefühl, dass wir verbunden waren. Irgendwann wurde mir dann auch klar, warum. Als ich ihn auf dem Weg zum Einbau einer Küche fragte, ob er eine Frau hat, lachte er laut auf und sagte: „Also bei dir hab ich schon auf zehn Meter Entfernung gesehen, dass du lesbisch bist. Und du merkst nicht, dass wir vom selben Schlag sind?"

Mit großen Augen schaute ich ihn an und verstand nichts. *Vom selben Schlag? Will er mir sagen, dass er lesbisch ist?* Ich fragte ihn: „Willst du damit sagen, dass du auch auf Frauen stehst, oder was? Ich versteh dich gerade nicht."

Jan lachte noch lauter neben mir im Auto und sagte: „Mann, Ava, heute biste aber nicht die hellste Kerze auf der Torte. Ich bin schwul."

Unser Kollege Axel war zweifelsohne ein guter Tischler, aber seine Persönlichkeit war das komplette Gegenteil von Jans. An einem Dienstagmorgen im Winter machten wir wie jeden Morgen um 9:30 Uhr Frühstückspause. Es war Ende Januar und der Winter zog sich schon viel zu lange. Draußen im grauen Dunst war es noch gar nicht richtig hell geworden und ich schaute aus dem Fenster unseres Pausenraums in den nicht gerade schön gestalteten Hinterhof aus Backsteingebäuden. In meinen Gedanken war ich schon in der kommenden Woche, in der wir für den Geburtstag meines Vaters mit der Familie und Tante Bärbel für eine Woche nach Fuerteventura reisen wollten. Karla war mit eingeladen und ich sehnte mich nach Zeit mit ihr. In den letzten Wochen war es für uns beide schwer gewesen, im Alltag Zeit für ausgiebige Telefonate zu finden.

Axel saß neben mir und biss in sein Fischbrötchen mit Zwiebelringen. Das Schmatzen riss mich aus meiner warmen Urlaubsgedankenblase heraus. Dazu stieg mir der Geruch des geräucherten Fisches in die Nase und verdarb mir den Appetit auf mein Salamibrot. *Wie kann man so was Ekelhaftes nur um diese Uhrzeit essen?!* Aber bei Axel wunderte mich so gar nichts mehr. Noch mit vollem Mund regte er sich mal wieder über die Leute in Neukölln auf. „Ich krieg echt jedes Mal zu viel, wenn ich hier aus der U-Bahn steige. Ich seh kaum noch Frauen ohne Kopftuch. Unsere Gesellschaft ist wirklich auf dem Weg in den Abgrund."

Ich schaute zu Axel auf und fragte ihn: „Was ist denn das Problem, wenn Frauen Kopftücher tragen?"

Mir war egal, wer was trug. Außerdem war es Winter und kalt draußen. Es gab ja ganz unterschiedliche Gründe für Kopfbedeckungen. Ich bemerkte aber sofort Jans Blick nach meiner Frage und war verunsichert. Axel trank einen großen Schluck aus seiner Colaflasche und legte los: „Das ganze Türkenvolk hier wird einfach zu viel. Ich seh ja kaum noch richtige Deutsche auf den Straßen. Das muss doch mal ein Ende haben, dass die ihre ganzen Familien hier nach und nach anschleppen."

Hatte ich das gerade richtig gehört? Ich wusste ja, dass Axel nicht ganz so offen war wie zum Beispiel Jan, aber dass er so ausländerfeindlichen Müll von sich gab, schockierte mich. Ich wusste aber auch nicht so recht, was ich darauf antworten sollte, und rutschte nervös auf dem Holzstuhl hin und her. Einfach so stehen lassen wollte ich das aber auch nicht und holte Luft. Schließlich sagte ich: „Die tun dir aber doch gar nichts. Was ist denn das Problem?"

„Und an dieser Stelle ist unsere Frühstückspause auch schon vorbei und wir müssen weitermachen. Ava, ich brauch dich im Lackierraum", unterbrach Jan das Gespräch und schaute mich eindringlich an.

Raum für Widerspruch war hier nicht und auch Axel packte seine Frühstücksbox und die Colaflasche in seinen Rucksack und murmelte aufgebracht etwas vor sich hin, was ich aber nicht richtig verstand.

Mir ging Axels Aussage nicht mehr aus dem Kopf. Jan stand auf und stellte seinen Rucksack im dunklen Flur neben dem Pausenraum in den Schrank und lief weiter in den Lackierraum. Ich folgte ihm, völlig in Gedanken über die Situation von eben versunken. Als die Tür hinter uns beiden zufiel, sagte Jan: „Stell Axel einfach nicht mehr solche Fragen. Ich hab keine Lust, meine wertvolle Pausenzeit mit seinem Mist zu verbringen."

„Aber das geht doch nicht, dass man hier nix sagt?! Was sagt denn Sylvia dazu? Die muss das doch auch wissen?", sprudelte es sofort aus mir heraus.

Von Jan folgte allerdings gleich eine ernüchternde, aber plausible Erklärung: „Ach, für Sylvia zählt doch nur, wie schnell Axel arbeitet, dass er jeden Morgen fünfzehn Minuten früher da ist, die Zeit aber nie aufschreibt und maximal zwei Tage im Jahr krank ist. Für so einen kleinen Betrieb ist Axel Gold wert. Da ist es der Chefin völlig egal, welche Werte er vertritt. Das kannst du blöd finden, aber da wirst weder du noch ich was dran ändern können."

Ich stand vor Jan und blickte enttäuscht auf das Sideboard neben uns, das wir gleich gemeinsam lackieren sollten. Mir wurde mehr und mehr bewusst, dass meine fast schon romantische Vorstellung vom Holzhandwerk so gar nicht der Realität entsprach. Es war ein knallhartes Business, in dem Persönlichkeit und eine ethische offene Haltung offensichtlich viel weniger Wert waren als die wirtschaftliche Zweckmäßigkeit für einen Betrieb. Das machte mich traurig, weil ich mir von der Zeit als Tischlerin einfach anderes erhofft hatte. Aber jetzt nach einem Jahr und vier Monaten Ausbildung hatte ich das Bergfest schon hinter mir. Das letzte Jahr und die zwei Monate würde ich auch noch schaffen. Ich wollte die Ausbildung auf jeden Fall durchziehen. Außerdem hatte ich Sorge, dass ich sonst womöglich wieder zurück nach Süddeutschland würde ziehen müssen. Das musste ich unbedingt vermeiden!

Gemeinsam mit Marta saß ich in meinem Zimmer auf meiner roten Couch unter meinem Hochbett und riss voller

Vorfreude einen dicken Briefumschlag auf. Mama hatte mir die Fotos von unserer Reise nach Fuerteventura geschickt. Diese Reise in die Sonne hatte ich mehr als gebraucht. Berlin war schön, aber niemand hatte mich vor dem grauen Winter in der Stadt gewarnt. Von Mitte Oktober bis Mitte März wurde es in der Stadt nicht mehr richtig hell und die Leute liefen rum wie Zombies.

„Mann, Ava, das sieht so schön dort aus! Wie warm war es denn?", fragte mich Marta.

„Wir hatten meist so um die 22, 23 Grad. Aber das Meer war superkalt!", antwortete ich. „Hier schau mal, auf dem Bild sieht man, wie kalt das Wasser war!" Ich hielt Marta ein Foto von mir und Karla Hand in Hand in den Wellen des Atlantiks vor die Nase. Karla und ich verzogen beide unser Gesicht, als uns die Welle kalt von hinten erwischte. In dem Moment hatten wir zwar ziemlich viel Spaß, aber ich erinnerte mich auch an den Streit kurz darauf im Hotel. Doch mit meinen Gedanken war ich wieder ganz auf das Bild fixiert. Etwas störte mich daran. Ich hielt es in den Händen und starrte es an.

Marta stieß mit ihrer Schulter gegen meine und sagte: „Komm Ava, zeig doch mal die anderen Bilder. Ich weiß, du vermisst Karla, aber deswegen müssen wir jetzt nicht stundenlang auf das eine Bild starren."

„Das ist es nicht. Bin ich wirklich so dick?", fragte ich Marta.

Sie rückte ein bisschen von mir von der Couch ab und schaute mich an. „Ava, du bist eine wunderschöne Frau."

Mein Blick bewegte sich vom Foto zu Marta und ich zog die Augenbrauen hoch. „Danke. Aber das habe ich nicht gefragt." Anscheinend machte sie diese Frage nervös. „Ich kenn dich, wenn du mit deinen Fingern an den Haaren drehst, stimmt irgendwas nicht. Sei bitte ehrlich zu mir."

Sichtlich ertappt, hörte Marta sofort auf, ihre Locken um den Finger zu wickeln, und zögerlich kamen Worte aus ihrem Mund. „Na ja, du bist ja jetzt nicht superschlank. Aber das ist ja auch nichts Schlimmes. Ich kenn dich ja so schon lange und das Wichtigste ist, ist dass du dich in deiner Haut wohlfühlst."

Genau das war aber das Problem. Das, was ich da auf dem Bild sah, war nicht ich. Das war nicht ansehnlich. Schmerzlich hörte ich all die schlimmen Worte wegen meines Gewichts in meinen Ohren widerhallen, die die Säcke Tick, Trick und Track mir über Jahre vom Kindergarten bis zu meinem Schulwechsel hinterhergerufen hatten. Die ersten Monate in Berlin hatte ich auch noch bestimmt drei, vier Kilo zugenommen und es war Zeit, das zu korrigieren.

„Ich möchte das ändern. Nein, ich möchte MICH verändern. Ich gefalle mir nicht. Das ist mir alles viel zu rund und viel zu weich. Kannst du mir bitte dabei helfen, Marta?"

Sie schaute mich mitfühlend an. „Das kann ich. Aber ich mach das nicht, weil ich glaube, dass ein paar Kilo mehr auf den Rippen zu haben, etwas Schlimmes ist. Ich mach das nur, weil ich sehe, wie unglücklich du damit scheinst. Ich kann dich dabei unterstützen, bewusster zu essen. Wir können zusammen einen Essensplan erstellen und vielleicht für eine Weile auf das ein oder andere Lebensmittel verzichten. Hast du schon mal darüber nachgedacht, eine Zeit lang vegetarisch zu essen? Ich könnte mir vorstellen, dass das ganz gut funktionieren würde."

Marta war schon lange Vegetarierin und innerlich wusste ich genau, dass das eine gute Idee war. Aber bei dem

Gedanken, mich von meinen geliebten Wiener Würstchen zu verabschieden, fand ich Martas Vorschlag dann schon wieder gar nicht so prickelnd. *Aber wenn's erst mal nur für eine kurze Zeit ist.*

„Okay, wir können es ja mal probieren. Wenn's ohne Fleisch aber doof ist, finden wir da sicherlich auch ne Lösung, oder?", wollte ich mich noch einmal vergewissern.

Marta nickte und fügte einen Gedanken hinzu, der die Sache noch interessanter machte: „Wenn wir beide vegetarisch essen, können wir auch für uns beide zusammen kochen und uns damit abwechseln."

Noch bevor ich mit Marta auf unseren neuen Plan einklatschen konnte, bekam ich bei dem Blick auf die Uhr einen Riesenschreck.

„Fuck, es ist schon halb elf! Wir müssen los!", sagte ich und sprang dabei mit einem Satz von meiner roten Couch auf.

„Shit, schaffen wir es denn noch pünktlich?" Auch Marta stand bei diesem Satz wie eine Eins kerzengerade vor der Couch und stieß sich wie jedes Mal beim Aufstehen den Kopf.

Ich prustete los. „O Mann, Marta, wie lange wohnen wir jetzt hier schon? Unfassbar, dass du immer noch jedes Mal gegen mein Bett knallst!"

Sie hielt sich den Kopf und lachte mit. Durch meinen Kopf schossen tausend Gedanken. *Wo ist meine Sporttasche und welche Fußballschuhe nehme ich heute am besten mit?*

Es war der große Tag des Kreuzberger Lokalderbys in unserer Liga. Wir spielten heute bei uns auf dem Platz in der Lobeckstraße gegen unsere Erzrivalinnen vom Kreuzberger SV. In Berlin gab es viele Sportvereine und eben auch mehrere in einem Bezirk. Was dieses Spiel aber so besonders machte, war, dass die Spielerinnen vom Kreuzberger SV nicht gerade für ihre faire Spielweise bekannt waren. Das anstrengende Unentschieden aus der Hinrunde war mir noch klar im Gedächtnis. Ich entschied mich für meine orangen Nike-Schuhe mit dem schwarz-goldenen Logo drauf. Die hatten mir bislang immer Glück gebracht. Und wer weiß, vielleicht war heute der Tag der Tage, an dem ich in Berlin endlich mein erstes Tor schoss.

Als wir mit der U8 Richtung Kreuzberg fuhren, ging ich in meinem Kopf die Spielzüge durch, die wir die letzten Wochen immer wieder trainiert hatten. Ich fragte mich, ob Gabi mich heute wohl von Anfang an auf den Platz stellen würde. Das hatte sie bisher erst einmal gemacht und ich war mir sicher, dass ich mit der neuen Motivation, meinen Körper verändern zu wollen, heute bestimmt neunzig Minuten durchhalten würde. Kurz vor dem Kottbusser Tor ertönte die Durchsage: „Bitte beachten Sie den Schienenersatzverkehr mit Bussen auf der U8 zwischen Kottbusser Tor und Heinrich-Heine-Straße. Dieser Zug endet am Kottbusser Tor." *So eine verdammte Kacke!* Ich hatte völlig vergessen, dass dieses Wochenende die U8 unterbrochen war. Marta reagierte blitzschnell und tippte schon auf Google Maps auf ihrem Handy rum. „Komm, wir können auch mit der U1 gleich bis zur Prinzenstraße fahren. Das ist fast genauso weit zu laufen wie vom Moritzplatz", schlug sie schließlich vor und ich nickte.

Am Kotti rannten wir vom Untergeschoss über die Rolltreppe nach oben. Boah, wann raffen die Leute es endlich mal: rechts stehen, links gehen! Wir schoben uns an den Leuten auf der Rolltreppe nach oben und schafften es gerade so, in die U1 zu hüpfen. Ich wurde langsam nervös. Wir waren superspät dran, könnten es aber gerade noch rechtzeitig schaffen. *Wenn ich zu spät aufkreuze, stellt Gabi mich garantiert nicht in die Anfangself ...* An der Prinzenstraße angekommen eilten wir die Treppe runter und flitzten sogar bei Rot über die Ampel. Völlig außer Atem hörte ich mit Ankunft an der Halle die nahe gelegene Kirche elf Uhr schlagen. *Gerade noch rechtzeitig!* Ich wischte mir die perlenden Schweißtropfen von der Stirn und lief in den Gang, der zu den Umkleidekabinen führte. „Ich seh dich dann gleich auf dem Platz", rief Marta mir zu und bog in eine andere Richtung ab.

In der Umkleidekabine war schon aufgeregtes Plaudern zu hören und ich suchte nach meinem Platz. Gabi legte jedes Mal ein frisch gewaschenes rotes Trikot mit den weißen Zahlen zusammen mit einer passenden Hose auf den entsprechenden Platz in der Kabine. Meine Nummer war die Sieben und in dem ganzen Gewusel hatten die Mädels links und rechts von mir sich schon so ausgebreitet, dass ich mein Trikot fast übersehen hätte. Mein Handy in der Hosentasche vibrierte. Karla hatte mir geschrieben.

> Hey Süße, ich wünsch dir ganz viel Glück bei deinem Spiel! Hau sie alle weg! Ich liebe dich und freu mich drauf, nachher mit dir zu quatschen!

„Na, was grinst du denn so? Wieder Post von Karla gekommen?" Amelie stand neben mir und boxte mich bei dieser

Aussage leicht mit dem Ellbogen in die Seite. „Biste bereit für das große Spiel heute?", fügte sie noch hinzu.

Während ich blitzschnell zwischen meinem Oberteil und dem Trikot wechselte, damit ich nicht lange nur im Sport-BH vor den anderen stehen musste, antwortete ich: „Klaro, hab sogar heute extra meine Glücksschuhe eingepackt! Das wird gut!"

Hinter uns hörte ich Gabi in die Hände klatschen: „Kommt mal bitte alle kurz zur Ruhe und hört mir zu!"

In der Kabine wurde es mucksmäuschenstill und alle schauten zu unserer Trainerin. Ich hörte gespannt zu, als Gabi die Anfangsaufstellung von ihrem blauen Klemmbrett vorlas. Angefangen in der Abwehr kam sie schnell zu den Namen fürs Mittelfeld.

„... und dann im offensiven Mittelfeld fängt Ava heute an. Im Sturm geht's weiter mit ...", sagte sie.

Nachdem ich meinen Namen gehört hatte, schaltete ich meine Ohren vor lauter Freude aus. *YES! YES!* Ich schnappte mir mein Telefon, das neben meiner Sporttasche lag und schrieb Karla schnell zurück:

> Danke dir! Ich steh in der Startelf!!! Marta ist mit dabei und kann dir Updates schicken. Ich meld mich danach. Lieb dich sehr! Kussi

Mit den passenden roten Trainingsjacken über den Trikots liefen wir gemeinsam auf den Platz und wärmten uns auf. Am Spielfeldrand sah ich Marta zusammen mit ein paar anderen Zuschauenden und versank aber im nächsten

Moment wieder hochkonzentriert in unseren Spielzügen. Kurz vor Anpfiff formierten wir uns neben unserer Bank zu einem Kreis mit den Armen auf unseren Schultern. Gabi war es immer wichtig, dass wir als eine Gruppe geschlossen auftraten. Das würde die Gegnerinnen unbewusst einschüchtern, hatte sie mal gesagt. Energisch packte Gabi ihre Ansprache an uns als Team aus: „Mädels, ihr seid so gut vorbereitet. Lasst euch nicht provozieren wie in der Hinrunde. Bleibt bei euch und nutzt euren Verstand. Dann seid ihr immer überlegen! Dieses Mal holen wir uns den Sieg!"

Ich blickte in die Runde und wie auch ich nickten meine Mitspielerinnen zustimmend. Unseren Teamnamen brüllten wir lautstark im Chor – „Voooorspiel!" –, bevor wir dann alle auf dem Platz unsere Positionen einnahmen.

Der Kreuzberg SV hatte Anstoß, legte sofort rasant los und kam dem Sechzehner schon in der ersten Minute gefährlich nahe. Doch unsere Abwehr hielt dagegen. Es entwickelte sich ein Hin und Her und der Schiedsrichter hatte einiges zu tun. Gabi hatte guten Grund gehabt, uns vorzuwarnen. Bereits in den ersten 45 Minuten hatten vier unserer Gegnerinnen eine gelbe Karte kassiert. In der Halbzeitpause wies Gabi uns noch mal an, uns nicht durch die Hektik der anderen durcheinanderbringen zu lassen und uns ganz auf unsere Spielzüge zu konzentrieren. Fünf Minuten nach dem Wiederanpfiff gab es auch direkt die erste Chance, unser Können unter Beweis zu stellen. Wir bekamen eine Ecke und Gabi rief laut vom Spielfeldrand meinen Namen. Sie zeigte auf die grüne Fahne an der Ecke des Feldes und hielt mit der anderen Hand zwei Finger in die Höhe. *Alles klar. Spielzug Nummer zwei.* Ich wusste genau, was ich zu tun hatte und sah, wie sich meine Mitspielerinnen in Position brachten. Ich legte den Ball zurecht und merkte, wie mein Herz kräftig in meiner Brust schlug. Von Weitem hörte ich Marta rufen: „Ava! Du packst das!"

Ich blickte immer wieder im Wechsel auf den Ball vor mir und die Mädels und wartete voller Anspannung auf den Pfiff des Schiris. Ich lief drei Schritte für den Anlauf rückwärts und da ertönte auch endlich seine Trillerpfeife. Wie wir es geübt hatten, hob ich den linken Arm und signalisierte damit unseren zwei Stürmerinnen, loszulaufen. Im gleichen Moment nahm ich den Anlauf und kickte den Ball Richtung Fünfmeterraum. *Der kommt gut!,* ging mir durch den Kopf, als ich den Ball mit meinen Augen verfolgte. Im nächsten Moment brach der Jubel in unserem Team los und ich rannte zu ihnen auf das Spielfeld. Mein Ball war perfekt kurz vor dem Tor bei unserer Nummer zehn gelandet, die ihn gekonnt mit der Brust annahm und blitzschnell ins Netz bewegte. Ich blickte zu Gabi rüber, die mir klatschend zunickte und sichtlich stolz war.

In den Gesichtern der Spielerinnen vom Kreuzberger SV konnte ich die Wut erkennen, die unser Tor in ihnen ausgelöst hatte. Mir war das aber egal. Ich hatte heute ja noch ein Ziel und das war, ein eigenes Tor zu schießen! Nach dem ausgeführten Anstoß hatten wir kurz Mühe, der Schnelligkeit der Gegnerinnen zu folgen. Und so kam es, dass kurz vor dem Sechzehner unsere Abwehr eine kleine Notbremse zog und eine Gegenspielerin etwas unsanft von den Füßen geholt wurde. Der Schiri entschied auf Freistoß. Ich formierte mich gemeinsam mit zwei Mitspielerinnen zu einer kleinen Mauer. Die Nummer neun vom anderen Team legte sich den Ball am Freistoßpunkt zurecht und starrte mich an. Sie stand hinter dem Ball und schaute nur in meine Richtung. Ich war verunsichert. *Was glotzt die denn so?* An ihrer Stelle hätte ich genau geschaut, wo ich den Ball am besten hinplatzieren würde. Da ertönte der Pfiff des Schiedsrichters. Die Spielerin nahm Anlauf und trat fest hinter den Ball. Noch bevor ich schnallte, was los war, und reagieren konnte, spürte ich plötzlich einen unglaublichen Schmerz und fiel zu Boden. Ich riss die Arme hoch und hielt mir das Gesicht. Es war alles so unglaublich schnell gegangen und der Ball hatte mich volle Breitseite im Gesicht erwischt. Ich spürte, wie mein Kinn sich im Wind auf einmal ganz kalt anfühlte, weil etwas nass war. Ich blickte auf meine Hände. Das war Blut! Zeitgleich machte sich der Geschmack nach Eisen im Mund breit.

„Ava, bist du okay?", fragte mich Amelie, die über mir gebeugt stand.

Noch bevor ich antworten konnte, drehte sie den Kopf in eine andere Richtung und ich hörte mehrere Stimmen laut durcheinanderreden. Irgendwas war da beim Schiri los, das konnte ich verschwommen aus dem Augenwinkel erkennen.

„Ich hab genau gehört, wie die Spielerin mit der neun gesagt hat: ,Das hat die scheiß Lesbe verdient!'", sagte eine unserer Abwehrspielerinnen zum Schiedsrichter.

Gabi tauchte neben mir auf und half mir, mich aufzurichten. „O Ava, da hat's dich aber ganz schön erwischt. Komm erst mal auf die Bank, dann schauen wir uns das an."

Als ich wieder auf den Füßen war und Gabi mich stützte, brummte mein Kopf unglaublich. Mit den Fingern hatte ich bereits ertastet, dass das Blut von meiner Unterlippe kommen musste. Der Schiedsrichter hatte den Tumult offenbar unter Kontrolle gebracht. Aber als ich wackelig auf den Beinen langsam vom Spielfeld lief, ging ich die Sekunden der vorangegangenen Szenen in meinem Kopf noch einmal durch.

„Das hat die absichtlich gemacht!", schoss es aus mir heraus.

Gabi blickte mit skeptischem Blick zu mir und fragte: „Was? Wer hat was absichtlich gemacht?"

Mit einer Kompresse an der Lippe versuchte ich zu sprechen: „Die hat mir mit Absicht ins Gesicht geschossen! Da bin ich mir ganz sicher!"

Ich erklärte, dass die Spielerin vor dem Freistoß nur auf mich geguckt hatte. Kein Blick nach links oder rechts. „Die Olle hat mich die ganze Zeit angestarrt!"

„Jetzt komm erst mal zur Ruhe. Wir versuchen das zu klären. Aber ich glaube, das war's leider heute für dich", sagte Gabi und deutete im selben Moment einer Mitspielerin auf der Bank an, sich bereit für den Einsatz zu machen.

Gabi drückte mir ein Kühlpack in die Hand. „Halt dir das auf die Lippe. Das hört dann bestimmt auf zu bluten."

Fuck! Das tut weh! ich verzog das Gesicht vor Schmerzen und biss mir vor Wut auf die Zähne. *So eine verdammte Kackbratze!* Wegen dieser scheiß Trulla konnte ich jetzt nicht weiterspielen und mein erstes Tor schießen. Ich zog mir meine Trainingsjacke über und verschränkte wütend die Arme vor meiner Brust. Vorsichtig tastete ich mit der Zunge über meine Unterlippe. Da war ein Riss an der linken Seite, aber die Blutung schien langsam zu stoppen. Wenigstens lagen wir noch in Führung und konnten die letzte halbe Stunde das eine Tor Vorsprung verteidigen. Nach Abpfiff lief Gabi zum Schiedsrichter, um sich zu erkundigen, was er bei dem Zwischenfall beobachtet hatte. Ich lief ihr hinterher.

„Ich habe leider nicht gehört, dass die Gegenspielerin etwas Negatives über die Verletzte gesagt haben könnte. Es steht hier Aussage gegen Aussage. Und ein Schuss in ihrer Liga kann auch mal danebengehen. Das ist das Risiko", hörte ich den Schiedsrichter sagen.

Gabi drehte sich zu mir und legte den Zeigefinger auf die Lippen, als sie sah, dass ich gerade loswettern wollte. Sie sagte schließlich: „Ich weiß, das, was heute passiert ist, war nicht okay. Wir werden nicht rausfinden, ob da Absicht dahinter war oder nicht. Aber ich werde mit dem Trainer des anderen Teams sprechen."

Frustriert von dieser Aussage ließ ich den Kopf hängen und lief zu den anderen, die vor dem Eingang zur Umkleidekabine warteten. Ich war immer noch wütend ohne Ende. *Die scheiß Kuh knöpf ich mir dann eben selbst noch vor!* Bei den anderen angekommen, legte Amelie mir den Arm um die Schulter und sagte: „Mach dir nichts draus! Wir haben gewonnen und du hast die Ecke der Saison geschossen!"

Das heiterte mich tatsächlich etwas auf und ich wollte schmunzeln. „Shit, ich würde gern lächeln, aber das geht nicht", sagte ich zu Amelie und versuchte, dabei meine Unterlippe so wenig wie möglich zu bewegen.

In meinem Kopf brodelte es aber noch und ich hatte mir fest vorgenommen, die Gegenspielerin vor der Halle zur Rede zu stellen. In der Kabine angekommen, machten sich die anderen fertig zum Duschen. Ich packte nur meine Sachen zusammen und stopfte alles in die Tasche. Ich duschte nur in Ausnahmefällen mit den anderen, weil ich mich dabei unwohl fühlte, wenn andere mich nackt sahen. Vor der Kabine wartete schon Marta auf mich und umarmte mich wortlos. „Zeig mal her", sagte sie und hielt meinen Kopf in beiden Händen, mit ihren Augen in Richtung meiner Lippen gerichtet. „Oh, das sieht aber fies aus. Tut es weh?"

Ich zog meinen Kopf etwas zurück und Marta verstand, dass ich gerade nicht angefasst werden wollte. Ich antwortete ihr: „Es geht. Viel wichtiger ist aber, dass ich diese scheiß Fratze finden will, die mir das angetan hat."

In mir kochte wieder die Wut hoch und ich blickte mich suchend um, in der Hoffnung, dass die Gegenspielerin vielleicht gerade in diesem Moment aus der anderen Umkleidekabine kam. Marta positionierte sich vor mir und fragte: „Und dann?"

Ich versuchte an Marta vorbei den Gang im Auge zu behalten und sagte flapsig: „Und dann stell ich sie zur Rede. Vielleicht hat sie danach allerdings auch ne blutige Lippe."

„Ava, absolut nicht. Ich lass nicht zu, dass du dich auf so ein Niveau herablässt. Dann bist du nicht besser als die", sagte Marta mit kräftiger Stimme. Aber sie hatte ja keine Ahnung. Ihr würde ja niemand aufgrund dessen, wen sie liebt, einen Ball ins Gesicht schießen. Zu meiner Wut im Bauch gesellten sich Traurigkeit und Verzweiflung. Die ganze Liga wusste, was für ein Verein wir sind.

„Was, wenn sie mich wirklich deshalb angeschossen hat?", murmelte ich heiser und blinzelte wütend ein paar alberne Tränen weg. „Wenn sie ein beschissenes Problem damit hat, dass ich lesbisch bin?"

„Dann wirst du das auch nicht ändern, indem du ihr die Fresse polierst", sagte Marta entschieden.

Sie hatte natürlich recht.

„Ich will einfach nur nach Hause", murmelte ich und ließ den Kopf hängen.

„Komm, die nehm ich dir ab", sagte Marta und schwang sich meine Sporttasche über die Schulter.

Zu Hause angekommen ließ ich mich auf meine rote Couch fallen und drückte in Karlas Nachrichtenfenster auf WhatsApp auf die kleine Kamera oben rechts in der Ecke. Es klingelte nur kurz und sie ging direkt ran. „Hast du auf dem Telefon gesessen? Das ging so schnell mit dem Antworten", sagte ich scherzhaft.

Ich konnte zum Glück langsam schon wieder besser sprechen, auch wenn meine Unterlippe noch ganz schön geschwollen war.

„Geht's dir gut? Hast du Schmerzen? Kann ich was für dich tun? Ich hab schon die ganze Zeit auf deinen Anruf gewartet", sprudelte es gleich in schnellen Sätzen aus Karla heraus und in ihrem Gesichtsausdruck konnte ich ihr Mitleid erkennen.

Marta hatte sie über die Ereignisse informiert. „Mir geht's okay. Mach dir keine Sorgen."

Ich merkte aber auch, dass meine Stimmung ziemlich am Boden war und mir so gar nicht nach Quatschen zumute war. Gerne hätte ich Karla jetzt bei mir gehabt und seufzte: „Ich vermiss dich und mich nervt's voll, dass du nicht hier bist."

Karla lag zu Hause auf ihrem Bett und ich sah, wie sie mit ihrer Hand unter ihr Shirt fuhr. „Ich weiß, was wir tun könnten, um dich auf andere Gedanken zu bringen." Ich sah, wie ihre Hand unter ihrem Shirt verschwand.

„Sei mir nicht böse, aber gerade ist mir nicht so danach. Ich hab Kopfschmerzen", entgegnete ich.

Mit sichtbarer Enttäuschung im Gesicht sagte sie leise: „Schade, ich hab Lust auf dich."

Karla und ich hatten uns regelmäßig voreinander im Videochat einen runtergeholt. Das war unser Versuch, zumindest ein bisschen Sex zu haben, auch wenn wir nicht beieinander waren. Das war wenigstens etwas, aber ich merkte auch, wie mir das auf die Dauer irgendwie nicht genug war.

„Kannst du nicht nächstes Wochenende kommen? Ich will dich sehen", fragte mich Karla.

Ich überlegte kurz, was kommendes Wochenende anstand, und schüttelte dann den Kopf: „Geht nicht. Wir haben doch wieder ein Spiel."

„Du und dein Fußball. Ich hab das Gefühl, dass dir das alles wichtiger ist, als ich es bin." Karla war sichtlich angekratzt.

Nach dem Tag heute wusste ich nicht, wie ich reagieren sollte, und sagte unüberlegt: „Mein Team ist mir wichtig, nicht der Fußball. Ich kann die nicht im Stich lassen."

Karla wurde ungehalten: „Aber mich kannst du im Stich lassen? Über ein Jahr machen wir den Scheiß jetzt schon über die Distanz."

Das hatte mich getroffen. Den Scheiß? „Ich hab Kopfschmerzen. Lass uns morgen sprechen."

Von Karla kam nur noch ein genervtes Okay und sie legte auf. Traurig blickte ich auf die Bilder, die noch auf dem kleinen Couchtisch vor mir lagen. Wenn wir zusammen waren, wie letztens im Urlaub mit meinen Eltern, war alles so gut und ich war glücklich mit Karla. Aber es wurde von Woche zu Woche schwerer, wenn ich in Berlin und sie zu Hause in meiner alten Heimat war. Karla wich zunehmend aus, wenn wir darüber sprachen, dass sie nach ihrer Ausbildung auch nach Berlin ziehen wollte. Sie sagte dann immer: „Lass uns drüber sprechen, wenn es so weit ist." Das war aber schon in sechs Monaten. Im Sommer würde sie ihre Ausbildung beenden und so richtig glaubte ich nicht daran, dass sie kommen würde.

In meinen Gedanken versunken lag ich auf meiner Couch. Alles kotzte mich an und ich wusste, dass ich morgen mit Axel für einen Kücheneinbau auf eine große Baustelle fahren musste. Wir hatten dafür am Freitagnachmittag den Firmentransporter beladen und ich hatte jetzt schon so gar keinen Bock darauf. Zumal ich auch noch eine Stunde früher bei der Arbeit sein musste, weil wir so eine lange Anfahrt hatten und es sonst an einem Tag mit dem Einbau nicht schaffen würden.

Ich schlief wahnsinnig schlecht in dieser Nacht, lag oft wach und wälzte mich von einer Seite auf die andere. Meine Gedanken wechselten sich zwischen dem Vorfall auf dem Fußballplatz und dem anschließenden Streit mit Karla ab. Irgendwie schaffte ich es dann doch, wieder einzuschlafen. Ich war mit Marta und Amelie irgendwo in einer großen Stadt unterwegs. Es fühlte sich fast ein bisschen an wie Urlaub. Es war warm und wir lachten. Wir kamen an eine große Straße. Marta und Amelie liefen vor und überquerten die Straße. Ich blieb auf dem Gehweg stehen und bewegte mich nicht.

„Leo, kommst du nicht mit uns?", hatte Marta mich gefragt. Ich wollte nicht. Oder vielmehr: Ich war mir unsicher, ob ich die Straße überqueren wollte. Mit einem Mal kam ein Riesenlaster angebraust und hupte laut, sodass ich aufwachte und hektisch nach Luft schnappte. Ich holte tief Luft und versuchte mich zu orientieren. Es dauerte kurz, bis ich checkte, dass ich gar nicht auf der Straße war. Ich lag ja immer noch in meinem Bett. *Leo. Warum zur Hölle hat mich Marta im Traum Leo genannt?* Ich schaute auf die Uhr auf meinem Handy. 5:53 Uhr. *Fuck my life!* In sieben Minuten würde sowieso mein Wecker klingeln. Ich schmiss meine Bettdecke neben mich und kletterte rückwärts von meinem Hochbett. Die Metallstreben der Leiter waren kalt unter meinen nackten Füßen. Ich tapste erst mal Richtung Zimmertüre, um das Licht anzuschalten.

„Aua!" Noch halb schlaftrunken stieß ich mit dem kleinen Zeh gegen das Tischbein meines Couchtisches. Das kleine quadratische IKEA-Ding wog zwar kaum was und rutschte über den Dielenboden, aber wehgetan hatte es trotzdem. Der Tag fing ja schon mal gut an.

Auf dem Weg ins Badezimmer befüllte ich die kleine Alu-Espresso-Kanne mit extra viel Kaffeepulver und stellte sie schon mal auf den Herd. Zum Glück hatte ich mir gestern Abend schon meine Brote für den Tag geschmiert, das hätte ich in dem Zustand heute Morgen unter keinen Umständen hinbekommen. Im Bad setzte ich mich Zähne putzend aufs Klo, um zu pinkeln, und hatte das Gefühl, dass ich jeden Moment wieder einschlafen könnte. Mehr als vier oder fünf Stunden hatte ich heute Nacht garantiert nicht geschlafen. Wie sollte ich den Tag nur überstehen? Mir stieg bereits der Kaffeegeruch aus der Küche in die Nase. *Vielleicht rettet der mich ja ...*

Draußen auf der Straße war nichts los um diese Zeit. Als einzige Person lief ich die kleine Querstraße in Richtung Hermannstraße. Von dort waren es gerade mal drei

Stationen bis zum Hermannplatz, wo unsere Werkstatt war. Dort angekommen, war schon Licht an. Axel war schon da.

„Du brauchst erst gar nicht deine Jacke ausziehen. Wir fahren sofort los. Außerdem kannst du fahren, dann kann ich noch 'ne Runde pennen", sagte er ohne ein Hallo oder Guten Morgen, als ich in der Werkstatt die Türe aufmachte.

Ja geil. Ich rollte mit den Augen. Ich hatte eigentlich gehofft, dass Axel fahren würde und ich noch einen Moment im Auto chillen könnte. Offenbar hatte er aber andere Pläne.

Unser Ziel lag heute in Templin, mitten in Brandenburg. Die Baustelle war ein modernes, neu gebautes Mehrfamilienhaus und die Küche sollte im obersten Stockwerk unter dem Dach eingebaut werden. Aus Erfahrung waren mir solche Neubauten lieber, denn die hatten meist einen Fahrstuhl und das bedeutete weniger Schlepperei. Neben uns waren noch eine Schar anderer Handwerker*innen, die über die provisorische Rampe vor der Haustüre wie kleine Ameisen ein und aus gingen. Kurz nach Eintreten in das Haus folgte aber gleich schon die Ernüchterung. Der Fahrstuhl war noch nicht fertig eingebaut. *Schöne Scheiße.* Es dauerte keine fünf Sekunden, bis Axel sagte: „Ich geh schon mal hoch und schau mir alles an. Fang schon mal an, auszuladen."

Und zack, lief er mit leeren Händen die Treppe hoch. Ich ging zurück zu unserem Transporter und verschaffte mir einen Überblick über die ganzen Teile. Die Möbelstücke der Küche mussten wir zum Teil auf jeden Fall zu zweit tragen und für den Rest überschlug ich, dass ich mindestens fünfzehnmal rauf- und runterlaufen müssen würde. Während ich schwer bepackt immer und immer wieder schnaufend die Treppen hochlief, wurde ich von den Elektrikern und

Sanitärhandwerkern genauestens beobachtet. Als ich beim siebten oder achten Gang war, hörte ich sie auf der Treppe schon von oben lästern. „Die Weiber taugen auf dem Bau auch nur zum Schleppen", sagte einer gerade und der andere fiel in sein Gelächter ein.

Wenn die bloß wüssten! Ich hatte schon in meinem ersten Lehrjahr einiges gelernt und die Hälfte der Möbel für diese Küche selbst gebaut. Natürlich nicht die ganz komplizierten Teile, aber die Hängeschränke und Unterschränke hatte ich komplett alleine zugesägt, verleimt und mit den Beschlägen für die Türen versehen. Als wenn diese zwei Dödel so etwas jemals in ihrem Leben hinbekommen würden ... Zu allem Übel schien Axel auch Spaß daran zu haben, mich schleppen zu sehen. Als ich zum nächsten Gang schon wieder halb zur Türe raus war, rief er mir träge hinterher: „Bring die lange Leiter auch mit!"

Ich blieb stehen und blickte ihn verwundert an: „Aber die normale Leiter reicht doch locker für den Einbau."

Mit einem frechen Grinsen im Gesicht entgegnete er mir: „Ach, sicher ist sicher." Er saß lässig auf seiner großen Werkzeugkiste, nippte an seinem Kaffee und biss von seinem ekelhaften Heringsbrötchen mit Zwiebeln darauf ab, während ich mich halb zu Tode schleppte.

Das war reine Schikane, da war ich mir sicher. Axel war zurückhaltend mit hilfreichen handwerklichen Tipps. Ganz anders als Jan, der mir alles immer geduldig erklärte. *Was mach ich eigentlich hier? Das ist völlige Zeitverschwendung.* Frustriert, aber ohne eine Möglichkeit mich zur Wehr zu setzen, trottete ich wieder die Treppen runter und holte die Leiter. Papas Worte schallten mir wieder durch den Kopf:

„Lehrjahre sind keine Herrenjahre", hatte er mir mal gesagt und lang und breit von seiner Ausbildung als Großhandelskaufmann in einem Sägewerk im Schwarzwald erzählt. Am Ende des Tages brauchten wir die Leiter natürlich nicht. Dafür brannten mir die Muskeln von den vielen Stufen und der Schlepperei. Ich versuchte mich von Axels spöttischem Grinsen nicht provozieren zu lassen und dachte an das anstehende Wochenende bei meiner Familie und Karla zu Hause.

Freitags war die Arbeit meistens entspannt, da ich nach der Mittagspause nur noch dafür zuständig war, die Werkstatt sauber zu machen und dann schon um 14 Uhr Feierabend hatte. Ich fegte gerade die letzten Häufchen Sägespäne zusammen und machte mich auf den Weg zum Hauptbahnhof. Karla hatte versprochen, mich am Bahnhof in Stuttgart mit dem Auto abzuholen. Wir hatten nach unserem Streit am Telefon letzten Sonntag die ganze Woche nicht mehr richtig gesprochen und uns nur sporadisch *Guten Morgen* und *Gute Nacht* per WhatsApp geschrieben. Ich freute mich zwar auf sie, wusste aber auch, dass irgendwas in der Luft lag.

Ich spürte die Anspannung in mir wachsen, als ich mit dem Zug in den Stuttgarter Hauptbahnhof einfuhr. Das Bahnhofsgebäude erinnerte mich jedes Mal an den Tag, an dem mich Karla nach Berlin entführt hatte. Das war so eine schöne Zeit gewesen und ich vermisste die Leichtigkeit, die uns damals umgeben hatte, wenn wir zusammen gewesen waren. Wir sahen uns jetzt alle drei bis vier Wochen am Wochenende. Entweder kam Karla zu mir nach Berlin oder ich fuhr wie jetzt nach Hause. Die Wochenenden waren immer ähnlich strukturiert: Freitagabends gab es bei Karla zu Hause Abendessen und danach gingen wir in die Alte Abtei und von Samstagfrüh bis zu meiner Abfahrt Sonntagnachmittag waren wir dann bei meiner Family.

Ausnahmsweise kam mein Zug heute mal fast pünktlich an und ich lief zügig durch die wuselige Menge aus Menschen im Bahnhof. Es war Freitagabend und die gestylten und gut gelaunten jungen Leute, die mir entgegenkamen, schienen gerade in die Nacht aufzubrechen. Karlas schwarzer Polo stand schon vor dem Bahnhof und in meinem Bauch fand sich ein Mix aus Nervosität und Vorfreude auf das Wochenende. Sie saß heute im Auto und deutete mit einem Winken durch das Fenster der Beifahrer*innenseite an, dass ich einsteigen sollte. *Okay, das ist strange.* Normalerweise wartete sie vor dem Auto und gab mir zur Begrüßung eine Umarmung. Verunsichert stieg ich ein. Ich lehnte mich zu ihr rüber und sie gab mir einen schnellen Kuss zur Begrüßung. Ohne ein Wort zu sagen, betätigte sie die Zündung und fuhr los. „Na, das ist ja mal eine riesengroße Begrüßung", sagte ich zu ihr.

„Ich stand im Halteverbot und musste schnell wegfahren", sagte sie, ohne mich anzusehen.

„Aber da stehst du doch sonst auch, wenn du mich abholst."

Mit dem Blick auf die Straße und dem Lenkrad in der Hand zuckte sie nur mit den Achseln: „Ich wollte halt heute keinen Strafzettel riskieren."

Offensichtlich hatte sie keine gute Laune und ich versuchte das Gespräch in eine andere Richtung zu lenken: „Wie war's denn diese Woche in der Berufsschule? Ihr hattet doch den Prüfungsvorbereitungskurs, oder?"

Als hätte Karla heute ein striktes Wortlimit, antwortete sie wieder nur kurz: „Ja, war ganz in Ordnung."

Sie schaltete das Radio an und ich verstand das Signal, dass sie wohl so gar keine Lust hatte, mit mir zu sprechen. Ich verschränkte die Arme vor meiner Brust und versank im Sitz. Bei ihr in der Wohnung angekommen, verschwand sie direkt in der Küche und fragte murmelnd: „Nudeln mit Pesto sind genug?"

Von der Atmosphäre schockiert stammelte ich: „Äh, ja. Was auch immer."

Bis vor Kurzem hatte Karla am Freitagabend immer aufwendig für mich gekocht, wenn ich zu Besuch kam. Wir aßen zusammen und fielen dann meist zügig übereinander her. Nicht, dass mir Nudeln mit Pesto nicht schmeckten, aber die Stimmung war heute so kühl, dass es mich nicht gewundert hätte, wenn das Wasser im Topf nicht gekocht hätte. Vielleicht hatte Karla Hunger und war deswegen so mies drauf? In meinem Kopf ergab das Sinn und ich beschloss, sie nicht weiter zu nerven, bis wir was gegessen hatten.

Karla stellte mir einen Teller Spaghetti mit grünem Pesto vor die Nase und scrollte durch eine App auf ihrem Handy. Irgendein Video sprang an, mit leiser Musik und Stimmengewirr. Ich schaute sie an, aber sie erwiderte meinen Blick nicht. Lustlos stocherte ich in den Nudeln herum. Auch Karla schob nach drei Gabeln ihren Teller beiseite. Die Augen gebannt auf das Display gerichtet, saß sie einfach nur da. Ich hielt das nicht länger aus. Ohne über mögliche Konsequenzen nachzudenken, purzelten die Worte „Was ist eigentlich los mit dir?" aus mir heraus.

Karla starrte weiter auf ihr Handy, als hätte sie mich nicht gehört. Aber ich sah, wie sie tief Luft holte, ihre Hand wirkte zittrig.

Jetzt hatte ich genug von diesem scheiß Verhalten. Ich legte die Gabel zur Seite und fragte wütend: „Hallo? Hörst du mich nicht? Ich hab dich gerade was gefragt. Und außerdem fahr ich doch nicht nach der Arbeit fast sechs Stunden mit dem Zug, damit du mir hier die kalte Schulter zeigst. Was soll das denn?"

Das Display ging auf Standby. Den Blick immer noch auf das schwarze Quadrat gerichtet, blaffte mich Karla an: „War doch nicht meine Idee, so weit wegzuziehen."

Das konnte doch nicht wahr sein! „Jetzt willst du mir die Schuld an deiner schlechten Laune geben? Du bist in knapp vier Monaten doch sowieso fertig mit deiner Ausbildung. Was ist denn mit deinem Plan, nach Berlin zu ziehen?"

Karla senkte den Kopf und schaute vor sich auf den Boden. Ich bemerkte, wie ihre Schultern nach vorne fielen und ihr Rücken runder wurde. „Was lässt du denn jetzt den Kopf so hängen? Wir sind doch so kurz davor, dass wir nicht mehr diese scheiß 650 Kilometer Distanz zwischen uns haben."

Ich traute meinen Ohren kaum, als ich hörte, was Karla im nächsten Moment mit leiser, zittriger Stimme von sich gab. „Ich will nicht nach Berlin ziehen."

Ich musste mich verhört haben und wollte mich vergewissern. „Was hast du gesagt? Ich glaube, ich habe dich nicht richtig verstanden."

Karla hob langsam den Kopf und drehte sich zu mir. Ich erkannte Tränen in ihren Augen, die aber ihrem fast schon emotionslosen Blick widersprachen. Mit festerer Stimme wiederholte sie die gleichen Worte: „Ich will nicht nach Berlin ziehen."

Dass mir ein einziger Satz so den Boden unter den Füßen wegziehen würde, damit hatte ich nicht gerechnet. Durch meinen Kopf schossen tausend Gedanken und ich konnte keinen davon richtig greifen. Ich wollte Karla so gerne verstehen, aber mehr als ein „Warum?" brachte ich nicht hervor.

Karla holte tief Luft und sagte mit ruhiger Stimme: „Das hat nichts mit dir zu tun. Aber ich mag Berlin nicht. Vielmehr, ich hasse Berlin. Ich bin jedes Mal so gestresst, wenn ich dich dort besuche, und völlig fertig, wenn ich nach Hause komme. Die Großstadt ist nichts für mich."

Völlig überrascht von ihrer Aussage und ihrer ruhigen Stimme fragte ich mich, ob sie schon länger darüber nachgedacht hatte, diese Bombe heute platzen zu lassen. Ich bohrte aber noch mal nach, weil ich total verwirrt von alldem war. „Ich versteh das einfach nicht. Warum hast du denn nie etwas gesagt?"

Ich suchte mit meinem kleinen Finger nach ihrer Hand auf der Couch. Als ich sie berührte, zog Karla ihre Hand weg und stand mit einer schnellen Bewegung auf. Vor der Couch lief sie hin und her und ich sah an ihrem Gesichtsausdruck, dass sie angestrengt nach Worten suchte. Schließlich versuchte sie sich mit einer Erklärung: „Berlin war dein großer Traum und anfangs dachte ich auch, dass es gar nicht so schlecht wäre, selbst mal einen Tapetenwechsel zu haben. Ich seh ja auch, wie glücklich du in Berlin bist. Ich hab jetzt so lange versucht, dieses Gefühl dort auch zu finden. Aber es kommt einfach nicht. Ich schaff es nicht, mich mit dem Gedanken anzufreunden, dauerhaft in dieser großen, lauten, stressigen Stadt zu sein. Bei der Vorstellung hab ich das

Gefühl, keine Luft zu bekommen."

Mein Herz schlug schneller und ich bekam Angst. „Was bedeutet das für uns?"

Karla blieb endlich stehen, schaute mich aber mit einem traurigen Blick an. „Ich kann eine Beziehung mit so großer Distanz nicht weiterführen. Das macht mich fertig."

What the fuck?! Mein Herz raste und ich spürte, dass meine Ohren und mein ganzer Kopf knallheiß wurden. Tränen traten in meine Augen und rannen in der nächsten Sekunde schon über meine Wangen. Ich holte tief und zittrig Luft. War das etwa das Ende unserer Beziehung? Oder gab es für mich eine Möglichkeit, zurück nach Süddeutschland zu kommen? Karla stand einfach nur vor mir und auch ihr liefen stumm die Tränen über das Gesicht. Mit meinem Kopf in die Hände gestützt ging mein Tränenfluss über in ein tiefes Schluchzen.

Das konnte es doch nicht gewesen sein! Klar, auch wenn in den letzten Wochen nicht immer alles rosig bei uns gewesen war, durfte unsere Beziehung hier kein Ende finden! „Karla, ich kann doch auch wieder hier nach Hause zurückziehen, wenn wir dann zusammenbleiben können", sagte ich und merkte aber im selben Moment, als ich es ausgesprochen hatte, wie sich alles in mir bei diesem Gedanken sträubte. Berlin, das war einfach mein Ding! Die Stadt, die Partys, mein Fußballteam. Einfach die Freiheit, die ich dort verspürte.

„Und dann willst du deine Ausbildung schmeißen, Marta in Berlin sitzen lassen und dein Leben dort aufgeben? Das würde ich nicht wollen." Karlas Stimme wurde bei diesen Fragen schon gefasster und sie fuhr fort: „Ava, wir haben es versucht und auf so eine Distanz lange ausgehalten, aber ich glaube, wir müssen beide verstehen, dass unsere Leben in eine unterschiedliche Richtung wollen."

Ich schaute Karla an und sie verzog keine Miene mehr. Sie hatte auch aufgehört, zu weinen. Mir wurde immer mehr und mehr klar, dass Karla mit mir Schluss machen wollte, und ich hatte das Gefühl, dass dieser Plan nicht erst seit fünf Minuten in ihrem Kopf war. Ich fragte sie direkt: „Willst du, dass wir uns trennen?"

Und nun konnte ich doch Traurigkeit in ihrem Blick erkennen, als sie begann leicht mit dem Kopf zu nicken. Auch ihre Stimme verlor an Festigkeit und sie sagte: „Ich glaube, es wäre für uns beide die beste Entscheidung."

Zusammengekrümmt saß ich auch der Couch und schüttelte den Kopf. „Ich versteh das nicht, wie das alles von jetzt auf gleich gekommen ist. Karla, ich liebe dich und daran wird sich auch so schnell nichts ändern. Aber ich kann nicht allein für uns kämpfen. Dafür brauch ich dich."

Von Karla kam nichts mehr – und ich wollte nur noch weg. Vom Badezimmer aus rief ich Tante Bärbel an und bat sie, mich abzuholen. Es war schon fast Mitternacht und ich wusste, dass meine Eltern Angst bekommen würden, wenn ich so spät noch anrief. Das wollte ich ihnen und mir ersparen, denn Mama hätte bestimmt auch sofort erfahren wollen, was passiert war. Dafür hatte ich heute keine Energie mehr. Weil es draußen eiskalt war, wartete ich unten in Karlas Hausflur. Nach ein paar Minuten konnte ich durch die milchigen Glasfenster der Haustüre das grelle Licht von zwei Autoscheinwerfern sehen. Das musste Tante Bärbel sein. Als ich auf das Auto zulief, öffnete sie die Türe und kam mir entgegen. Ohne ein Wort zu sagen, nahm sie mich fest in den Arm und hielt mich fest. Genau das brauchte ich jetzt und das wusste Tante Bärbel ganz genau.

Kapitel 7

QUINOA FÜR ZWEI

Marta saß schockiert neben mir auf meiner roten Couch. „Das hat sie nicht getan!?" Ihr blieb der Mund offen stehen.

Ich schaute sie mit Tränen in den Augen an und nickte. „Doch, das hat sie." Gefühlt hatte ich das ganze Wochenende seit Freitagabend nur geheult. Ich fragte mich, ob sich der Körper irgendwann eigentlich ausheult und das Tränenreservoir aufgebraucht sein könnte.

„Das tut mir voll leid, Ava. Ihr wart doch so lange zusammen."

„Fast drei Jahre!", schniefte ich leise.

Marta blickte mich an und sagte: „Ohne dir in den Rücken fallen zu wollen, aber vielleicht war es tatsächlich der richtige Move an dieser Stelle. Ich hatte nämlich auch ein bisschen das Gefühl, dass ihr zwei euch auseinandergelebt habt. Und das nicht nur wegen der Distanz." Sie zögerte kurz. „Ihr wollt unterschiedliche Dinge!"

Ich brummte unwillig, auch wenn ich ahnte, dass da was dran war.

„Schau mal, der Frühling kommt ja hoffentlich bald und dann haust du mal so richtig auf die Kacke und checkst die Mädels hier in Berlin ab." Marta grinste mich aufmunternd an. „Ich seh doch, wie die dir auf den Partys immer hinterhersabbern. Du bist doch the hot Shit in Berlin!"
The hot Shit. Als Marta das sagte, musste ich schmunzeln. Vielleicht hatte sie ja recht. Aber es tat immer noch so verdammt weh!

Marta war immer so süß, wenn's mir scheiße ging, und wusste einfach, wie sie mich wieder vom Boden bekam, wenn ich innerlich gefallen war. Sie schlug vor: „Komm, wir lenken dich jetzt erst mal ab und kochen uns was Schönes. Ich hab uns ein Rezept für Linsen-Bolognese rausgesucht und wenn der Bauch erst mal voll ist, sieht die Welt schon wieder ganz anders aus."

„Marta, du klingst schon wie Tante Bärbel." Wir mussten beide lachen.

„Na, ich glaube, es gibt andere Leute, die schlechter hätten auf mich abfärben können als The Legend: Tante Bärbel. Komm jetzt, ich hab Hunger." Dabei zog Marta mich von der Couch und wir gingen zusammen in die Küche.

***

Dass Karla sich von mir getrennt hatte, war jetzt drei Monate her und Martas Vision meiner Zukunft als Single in Berlin war gar nicht so weit hergeholt. Auf der ein oder anderen Party im SchwuZ knutschte ich immer mal wieder mit anderen Mädels. Darüber hinaus ging es allerdings nicht. Direkt in die nächste Beziehung abtauchen wollte ich nicht. Klar hatte ich Lust, auch mal wieder Sex zu haben, aber es hatte sich ein kleines, fast schon allabendliches Ritual etabliert, auf das ich mich immer freute. Auch an diesem Abend. Im Badezimmer stand ich am Waschbecken und war in meinen Gedanken versunken. Am morgigen Freitag gab es auf der Insel der Jugend im Treptower Park wieder die Female Fairytales Party und ich überlegte mir schon mal ein passendes Outfit. Letztes Wochenende waren Marta und ich shoppen gewesen, weil mir kaum noch etwas meiner alten Klamotten passte. Martas Hilfe bei der Essensplanung zeigte Wirkung und die elf Kilo weniger machten sich bemerkbar.

Ich spuckte die Zahnpasta ins Waschbecken und wusch mir mit warmem Wasser das Gesicht. Mit nackten Füßen tappte ich über den Dielenboden zurück in mein Zimmer und kletterte auf mein Hochbett. Unter der Bettdecke angekommen zog ich mir meine Unterhose aus und griff zu meinem Telefon. Im Browser öffnete ich die Website von PornTub und gab in der Suchzeile das Stichwort *Lesbian* ein. Ich kannte die Seite schon ganz gut und stellte mit Ernüchterung beim Scrollen über die Seite fest, dass es keine neuen Videos gab.

Die meisten der kurzen Pornos mit lesbischen Frauen waren unerträglich. Mir war auch klar, dass das zum großen Teil gar keine richtigen Lesben waren. Zumindest kannte ich in meiner Bubble keine lesbischen Frauen, die so krass aufgetakelt waren und so riesige Silikonbrüste hatten. Ich fragte mich auch, wie die sich mit diesen ewig langen gemachten Fingernägeln nicht gegenseitig verletzten. Am Ende der Page angekommen, fiel mir allerdings ein blinkender Button auf. *NEW! PornTub Gay* leuchtete mir hier in Neonfarben ins Gesicht. Ich klickte auf den Button und die Seite lud.

Meine Hoffnung war, dass hier vielleicht auch ein paar andere Pornos mit Lesben zu finden waren. Die Landingpage brachte dann aber schnell wieder die Enttäuschung. Mit meinem Finger wischte ich über das Display und es war nicht eine einzige Frau zu sehen. Ich wusste nicht genau, wieso, aber irgendwie wich die Enttäuschung und ging in Neugierde über. Gebannt starrte ich auf die ganzen kleinen Vorschaubildchen und eins mit drei recht muskulösen Männern darauf fing meine volle Aufmerksamkeit. Innerlich hin- und hergerissen überlegte ich, ob ich da draufklicken sollte. *Das kannst du dir als Lesbe doch nicht anschauen!*, ging mir durch den Kopf.

Schnell wurde mir aber auch klar, wie albern das war. Wer sollte denn mitbekommen, dass ich mir überhaupt Pornos anschaute und dann auch noch Schwulenpornos? Mit stärker klopfendem Herz klickte ich auf das Vorschaubild und es öffnete sich eine neue Seite mit dem Video. Zwei braun gebrannten und einem Typen mit ganz heller Haut und Sommersprossen schaute ich dabei zu, wie sie neben einem Pool in der Sonne wild miteinander rumknutschten. Alle drei waren sehr sportlich gebaut und ungefähr gleich groß. Gebannt starrte ich weiter auf das Display und verfolgte genau, was die drei miteinander machten. Der Typ mit den Sommersprossen sah etwas jünger aus und ging vor den anderen beiden auf die Knie. Der Fokus war jetzt ganz darauf gerichtet, wie er den beiden immer wieder abwechselnd einen blies.

Ich musste an Sanjay denken und erinnerte mich daran, wie wir früher immer rumgeknutscht hatten. Ohne groß darüber nachzudenken, rutschte meine Hand langsam zwischen meine Beine, und meinen Blick weiter auf das Trio auf meinem Handy gerichtet, fing ich an, mich selbst anzufassen. Mein Herzschlag und meine Atmung wurden immer schneller. Die Kombination aus den Erinnerungen an Sanjay und das Video vor mir machten mich in dem Moment so an, dass es keine zwei Minuten dauerte, bis ich zum Orgasmus kam. *Fuck! Was war das denn?!* Ich ließ mein Handy aus der Hand auf meine Brust fallen und starrte an die Decke. *Ava, du bist lesbisch und findest Schwänze eklig!,* schoss mir durch den Kopf.

So oft hatte ich in der Umkleide mit den Mädels vom Fußball darüber geredet, wie unappetitlich die Genitalien von Männern - besonders die hängenden Säcke - aussahen. Und nun lag ich da und hatte mir gerade genau darauf einen runtergeholt! Was sich eben noch total geil angefühlt hatte, verwandelte sich volle Breitseite in Scham. Ich war vollkommen verwirrt und fühlte mich, als hätte ich mein Team hintergangen. Ich schaute auf die Uhr, es war schon nach Mitternacht und ich sollte jetzt unbedingt schlafen.

Zum Glück war morgen Freitag und das hieß nur ein kurzer Tag in der Werkstatt. Auf die Seite gedreht schloss ich die Augen und war kurze Zeit danach auch schon eingeschlafen. Mein Exkurs in die Welt der schwulen Männer ließ mich in meinem Traum aber nicht los und ich fand mich gemeinsam in der Alten Abtei mit Sanjay wieder. Wir waren im großen Konzertraum. Es lief laute Musik und wir tanzten miteinander. Ich blickte um mich und sah nur Männer. Sanjay lachte, warf die Arme in die Höhe und griff im nächsten Augenblick nach meiner Schulter. Er zog mich ganz nah an sich heran und tanzte mit seiner Hüfte an meine gedrückt mit mir. Dann küsste er mich so intensiv, wie sich die drei Männer in dem Porno geküsst hatten.

„Leo, du kannst echt geil küssen!", sagte er, als wir weiter eng umschlungen tanzten. Irgendwas stimmte hier nicht. Ich musste hier ganz schnell weg! Mit meinen Armen voran versuchte ich mich durch die Masse an Männern zur Türe zu drücken, doch ich kam kaum ein Stück voran. Die Türe schien sich immer weiter wegzubewegen und irgendwas drückte mir aufs Gesicht. Ich bekam keine Luft mehr.

Mit einem Ruck schnellte ich in meinem Bett nach oben. Im Traum musste ich mit meinen Armen gefuchtelt haben, sodass ich mir selbst die Bettdecke über das Gesicht gelegt hatte. Ich holte tief Luft und stellte fest, dass ich nur wirr geträumt hatte. *Leo.* Mein Kopf begann zu rattern, aber ich konnte mir einfach keinen Reim darauf machen, warum der Name nun schon zum zweiten Mal in meinen Träumen aufgetaucht war. Ich kletterte mit wackeligen Beinen von meinem Hochbett runter. Ich brauchte einen Schluck Wasser und frische Luft. In der Küche stand ich an der Balkontür und atmete die frische Frühlingsluft der Nacht ein. Nachdem ich mich beruhigt hatte, legte ich mich wieder ins Bett. Ich brauchte schließlich noch ein paar Stunden Schlaf, wenn ich morgen – beziehungsweise heute – für die Party fit sein wollte.

Abends saßen Amelie und ich gemeinsam bei uns am Küchentisch und hatten gerade jeweils unser zweites Bier ausgetrunken. Marta war gerade vom Tisch aufgestanden und stand im Türrahmen der hohen Altbau-Holztüre, als ich sie fragte: „Bist du dir sicher, dass du nicht mitkommen möchtest? Das wird bestimmt witzig heute Abend."

„Ava, zum dritten Mal: nein, danke! Ich muss bis Montag das Gruppenprojekt für die Kunst des Antiken Griechenlands fertig machen." Sie seufzte.

Amelie ärgerte Marta mit Sarkasmus: „Also, ich bin ja etwas neidisch und könnte mir gerade nichts Spannenderes vorstellen, als ein paar unklar gezeichnete nackte Männer auf Tonkrügen zu analysieren."

„Haha, sehr witzig." Marta war sichtlich genervt und ich konnte erkennen, dass sie eigentlich viel mehr Lust auf Party hatte.

Ich versuchte ihre Laune aufzuheitern: „Was hältst du davon, wenn ich morgen früh auf dem Heimweg frische Brötchen mitbringe und wir zusammen brunchen?"

Marta nickte und rief auf dem Weg in ihr Zimmer noch über den Flur: „Viel Spaß und wehe ich höre morgen nicht den neusten Klatsch und Tratsch aus der Berliner Lesbenszene!"

„Ich geh noch schnell pinkeln und dann müssen wir aber auch so langsam los", sagte Amelie.

Es war schon halb eins, aber in Berlin begannen die Partys sowieso nicht vor eins oder halb zwei. Stressen wollte ich mich deswegen nicht. „Meinst du, es reicht, wenn ich einfach nur im T-Shirt und meiner blauen Adidas-Jacke gehe? Wie warm war es denn draußen, als du eben gekommen bist?", wollte ich von Amelie wissen.

Sie stand gerade am Waschbecken im Bad und zupfte sich noch mal die langen Haare zurecht. „Ja, ich denk schon. Es sei denn, du willst die ganze Nacht draußen verbringen."

Ich schaute Amelie vor dem Spiegel stehend an. „Dein neuer Rock steht dir übrigens super!"

Etwas verlegen grinste sie. „Danke, dass du das sagst. Ich bin mir unsicher, ob das nicht zu femme ist."
Ich ging auf sie zu und umarmte sie von hinten und legte meinen Kopf auf ihre Schulter. „Das einzige, was zählt, ist, dass du dir gefällst. Was andere denken, ist doch völlig schnuppe."
Über den Spiegel schaute Amelie mich an. „Danke, das brauchte ich gerade."
Mit einem Lächeln im Gesicht erwiderte ich: „Du musst mir für gar nix danken. Eher umgekehrt. Ich bin so froh, dass ich durch dich hier in Berlin so schnell Anschluss gefunden hab. Ohne dich wär mein Leben hier nur halb so bunt und aufregend!"
Am Späti holten wir uns beide noch ein Beck's und fuhren mit der Ringbahn die kurze Strecke von gerade mal drei Stationen zum Treptower Park. Um zur Party zu gelangen, mussten wir allerdings noch gut fünfzehn Minuten durch den Park laufen. Denn die Female Fairytales war eine Lesbenparty, die in den Frühlings- und Sommermonaten alle zwei Monate mitten im Treptower Park auf der Insel der Jugend in einem alten kleinen Turm stattfand. Heute war die erste Party des Jahres und ich freute mich sehr! Das hieß nämlich auch, dass der scheiß Winter endgültig vorbei war, und ich wollte die neue Jahreszeit gebührend mit Amelie feiern! Mit dem Bier in der Hand liefen wir an der Spree entlang und Amelie erzählte mir von ihrem Biochemiestudium: „Ich wette mit dir, dass von den fünf Mädels aus meinem Jahrgang außer mir maximal noch eine andere im kommenden Semester weitermachen wird. Das ist so krass, dass das sonst alles nur so komische Typen sind. Und die

schnallen nicht mal, dass ich so absolut gar kein Interesse an ihnen habe."

Aus der Distanz konnte ich schon den Beat der Musik hören und freute mich auf den Abend. Ich hatte richtig Bock zu tanzen und wer weiß, vielleicht lernte ich auch wieder eine hübsche Frau kennen. An der Insel angekommen liefen wird über die kleine Brücke, die zum Turm rüberführte. „Och nö, wieso ist denn jetzt die Schlange so lang?!", beschwerte ich mich.

Amelie rollte mit den Augen. „Als wäre das irgendwas Neues. Das war letztes Jahr doch genau das gleiche bei jeder Party. Schon vergessen?", sagte sie zu mir. „Komm, wir schauen mal, ob wir jemand in der Schlange kennen, und stellen uns einfach frech dazu."

Wir liefen die Schlange entlang und hatten Glück. Amelie blieb stehen und begrüßte eine Frau mit etwa schulterlangen, blonden lockigen Haaren. „Hi, ich bin Emmy", sagte sie zu mir und streckte mir die Hand entgegen.

Verdutzt starrte ich sie an und stammelte vor mich hin: „Ava, hallo."

Emmys Erscheinung machte mich sprachlos. Sie war bestimmt knapp 1,80 Meter groß und unglaublich muskulös gebaut. Ihr schien warm gewesen zu sein, denn sie stand einfach nur in einem lässig geschnittenen weißen T-Shirt da, mit einer Jacke über die Schulter gelegt. Über ihren linken Arm erstreckte sich ein Tattoo, dass mich ein bisschen an die Ornamente und Drachen an den Wänden aus dem China-Restaurant in meiner Heimat erinnerte. „Cooles Tattoo", sagte ich. „Hat das lange gedauert?"

Ganz locker und mit einem kleinen Grinsen meinte Emmy: „Ach, weiß nicht so genau. Sieben oder acht Stunden vielleicht. Hab die meiste Zeit davon aber so halb geschlafen."

Okay, krass, dachte ich mir. Ich hatte bislang immer gehört, dass das Stechen von Tattoos ziemlich wehtut. Aber Emmy schien hart im Nehmen zu sein. Ich fand das ganz schön heiß und versuchte sie unauffällig von der Seite weiter anzuschauen. Plötzlich hörten wir hinter uns auf der Brücke lautes Klatschen und eine Gruppe aus vielleicht fünf, sechs Mädels, die im Chor alle „Hey! Hey! Hey!" riefen. Sie schienen irgendwen anzufeuern. Emmy, Amelie und ich drückten uns ans Geländer der Brücke und versuchten zu erspähen, was los war. „Schaut mal, da im Wasser!", rief ich und zeigte auf zwei Personen, die gerade neben der Brücke vom Ufer des Parks Richtung Insel schwammen.

„Boah, ich kann nicht verstehen, dass Leute sowas wirklich machen! Das Wasser hier ist so ekelhaft! Auf dem Weg hab ich sogar Fische mit dem Bauch nach oben schwimmen sehen", sagte Emmy und verzog angewidert das Gesicht.

Die Female Fairytales warb mit freiem Eintritt, wenn man zur Insel rübergeschwommen kam. Ich hatte bis zu diesem Moment gedacht, dass das eigentlich ein Gag wäre. Anscheinend nicht. *Alter, vor allem bei diesen Temperaturen!,* dachte ich. Draußen waren es in dieser Nacht so um die fünfzehn, sechzehn Grad, aber das Wasser war bestimmt eiskalt.

Wir waren mittlerweile endlich auf der Insel und standen an der Bar im Außenbereich der Party an. Vor mir in der Schlange stand eine Person, die mir irgendwie bekannt vorkam. Ich konnte das Profil gut erkennen und überlegte, wo ich diese Gesichtszüge schon mal gesehen haben könnte. Als hätte die Person meine Blicke gespürt, drehte sie sich zu uns um. Und da purzelten mir auch schon die Erinnerungen an das Lesben-Pfingst-Treffen vor knapp zwei Jahren entgegen. Es war Mo. Sie grinste und sagte: „Hey, dich kenn ich doch! Warst du nicht beim LPT in meinem Drag-Workshop?"

Fuck! Sag das doch noch ein bisschen lauter! Ich wollte im Boden versinken. Mir war das megapeinlich, dass Mo das hier in der Schlange vor Emmy und den anderen auspackte. Schnell suchte ich verzweifelt nach einer lockeren Antwort. Mehr als ein „Mh, kann schon sein" wollte aber nicht aus meinem Mund kommen. Zum Glück gesellte sich eine andere Person zu Mo und begrüßte sie. Peinlich berührt hoffte ich einfach, dass Emmy gar nicht verstand, was ein Drag-Workshop war und auch nicht weiter nachfragen würde. Mir fiel allerdings auf, dass Mo irgendwie anders aussah. Sie hatte einen leichten Bart, aber der sah gar nicht angeklebt aus, und ihre Stimme war auch definitiv tiefer, als sie noch vor zwei Jahren gewesen war. Sie klang fast schon wie ein Mann. Geistesabwesend hörte ich Amelie sagen: „Ich schau mal da drüben am Ufer, ob ich uns drei Liegestühle sichern kann. Dann können wir noch ne Runde chillen, bevor wir gleich tanzen gehen." Sie blickte sich suchend um.

Emmy und ich sagten exakt im gleichen Moment: „Klingt gut!"

Ungläubig blickten wir uns in die Augen und fingen beide an zu lachen. *Puh, das schien ja gerade noch mal gut gegangen zu sein.* Und das Eis zwischen mir und Emmy war zum Glück gebrochen. Amelie lief Richtung Wasser. Ich nahm meinen Mut zusammen und fragte Emmy: „Du siehst krass sportlich aus. Wo bekommt man denn solche Muskeln?"

Emmy schob ihren rechten T-Shirt-Ärmel hoch und spannte demonstrativ ihre Oberarmmuskeln an. „Meinst du diese?", fragte sie neckisch. „Ich bin Kick-Box-Trainerin. Sport ist quasi mein Leben. Ich war aber auch früher bei der Bundeswehr und hab da einiges an Krafttraining gemacht."

Bundeswehr? Emmys Attraktivität in meinen Augen sank mit dieser Aussage drastisch. Ich konnte nicht verstehen, wie Leute sich aktiv für Kriegsinstitutionen einsetzten und war ein bisschen enttäuscht, da ich mir kurz etwas mehr erhofft hatte.

Emmy musste die Enttäuschung in meinen Augen erkannt haben, denn sie sagte: „Du findest die Bundeswehr nicht so geil, oder?"

Ich fühlte mich ertappt und wollte in der Barschlange keine große politische Diskussion mit einer mir kaum bekannten Person vom Zaun brechen. Diplomatisch versuchte ich mich rauszureden. „Na ja, sagen wir mal so, für mich persönlich wäre es keine Berufsoption."

„Das ist es für mich heute auch nicht mehr und es gibt gute Gründe, warum ich dort nicht mehr bin. Auch wenn's für mich beruflich eine super Chance gewesen wäre", entgegnete Emmy. „Kann ich was für dich mitbestellen?"

Wir waren als Nächstes an der Reihe und es war mir gerade unklar, ob sie mich einladen wollte oder ob sie einfach nur für mich an der Bar die Bestellung mit aufgeben wollte. Gedanklich war ich auch noch beim Thema von davor, denn ihre Aussage hatte Neugierde in mir geweckt und ich wollte unbedingt wissen, was wohl die Gründe gewesen sein könnten, warum sie nicht mehr bei der Bundeswehr war.

„Ava? Wir sind dran. Was willst du trinken?" Emmy schaute mich mit hochgezogenen Augenbrauen an.

Aus meinen Gedanken gerissen, sagte ich schnell: „Zwei Bier. Für Amelie auch eins." Ich kramte in meiner Hosentasche nach Geld.

Mit einer lockeren Handbewegung winkte Emmy meine Suche ab. „Lass stecken. Erste Runde geht auf mich."

Im Licht an der Bar waren mir erst jetzt ihre stahlblauen Augen aufgefallen, die kleine graue Streifen in der Iris hatten. Solche Augen hatte ich noch nicht gesehen und ich verspürte den Drang, alles über Emmy erfahren zu wollen. Mit den Bieren in der Hand liefen wir zum Ufer und suchten Amelie. Sie saß bereits in einer Gruppe unserer Mitspielerinnen von Vorspiel und lachte so laut, dass ich sie schon von Weitem hören konnte. Emmy und ich gesellten uns zu der Gruppe und setzten uns ins Gras.

Wir quatschten und quatschen und ich erfuhr, dass sie vor drei Jahren beim Bund eine Ausbildung als Rettungssanitäterin absolviert hatte und dort Medizin hatte studieren wollen. In ihrer Kompanie hatte es aber einige Probleme gegeben, sodass sie ihre Pläne bei der Bundeswehr nicht weiterverfolgt hatte.

„Es schien nach dem Abi eine gute Möglichkeit", sagte sie. „Aber was hinter dem ganzen Macker-Verein steht, war mir nicht so genau bewusst. Heute würde ich die Ausbildung nicht mehr dort machen."

Das hatte mich sehr beruhigt und ich war begeistert von ihrem Enthusiasmus für den menschlichen Körper. Sie studierte im dritten Semester Medizin an der Charité. *Intelligent und sexy. Ava pass auf, dass du dich nicht auf der Stelle verliebst!*, schoss mir durch den Kopf und ich klebte förmlich an ihren Lippen. Emmy schien aber auch an mir und meinem Leben interessiert zu sein und fragte mich tausend Dinge über meine Ausbildung und warum ich genau Tischlerin werden wollte. Ich erzählte, dass ich schon immer gern handwerklich gearbeitet hatte und wie ich meinem Vater hatte helfen können, die Möbel zu bauen, als er vor einigen Jahren seine Buchhandlung umgebaut hatte. „Ich frag mich aber schon jetzt in der Ausbildung, ob ich das wirklich mein Leben lang machen will. We will see, I guess."

Ich begann langsam zu frösteln und rieb mir die Arme. Auch Emmy hatte schon vor einer Weile ihre Jacke angezogen. „Ist langsam kalt geworden", sagte sie.

Ich hatte gar nicht mitbekommen, wie die Zeit verflogen war, und schaute auf die Uhr auf meinem Handy. „Krass, es ist schon drei Uhr! Haben wir jetzt etwa die halbe Party verquatscht?!", fragte ich.

Emmy griff nach meiner Hand und stand auf. „Auf, dann gehen wir uns jetzt 'ne Runde warmtanzen!"

Platz für Widerrede schien es nicht zu geben und so trottete ich Emmy hinterher. Erst als wir an der schmalen Wendeltreppe angekommen waren, die im Turm nach oben zur Tanzfläche führte, fiel mir auf, dass Emmy immer noch meine Hand festhielt. In meiner Brust spürte ich, wie mein Herz einen kleinen Sprung machte. Es fühlte sich so schön an, wieder die Hand einer anderen Person in meiner zu spüren. Treppe für Treppe wurde die Luft um uns wärmer und die Musik lauter. Die Tanzfläche war gestopft voll mit tanzenden und glücklich aussehenden Menschen. Ich versuchte gegen die laute Musik anzusprechen und sagte ganz nah an Emmys Ohr: „Da ist Amelie!"

Mit den Armen in die Höhe gestreckt hüpfte Amelie gerade wie ein kleiner Flummi zu dem Refrain von P!nks *What about us* auf und ab. Wir drückten uns durch die Menge rüber zu ihr und den anderen vom Fußballverein. Das Lied ging gerade über in den ruhigeren Teil der Strophe. Amelie und ich schauten uns an und bewegten unsere Lippen zum Text. Auch Emmy schien den Song zu kennen und sie sang selbst laut mit. Die ganze Zeit hielt sie weiter meine Hand. Amelie sah das und zwinkerte mir mit einem Auge zustimmend zu. Dem Song folgte *Despacito* und die Frauen um uns herum, uns inklusive, rasteten völlig aus!

Man spürte deutlich, dass alle bereit waren, den Frühling und nahenden Sommer zu begrüßen. Die poppigen Salsa-Beats passten einfach perfekt zu der Stimmung, die in der Luft lag. Emmy zog mich ganz nah zu sich heran, sodass unsere Beine versetzt ineinanderstanden. Unsere Lenden berührten sich und wir bewegten uns synchron im Takt. Sie legte ihre Hände auf meine Hüfte und zog mich noch ein Stück näher an sich heran. Mit meinen Händen fuhr ich von ihren breiten Schultern über ihre muskulösen Arme. Die fühlten sich so unglaublich fest an. Für einen kurzen Augenblick musste ich an die drei Muskeltypen aus dem Porno von gestern Abend denken. Ob sich ihre Arme auch so anfühlten? *Ava, nicht hier!*, ermahnte ich mich selbst, spürte aber im nächsten Augenblick, wie sich ein Strom von Glücksgefühlen von meinem Bauch in meinem ganzen Körper ausbreitete. Unbewusst musste ich das breiteste Grinsen im Gesicht gehabt haben, denn Emmy fragte mich: „Was schaust du denn so zufrieden?" Ihr Kopf war so nah an meinem, dass sich unsere Wangen berührten.

„Ich find das hier ganz schön heiß!", antwortete ich und war selbst überrascht von meiner kecken Antwort.

Ich spürte Emmys Hand über meinen Rücken hoch zu meinem Nacken gleiten. „Darf ich es noch ein bisschen heißer machen und dich küssen?", fragte sie mich und ich spürte ihren warmen Atem in meinem Ohr.

Ohne etwas zu sagen, nickte ich. Als wäre um uns herum alles plötzlich stehen geblieben, küsste mich Emmy leidenschaftlich. Wir tanzten noch eine ganze Weile, bis Emmy mich fragte: „Wollen wir zu mir nach Hause gehen?"

Was darauf folgte, war eine Nacht mit sehr wenig Schlaf. Ich war gerade wach geworden und spürte Emmy eng an mich geschmiegt hinter mir liegen. Nach dem ganzen Desaster mit Karla war es das erste Mal, dass mich eine andere Frau wieder wirklich interessierte, und ich fühlte mich unglaublich gut, neben dieser wunderschönen Person im Bett aufzuwachen. Vorsichtig tastete ich neben mir nach meinem Telefon, um auf die Uhr zu schauen. *Shit!* Es war schon fast elf Uhr und ich hatte doch Marta versprochen, mit ihr zu brunchen. Sie hatte mir vor einer guten halben Stunde auch schon bei WhatsApp geschrieben: „Wo bist du? Alles okay bei dir?"

Vorsichtig versuchte ich mich aus den Armen von Emmy zu lösen, die meine Bewegungsversuche aber spürte und mich festhielt. „Wo willst du denn hin?", fragte sie.

„Ich muss leider los. Ich hab meiner besten Freundin versprochen, heute mit ihr zu brunchen", erklärte ich ihr.

Sie küsste mich sanft auf den Nacken. „Schade, ich dachte, wir machen da weiter, wo wir vor dem Schlafengehen heute früh aufgehört haben."

„Nichts lieber als das, glaub mir das gerne. Aber ich will Marta nicht enttäuschen", sagte ich und spürte den Zwiespalt in mir. Eigentlich wäre ich liebend gern noch einen Moment bei Emmy geblieben. Die Erinnerung an den unglaublichen Sex kam in recht klaren Bildern zurück in meinen Kopf. *Dieser Köper!* Während ich meine Klamotten anzog, saß Emmy auf der Bettkante und schaute mir bei jeder Bewegung genauestens zu. „Also, wann sehen wir uns wieder? Ich lass dich nicht raus, bevor ich nicht ein zweites Date mit die ausgemacht habe." Dabei streckte sie mir neckisch die Spitze ihrer Zunge entgegen.

Ich tat so, als würde mir das schwerfallen und sagte: „Na gut, wenn's denn sein muss. Wollen wir morgen zusammen auf den Flohmarkt im Mauerpark gehen?"

***

„Boah, Marta, du hättest mal das Gesicht meiner Chefin sehen sollen, als ich ihr sagte, dass ich mich auch einfach die ganze nächste Woche krankschreiben lassen kann, wenn sie mir für die gemachten Überstunden keinen zeitlichen oder finanziellen Ausgleich gibt", sagte ich zu Marta, als wir gerade auf dem Weg zum Supermarkt über die S-Bahn-Brücke an der Hermannstraße liefen. Ich blieb kurz stehen und hielt Marta am Arm fest: „Genau so sah ihr Gesicht aus." Ich machte einen fassungslosen Gesichtsausdruck mit offenem Mund nach.

Marta regte sich mit mir über meine Situation an meinem Ausbildungsplatz auf. „Also war meine Idee, mal mit deinem Berufsschullehrer über die Situation zu sprechen, doch gar nicht so schlecht. Das kann ja auch einfach nicht sein, dass du ständig Überstunden schieben musst und deine Chefin denkt, dass du das einfach umsonst machst. Das ist doch voll die Ausbeuterei!"

Marta hatte sehr häufig gute Ideen, auf die ich selbst nicht kam – wie auch in diesem Fall. „Ja voll. Mein Berufsschullehrer hat bei der Tischler-Innung angerufen und sie über die Zustände in meinem Betrieb informiert. Ich denke, da wird in den kommenden Wochen jemand auftauchen und das Gespräch mit meiner Chefin suchen. Darauf bin ich echt gespannt. Die gibt sich nach außen als superpolitisch und perfekt, hat aber einen Nazi als Mitarbeiter und nutzt mich als Azubi voll aus. Die soll ruhig schnallen, dass sie mit ihrer falschen Art als Miss Öko-Ich-bin-so-korrekt aufgeflogen ist."

Marta und ich setzten unseren Weg fort. „Aber jetzt mal Butter bei die Fische. Was willst du morgen Abend für Emmy kochen? Hast du dir schon was überlegt?", fragte sie mich, als wir gerade durch die großen Schiebetüren am Hermann-Quartier in das wuselige kleine Kaufhaus liefen.

Morgen war nicht nur irgendein Samstag. Nein. Es war genau ein Monat vergangen, seit Emmy und ich uns auf der Female Fairytales Party kennengelernt hatten. Dieses kleine Jubiläum wollten wir morgen feiern. Ich hatte den Plan für ein perfektes Dinner. Ich zog mein Handy aus der Tasche, streckte es Marta entgegen und sagte: „Hier, das Rezept für so 'ne Quinoa-Pfanne hab ich rausgesucht und zum Nachtisch gibt's einfach mich."

Marta nahm mir das Handy aus der Hand und las leise murmelnd das Rezept. „Also Quinoa bekommst du am besten bei dm. Da muss ich eh auch noch hin. Ich brauch Shampoo und ich glaube, unser Spülmittel neigt sich langsam auch dem Ende zu." Marta hatte einfach immer den Durchblick.

Ich watschelte ihr einfach hinterher. Im Geschäft angekommen bog sie in den Gang der Haarprodukte ab und ich rief ihr hinterher: „Ich such dann mal Quinoa und Spüli." Vorbei an den Make-up- und Nagellack-Regalen bahnte ich mir meinen Weg zur Lebensmittelabteilung der Drogerie. Als ich vor dem langen Regal mit Mehl, Reis, Marmeladen, Tees und all dem anderen Bio-Kram ankam, war ich völlig überfordert. Mit den Augen ging ich Regalbrett für Regalbrett durch, aber Quinoa konnte ich einfach nicht entdecken. Hinter mir hängte gerade eine Verkäuferin mit weißem Kittel Zahnbürstenpackungen fein säuberlich an die dafür vorgesehenen Haken im Regal. Ich lief die paar Schritte auf sie zu und fragte: „Entschuldigen Sie. Könnten Sie mir bitte sagen, wo ich Quinoa finden kann?"

„Einen Moment bitte", sagte sie und hängte die letzten zwei Packungen Zahnbürsten aus ihrer Hand auf. Sie drehte sich um und lief zügig in Richtung Lebensmittel, ohne etwas zu sagen.

Ich ging davon aus, dass ich ihr folgen sollte. Zielstrebig griff sie neben dem Reis ganz hinten ins Regal und zog eine durchsichtige Tüte mit braunbeigen Kügelchen hervor. Mit einem kurzen Blick in mein Gesicht drückte sie mir die Packung in die Hand. Kurz angebunden folgten die Worte: „Bitteschön, junger Mann. Letzte Packung. Glück gehabt."

Die Verkäuferin lief zurück zu den Zahnbürsten und meine Augen folgten ihrem Weg. In meinem Kopf hallte es wieder: *Bitteschön, junger Mann.* Was sollte das denn? *Junger Mann?* Ich muss ziemlich entgeistert dagestanden haben, denn als Marta neben mir auftauchte, fragte sie mich: „Hast du einen Geist gesehen? Oder warum stehst du hier mit offenem Mund?"

„Die Verkäuferin hat mich gerade ‚junger Mann' genannt." Völlig verdattert stand ich immer noch an derselben Stelle. Marta schaute mich an und zuckte mit den Achseln. „Na und? In deinen Klamotten und mit der Cappy kann man dich auch easy mit 'nem Typen verwechseln. Seit du deine neuen Sport-BHs trägst, sieht man ja deine Brüste kaum noch. Von denen ist ja eh nicht mehr so viel übrig, seit du so viel abgenommen hast. Wie viel Kilo sind das denn jetzt ingesamt? Zwölf? Dreizehn?"

„Fünfzehn", korrigierte ich sie. Mir ging die Situation von gerade eben nicht mehr aus dem Kopf. Marta hatte recht und mein Körper hatte sich in den letzten Wochen ziemlich verändert. Durch die Ernährungsumstellung und mehr Sport war ich deutlich schlanker und hatte weniger Rundungen an meinem Körper. Auch durch Emmy und ihren muskulösen Körperbau angetrieben hängte ich seit wir ein Paar waren, regelmäßig nach dem Fußballtraining noch eine Einheit Intervall-Trainings an.

„Jetzt komm mal aus deinem Ava-Gedanken-Universum wieder zurück auf die Erde und lass uns fertig einkaufen. Sonst wird das morgen Abend mit deinem Traum-Dinner nix." Marta schob mich in Richtung Kasse.

Mit voll bepackten Tüten kamen wir wieder zu Hause an. „Kannst du bitte schon mal anfangen mit Auspacken? Ich komm gleich und helfe dir", bat ich Marta. Ich lief direkt weiter in mein Zimmer und ließ meinen Rucksack auf den Boden fallen. Vor meinem großen Spiegelschrank machte ich Halt und schaute mich an. Meine Augen wanderten von meinem Kopf mit der Cappy entlang über meine Schultern und meine Brust in meinem schwarzen T-Shirt mit dem gelben Batman-Abzeichen als Aufdruck runter Richtung Hüften, weiter an meinen dünnen Beinen in der kurzen khakigrünen Hose entlang bis zu meinen Füßen in den kleinen schwarzen Füßling-Socken.

Der Blick wanderte auf gleichem Wege wieder zurück hoch und blieb auf der Höhe meiner Brust hängen. Marta hatte recht. Die neuen Sport-BHs drückten meine Brüste ziemlich flach und das Batman-Logo stand gar nicht so weit von meinem Oberkörper ab, wie noch in der Vergangenheit. Sehen konnte ich die Brüste natürlich trotzdem. Mir gefiel aber das etwas Kantigere an meiner körperlichen Erscheinung in den dunklen Klamotten. Ich schaute mir in die Augen und sagte zu mir selbst: „Na, junger Mann? Alles fit?" und musste schmunzeln. Ich zog mir das T-Shirt aus und betrachtete meine Arme. Die Liegestütze aus dem Intervall-Training machten sich bemerkbar und ich spannte meinen Trizeps hinten am ausgestreckten linken Arm an und fühlte mit der Hand der anderen Seite nach. *Ganz schön fest.* Ich blickte wieder an mir im Spiegel hinunter. An sich gar nicht so schlecht. Ich drehte mich seitlich und dieser Anblick überzeugte mich schnell nicht mehr so ganz. Wären da einfach nur diese scheiß Brüste nicht. *Die muss ich mir irgendwann schön operieren lassen,* ging mir durch den Kopf. Ich legte mir die Hand auf den Rücken und versuchte meinen Sport-BH hinten am Rücken zu greifen. Als ich den Stoff zwischen meinen Fingern spürte, zog ich daran, sodass sich auf der Vorderseite Spannung aufbaute und meine Brüste noch flacher gedrückt wurden. Das sah viel besser aus. Zusammen mit dem angespannten Arm machte das mächtig Eindruck und irgendwie konnte ich in diesem Moment nachvollziehen, warum die Verkäuferin mich ‚junger Mann' genannt hatte. Ich erinnerte mich an den Drag-Workshop vor einigen Jahren hier in Berlin beim Lesben-Pfingst-Treffen. Der Moment der Panik-Attacke hatte sich bei mir eingebrannt. Bis zu dem kurzen Aufeinandertreffen mit Mo bei der Female Fairytales vor einem Monat hatte ich nicht mehr an den Vorfall gedacht.

„Was machst du denn da?" Marta stand plötzlich hinter mir im Zimmer. „Ich dachte, du wolltest mir beim Auspacken helfen?"

Ich fühlte mich wie bei etwas Verbotenem erwischt. Im Spiegel sah ich, wie ich knallrot anlief. Schnell suchte ich nach einer Ausrede. „Ach, also, ich dachte, ich hätte da was an meinem Rücken. Pickel oder so. War aber nur Fehlalarm."

Marta kam mit großen leuchten Augen auf mich zu. „Lass mich mal schauen. Du weißt, ich liebe es, Pickel auszudrücken!"

„Iiieh, Marta. Da gibt's nichts zu quetschen. Lass mich", sagte ich zu ihr. *Glück gehabt.* Meine Ausrede schien funktioniert zu haben. Schnell zog ich mir mein Batman-Shirt wieder an. „Komm, lass uns mal den Quinoa-Eintopf probekochen. Morgen soll schließlich alles perfekt sein!" Damit versuchte ich die Situation aufzulösen und ging Richtung Küche.

Kapitel 8

EINER VON UNS?

Der Sommer stand spürbar vor der Tür. Es war Juni und damit war die Pride-Saison in vollem Gange! Es war das Wochenende vor dem 28. Juni, dem Tag, an dem 1969 die bekannten Stonewall Riots in der Christopher Street in New York City ausgebrochen waren. Die Female Fairytales fand an diesem Wochenende wieder statt und Emmy und ich waren gerade gemeinsam auf dem Weg zur Insel der Jugend. Es war Samstagabend und endlich warm genug für das schwarze Tanktop, das ich mir bei H&M in der Männerabteilung gekauft hatte. Wir liefen Hand in Hand durch den Park und ich fühlte mich richtig gut neben Emmy. „Ich kann kaum glauben, dass es jetzt schon zwei Monate her ist, dass wir uns kennengelernt haben", sagte ich.

Im Laufen gab mir Emmy ein Küsschen auf die Wange. „Zwei wundervolle Monate und ich freu mich, dass wir das heute zusammen feiern können. Kommt Amelie eigentlich auch?", fragte sie.

Ich lachte und antwortete: „Glaubst du wirklich, Amelie würde sich die Party entgehen lassen? Sie müsste schon da sein, weil sie heute nämlich ein Date hat."

Auf der Insel angekommen, war die Stimmung ausgelassen und draußen im Open-Air-Bereich hörte ich die Gespräche der vielen Frauen. Aus dem Turm neben uns hörte ich den Beat der poppigen Musik und war angetan von der Leichtigkeit der Atmosphäre. Emmy und ich standen in einer Gruppe mit meinen Mädels vom Fußball. Ich wollte aber eigentlich unbedingt tanzen. Bis zwei Uhr legte nämlich Galaxiemädchen wieder Indie-Sounds auf. „Wollen wir tanzen gehen?", fragte ich Emmy.

„Wenn dir die Füße schon jucken, geh ruhig vor. Ich bleib noch einen Moment draußen, komm aber gleich nach. Ich trink nur noch aus", sagte sie und nahm demonstrativ einen großen Schluck Bier aus ihrer Flasche.

Allein bahnte ich mir den Weg nach oben über die enge Wendeltreppe. Jetzt im Juni war es in dem Turm oben noch wärmer und ich spürte die dampfende Luftfeuchtigkeit in der tanzenden Menge. In einer Ecke am Fenster konnte ich Amelie erkennen. Ihr Date schien offensichtlich gut zu laufen, denn die beiden waren wild am knutschen. Stören sollte ich in diesem Moment da jetzt besser nicht. Als hätte die DJ es geahnt, dass ich Lust zu tanzen hatte, spielte sie unwissentlich einen meiner Lieblingssongs! *Kings of Leon – Sex on Fire ist einfach der geilste Song ever!* Ich kannte das Lied in- und auswendig und sang laut mit.

Da war auch Emmy! Ein kleiner Blitz von Euphorie schnellte bei ihrem Anblick durch meinen Körper. Ich war schwer verliebt in diese Frau. Wir tanzten ausgelassen und auch Amelie mit ihrem Date gesellte sich zu uns. Nach unzähligen Songs war ich völlig außer Atem und meine Kehle sehnte sich nach einer Erfrischung. Mit einer gestikulierten Trinkbewegung fragte ich in die Runde, ob noch jemand etwas von der Bar wollte. Emmy und Amelie nickten beide und ich drehte mich um Richtung Bar. Als ich gerade drei Bier bestellt hatte, tauchte Mo wieder neben mir auf und sagte: „Hey!"

Ich blickte ihn an und erwiderte ein „Hey!" Mo sah wieder etwas verändert aus seit dem letzten Mal auf der Party und die Stimme klang eindeutig einige Lagen tiefer.

In meinem Kopf ratterte es. Mo lehnte sich zu mir rüber und sagte laut gegen die Musik an: „Ich dachte mir bei dem Workshop vor zwei Jahren schon, dass du einer von uns bist."

Einer von uns? Hä? Ich verstand nicht, was Mo meinte, und fragte nach: „Was meinst du denn mit ‚einer von uns'?"

Mo schaute mich mit einem fragenden Blick an. „Na, du hast doch auch ein trans Ding am Laufen, oder etwa nicht?"

Mein Herz begann schnell zu pochen und ich wurde nervös. Ich verstand nicht, was Mo von mir wollte, und zeitgleich stieg Panik in mir auf. Etwas schroff sagte ich: „Ich hab keine Ahnung, was du gerade von mir willst."

„Ich meine, dass du doch eigentlich auch eher ein Junge bist als eine Frau. Genau wie ich", erläuterte Mo und fuhr kurz darauf fort: „Wenn du mal Bock hast, bei unserer Gruppe vorbeizuschauen: Wir treffen uns jeden zweiten Mittwoch in Kreuzberg."

Dabei zog er einen Flyer aus der hinteren Hosentasche seiner Jeans und drückte ihn mir in die Hand.

Im Umdrehen sagte er noch laut in meine Richtung: „Viel Spaß heute Abend noch! Ist 'ne geile Party, oder?" Im nächsten Augenblick war Mo auch schon in der Menge verschwunden.

Ich schaute auf das kleine Blatt Papier, das er mir in die Hand gedrückt hatte. *Berliner Trans-Mann-Stammtisch. Jeden 2. Mittwoch im Monat. 19 Uhr im Möbel Olfe am Kotti,* las ich still den schwarzen Aufdruck auf dem orangen Flyer. Mein Herz raste mittlerweile und ich rang mühsam nach Luft. Die dröhnende Musik in meinen Ohren ging über in ein Rauschen. Ich hörte meinen eigenen Puls laut in den Ohren. Die Hitze, die Luftfeuchtigkeit, die Menschen, die links und rechts an mich stießen. Das war alles zu viel. Ich musste sofort hier raus! Mit einer hastigen Bewegung drehte ich mich um und stieß dabei aus Versehen die drei gerade gekauften Biere von der Theke. Neben mir hörte ich eine Person sagen: „Was soll'n das? Biste schon völlig besoffen oder wat?"

Ich drückte die Person beiseite, was ein weiteres lautes „Hey, pass mal auf!" hervorrief. Ich konnte nicht anders. Ich bekam einfach keine Luft! Panisch drückte ich mich vorbei an tanzenden Personen – das grün leuchtende Notausgangsschild neben der Treppe stets im Blick. Mit dem Gefühl, als würde mir jemand den Brustkorb zuschnüren, tastete ich mich mühsam bis zur Treppe voran. Schnellen Schrittes lief ich die Treppen hinab und schlitterte auf den von der Luftfeuchtigkeit nass gewordenen Stufen ein Stück hinunter. Unten angekommen, rannte ich so schnell ich konnte Richtung Ausgang, vorbei an der Security und über die Brücke in den Park. Die Musik war mittlerweile fast nicht mehr zu hören, aber der rauschende Puls in meinen Ohren pochte immer noch laut. An einer großen Kastanie stoppte ich. Meine Brust schmerzte. *Hab ich einen Herzinfarkt?* Die Panik in mir ließ nicht nach. Ich fasste mir an die Brust. Mein Herz schlug schnell, aber es schlug. Das schaffte ein klein bisschen Beruhigung. Mit dem Rücken an den Baum gelehnt versuchte ich mich runterzubringen, so wie wir es nach dem Sprinttraining von Gabi gelernt hatten. *Tief durch die Nase einatmen und durch den Mund ausatmen,* wiederholte ich immer wieder vor mich hin. Als mein Puls langsam etwas herunterfuhr, bemerkte ich erst, wie mir die Tränen über die Wangen strömten. Auch wenn die Rinde mich durch mein Shirt am Rücken kratzte und es wehtat, ließ ich mich langsam am Baum hinunter ins Sitzen gleiten. *What the Fuck, Ava.* Mit angezogenen Beinen saß ich laut schluchzend am Baum und mir schossen eine Millionen Gedanken durch den Kopf. Was hatte Mo da zu mir gesagt? Und was, wenn er recht damit hatte? Was, wenn ich wirklich gar keine Frau war? Konnte das sein?

Ich weiß nicht, wie lange ich schon da draußen gesessen hatte, als ich ein Vibrieren in meiner Hosentasche spürte. Noch völlig durcheinander zog ich hastig mein Telefon aus der Tasche. Amelie rief an. Ich drückte auf Annehmen. Die laute Musik im Hintergrund verriet, dass sie noch mitten auf der Tanzfläche war. Laut sagte sie: „Ava, wo bist du? Du warst auf einmal verschwunden."

Ich zog den Rotz vom Heulen in der Nase hoch und antwortete: „Ich musste raus. Ich sitz auf der anderen Seite der Brücke an einem Baum."

Amelie brüllte ins Telefon: „WAAAS?"

Ich hielt den Hörer direkt vor meinen Mund und brüllte zurück: „Ich bin draußen an der Brücke. Kannst du kommen?"
Amelie sagte laut: „Okay."
Es dauerte etwa fünf Minuten, bis mein Telefon wieder klingelte. „Ava, ich kann dich nicht finden. Wo bist du denn?" Ich hörte Amelies Stimme aber bereits nicht mehr nur durch das Telefon. Ich stand langsam auf und kam hinter meinem Baum hervor. Mit zittriger Stimme rief ich zu ihr: „Hier drüben."
„Was war denn das für ein Abgang? Alles okay bei dir?" Amelie griff nach meiner Hand.
Mit hängendem Kopf brachte ich nur ein „Ne, nichts in Ordnung" hervor.
„Was ist den los?" Amelie klang besorgt.
Ich zögerte und wusste gar nicht, wo ich anfangen sollte. Es schossen mir unzählige Gedanken von links nach rechts durch den Kopf. Ich schloss die Augen und holte tief Luft. Langsam bewegte ich den Kopf ein Stück nach oben und schaute Amelie an. Ich hatte Angst. „Versprichst du mir, dass du mich nicht auslachst oder so was?", sagte ich und spürte dabei immer noch Amelies Hand in meiner.
„Klar, Ava. Egal was ist, wir sind doch Freundinnen. Sag schon." Amelie klang nervös, aber ich glaubte ihr.
Noch einmal holte ich tief Luft. Mit leiser Stimme sagte ich zu ihr: „Ich glaub, ich bin keine Frau."
Darauf folgte ein Moment Stille. Amelie schien nachzudenken und fragte nach einigen Sekunden: „Was meinst du denn damit, du bist keine Frau?"
Auch ich musste erst mal einen kurzen Moment nachdenken. Ich versuchte mich mit ein paar aneinandergereihten, gestammelten Wörtern zu erklären: „Ich weiß auch nicht.

Ich glaub einfach, ich bin was anderes. Ich glaub, ich bin vielleicht ein Mann und dass das alles hier nicht stimmt." Dabei schaute ich an meinem Körper hinunter und fing wieder an, bitterlich zu weinen.

Amelie nahm mich fest in den Arm. „Ava, du bist nicht falsch. Selbst wenn du keine Frau bist, du bist du! Ein ganz wundervoller Mensch! Wir finden schon raus, was mit dir los ist. Für alles gibt's Lösungen. Komm, ich hab 'ne Idee."

Ich hatte keine Energie, um Widerrede zu leisten, geschweige denn mich zu widersetzen, als Amelie mich Richtung Spreeufer zog. Wir liefen ein Stück den Fluss entlang, bis wir zu einem Anlegesteg mit kleinen, angeketteten Booten kamen. Es war eine sternenklare Nacht und der Mond spiegelte sich im Wasser.

„Also, wir holen jetzt beide tief Luft und dann schreist du all deine Sorgen und Ängste einfach auf die Spree hinaus. Verstanden?", schlug Amelie vor. Sie richtete demonstrativ ihren Oberkörper auf und zeichnete mit ihren Armen die Bewegung eines tiefen Atemzuges nach.

Ich kam mir ganz schön doof vor bei dem Gedanken. Amelie merkte, dass ich verhalten reagierte, und ermutigte mich: „Komm, lass dich mal drauf ein. Was hast du denn schon zu verlieren?!"

Sie hatte recht. Aber alles an dieser Situation fühlte sich bescheuert an. *Bin ich wirklich keine Frau?*, ging mir immer und immer wieder durch den Kopf.

Ich spürte den lauen sommerlichen Wind auf meinen feuchten Wangen.

„Bist du bereit, Ava?" Amelie schaute mich bei dieser Frage von der Seite an.

Zögerlich nickte ich leicht und griff Amelies Hand etwas fester. „Okay, dann auf mein Kommando", sagte sie mit fester Stimme. Wieder nickte ich einfach nur. Amelie gab die Anweisung: „Tief Luft holen." Und wir beide atmeten zeitgleich tief ein.

Sie fuhr fort: „Drei, zwei, eins." Amelie stand neben mir und schrie aus voller Brust ein „Aaahh!" auf die Spree hinaus, sodass ich zusammenzuckte. Überrascht von der Kraft ihrer Stimme, vergaß ich selbst, laut zu schreien.

Amelie blickte mich vorwurfsvoll an. „Mann, Ava, wir sollten zusammen schreien. Nicht nur ich alleine. Komm, noch ein Versuch. Diesmal machst du aber mit. Glaub mir, das tut gut!"

Okay. Okay. Ich mach ja mit. Amelie richtete sich noch mal gerade auf und gab mir mit einem sanften Klatsch mit ihrer flachen Hand auf den oberen Rücken zu verstehen, das Gleiche zu tun. Ich stellte mich gerade hin und holte zusammen mit Amelie tief Luft. Sie gab uns wieder den Countdown und bei der Eins angekommen stimmte ich lauthals in einen gemeinsamen Schrei mit Amelie ein. „Komm, Ava, da geht noch was!", motivierte sie mich.

Noch einmal füllte ich meine Lungen bis in die letzte Ecke mit Luft und schrie mir die Seele aus dem Leib! Ich schaute Amelie an und wir mussten beide lachen. „Das ist so absurd!", sagte ich zu ihr und versuchte, meinen Atem wieder zu regulieren.

„Absurd, aber gut, oder?", vergewisserte Amelie sich.

Ich nickte wieder und sagte: „Danke, das war gerade nötig." Auch wenn ich mich für den Moment etwas befreiter fühlte, stand ich dennoch vor einem großen Berg an unsortierten Gedanken und Gefühlen.

Ich schaute Amelie fragend an. „Was mach ich denn jetzt mit Emmy? Die hat doch keine Ahnung, was hier gerade passiert. Und ich will einfach nur nach Hause."

Einfühlsam entgegnete mir Amelie folgende Worte: „Du, wenn Emmy dich wirklich mag, dann tut sie das auch, egal ob als Frau, Mann, Ente oder Einhorn. Find du erst mal raus, was das Richtige für dich ist."

Und genau das fühlte sich in dem Moment wie eine schier unmögliche Aufgabe an.

Amelie hatte Emmy von der Party geholt und wir liefen gemeinsam den Weg zurück zur Bahnstation. Ich wusste gar nicht, wo ich anfangen sollte, zu erzählen. *Was, wenn sie mich nicht versteht oder mich nicht mehr will?* Ich mochte Emmy sehr und hatte unglaubliche Angst, sie zu verlieren. Wir liefen Hand in Hand nebeneinander her. Nach einem kurzen Stück war es Emmy, die die Stille endlich brach.

„Amelie hat schon kurz was erzählt, aber ich hab nur die Hälfte verstanden. Willst du mir selbst sagen, was gerade abgeht?"

Ich blieb stehen und drehte mich zu ihr. So richtig traute ich mich nicht, sie anzusehen, und kratzte mit meinem linken Schuh über den Kiesboden des Weges. Auch wenn es mitten in der Nacht war, hörte ich in der Ferne eine Ente schnattern. Emmy setzte nach: „Ava? Sag mir doch bitte, was los ist!"

Ich hob langsam meinen Kopf und unsere Blicke begegneten sich. Mir stiegen wieder die Tränen in die Augen. Krampfhaft versuchte ich das Gedanken-Wirr-Warr in meinem Kopf zu bändigen und rang nach Worten. Schließlich setzte ich an und sagte: „Ich bin mir gerade unsicher, wer oder was ich bin. Du hast Ava kennengelernt, aber ich bin mir nicht ganz sicher, ob du mich irgendwann nicht vielleicht als eine andere Person mögen lernen musst. Also nein. Nicht als eine andere Person. Aber vielleicht dann doch irgendwie anders. Ich kann das gar nicht so recht beschreiben."

Emmy schaute mich mit großen Augen an und ich meinte, auch etwas Furcht darin entdeckt zu haben. Sie hakte nach: „Ich versteh das nicht. Was meinst du, dass ich dich anders mögen soll?"

Unsicher wich ich ihrem Blick aus. *Fuck*. Wie sollte ich ihr denn etwas erklären, das ich selbst nicht verstand. Ungeachtet dessen wagte ich noch einmal einen Versuch. „Emmy, ich bin mir unsicher, ob ich eine Frau bin."

Ungläubig schüttelte sie den Kopf. „Was? Natürlich bist du eine Frau. Ich kenn doch deinen Körper. Da bin ich mir ziemlich sicher."

„Nein, nein, das meine ich nicht", entgegnete ich ihrem Gedankengang. „Ich weiß nicht, ob ich mich wirklich als Frau fühle." Noch einmal holte ich tief Luft und brachte dann hervor: „Vielleicht bin ich im falschen Körper geboren. Vielleicht bin ich einfach ein Mann."

Ich war nervös und konnte in Emmys Blick erkennen, dass es ihr nicht anders ging. Entgegen ihrem Blick versuchte sie aber cool zu wirken und sagte: „Okay, das musst du dann halt rausfinden."

Ich konnte Emmys Verwirrung zwar verstehen, aber so ganz happy war ich mit ihrer Antwort nicht. Ich glaube, ich hatte mir von ihr mehr Empathie oder unterstützende Worte gewünscht. Von der inneren Unsicherheit geplagt, fragte ich sie: „Was macht das denn jetzt mit uns? Ich will dich nicht verlieren."

Emmy schaute mich zunächst an, wich dann aber kurz darauf meinem Blick aus. „Ich weiß nicht so richtig, was das alles bedeutet. Aber ich will mit dir zusammen sein." Emmy kam kurz ins Stocken. Ihr Blick kam zurück zu mir und die Worte, die dann folgten, gaben mir Hoffnung. „Ava, ich liebe dich."

Noch mit Tränen in den Augen breitete sich ein Lächeln über meinem Gesicht aus. Das war das erste Mal, dass Emmy mir sagte, dass sie mich liebte. Und das auch noch in diesem Moment. Das musste etwas Gutes bedeuten. Ich fiel ihr um den Hals und küsste sie. Ich hielt ihr Gesicht in meinen Händen und schaute ihr tief in ihre wunderschönen blauen Augen. „Ich liebe dich auch und du bist mir wahnsinnig wichtig!"

Um uns herum begannen die Vögel schon, zu zwitschern und bei einem Blick auf die Uhr sah ich, dass es schon 4:30 Uhr war. „Komm, lass uns nach Hause gehen. Ich bin total k. o.", schlug ich vor und wir liefen Hand in Hand weiter Richtung S-Bahn-Station.

Am Tag nach der Party hatte ich Marta alles erzählt und sie sagte mir nur, dass sie von dieser Entwicklung nicht sonderlich überrascht war. Sie hatte mir natürlich sofort ihre ganze Unterstützung zugesagt, ich musste ihr allerdings versprechen, dass, egal was sich auch veränderte, wir dafür sorgen würden, dass sich zwischen uns nichts veränderte.

„Klar, Marta! Ich hab ja noch gar keine Ahnung, wo die Reise hingehen soll. Aber das steht fest, dass wir befreundet bleiben! Ich komm doch ohne dich gar nicht klar!", hatte ich zu ihr gesagt.

Jetzt galt es aber erst mal, Infos zu finden. Marta war Feuer und Flamme. Ich mochte ihre Euphorie, war aber gleichzeitig auch erschlagen von der Flut an Informationen. Ich lag zu Hause unter meinem Hochbett auf meiner roten Couch mit meinem Handy in der Hand. Ich erinnerte mich an Mo und seine Gruppe. Den Flyer hatte ich auf der Party auf den Boden fallen lassen, aber vielleicht konnte ich über das Internet Infos dazu finden.

Nach kurzer Suche stolperte ich über die Instagram-Seite trans_mann_berlin. Das musste es sein! Ich scrollte durch die Posts und tatsächlich! Auf einem Selfie war Mo mit einer Gruppe anderer zu sehen. Die Personen auf dem Foto waren allesamt in dem Bild getaggt und ich klickte mich durch die einzelnen Profile. Bei einer Person blieb ich eine ganze Weile auf dem Profil kleben. Unter dem Profilnamen finally_jonas stand in der Profilbeschreibung der Satz: *Meine Reise auf dem Weg zum Mann.* Darunter fanden sich kleine Emoji-Symbole neben Daten aus der Vergangenheit. Neben dem Datum 23.9.2013 war das Symbol einer Spritze zu sehen. Darunter folgte das Datum 2.2.2014 mit den Buchstaben VÄ/PÄ und als Letztes sah ich ein Messer-Emoji neben dem Datum 7.6.2014.

Ich fragte mich, was das wohl alles bedeuten sollte. Ganz oben im Profil war sein letzter Post zu sehen. Es war ein Foto von Jonas im Gym oben ohne. Er hatte einen sehr muskulösen Körper und ich konnte quer über seiner Brust unter seiner Körperbehaarung Narben erkennen. Unter dem Post stand alles in Großbuchstaben geschrieben: ENDLICH

BIN ICH FREI UND KANN ATMEN! mit den Hastags #ftm #trans #transmann #transbodybuilding #transvisibility. In meinem Kopf ratterte es und ich versuchte mir aus all dem einen Sinn zu erschließen. Mein Blick wanderte zurück zu seinem Foto. Ich bewunderte sein Aussehen. Mit den vielen Muskeln, seiner eher hellen Haut und seinen rotbraunen Haaren erinnerte er mich ein wenig an Johnny, den ich vor vielen Jahren in dem queeren Jugendzentrum in London kennengelernt hatte. Der Kreis schien sich zu schließen. Johnny aus London war der erste trans Mann, den ich so bewusst kennengelernt hatte.

Ich schaute mir jeden einzelnen von Jonas' Posts genau an. Als ich ganz unten in seinem Profil angekommen war, fand ich ein Foto, auf dem Jonas wie ein 13-jähriger Junge aussah. Kein Bartwuchs, eher rundere, weiche Gesichtszüge, ein paar Pickel im Gesicht. Dazu grinste Jonas aber gefühlt von einem Ohr bis zum anderen und ich konnte die Freude in seinem Gesicht auf dem Bild erkennen. In der Caption unter dem Bild stand: *Testo Tag 1!* Wieder fragte ich mich, was das bedeuten konnte. *Testo?* Vielleicht stand das für das Hormon Testosteron. Ich schaute auf das Datum, wann das Bild gepostet wurde. 23.9.2013. Moment! Das Datum hatte ich eben doch schon mal gesehen! Ich scrollte wieder nach ganz oben und schaute in seine Profilbeschreibung. Ganz genau! Neben dem Symbol der Spritze hatte ich das gleiche Datum eben schon gesehen. Irgendwie intuitiv klickte ich auf den Button *Nachricht* und sah mich einem leeren Chatfenster gegenüber. Unsicherheit und Aufregung mischten sich in meinem Bauch zu einem kribbeligen Wirrwarr und ich begann zu tippen.

> Hi Jonas. Ich hab dein Profil gefunden. Kann ich dich was fragen? (senden)

Kann ich das so schreiben? Ich tippte auf Löschen und begann von vorne.

> Hey Jonas, cooles Profil! Ich glaub, ich bin so wie du. Wenn's okay ist, kann ich dich vielleicht was fragen? LG Ava (senden)

Ich lag auf meiner Couch und zögerte die Nachricht abzusenden. Aber was konnte schon schiefgehen? Worst Case war der, dass er nicht antworten würde. Immer noch mit Kribbeln im Bauch drückte ich auf den kleinen Pfeil zum Senden.

Ich war gerade in der Küche, um mir etwas zu trinken zu holen, als ich das Ping-Geräusch meines Smartphones hörte. Zurück im Zimmer sah ich auf dem Display die Benachrichtigung von Instagram, dass Jonas mir zurückgeschrieben hatte! Seine Antwort war kurz und knapp:

> Klar, schieß los.

Was schreib ich denn jetzt nur? Ich wollte doch so viel wissen! In meinem Kopf ging ich all die Fragen durch und versuchte, eine Art Prioritätenliste zu machen. Ich hatte Jonas' Bild oben ohne klar vor Augen und dachte mir, das wäre ein guter Anfang:

> Ich war vor ein paar Jahren bei einem Drag-Workshop in Berlin und da hieß es, man soll die Brüste nicht mit einem Verband abbinden. Zumindest nicht lange. Hast du einen Tipp für mich, wie ich meine Brust flacher bekomme?

Jonas schien online zu sein, denn die Antwort ließ zum Glück wieder nicht lange auf sich warten.

> Schau mal hier. Das ist zwar in erster Linie ein Sexshop, aber die haben ganz viele Sachen für trans Leute. Auch Binder für die Brust.

Er schickte mir zu dieser Nachricht noch den Link von einem anderen Insta-Profil namens othernatureshop.
Trans Leute. Binder. Die Worte las ich immer wieder nacheinander durch. War ich etwa trans? Ich klickte mich durch das bunte Profil von Other Nature und war davon ziemlich überfordert. Zurück im Chatfenster mit Jonas bedankte ich mich für die Info und schrieb noch dazu:

> Das ist gerade alles ganz schön viel und ich weiß gar nicht so richtig, wohin mit meinen Gedanken.

Ich sah, dass Jonas schon wieder tippte.

> Wenn du aus Berlin kommst, können wir uns auch mal treffen. Ich helf dir gern und kann mir vorstellen, wie lost du gerade bist. An dem Punkt war ich selbst ja auch noch vor ein paar Jahren.

Ich dachte mir: *Krass, der ist voll nett!* Damit hatte ich nicht gerechnet.

> Das würdest du tun? Voll gerne.

Jonas schrieb zurück:

> Klar, ich weiß, die Community ist klein und es ist wichtig, dass wir uns supporten. Ich kann auch mit dir zu Other Nature gehen. Ich wohn da eh nicht weit von entfernt.

Jonas' Offenheit ermutigte mich sehr und vor lauter Aufregung hätte ich mich am liebsten sofort mit ihm getroffen, aber es war ja Sonntag. Das würde keinen Sinn ergeben, da der Laden sowieso geschlossen war. Morgen war Berufsschule am Arsch der Welt, das würde auch nicht gehen. Stattdessen schlug ich vor:

> Wie wäre es denn am Dienstag, da könnte ich dich nach der Arbeit treffen. So gegen 17 Uhr?

Jonas stimmte dem Treffen zu:

> Dann direkt da am Laden? Danach können wir uns noch Falafel oder so am Mehringdamm holen, wenn du Lust hast.

Am Dienstag stand ich den ganzen Tag unruhig vor meiner Werkbank und wartete darauf, dass die Zeit verging. Alle fünf Minuten schaute ich auf die Uhr und hätte schwören können, dass heute die Uhren langsamer tickten als sonst. Selbst Jan spürte, dass irgendetwas los war. „Sag mal, du bist heute aber auch nicht ganz bei der Sache", sagte er, als ich gerade drauf und dran war, die Rückwand von einem Küchenschrank falsch herum anzuschrauben.

„Sorry! Ich pass jetzt besser auf", entschuldigte ich mich und war trotzdem direkt wieder in meinen Gedanken bei dem Treffen mit Jonas. Als es dann endlich 16:30 Uhr war, ließ ich alles stehen und liegen und zog mir die staubigen Arbeitsklamotten aus. Es war ein heißer Tag Ende Juni und ich fühlte mich nach der körperlichen Arbeit total klebrig. Konnte ich mich so mit Jonas treffen? Zweifel stiegen in mir auf. Was, wenn er denkt, dass ich eklig bin? Wir hatten zwar eine Dusche in der Werkstatt, die war aber total verdreckt und wir nutzten sie eigentlich nur, um Arbeitsutensilien zu reinigen. Der Gedanke, mich darin zu waschen, kam mir widerlich vor. Am Waschbecken machte ich aber noch kurz Halt und wusch mir zumindest einmal mit dem eiskalten Wasser durch die Achseln. Wenigstens das musste sein. Ein Deo hatte ich sowieso immer im Rucksack und ich sprühte mich damit dick ein. Das musste reichen.

Ich lief durch den eher schattigen Industriehinterhof, vorbei an den Backsteingebäuden. Draußen an der Hasenheide angekommen, wärmte die noch hochstehende Sonne meine Haut. Ich konnte an der warmen Luft spüren, dass der Sommer nahte. Ich hatte es nicht weit vom Hermannplatz bis zum Other-Nature-Laden. Der lag angrenzend am Bergmannkiez zwischen dem U-Bahnhof Mehringdamm und dem Platz der Luftbrücke. Auf Google Maps konnte ich sehen, dass der Fußweg von der Gneisenaustraße aber ungefähr genauso weit sein musste. Ich entschied mich deswegen, nur zwei Stationen mit der U7 bis zur Gneisenaustraße zu fahren und von dort über die Bergmannstraße zu laufen. Als ich die belebte Straße mit ihren vielen Geschäften und Restaurants entlangschlenderte, fiel mir wieder auf, wie sehr ich diesen Teil der Stadt mochte. Hier um die Ecke hatten Karla und ich unseren ersten Trip nach Berlin bei ihrem Cousin verbracht. Was sie wohl gerade machte? Ich nahm mir vor, ihr heute Abend per WhatsApp zu schreiben.

Vor mir sah ich in der Distanz schon den vielbefahrenen Mehringdamm. Von der Kreuzung aus waren es vielleicht noch zwei Minuten Fußweg bis zum Laden. In meinem Bauch kribbelte es und ich spürte, dass meine Hände schwitzig feucht waren. Vor einem Schaufenster blieb ich stehen und blickte mich in der Spiegelung der Glasscheibe an. *Okay, das muss jetzt so gehen.* Ich hatte mir heute Morgen meine Lieblingsklamotten rausgesucht und ein Shirt angezogen, das meine Brust gut kaschierte. Ich wischte meine feuchten Hände an meiner Hose ab und setzte meinen Weg fort. Am Mehringdamm bog ich links ab und sah Jonas schon von Weitem auf dem Gehweg stehen. Meine Schritte wurden langsamer. War das hier das Richtige? Ich versuchte mir selbst wieder gut zuzureden. *Ava, du hast nichts zu verlieren.* Das schien mein Mantra der letzten Wochen gewesen zu sein. Jetzt gab es eh kein Zurück mehr, denn auch Jonas entdeckte mich und winkte mir zu.

„Hey, na, alles klar bei dir?", begrüßte er mich.

Schüchtern antwortete ich: „Hi, ja, schon. Warm isses heute."

Jonas machte eine Geste in Richtung Geschäft: „Komm, lass uns reingehen. Drinnen ist's bestimmt ein bisschen kühler."

Jonas begrüßte die Person hinter der Kasse. Die beiden schienen sich zu kennen, da sie einen kurzen Smalltalk hielten. Danach führte er mich durch den kleinen Laden. Vorbei an einer Regalwand voller Bücher, die neben einem Tisch stand, auf dem ich Dildos in allen erdenklichen Formen und Farben erkennen konnte. Gegenüber von den Büchern war ein Kleiderständer aufgebaut, an dem auf Bügeln fein säuberlich Tanktops hingen, die aussahen, als wären sie kurz abgeschnitten worden.

Jonas nahm einen Bügel vom Ständer und hielt ihn mir vor das Gesicht: „Das hier sind die Binder, die ich vor meiner OP benutzt habe. Die sind meiner Meinung nach am angenehmsten zu tragen."

Ich stand einfach nur da und betrachtete das schwarze Stück Stoff auf dem Bügel.

„Den kannst du ruhig anfassen. Keine falsche Zurückhaltung." Jonas grinste.

Zögerlich streckte ich meine Hand in Richtung des Bügels und fühlte den Stoff des Binders zwischen meinem Zeigefinger und Daumen.

Jonas schaute mich musternd an, was mich im ersten Moment verunsicherte. Er sagte: „Ich denk mal, dir könnte auch 'ne S von denen passen. Du hast eine ähnliche Statur wie ich damals." Dabei zog er einen anderen Bügel von der Stange. „Hier, probier den mal an."

Er drückte mir den Bügel in die Hand und ich wusste nicht so recht, was ich damit anfangen sollte. Ich schaute mich um. „Gibt's hier denn ne Umkleidekabine?", fragte ich vorsichtig.

Hinter mir tauchte die Person auf, die eben noch hinter der Kasse gestanden hatte. Sie musste meine Frage gehört haben. Sie zeigte mit dem Finger auf einen Durchgang neben dem Bücherregal und sagte: „Da hinten ist die Toilette, da drin kannst du den anprobieren. Wenn du Hilfe brauchst beim Umziehen, sag gerne Bescheid. Das ist beim ersten Mal nicht immer so einfach."

Jonas lachte und stimmte der Person zu: „Ja, ich erinnere mich auch noch daran." Er schaute in meine Richtung und fügte hinzu: „Wunder dich nicht, das fühlt sich so an, als wäre das Ding zu klein. Aber das muss so, sonst bringt es nichts. Der Stoff ist aber fest genug, da kannst du gut dran ziehen, ohne was kaputt zu machen."

Völlig verwirrt und nervös lief ich durch den Durchgang Richtung Toilette. Dort angekommen stellte ich in dem kleinen Raum mit alten rosa Fliesen an der Wand meinen Rucksack auf den Klodeckel und zog langsam mein T-Shirt aus. Ich schwitzte, als würde ich in einer Sauna sitzen. Aus dem Papierspender zum Händeabtrocknen zog ich drei Papiere raus und trocknete mich damit ab. Wenigstens ein bisschen Katastropheneindämmung ... Als Nächstes zog ich meinen Sport-BH aus und versuchte, mir den Binder überzustreifen. Und die Vorwarnung war mehr als berechtigt. Das Ding war so fest, dass ich es kaum über meine Schultern bekam. Nur mit komplett nach oben gestreckten Armen schaffte ich es, den Binder zumindest bis zu meinem Schlüsselbein zu bekommen und Arme und Kopf in die dafür vorgesehenen Öffnungen zu platzieren. Nun stand ich da und versuchte mühsam den Stoff an meinem Brustkorb entlang runterzuziehen. Das war unfassbar eng und ich zog und zog und zog. Als ich kurz davor war, aufzugeben, schaffte ich es mit einem letzten Ruck, den Binder über meine Brust zu ziehen. Ich war völlig außer Atem und mir standen Schweißperlen auf der Stirn. Wieder griff ich nach etwas Papier, um mich abzutupfen. So konnte ich mich unmöglich draußen zeigen. Im gleichen Moment hörte ich es an der Türe klopfen.

„Alles klar bei dir da drin?", fragte Jonas.

„Ja, ich hab's gleich", antwortete ich. Ich zog mein T-Shirt über und betrachtete mich in dem kleinen Spiegel über dem Waschbecken. *Krass, das macht ne echt flache Brust.* Mit meinen Händen fuhr ich über meinen Oberkörper, um zu fühlen, was ich vor mir im Spiegel sah. Erinnerungen an den ersten Berlintrip kamen wieder hoch. Damals hatte ich bei dem Anblick noch Panik bekommen. Hier und jetzt fing ich aber an zu grinsen und ein Gefühl von unglaublicher Euphorie machte sich in mir breit. Hastig öffnete ich die Klotüre. Ich wollte mich unbedingt Jonas mit dem Binder zeigen.

Jonas schien mir die Freude anzusehen und sagte: „Na, Mensch, den Gesichtsausdruck kenn ich doch. Fühlt sich gut an, oder?"

„Ja, das ist echt der Hammer, wie flach die Brust mit dem Binder ist. Aber das ist echt fest hier oben rum." Mit der Hand deutete ich auf die Region meines Oberkörpers auf Höhe meiner Achseln. „Ist das richtig so?"

„Das muss leider so sein, wenn du willst, dass die Brust richtig flach sein soll. Deswegen sagt man aber auch, dass man die Binder unbedingt zumindest über Nacht ausziehen sollte, damit der Körper sich wieder entspannen kann. Also nie den Binder 24 Stunden am Stück tragen." Ich nickte und notierte mir innerlich diese Empfehlung.

Da kam auch die Person vom Laden in den Flur getreten und erlaubte sich zu sagen: „Da sieht aber jemand happy aus! Dein erster Binder?"

Ich nickte und die Person empfahl mir noch: „Nicht, weil ich dir unbedingt mehr verkaufen will, aber es macht Sinn, zwei Binder zu haben. Immer einen zum Wechseln. Grad bei dem heißen Wetter. Oder vielleicht gehst du mit dem auch mal schwimmen und dann hast du gegebenenfalls noch einen trockenen."

Mit großen Augen schaute ich die Person an und wollte mich vergewissern: „Ach, schwimmen geht damit auch?"

„Klar, damit kannst du fast alles machen. Die sind robust. Ich schau mal, ob ich noch einen zweiten in S da habe. Die sind immer wahnsinnig schnell vergriffen." Schwupps war die Person auch schon wieder im Laden verschwunden.

Ich schaute Jonas an und fragte ihn: „Meinst du, ich kann den gleich anlassen, wenn ich den kaufe?"

Mit einem Lächeln antwortete er mir: „Genau das habe ich auch getan, als ich den ersten Binder gekauft habe. Du scheinst recht gehabt zu haben, als du in deiner Message vorgestern meintest, du seist so, wie ich."

Wir lachten beide und ich fühlte mich in dem Moment so wohl mit mir selbst wie lange nicht. Immer wieder fuhr ich mit der Hand über meinen Oberkörper und war beeindruckt, wie easy meine Brust verschwunden war.

***

Seit dem Tag im Juni in Kreuzberg trug ich bei jeder Gelegenheit in meiner Freizeit einen Binder. Bei der Arbeit traute ich mich nicht, weil das Jan und Axel mit Sicherheit aufgefallen wäre. Mit Axel lief es sowieso zunehmend schlechter und er piesackte mich bei jeder noch so kleinen Gelegenheit. Die Tischler-Innung tauchte zwar nicht in meinem Betrieb auf, rief aber bei meiner Chefin an und untersagte ihr, dass ich Überstunden machte. Entsprechend war die Stimmung zwischen uns beiden auch im Keller. Ich hatte aber nur noch zwei Monate bis zu meiner Abschlussprüfung vor mir und Marta und ich waren im Urlaubsfieber. Wir hatten den Entschluss gefasst, Ende Januar in den Flieger nach Thailand zu steigen und zum Abschluss meiner Ausbildung und dem

Beginn ihrer Semesterferien groß zu verreisen. Erst einen Monat zusammen Thailand erkunden und danach wollte ich noch allein für sechs Wochen nach Australien.

An diesem Wochenende stand mal wieder eine Party im SchwuZ auf dem Plan und ich hatte etwas Großes vor! Ich saß zu Hause an meinem Schreibtisch vor einem kleinen Spiegel und pinselte mir vorsichtig die klein geschnipselten Kopfhaare als Bart ins Gesicht. Online hatte ich mir Stoppelpaste bestellt und in den letzten Wochen immer wieder experimentiert. Heute fühlte ich mich sicher und wollte einfach mal schauen, wie mein Umfeld reagieren würde, wenn ich mal mit Binder und Bart auftrete. Im schlimmsten Fall konnte ich das immer noch als Partygag abtun.

Nicht mal Emmy hatte ich davon erzählt. Ich entschied mich heute für einen Vollbart im Drei-Tage-Bart-Look und war ganz zufrieden mit dem Ergebnis, als ich mich anschließend in meinem großen Spiegel anschaute. Mal sehen, was Marta sagen würde. Sie wollte heute Abend mal wieder mitkommen. Amelie und die anderen waren sowieso am Start. Ich öffnete meine Zimmertüre, lief quer über den Flur und klopfte an Martas Türrahmen. Ich räusperte mich und sagte mit tief verstellter Stimme: „Junge Frau, wie wär's mit uns beiden?"

Marta drehte sich um und schaute mich mit offenem Mund an. Sie stand auf, kam ein paar Schritte auf mich zugelaufen und dabei platzte es schon aus ihr heraus: „Wow, Ava! Das sieht krass gut aus! Pass auf, dass ich als alte Hete mich nicht auf der Stelle in dich verliebe!" Sie kam weiter auf mich zu und legte ihren Arm um meine Schulter. „Zeig mal her", sagte sie und betrachtete meinen angeklebten Bart von Nahem.

„Ich hab die letzten Wochen immer wieder geübt und find's ganz cool. Das macht mein Gesicht gleich markanter, oder?" Ich schaute sie erwartungsvoll an.

Marta stimmte mir immer noch auf den Bart starrend zu: „Ja voll! Kann ich das mal anfassen?"

„Ja, aber nur ganz vorsichtig. Der ist natürlich nicht superfest", sagte ich.

Marta betastete mit ihren Fingerspitzen mein maskenbildnerisches Kunstwerk.

Es klingelte. „Das muss Emmy sein. Mal schauen, was sie dazu sagt!" Gespannt lief ich über den Flur und drückte den Summer auf der Gegensprechanlage, um sie unten ins Haus zu lassen. Ich öffnete die Wohnungstüre und hörte ihre Schritte auf den Stufen lauter werden. Ich war aufgeregt und tippelte von einem Fuß auf den anderen. Als sie endlich auf dem letzten Stück Treppe angekommen war, lief ich ihr entgegen. Emmy blieb auf der Treppe stehen und blickte mich verwundert an. „Okay, was geht hier ab?", fragte sie mich.

„Ich hab mal was Neues ausprobiert und find's ziemlich geil. Willst du hier wie angewurzelt auf der Treppe stehen bleiben oder mich nicht doch lieber zur Begrüßung küssen?" Voller Erwartung stand ich mit ausgebreiteten Armen vor unserer Türe.

Emmy setzte sich zögerlich in Bewegung und kam die Treppe hoch. Auf dem Treppenabsatz vor unserer Türe gab sie mir nur einen schnellen Kuss und lief dann an mir vorbei in die Wohnung. „Ist das alles an Begrüßung?", fragte ich sie und fühlte mich von ihrem Verhalten vor den Kopf gestoßen.

„Lass mich doch erst mal ankommen. Ich hab halt mit so was nicht gerechnet", sagte sie genervt.

Ich war mir nicht sicher, ob ich mich verhört hatte, und hakte nach: „Was ist denn ‚so was'?"

Emmy zog sich gerade ihre weißen Nike-Sneakers aus und sagte: „Na, du mit Bart."

Ich runzelte die Stirn. „Und was ist daran so schlimm? Ich will halt mal was Neues ausprobieren, aber deswegen kannst du mir doch trotzdem ganz normal Hallo sagen. Oder etwa nicht?"

Sie kam auf mich zu und küsste mich. Dabei legte sie, wie auch sonst oft, ihre Hand an meine Wange.

Ich zuckte zurück. „Hey, Vorsicht! Du verwischst den Bart!"

„Na siehste, anscheinend kann ich dir nicht normal Hallo sagen wie immer." Sie zuckte dabei mit den Achseln und lief in die Richtung meines Zimmers.

Ich schluckte. Emmys Reaktion auf meinen Look hatte ich mir anders vorgestellt. Kurz darauf machten wir uns auf den Weg ins SchwuZ und ignorierten die Situation einfach. Ich war froh, dass Marta mit dabei war, als wir durch den kalten Abend an der Hermannstraße entlang Richtung SchwuZ liefen. Sie erzählte ganz aufgeregt von ihrer Semesterarbeit über die Kunst in Südostasien, die ihr jetzt natürlich noch viel mehr Spaß machte, seit wir beschlossen hatten, gemeinsam zu reisen. Innerlich stellte ich mich schon mal auf geführte Touren in den lokalen Museen in Thailand ein. Das waren nämlich unsere bislang festgelegten Ziele.

Aber auch das Thema Reise schien Emmy nicht gerade fröhlich zu stimmen, denn sie konnte nicht mitkommen. „Ganz prima. Während ihr irgendwo am Strand rumlümmelt, werde ich einen Arsch nach dem anderen waschen.

Aber darauf habe ich einfach viel mehr Lust, als überall den Sand kleben zu haben", sagte sie ironisch.

Für ihr Medizinstudium musste Emmy ein dreimonatiges Pflegepraktikum absolvieren, das Ende Januar für sie begann und ihre gesamten Semesterferien fressen würde. Ich versuchte, sie aufzuheitern: „Och Mann. Wir machen im Sommer eine gemeinsame Reise, wenn du mit deinen Prüfungen durch bist. Das versprech ich dir!"

Am SchwuZ angekommen standen die Leute die Rollbergstraße fast bis zur Hälfte zwischen dem Eingang vom SchwuZ und dem naheliegenden REWE-Parkplatz. Das waren bestimmt 150 Meter. Zum Glück hatten wir über Vorspiel e. V. Gästelistenplätze bekommen, da es die Jahresabschlussfeier des Vereins war. Dementsprechend konnten wir uns an der Schlange vorbeidrücken und mussten nicht in der Kälte warten. Drinnen angekommen, wartete Amelie schon an der Garderobe auf uns. „Boah Ava! Wie geil! Das steht dir mega gut!", sagte sie vor lauter Begeisterung zu mir.

Leicht zynisch stupste ich Emmy an. „Das ist eine passende Reaktion auf mein Aussehen heute. Nur als kleiner Tipp." Ich zwinkerte ihr mit einem Auge zu und sie verstand, dass ich es nicht böse meinte.

„Haha, ich merk's mir fürs nächste Mal", antwortete Emmy mit einem übertriebenen Augenrollen.

Sie küsste mich im nächsten Moment und fügte noch hinzu: „War halt einfach ungewohnt, dich so zu sehen. Aber wenn du dich damit gut fühlst, will ich dir nicht im Weg stehen."

Der Abend schien damit gerettet und wir holten uns erst mal eine Runde Moscow Mule an der Bar. Es war heute die Friends-with-Benefits-Party – eine gemischte queere Party mit Popmusik auf dem Mainfloor und Indie-Sounds auf einem etwas kleineren Dancefloor. Amelie, Marta, Emmy und ich liefen gemeinsam in einer Reihe durch die Menge. Es war schon ganz schön voll und ich fragte mich, wo die ganzen anderen Leute, die draußen in der Schlange standen, Platz finden sollten. Ich hatte in dem Gedränge Mühe, nichts aus meinem Glas zu verschütten, und nahm vorsichtshalber einen großen Schluck von dem süß-scharfen Getränk. Die Mischung aus Ingwer-Limonade, Wodka und dem leichten Geschmack der Gurkenscheibe war einfach zu gut! Als wir uns so durch die Menge drückten, merkte ich: Irgendwas war heute anders. Aber ich konnte es nicht an etwas Bestimmtem festmachen. „Wollen wir auf dem Popfloor ne Runde dancen gehn'?", rief mir Amelie laut ins Ohr.

Ich nickte, drehte mich zu Emmy um und gab Amelies Vorschlag in Flüsterpost-Manier weiter. Auch Emmy war einverstanden und wir liefen nun mit einem Ziel durch die vielen Menschen. Auf der einen Seite war ich total aufgeregt und hatte Lust, Party zu machen, auf der anderen Seite waren das Gedränge und die schwere Luft kaum zu ertragen. Ich nahm noch einen Schluck von meinem Getränk. Das kühlte mich ab und der Wodka tat sein Übriges. Auf dem Popfloor angekommen wummerte Katy Perry aus den Lautsprechern, die hoch über uns von der Decke hingen. Auf der kleinen Erhöhung erkannte ich das bekannte DJ-Duo LC Deluxe und Madame Voilá. *Die scheinen hier zum Inventar zu gehören,* dachte ich. Emmy zog mich auf einmal ruckartig zu sich heran und begann mit mir zu tanzen. Dabei sang sie mir laut den Refrain des Liedes ins Ohr: „I kissed a girl and I liked it!", und tippte mir mit dem Finger auf die Nase.

Ich tanzte mit, aber ein komisches Gefühl machte sich in meinem Bauch breit. Ich glaube, sie wollte mir sagen, dass sie mich als Girl gern küsste und das fand ich in dem Moment gar nicht cool. Ich zwang mich, zu lächeln, denn Emmy schien sichtlich Spaß zu haben. Das wollte ich nicht ruinieren und ich tat mich sowieso schwer, meine Gedanken in Worte zu fassen. Ich wusste ja selbst noch nicht mal, wer oder was ich war. Wir tanzten weiter und weiter und ich merkte wieder, dass irgendwas nicht stimmte.

Das änderte sich dann aber schlagartig, als wir gerade zu *I got a Feeling* tanzten. Marta war gerade Richtung Bar verschwunden, als mich ein junger blonder Typ mit süßem Schnauzbart im Vorbeigehen antanzte. Mit einer gekonnten Drehung tanzte er sich im Kreis drehend an mir vorbei und warf mir danach noch einen Handkuss zu. Völlig verdattert stand ich auf der Tanzfläche und schaute ihm nach. Doch wegen der vielen Menschen konnte ich ihn nicht mehr sehen. Amelie tanzte sich näher an mich heran und sagte laut in mein Ohr: „Uh, was war das denn? Nicht nur die hübschesten Mädels abgreifen, jetzt sind auch noch die Jungs dran, oder was?"

Ich wusste nicht, was ich darauf antworten sollte. Emmy schaute mich von der Seite an und zuckte mit den Achseln. Marta kam mit vier Gläsern Nachschub zurück. Amelie erzählte ihr natürlich gleich brühwarm: „Ava wurde gerade von 'nem Typen angetanzt!"

Marta machte große Augen: „Na, darauf dann erst mal Prost!", und hielt ihr Longdrink-Glas in die Höhe.

Was gibt's denn hier jetzt zu prosten? Ich war total verwirrt. Außerdem musste ich pinkeln. „Ich geh mal eben aufs Klo.

Bleibt ihr hier?", rief ich laut in die Runde und untermalte mein Gesagtes mit passenden Gesten, damit die drei mich verstanden. Ich blickte in eine Runde nickende Gesichter und machte mich auf den Weg zum Klo. Mit dem kalten Glas in der Hand drückte ich mich allein durch die vielen Personen. Auch hier war schon wieder etwas anders als sonst. Am Klo angekommen, gab es natürlich eine Riesenschlange. Das Coole am SchwuZ war aber, dass es nur Unisex-Klos gab und es meist eigentlich recht schnell ging. Vor mir standen noch drei Frauen in dem schmalen Gang. Geradeaus war ein kleiner offener Raum mit Pissoirs auf beiden Seiten und nach rechts um die Ecke ging es zu einer Reihe von Toilettenkabinen. Jetzt waren es nur noch zwei Personen vor mir und ich merkte, dass ich immer dringender auf die Toilette musste. Es kam gerade ein Typ aus dem kleinen Raum mit den Stehklos. Mit seinem Blick auf mich gerichtet, lief er an mir vorbei und sagte dabei: „Die Pissoirs sind frei."

Hä? Was willst du denn jetzt von mir? Nur noch mit einer Person in der Schlange vor mir grübelte ich, was es mit der vorangegangenen Situation auf sich hatte. Und da fiel es mir wieder ein. *Na klar!* Seit wir im SchwuZ angekommen waren, hatten mich die Menschenmengen und die ganze Atmosphäre so abgelenkt, dass ich fast vergessen hatte, dass ich ja einen Bart im Gesicht hatte! Ich musste über mich lachen und klatschte mir innerlich vor die Stirn. Der nächste Gedankengang löste einen Strom von Glücksgefühlen in mir aus: *Die denken alle, ich bin ein Typ!* Ich war endlich an der Reihe. Immer noch grinsend über meine Erkenntnis saß ich auf der Toilette und konnte endlich dem Druck meiner Blase nachgeben. Entspannung.

Als ich fertig war, lief ich hinaus zum Waschbecken. Hier konnte man immer genau erkennen, wer das erste Mal in dem Club war. Denn die Wasserhähne musste man mit einem Druckknopf auf Hüfthöhe betätigen und die meisten Neulinge schnallten das nicht. Neben mir stand eine Person, die wild unter dem Wasserhahn rumfuchtelte, in der Hoffnung, dass dieser sich per Sensor betätigen würde. Ich tippte die Person an und zeigte demonstrativ mit meiner Hüfte, wie man den Wasserhahn betätigte. Das Wasser begann zu fließen.

„Boah, das ist aber auch tricky hier!", sagte die Person lachend.

Das war der Typ von eben auf der Tanzfläche! Ich erkannte eindeutig den Schnauzbart wieder. Über den Spiegel blickten wir uns an und auch er schien mich wiederzuerkennen. Während wir beide unsere Hände wuschen, schauten wir uns an. Mit einem freundlichen, fast schon flirty Lächeln im Gesicht sagte er: „Du siehst echt cute aus!"

Völlig perplex schaute ich ihn durch den Spiegel an und merkte dabei nicht mal, dass ich mit meiner Hüfte immer noch den Wasserknopf betätigte, obwohl meine Hände schon sauber waren.

Der Typ zog die Augenbrauen hoch und drehte seinen Kopf zu mir, um mich direkt anzuschauen. Anscheinend dachte er, ich würde ihn nicht verstehen. „You don't speak German?", fragte er auf Englisch.

Shit! Ava, hallo? Sag jetzt was! Nur gestammelt brachte ich ein paar Worte hervor: „Doch ... ich spreche schon Deutsch."

Auffordernd sah er mich an: „Hast du Lust, tanzen zu gehen?"

Ohne groß darüber nachzudenken, was ich da tat, nickte ich. In der nächsten Sekunde zog mich der Junge an der Hand in Richtung der kleinen Tanzfläche. Das ging alles so schnell und ehe ich mich versah, tanzten wir beide zu Florence and the Machine *Ship to Wreck*. Zu dem schnellen Song tanzten wir zwar nicht eng aneinander, aber ich konnte spüren, dass der Junge versuchte, mit mir zu flirten. Seine Augen suchten die ganze Zeit nach meinen Augen. Vor lauter Unsicherheit wich ich den Blicken aber immer wieder aus. Als das Lied zu Ende war und es ein etwas ruhigeres Intro vom nächsten Song gab, lehnte er sich näher zu mir und sagte: „Ich bin Elias. Wie heißt du denn?"

Auf die Frage war ich nicht vorbereitet und stand erst mal nur da. *Boah Ava, du kannst doch nicht schon wieder nur schweigen!* Ich war mir unsicher, aber dachte ja, dass Elias glaubte, ich sei auch ein Junge. Da konnte ich doch jetzt unmöglich sagen: *Hallo, ich bin Ava.* Ohne weiter nachzudenken und ohne genau zu wissen, wo der Name herkam, sagte ich leise: „Ich heiße Leo."

Elias fragte nach: „Wie heißt du? Ich hab dich wegen der Musik nicht gehört."

Ich holte tief Luft und sagte noch einmal, aber dieses Mal mit festerer Stimme: „Ich bin Leo."

„Schön, dich kennenzulernen, Leo." Elias grinste mich dabei wieder genauso an wie eben noch am Klo im Spiegel.

Leo. Der Name, wie Elias ihn ausgesprochen hatte, hallte in meinem Kopf wider und wider. *Leo.* Das war ich! Und mit einer Euphorie in meinem Bauch tanzte ich ausgelassen mit Elias. Da war wieder ein bekanntes Gefühl, dass ich schon einmal zuvor bei meinem ersten Besuch hier im SchwuZ verspürt hatte: Ich war frei!

Doch leider sollte das Gefühl nicht allzu lange anhalten. Ich hatte völlig die Zeit vergessen und konnte gar nicht sagen, wie lange wir hier getanzt hatten. Jedenfalls stand irgendwann Emmy neben mir und schaute mich sichtlich sauer an. Ziemlich laut sagte sie: „Ava, was soll'n das? 'Ne halbe Ewigkeit hab ich dich schon überall gesucht! Ich dachte, wir wollten heute Abend zusammen ausgehen, und dann verschwindest du einfach?"

Sie hatte ja recht. Wir waren schließlich zusammen gekommen. Doch noch bevor ich antworten konnte, sprang Elias dazwischen und fragte verwundert: „Ava? Du hast doch gesagt, du heißt Leo?"

„Leo?", fragte Emmy laut nach. „Was soll das denn jetzt?"

Ich hatte mir vorher keinerlei Gedanken über mögliche Konsequenzen gemacht. Erst hatte ich mich von der Stimmung treiben lassen und eine halbe Ewigkeit mit Elias getanzt und ihm dann auch noch einen falschen Namen gesagt. Aber war er das wirklich? War der Name ein falscher Name? Ich hatte keine Antwort parat. Für keine*n der beiden. Ohne etwas zu sagen, lief ich von der Tanzfläche in Richtung Garderobe. *Du kannst doch jetzt nicht einfach abhauen!* Ich wusste nicht, wohin mit mir. Unentschlossen und ohne richtigen Plan stand ich an der Garderobe an der Wand und dachte nach. Der Abend. Eigentlich war er so cool gewesen. Die Stimmung und alles war so locker und cool!

Als ich so dastand, merkte ich auf einmal auch, dass mich immer wieder vorbeilaufende Typen anschauten. Nicht einfach nur kurz. Sonst hatte ich immer das Gefühl gehabt, dass sie mehr oder weniger durch mich hindurchschauten. Heute war es anders. Sie schauten länger. Ich wurde gesehen! Elias hatte mich gesehen. Er hatte mich für das gesehen, was ich war: ein Junge!

Emmy kam aus der Menge heraus auf mich zu und sagte: „Ich will nach Hause. Mir reicht's für heute." Sie lief schnurstracks neben mir zur Garderobe und pfefferte ihre Garderobenmarke auf den Tresen.

Ich kramte in meiner Tasche nach meiner eigenen Marke und legte sie daneben. Als wir beide unsere Winterjacken übergezogen hatten, schrieb ich Marta und Amelie eine Nachricht, dass wir schon losgegangen waren. Nicht, dass noch jemand sich heute Abend kommentarlos zurückgelassen fühlte.

Emmy und ich liefen zunächst schweigend nebeneinander her. Ich wusste nicht, was ich sagen sollte. Sie hatte ihre Hände tief in den Jackentaschen vergraben. Wir liefen sonst eigentlich immer und überall Händchen haltend umher. Sollte ich es wagen und meine Hand zu ihrer in die Tasche stecken? Ich nahm meinen Mut zusammen und tat es einfach. Emmy blieb kurz stehen und schaute mich an. Sie holte Luft und setzte an, etwas zu sagen. Doch letztendlich schwieg sie und lief schnellen Schrittes weiter. Mit meiner Hand in ihrer Tasche hatte ich Mühe, ihren großen Schritten hinterherzukommen. *Zumindest schmeißt sie mich nicht aus ihrer Jackentasche.*

„Kannst du bitte einfach nicht so sehr rennen?", sagte ich schließlich, als ich keinen Nerv mehr für diesen schweigsamen Halbmarathon hatte.

Ihr Schritt wurde langsamer.

„Emmy, es tut mir leid, dass ich nach dem Klo erst mal woanders getanzt habe. Ich versprech dir, das mach ich nicht wieder, wenn wir zusammen unterwegs sind."

Hörbar wütend platzte es aus Emmy heraus: „Tanz wegen mir mit wem du willst, aber was nicht in meinen Kopf geht: Warum hast du dem Typen gesagt, dass du Leo heißt? Dein Name ist Ava."

Wir waren ja noch mitten auf der Straße und mir war unangenehm, wie laut Emmy sprach. Davon genervt sagte ich zu ihr: „Das geht auch ein bisschen leiser, oder? Das muss das ganze Suffi-Nachtvolk hier auf der Hermannstraße nicht hören."

„Okay, aber schnallst du nicht, dass das echt alles ein wenig strange ist?", fragte sie nun endlich etwas leiser.

Der Geruch von gebratenem Fleisch stieg mir in die Nase. Wir liefen an der hell erleuchteten Dönerbude vorbei, die am Wochenende für die ganzen Nachteulen noch einen gehaltvollen Snack bereithielt. Ich versuchte die Situation zu besänftigen, da ich natürlich merkte, wie aufgebracht Emmy über all das zu sein schien. „Ich versteh ja, dass das für dich nicht ganz so einfach nachzuvollziehen ist. Glaub mir, für mich selbst ist das noch verwirrender."

Mit fast schon Verzweiflung in ihrer Stimme entgegnete sie mir: „Ich kann gar nix davon nachvollziehen. Ich bin lesbisch. Ich steh auf Frauen. Ich hab mich in eine Frau verliebt, aber davon ist immer weniger übrig. Erst der Binder. Dann willst du nicht mehr, dass ich dich überhaupt an den Brüsten anfasse. Der angeklebte Bart. Und jetzt heißt du anscheinend nicht mal mehr Ava. Das ist ganz schön viel auf einmal!"

In mir stieg eine unglaubliche Angst auf, dass ich Emmy verlieren könnte. Das wollte ich unter keinen Umständen!

„Es tut mir leid, wenn ich dich mit all dem überrumpelt habe. Ich versuch gerade einfach nur herauszufinden, wer ich bin und wo es für mich hingehen soll."

„Ja, das weiß ich ja auch. Aber eins kann ich dir schon mal sagen: Ich werd dich nie Leo nennen können. Das geht nicht", sagte Emmy, als ich gerade die Haustüre unten aufschloss. „Schatz oder welchen Kosenamen auch immer, wenn du Ava nicht möchtest. Aber Leo geht einfach nicht", schob sie noch hinterher. Ich blieb in der Tür stehen und Emmy ging voran. Das hatte gerade echt gesessen. Ich spürte, wie sich ein dicker Kloß in meinem Hals bildete und ich traurig wurde.

Wir lagen nebeneinander im Bett und nach Sex schien uns beiden heute Nacht nicht zu sein. Ich lag mit offenen Augen da und starrte an die Decke. Innerlich wurde mir klar, dass ich Emmy unmöglich erzählen könnte, dass ich letzte Woche mit Jonas über Hormone gesprochen hatte. Ich hatte selbst noch keinen Plan, ob ich das überhaupt wollte. Aber zumindest war ich an seinen Erfahrungen und an Informationen dazu interessiert. Jonas hatte über die Hormone wie über eine Art Zaubertrank gesprochen, der ihm unverhoffte Kräfte verschafft hatte. Und all seine Erzählungen klangen so freudvoll. Besonders der Tag nach seiner Brust-OP, den er beschrieb, als wäre er neu geboren worden. Ich lag da und grübelte vor mich hin, ob ich mir meinen Körper auch ohne Brüste vorstellen könnte. Das Bild, das ich mir in meiner Fantasie ausmalte, gefiel mir sehr. Aber was würde Emmy dazu sagen?

Wir sprachen nicht mehr groß darüber. Emmy gab sich mal mehr, mal weniger Mühe, mich nur noch mit Schatz anzusprechen. Davon mal abgesehen lief unsere Beziehung super und ich war glücklich, dass ich sie hatte. Neben Emmy wusste nur Marta etwas von der Story mit Elias im SchwuZ.

Marta hatte ich natürlich die ganze Story erzählt. Auch, dass ich glaubte, dass Elias mit mir geflirtet hatte.

Die kommenden zwei Monate gingen fix vorbei und ich war total im Stress wegen meinem Gesell*innenstück. Ich hatte exakt vier Wochen Zeit, es zu bauen, und steckte tief in der Planung fest. Ich wollte ein stylisches und nutzbares Möbelstück ganz nach meinen Vorstellungen bauen. Die Zeit für den Bau begann am zweiten Januar. Zu Weihnachten fuhr ich für fünf Tage nach Hause. Es war schön, meine Familie zu sehen, aber körperlich war es die absolute Hölle. Ich hatte mich so daran gewöhnt, zumindest nach der Arbeit und am Wochenende den Binder zu tragen. Doch bei meiner Familie ging das nicht. Meiner Mutter wäre das sofort aufgefallen.

Und Weihnachten sollte nicht das einzige Mal in kurzer Zeit sein, dass ich den Binder nicht tragen konnte. Als ich Ende Januar dann stolz auf der Gesell*innenstück-Ausstellung neben meinem Sideboard aus Nussbaumholz stand, lobte mein Klassenlehrer meine Leistung vor meinen Eltern. Die waren extra für die kleine Ausstellung nach Berlin gekommen und freuten sich mit mir, dass ich nun meine Ausbildung endlich hinter mir hatte. Es waren auch nur noch zwei Tage bis zum Abflug – die große Reise zusammen mit Marta würde bald beginnen. Ich freute mich, dass dies Art Doppelleben dann endlich ein Ende finden würde! Binder an, Binder aus. Auf der Reise würde ich das Ding einfach jeden Tag tragen! Das stand fest.

„Marta, meinst du, die machen Stress, wenn mein Rucksack mehr als 15 Kilo hat?", fragte ich Marta nervös, als wir am Flughafenschalter beim Check-in standen.

Marta zuckte mit den Achseln und antwortete schnippisch: „Ich hab dir gleich gesagt, dass du nicht so viel einpacken sollst!"

Sie schien selbst nervös zu sein und trommelte mit ihren Zeigefingern auf den Griff des Gepäcktrolleys. Emmy stand neben uns und blickte geistesabwesend durch den Flughafen. „Alles okay bei dir?", wollte ich von Emmy wissen und legte meinen Arm um ihre Hüfte.

Als wäre das heute die Antwort auf alles, zuckte auch sie nur mit den Schultern. „So okay, wie Dinge eben sein können, wenn die Frau, die man liebt, mal eben für drei Monate wegfliegt."

Die Frau. Ich wusste, Emmy machte das nicht mit Absicht, aber sie traf mich jedes Mal damit, wenn sie unbedacht von mir als Frau oder ihrer Freundin sprach. Trotz alldem versuchte ich sie aufzumuntern: „Ach, die Zeit wird megaschnell vorbeigehen. Das wirst du sehen. Und wenn ich zurückkomme, bring ich den Frühling mit!" Wir waren als Nächstes an der Reihe mit dem Gepäck. Ich legte meinen Reisepass auf den Tresen am Schalter. Mit schnellen Fingern tippte die Frau dahinter etwas auf ihrer Tastatur. „Ab Zürich weiter nach Bangkok. Richtig?", fragte sie mich, ohne von ihrem Bildschirm aufzuschauen.

„Genau, bis nach Bangkok bitte", antwortete ich und fügte hinzu: „Und ich hab vegetarisches Essen gebucht. Hat das geklappt?"

Kurz und knapp hörte ich: „Ja, ist vermerkt. Ihr Gepäck bitte."

Ich legte meinen schweren Rucksack auf das Gepäckband. Mein Blick sprang direkt zu der kleinen Digitalanzeige, die in dem Tresen eingelassen war. Shit, 17,4 Kilo. Auch Marta blickte skeptisch auf die Waage. Ich stand da mit Herzklopfen, denn jedes Kilo Mehrgepäck sollte 25 Euro kosten. Aber völlig unberührt von den zusätzlichen 2,4 Kilo tippte die Frau am Schalter munter weiter. Sie klebte die Gepäckbanderole an meinen Rucksack und legte mir mein Ticket und meinen Reisepass vor die Nase. Sie verabschiedete mich mit einem: „Guten Flug!"

Ohne etwas zu sagen, lief ich langsam vom Schalter weg. Marta stellte fest: „So unmotiviert, wie die war, hättest du auch fünf Kilo mehr Gepäck haben können und wärst trotzdem davongekommen! Und jetzt heißt es erst mal Vacaaaation!"

Quietschend fielen wir uns in die Arme und die Vorfreude breitete sich binnen Sekunden in meinem ganzen Körper aus. Ich sah, dass Emmy Schwierigkeiten hatte, sich mit uns zu freuen. Sie tat mir leid.

„Ich begleite euch noch zum Gate und mach mich dann aber langsam auch wieder auf den Heimweg. Dann habt ihr nicht so einen Trauerkloß im Schlepptau", sagte Emmy, während ich schon die erste Träne über ihre Wange kullern sah.

Am Gate angekommen sagte ich zu Marta: „Geh schon mal vor. Ich will mich in Ruhe verabschieden."

Marta nickte und gab Emmy eine feste Umarmung. „Pass gut auf unser Berlin auf!"

Emmy stand da und versuchte, die Tränen zu unterdrücken. Ihre Stimme brach, als sie sagte: „Ach Mann, ich freu mich ja für dich und deine Reise. Aber ich werd dich schon ganz schön vermissen!"

„Ach Süße, ich komm doch wieder zu dir! Wie gesagt, die zehn Wochen gehen bestimmt megaschnell rum! Und vergiss nicht: Ich liebe dich!" Ich schloss sie fest in meine Arme und atmete ihren süßlichen Duft ein. Als ich mich langsam

Richtung Security Check bewegte, drehte ich mich noch einmal um und warf ihr einen Handkuss zu. Im nächsten Moment kam die Vorfreude zurück: Jetzt ging es endlich los. Von jetzt an gab es für die nächsten zehn Wochen nur noch Leo.

Kapitel 9

AM ANDEREN ENDE DER WELT

Und ich sollte recht behalten. Die Zeit verging wie im Flug. Marta und ich machten uns in Thailand einen Spaß daraus, den Leuten zu erzählen, dass wir in den Flitterwochen waren. Das verschaffte uns im ein oder anderen Hostel und auch in zwei, drei Restaurants ein kleines Extra. Es begann direkt im ersten Hotel in Bangkok. Wahrscheinlich wegen dem Binder und meinen ziemlich kurzen Haaren wurde ich ohne Zweifel überall als *Mister* angesprochen. Egal wo wir hinkamen, ich stellte mich nur noch als Leo vor und liebte es, wenn andere mich so nannten. Auch Marta benutzte nur noch diesen Namen und meinte einmal: „Krass, der Name ist einfach für dich bestimmt!", als ich ihr von meinen Träumen im vergangenen Frühjahr erzählte. Darüber hinaus hatten Marta und ich eine wahnsinnig gute Zeit zusammen und es verging kein Tag, an dem mir die Bauchmuskeln nicht vom ganzen Lachen wehtaten.

Doch an einem Tag in Chiang Mai, als wir im Garten unseres Hostels in der Mittagshitze jeweils in einer Hängematte lagen, wurde ich nachdenklich. Marta blätterte völlig vertieft in ihrem Roman. Meine Gedanken kreisten wieder einmal um eine Frage, die mich seit Wochen nicht losgelassen hatte. Es war das Letzte, an das ich am Abend vor dem Schlafengehen dachte, und das Erste, was in meinem Kopf am Morgen auftauchte: Will ich meinen Körper verändern oder nicht? Ich wägte zum tausendsten Mal die Vor- und Nachteile in meinem Kopf ab. Während der ganzen Reise hatte ich recherchiert, in Foren gelesen, mit Jonas hin- und hergeschrieben, aber eine klare Antwort schien in unerreichbarer Ferne. In meiner Hängematte leicht schwingend lag ich da und war schier erschlagen von dem inneren Hin und Her. So in meinen Gedanken versunken, merkte ich nicht einmal, dass ich weinte. Marta musste ein Schniefen von mir gehört haben, denn sie richtete sich in ihrer Hängematte auf und fragte mich ganz erschrocken: „Leo, sag mal, weinst du?"

Erst jetzt merkte ich die Tränen in meinen Augen und fühlte mich peinlich ertappt, obwohl das natürlich Quatsch war. Ich zog den Rotz in meiner Nase hoch und antwortete nur: „Anscheinend schon. Hab ich gerade selbst nicht mal gemerkt."

„Och Mann, was ist den los? Hast du Heimweh?"

Wo sollte ich denn jetzt nur anfangen? Ich wusste ja selbst nicht, woher die Emotionen kamen. Ich fühlte mich überfordert und allein mit dieser Entscheidung, wusste aber auch, dass sie mir niemand in dieser Welt abnehmen konnte. Ich versuchte Marta zu erklären: „Weißt du, ich bin mir einfach unsicher, ob ein neuer Name und der Binder genug sind. Ich denk die ganze Zeit darüber nach, ob ich anfangen soll, Hormone zu nehmen, und 'ne OP wegen meinen scheiß Brüsten machen soll."

Marta schaute mich mit gerunzelter Stirn an und blies Luft mit einem Geräusch zwischen ihren Lippen heraus. „Puh, das ist wirklich keine einfache Frage. Hast du dir mal überlegt, was dafür und was dagegen spricht?"

„Genau das wäge ich die gaaanze Zeit in meinem Kopf ab", gab ich ihr zu verstehen.

„Na, dann schieß mal los. Vielleicht kann ich dir helfen, einer Entscheidung ein bisschen näher zu kommen", sagte sie und richtete sich in ihrer Hängematte auf.

Ich erklärte ihr das ganze Prozedere um die Hormone. Um überhaupt Hormone zu bekommen, musste ich eine*n Therapeut*in finden, die oder der mir eine Indikation, also eine Art Rezept für die Behandlung, ausstellte. Marta hakte nach: „Wie? Du kannst nicht einfach von Ärzt*innen die Medikamente bekommen, sondern musst erst mal in Therapie?"

Ich erklärte ihr: „Na ja, Therapie nicht ganz, aber man muss ein paar Gespräche führen. Ich find das auch komisch. Angeblich soll das die Leute davor bewahren, dass sie einen Fehler machen." Bei dem Wort Fehler deutete ich mit meinen Fingern Gänsefüßchen an. Ich fuhr fort: „Ich hab ganz viel darüber gelesen. Es gibt sogar Studien, die sagen, dass gerade mal 0,5–3 Prozent wieder zurück zum ursprünglichen Geschlecht gehen. Und das aber nicht mal, weil sie einen Fehler gemacht haben." Auch hier machte ich wieder ganz demonstrativ die Anführungszeichen mit meinen Fingern um das Wort Fehler. „Sondern schlicht und ergreifend, weil es ein Großteil derer, die zurückgehen wollen, mit der Behandlung superschwer haben und sie ihre Familie oder den Job deswegen verlieren."

„Krass, das heißt also, die Leute sind damit eigentlich happy, aber das Umfeld akzeptiert sie nicht und deswegen lassen sie die Hormone wieder weg?", fragte Marta und schüttelte fassungslos den Kopf.

Ich nickte. „Ja, so in etwa. Und genau davor habe ich Angst. Was, wenn meine Eltern, Tante Bärbel oder Emmy mich danach nicht mehr in ihrem Leben haben wollen?" Als ich dies ausgesprochen hatte, liefen mir noch mehr Tränen über das Gesicht. Ich hatte Angst. Ich hatte richtig Angst, dass ich die liebsten Menschen um mich herum verlieren würde, wenn ich diesen Schritt wagte.

Marta stand auf und kam zu mir und meiner Hängematte. „Av... ich meine Leo, sei nicht albern. Deine Eltern würden dich doch nie verstoßen! Und Tante Bärbel gleich dreimal nicht! Darauf verwette ich meinen Arsch! Und der ist mir ganz schön wichtig, das weißt du!"

Trotz der Angst und Sorge, konnte ich mir ein Lächeln nicht verkneifen. Marta wusste einfach immer genau das Richtige zu sagen, wenn sie mich aufmuntern wollte. Ich schüttete weitere Gedanken vor Marta aus. „Und was, wenn ich damit anfange und dann merke, dass ich vielleicht einer von hunderttausend bin, bei denen es vielleicht doch ein Fehler war? Was mach ich dann?"

Ich sah wie Marta angestrengt nach einer schlauen Antwort suchte. Sie versuchte es mit: „Das kann ich dir auch nicht sagen. Aber mal ganz ehrlich, wenn ich mir das so vorstelle, dir wächst doch nicht über Nacht ein Vollbart, wie Reinhold Messner einen hat, ein Körper wie der von The Rock oder deine Stimme wird tief wie die von Idris Elba. Das dauert doch seine Zeit und kommt nicht von einer Spritze. Oder wie auch immer man die Hormone bekommt."

Wieder musste ich schmunzeln. Marta stellte sich alles immer gleich bildlich vor und das zeigte mal wieder ganz eindeutig ihre künstlerische Ader. Aber sie hatte recht. „Das ist gar kein so dummer Ansatz", sagte ich. „Vielleicht sollte ich einfach meinem Körper vertrauen, dass er mir schon sagen wird, ob es die richtige Entscheidung ist oder nicht. Und wie du schon sagst, von ein oder zwei Spritzen werde ich nicht zum nächsten Mister Universe!" Hoffnung machte sich in mir breit und meine Tränen begannen zu trocknen. Ich hatte das Gefühl, dass Marta vielleicht eine entscheidende Wendung in mein bis hierhin ewig währendes Dilemma gebracht hatte.

Sie fügte noch hinzu: „Ich glaube, das Beste wäre, wenn du zu einer oder einem Ärzt*in gehst und dich medizinisch ordentlich beraten lässt. Erfahrungsberichte sind ja schön und gut und auch wahnsinnig wichtig. Aber sich beim Doc ein paar mehr Infos zu holen, hilft dir bestimmt auch. Und wenn du magst, komm ich gern mit."

Auch wenn ich von der Hitze total klebrig war, schwang ich meine Arme um Martas Hals und drückte sie fest. „Danke, du bist einfach die beste Freundin, die man sich wünschen kann."

Das klang tatsächlich nach einem machbaren Plan und ich fühlte, wie eine unglaubliche Last von meinen Schultern verschwand. Das erste Mal seit Langem konnte ich tief durchatmen. Zumindest im Rahmen dessen, was der Binder und die Hitze zuließen.

Die Zeit mit Marta ging viel zu schnell vorüber und es war bald schon Zeit, sich voneinander zu verabschieden. Ich hatte sie gerade an ihrem Gate für ihren Flug zurück nach Deutschland abgesetzt und lief durch den riesigen Flughafen in Bangkok. Mit einer kurzen Zwischenlandung auf Bali flog ich nach Cairns im Norden der Ostküste Australiens. Mit einem dicken Lonely-Planet-Reiseführer im Gepäck hatte ich mir die perfekte Route bis nach Sydney für die kommenden sechs Wochen durchgeplant. Ganz allein zu reisen, kannte ich bislang nicht, aber ich hatte viel im Vorfeld gelesen. Die Ostküste Australiens war für ihre Backpacker-Freundlichkeit bekannt und ich wollte dies als Chance nehmen, Menschen aus aller Welt kennenzulernen und mein krümeliges Schul-Englisch etwas aufzubessern. Ich freute mich vor allem auf die Mitte der Reise, denn ich würde Kerstin, meine alte Schulkameradin, in Brisbane für ein paar Tage treffen.

Auf dem Weg dorthin machte ich Halt an vielen Stationen und war beeindruckt von der Vielfalt der Natur auf meinem Trip. Ich sah die Regenwälder im Norden, das Farbenspiel beim Schnorcheln im Great Barrier Reef, segelte vorbei an den fast schneeweißen Sandstränden der Whitsundays, düste mit Sand-Buggies über die größte Sandinsel der Welt und feierte die ein oder andere wilde Hostel-Pool-Party. Und das Schönste an diesen ganzen Erlebnissen war: Alle nannten mich Leo. Vom ersten Tag an stellte ich mich mit diesem Namen vor, der mir in meinen Träumen erschienen war, und ihn von ganz unterschiedlichen Menschen immer wieder zu hören, machte mich auf eine Art glücklich, die ich kaum beschreiben konnte. Niemand fragte nach, ob das mein ‚richtiger' Name sei. Allerdings nervte es mich zunehmend, wenn ich von Leuten als *sie,* also mit weiblichen Pronomen, angesprochen wurde.

Ich traute mich aber nicht, die Personen zu korrigieren. In manchen Hostels gab es gemischte Zimmer, manche waren aber strikt nach Männern und Frauen getrennt. Das fand ich ziemlich kacke, weil dann natürlich in den Zimmern gleich klar war, dass ich nicht als Junge geboren worden war. Beim Einchecken in den Hostels zählte am Ende das, was in meinem Pass stand, und das war ein dick gedrucktes F für female, also weiblich.

Wie auch im Hostel in Brisbane, das Kerstin für uns beide gebucht hatte. Dummerweise hatten wir mit unseren Reisedaten etwas aneinander vorbeigeredet. Ich reise ja gerade nach Süden und Kerstin war umgekehrt auf dem Weg in den Norden und wir hatten letztendlich nur einen Abend zusammen. Den wollten wir gemeinsam zum Partymachen nutzen. Ich kam schon früh morgens mit dem Nachtbus in Brisbane an. Im Hostel konnte ich zum Glück schon früh ins Zimmer und schmiss meinen Rucksack auf eines der freien Betten. Ich begrüßte die zwei Mädels aus Spanien in meinem Zimmer und stellte mich mit „Hi, I'm Leo from Germany" vor. Die beiden schienen nicht so gesprächig zu sein. Das war mir aber auch recht egal, denn ich hatte sowieso Hunger und ich wollte schon mal ein bisschen die Gegend erkunden, bis Kerstin dann um die Mittagszeit ankommen sollte. In einem Café um die Ecke vom Hostel angekommen, nutzte ich die Gelegenheit, dass ich ein WLAN hatte, um Emmy anzurufen. Wir hatten schon vier Tage nicht gesprochen. „Hey Süße, wie geht's, wie steht's?", fragte ich sie.

„Ach, geht so", antwortete sie kurz angebunden.

Ich war verwundert, denn ich konnte sie nicht sehen. „Willst du deine Kamera nicht anmachen?"

„Warte kurz." Im nächsten Moment erschien ihr hübsches Gesicht.

Sie sah müde aus und ich fragte sie: „Hattest du einen anstrengenden Tag?"

Emmy gähnte. Eine deutlichere Antwort hätte nicht kommen können. Sie erzählte: „Das Pflege-Praktikum ist megaanstrengend. Ich bin's einfach nicht mehr gewohnt, zehn Stunden am Stück auf den Beinen zu sein. Außerdem nervt die Arbeit. Nur körperlich, nix für den Kopf. Hatte einfach auf ein bisschen mehr praktische Medizin gehofft."

„Das tut mir leid zu hören, dass es so nervt und du nicht so viel Input bekommst, wie erhofft. Aber es ist ja jetzt auch nicht mehr sooo lang", antwortete ich – in der Hoffnung, dass sie das aufmuntern würde.

Sie gähnte wieder und mit noch weit offenem Mund sagte sie: „Du, ich muss schlafen gehen. Morgen um sieben Uhr geht's wieder los."

Das enttäuschte mich etwas, aber ich konnte Emmy verstehen. „Okay, dann schlaf mal gut und träum was Süßes."

Kurz darauf legte ich auf. Wir hatten leider wegen der krassen Zeitverschiebung von neun Stunden kaum Zeit, zu quatschen. Jetzt wollte ich aber erst mal frühstücken.

Zurück im Hostel angekommen, sah ich, wie Kerstin mit dem Rücken zur Tür stand, als ich unser Zimmer betrat. Sie trug offensichtlich immer noch ausschließlich schwarze Klamotten, wie damals in der Schule, und drehte sich um, als sie die Tür hörte. „Ava! Da bist du ja! Doof, dass das nicht geklappt hat, dass wir zusammen in einem Zimmer sind."

Ich lächelte, als ich sah, wie Kerstin sich aufregte. Sie hatte ja noch keine Ahnung. „Ich freu mich voll, dass wir uns sehen", sagte ich und drückte Kerstin erst mal feste. „Ich bin auch hier im Zimmer", fügte ich noch hinzu.

„Hä, aber die beiden spanischen Mädels haben gesagt, dass noch Leo aus Deutschland im Zimmer ist. Schläfst du im Schrank, oder was? Denn ich seh nur vier Betten hier." Kerstin sah deutlich verwirrt aus, als sie das sagte.

Es machte schon fast ein bisschen Spaß, sie so durcheinander zu sehen, und ich als ich sagte: „Ich bin Leo!", ließ das ihre Verwirrung nicht schrumpfen. „Komm, ich will raus und die Stadt kennenlernen. Ich erklär dir alles."

Als wir in Brisbane an der bunt geblümten Flusspromenade entlangflanierten, erzählte ich Kerstin von den Entwicklungen der letzten Monate, von meinen Träumen über den neuen Namen, über Emmy und meine Pläne, zu Hause wahrscheinlich mit einer Hormonbehandlung anzufangen.

Sie hörte aufmerksam zu und sagte am Ende: „So lange es dir gut geht und du happy bist, ist es mir egal, ob ich dich Ava oder Leo nenne. Sind ja beides nur drei Buchstaben. Kostet also nix extra."

Wir lachten beide. Kerstin hatte recht. So genau hatte ich mir über die Länge beider Namen nie Gedanken gemacht. Das passte einfach alles so gut zusammen und bestätigte mich in der Namenswahl einmal mehr.

Für den Abend war eine Drag Show in The Beat Megaclub geplant und Kerstin und ich waren bereit, in alter Manier wieder mal zusammen richtig auf die Kacke zu hauen! Als wir an der Bar ankamen, dröhnte schon laute Musik bis auf die Straße und es standen eine Handvoll Personen auf dem

Gehweg und rauchten. Von hinter dem Tresen schaute uns ein attraktiver Barkeeper mit einem Schnauzbart, der ein bisschen an den von Freddie Mercury von Queen erinnerte, freundlich an. Als wir gerade zwei Bier bestellt hatten, sagte er mit einem breiten australischen Akzent: „Ihr seid neu hier. Hab euch noch nie vorher gesehen."

Kerstin und ich antworteten wie im Chor: „Wir kommen aus Deutschland." Vom Zufall getroffen schauten wir uns an und lachten los.

Auch der sexy Barkeeper lachte mit. „Oh, ein paar exotische Besucher*innen haben wir heute also hier." Er drehte sich zum anderen Ende der Bar und rief einer anderen Person zu: „Serena, komm mal kurz rüber."

Eine schöne Frau mit etwa schulterlangen kringeligen Locken stand auf und kam mit einem Lächeln im Gesicht zu uns rüber. Der Barkeeper zwinkerte ihr mit einem Auge zu und sagte: „Thanks Babe. Die zwei hier sind den langen Weg von Deutschland angereist und zum ersten Mal hier. Zeig ihnen doch, wo die besten Plätze für die Show sind."

An Serenas Hand sah ich ein Armband in Hellblau, Rosa und Weiß – den trans Farben! Diese Symbolik hatte ich bei meinen Recherchen der letzten Wochen immer wieder gesehen und wusste nun, dass es neben der Regenbogenflagge für die LGBTQIA+ Community auch eine Flagge für trans Menschen in Hellblau, Rosa und Weiß gab. Aber bedeutete das, dass Serena trans war? Sie begrüßte uns freundlich mit einem: „Hey, German Cuties, ich bin Serena und benutze die Pronomen she/her und wer seid ihr?"

Pronomen?! Was sage ich da denn jetzt nur? Ich wartete erst mal ab, was Kerstin antworten würde. Die sagte einfach ganz flockig ihren Namen und dass sie auch weibliche Pronomen nutzte. Ich stand nervös neben den beiden und stammelte leise meinen Namen. Serena schaute mich mit ihren offenen Augen erwartungsvoll an und fragte nach: „Und mit welchen Pronomen darf ich dich ansprechen?"

So konkret war ich das noch nie gefragt geworden. Ich setzte an und wollte fast auch mit weiblichen Pronomen antworten, aber innerlich sträubte sich etwas in mir. *Was hast du schon zu verlieren? Ist ja nur für eine Nacht. Versuch mal was anderes,* sagte ich mir. Und bevor die Pause zwischen Frage und Antwort noch länger und unangenehmer wurde, antwortete ich Serena kurz und knapp: „Er/ihn."

„Cool, dann hätten wir das geklärt", sagte Serena. „Kommt mit, ich zeig euch einen Platz, wo ihr gleich eine super Sicht auf die Bühne habt!" Mit einer Handbewegung deutete Serena uns an, ihr zu folgen.

Kerstin und ich liefen Serena einmal quer durch die Bar hinterher. *Er/ihn.* Ich wiederholte die Pronomen immer wieder in meinem Kopf. Ja, das fühlte sich total gut an. Ich hatte mich bislang noch nicht mehr getraut, als meinen anderen Namen zu sagen. Mich hatten zwar immer mehr Leute auf der Straße als männlich wahrgenommen und auch so angesprochen, aber sobald ich den Mund aufmachte und die Leute meine Stimme hörten, entschuldigten sie sich. Was folgte, war dann, dass ich als Mädchen angesprochen wurde. Ich hatte mich nie getraut, sie zu korrigieren.

Das heute war das erste Mal, dass ich sagen konnte, wie ich gerne angesprochen werden möchte. Und für beide – Kerstin und Serena – schien das kein großer Deal zu sein. Es fühlte sich einfach richtig an.

In der Bar waren nur noch wenige Tische frei und die Menschen um uns herum schienen alle in ausgelassener Wochenendstimmung zu sein. Serena setzte sich an einen der Tische und lud uns dazu ein, ihr Gesellschaft zu leisten. An uns beide richtete sie die Frage: „Und wo geht's als nächstes bei eurem Trip hin?" Kerstin und ich erzählten ihr von unseren unterschiedlichen Plänen. Als ich sagte, dass ich von Brisbane direkt nach Sydney fliegen würde, sagte Serena sofort voller Aufregung: „Du MUSST meinen Freund Liam treffen! Liam ist einfach der Beste und er macht so viel für unsere Community!"

Für unsere Community? Ich fragte mich, was Serena damit meinte. Aber die Antwort folgte unmittelbar. Sie erklärte uns: „Liam ist ein großartiger Aktivist, der für eine LGBTQIA+ Organisation in Sydney speziell ein Programm namens TransHub leitet. Das ist eine Anlaufstelle für uns trans Personen und TransHub stellt Informationen besonders zum Thema Gesundheit bereit. Darüber hinaus ist Liam einfach die sweeteste Person ever!"

Die Show fing in diesem Moment an. Mit dem ausbrechenden Jubel um uns herum verlagerte sich Serenas und Kerstins Aufmerksamkeit Richtung Bühne. Ich blieb in meinen Gedanken bei Serenas Erzählung über Liam hängen. *Für uns trans Personen.* Bislang tat ich mich noch schwer mit einem Label für mich selbst und da war ja eben auch erst die Sache mit dem Pronomen gewesen. Aber vielleicht passte das ja jetzt einfach alles zusammen und ich sollte mir eingestehen, dass ich wirklich keine Frau war. Dass ich ein Mann war, nur noch meinen neuen Namen für mich hören und männlich angesprochen werden wollte.

Aber was würde Emmy dazu sagen? Sie wollte ja mit mir als Frau zusammen sein. Die Sorge, sie zu verlieren, machte sich in mir breit. Aber ich konnte auch nicht darauf verzichten, so zu sein, wie ich wirklich war. Und genau das wurde mir in diesem Moment klar. *Wenn Emmy mich wirklich liebt, dann nimmt sie mich genau so an, wie ich bin,* redete ich mir gut zu. Damit musste sie einfach klarkommen und das würde sich wohl oder übel nach meiner Rückkehr zeigen.

Nach einer Nacht, die früh morgens um fünf für mich und Kerstin endete, reiste sie weiter Richtung Norden und ich war gerade in Sydney angekommen. Die letzte Woche für mich in Australien hatte ich komplett für diese wunderschöne Stadt eingeplant. Von hier aus sollte ich in sieben Tagen dann auch schon den langen Heimflug antreten. Dank der Connection über Serena aus Brisbane hatte ich direkt an meinem ersten Tag in Sydney eine Verabredung mit Liam zum Kaffee. Serena hatte so viele tolle Sachen über ihn und seine Arbeit erzählt, dass ich aufgeregt war, ihn zu treffen. Wir waren in einem Café auf der Oxford Street im Stadtteil Darlinghurst verabredet. Die Oxford Street war für ihre vielen queeren Bars und Community-Orte bekannt.

Ich lief die Straße entlang und überall wehten Regenbogen- und auch vereinzelt ein paar trans Flaggen im warmen Wind. An die Hitze und hohe Luftfeuchtigkeit hatte ich mich mittlerweile schon längst gewöhnt und fühlte mich wohl in dieser Umgebung. Am Café angekommen, hielt ich Ausschau nach der Person, die ich bislang nur von ihrem WhatsApp-Profilbild kannte. Ich checkte das Bild noch einmal. Es zeigte eine weiße Person mit kurz geschorenen Haaren, einem Vollbart, einer Brille mit auffälligem schwarzem Rand und vielen Tattoos. Liam trug in dem Bild nur schwarze kurze Shorts und eine pinke Warnweste mit einem Walkie-Talkie daran. Ich versuchte mir einen Reim darauf zu machen. Vielleicht war er damit bei einer Demo gewesen? Ich schaute von meinem Handy auf und blickte mich im Außenbereich des Cafés um. Da war er! An einem Tisch hinten rechts in der Ecke saß er und blickte im selben Moment auf.

Liam musste vermutet haben, dass ich es war, denn er winkte mir zu. Mit wachsender Nervosität im Bauch lief ich auf den Tisch zu. Er sah genau so aus wie auf dem Foto. Nur trug er heute ein schwarzes Tank-Top mit weißer Aufschrift *GRUNT*. Wir begrüßten uns und er bot mir direkt eine Umarmung an. Das liebte ich so an den Australier*innen. Sie schienen alle unglaublich offen gegenüber neuen Menschen. Wir bestellten Kaffee und Liam sagte: „Du musst unbedingt die vegane Cashew-Tarte hier probieren! Das ist ein purer Orgasmus auf der Zunge!"

Da ich sowieso hungrig war, kam ich seiner Empfehlung nach und bestellte die Tarte. Wir schnatterten sofort los, als hätten wir uns schon seit Jahren gekannt. Ich merkte gar nicht, wie schnell die Zeit verging. Wie Serena schon gesagt hatte: Liam war wirklich eine unglaublich herzliche Person und ich fühlte mich in seiner Gegenwart total wohl. Ganz zu seiner offenen Art passend bot er mir an: „Du, wenn du willst, kannst du gern bei mir und meinem Partner River auf der Couch pennen. Dann hast du nicht den ganzen Trouble mit anderen Leuten im Zimmer."

Liams Einladung kam mir mehr als gelegen. Ich hatte auf der Reise schon viel mehr Geld ausgegeben, als ich eigentlich geplant hatte. Und dieser ganze Mist mit getrennten

Zimmern für Jungs und Mädchen ging mir so langsam auch richtig gegen den Strich. Ich hatte mein Hostel ohnehin nur bis morgen gebucht, weil ich erst mal schauen wollte, wie es mir gefiel. Ich sagte zu Liam: „Wow, das ist megalieb von dir! Und für deinen Partner ist das auch wirklich kein Problem?"

Liam winkte mit einem Lächeln ab und antwortete: „Ach, Quatsch! Wir freuen uns immer über Besuch. Besonders wenn's Leute aus der Community sind."

Voller Vorfreude verabschiedeten wir uns und verabredeten, dass ich am nächsten Tag gegen 17 Uhr zu Liam und River nach Hause kommen würde, wenn beide mit der Arbeit fertig waren. In mir brodelte es vor lauter Vorfreude und ich hatte das Gefühl, dass ich Liam tausend Fragen stellen wollte. Er nahm bestimmt schon seit einigen Jahren Hormone und am Rand seines Tanktops konnte ich Narben an seiner Brust erkennen. Das war ein Indiz für mich, dass er bestimmt schon eine OP an der Brust gehabt hatte. Die kommenden Tage würden aber bestimmt genug Gelegenheit für all meine Fragen bieten.

Am nächsten Tag war ich vor lauter Aufregung viel zu früh in der Gegend, in der Liam und River zu Hause waren. Die beiden lebten im Stadtteil Redfern und ich saß mit meinem großen Rucksack an einer Bushaltestelle und wartete darauf, dass die Zeit verging. Als es kurz vor 17 Uhr war, schmiss ich mir meinen schweren Rucksack wieder über die Schulter und lief mit meinem Handy in der Hand und Google Maps geöffnet die Straße entlang. Eins war jetzt schon sicher: Den scheiß Rucksack und das ganze Geschleppe würde ich zu Hause garantiert nicht vermissen. Zwei Ecken weiter bog ich in die Straße ein, in der ich das Haus der beiden finden sollte. Und da war es auch schon. 31 Morehead Street. Ich stand vor einer kleinen weißen Doppelhaushälfte mit schwarzem Dach. Im Baum neben dem Haus saßen ein paar Elstern und beschwerten sich lautstark über ein vorbeifahrendes Auto. Ich öffnete das kleine Tor, betrat den Vorgarten und zögerte einen kurzen Augenblick. *Leo, sei nicht albern. Jetzt klingel endlich.* Ich drückte auf den Knopf neben der Tür und hörte im Inneren des Hauses ein Surren. Schritte näherten sich der Türe, die im nächsten Moment schwungvoll aufging. „Du musst Leo sein! Hereinspaziert", wurde ich begrüßt.

Vor mir stand eine kleine kräftige Person mit etwas dunklerer Haut und auffällig vielen Piercings im Gesicht und an den Ohren, sodass ich erst mal gar nicht wusste, wo ich zuerst hinschauen sollte. Ich lief ein paar Schritte auf dem dunklen Holzboden den schmalen Flur entlang. Ich ging davon aus, dass die Person River sein musste, was sich kurz darauf bestätigte. „Schau mal, hier links ist das Zimmer von mir und Liam und hinter der nächsten Tür ist auch schon das Gästezimmer. Da kannst du deine Sachen schon mal abwerfen."

Das erste Zimmer würdigte ich nur eines kurzen Blickes, denn meine schmerzenden Schultern sagten mir, dass ich schnellstens den Rucksack loswerden sollte. Ich betrat ein kleines Zimmer, in dem ein Doppelbett mit einer bunten Strickdecke darauf stand. Neben dem Bett rankte sich eine große Grünpflanze Richtung Licht, das von einem Fenster neben dem Bett kam. An den Wänden hingen geschmackvoll gemalte Bilder mit der Kunst der Aborigines. Diese Art von Gemälden hatte ich jetzt schon mehrfach auf der Reise gesehen und sie gefielen mir wirklich sehr. *Deutlich besser als in den ganzen Hostels.* So viel stand fest!

Aus dem Flur hörte ich River rufen: „Liam ist mit unserer Katze Veebs im Garten. Ich zeig dir den Rest auf dem Weg nach draußen."

Mit einem Rumms ließ ich meinen Rucksack auf den Boden fallen und fühlte mit meiner Hand am Rücken das schweißnasse T-Shirt. Das war ich mittlerweile von der Reise schon gewohnt. Ich lief River hinterher und am Ende des schmalen Flurs lag ein kleines gemütliches Wohnzimmer, dem sich eine offene Küche anschloss. Rechts neben der Küche lag ein Badezimmer mit Badewanne und einem Duschvorhang, in dem ich wieder die trans Flagge entdeckte. *Was es nicht alles mit diesem Symbol gibt!* Von der Küche führte eine Tür in einen schnuckeligen Garten hinter dem Haus. Viel Platz bot dieser nicht, aber man konnte sofort erkennen, dass die beiden sich viel Mühe gegeben hatten, hier eine kleine Oase mitten in der Stadt zu schaffen. Liam begrüßte mich mit derselben Herzlichkeit wie am Vortag: „Hey Leo, schön, dich hier in unserem kleinen queeren Dschungel begrüßen zu dürfen! Wie du siehst, konnte ich nicht aufstehen." Er deutete auf die auf seinem Schoß eingekringelt schlafende graue Katze. „Das ist unsere kleine Veebs", fügte er hinzu.

Auf dem Tisch standen schon drei Gläser und ein großer Krug mit Wasser mit Eiswürfeln und Orangenscheiben darin. Wir saßen eine ganze Weile da und erzählten uns gegenseitig über uns. Ich erfuhr, dass River Friseur war und seine Familie ganz aus dem Norden von den Torres-Strait-Inseln kam und zur indigenen Bevölkerung Australiens gehörte.

River war in Sydney geboren und hier aufgewachsen. Die beiden waren seit über drei Jahren ein Paar, hatten aber eine offene Beziehung. „Was heißt das denn?", fragte ich. Liam lachte und antwortete: „Na, wir haben hier unsere Hauptbeziehung miteinander, treffen aber ab und an andere Leute für Sex."

Ich schaute Liam mit großen Augen an und hakte nach: „Und das funktioniert? Seid ihr nicht eifersüchtig?"

Die beiden schauten sich liebevoll an und River erklärte mir: „Klar, Eifersucht kommt ab und an mal auf, aber wir wissen beide, dass wir uns lieben. Wir sind dabei aber auch realistisch und wissen, dass wir als einzelne Personen uns nicht alles geben können, wonach wir vielleicht ein Bedürfnis haben. Und das ist völlig okay. Ich möchte nicht, dass Liam wegen mir zum Beispiel sexuell auf etwas verzichtet, worauf ich vielleicht nicht stehe. Und genauso möchte ich meine Kinks ausleben, auf die Liam vielleicht keinen Bock hat."

Erst als Liam sagte: „Was ist denn los? Schockiert dich das?", merkte ich, dass ich mit offenem Mund dasaß.

Schnell sagte ich: „Nein, nein, ganz im Gegenteil. Ich finde das total faszinierend. Aber ich weiß, dass das mit meiner Freundin nicht funktionieren würde." Ich erinnerte mich daran, dass Emmy mal ganz deutlich gesagt hatte, dass sie offene Beziehungen scheiße fand und sie niemals ihre Partnerin mit jemand anderem teilen könnte. Von Emmy erzählte ich den beiden nur kurz ein wenig, da ich viel mehr von River und Liam hören wollte. River erzählte, dass sein Name seine Identität ganz gut beschrieb. „Bei mir ist das alles so ein bisschen fließend. Manchmal fühle ich mich an Tagen etwas mehr feminin und manchmal eher maskulin. Und an

anderen Tagen fließt das alles ineinander." Bei seiner Erklärung gestikulierte River mit seinen Händen eine Art Fließbewegung. „Ich nutze auch nicht immer männliche Pronomen. Oft nutze ich auch als neutrale Form they/them", fügte River noch hinzu. „Auch das ändert sich teilweise von Tag zu Tag."
Das waren alles Dinge, die ich so noch nie von einer Person gehört hatte. Gelesen hatte ich darüber, klar, aber dass jemand mit so einer Offenheit, aber vor allem Leichtigkeit darüber sprach, war mir völlig neu. Ich klebte förmlich an den Lippen der beiden und musterte sie ganz genau. River hatte neben den vielen Piercings im Gesicht eine sehr auffällige Frisur. Seine Haare waren petrolartig gefärbt und der Schnitt erinnerte ein bisschen an einen Vokuhila. Neben Liams Tätigkeit bei der LGBTQIA+ Organisation und Rivers Job als Friseur traten die beiden auch noch als Elektro-Pop-Duo bei kleineren Konzerten auf. Liam sagte: „Es ist unser großer Traum, mit unserer Musik in Europa aufzutreten. Das hat sich aber leider bislang noch nicht ergeben."
Nachdem wir schon eine Weile gequatscht hatten, kam River mit drei Flaschen VB in der Hand raus. Victorian Bitter war eine lokale Biersorte und River erklärte mir: „Unsere Katze heißt eigentlich VB, wie das Bier. Aber die Kurzform ist einfach nur Veebs." Dabei gab er der süßen Katze ein Küsschen auf den Kopf, die sich gerade putzend auf dem letzten Fleck Sonne im Garten platziert hatte.
„Was haltet ihr davon, wenn wir gleich Richtung Oxford Street in den Pub gehen? Da gibt's heute vegan Barbecue", schlug Liam vor.
Kurze Zeit später saßen wir alle mit einem veganen Crispy Chicken Burger und Pommes aus frischen Kartoffeln im

Gartenbereich des Pubs. Ich hatte mittlerweile ganz schön Hunger und auch schon ein bisschen einen im Tee von dem Bier eben auf leeren Magen. Wir redeten fast die ganze Zeit eigentlich nur über Sex. Ich kam mir ein bisschen doof vor, weil ich nicht so viel Erfahrung zu haben schien wie die anderen beiden. Ich war aber superinteressiert, mehr und mehr zu hören. Liam erzählte, dass er sich viel mit Typen von Grindr traf und dass einer seiner aktuellen Lover einen Riesenschwanz hatte. Die App Grindr kannte ich ja schon von Sanjay, wäre aber nie auf die Idee gekommen, dass trans Männer ja auch die App nutzen könnten. Liam fragte mich direkt: „Hattest du schon mal was mit nem cis Typen?"

Das Wort cis kannte ich zum Glück von meinen Recherchen und wusste, dass cis Typen Männer waren, die auch als solche geboren wurden. Ich antwortete: „Ne, eigentlich noch nie. Ich hab mal mit nem schwulen Kumpel rumgeknutscht. Aber mehr nicht."

„Hättest du denn Lust auf mehr?", hakte River nach.

Ich erinnerte mich an die vielen Sequenzen mit Sanjay, den Porno, den ich mir vor einer Weile angesehen hatte, und den Traum danach. Lust hatte ich schon, aber ich traute mich nicht so recht, das ehrlich zu sagen. Ich druckste rum: „Na ja, ich weiß nicht so recht. Ich hab ja auch Emmy, deswegen steht das gerade nicht so recht zur Debatte."

Im gleichen Moment fühlte ich aber, dass mich der Gedanke doch ganz schön reizte. Meine Gedanken liefen gerade auf Hochtouren, als River Liam intensiv küsste. Ich erwischte mich dabei, wie ich die beiden dabei ganz genau beobachtete und spürte, wie mich das irgendwie anmachte. *Fuck, Leo, was ist denn mit dir los?!*, schoss mir durch den

Kopf und ich fühlte ich von mir selbst ertappt. Jetzt hatte ich fast die ganze Reise durchgehalten, obwohl ich mehr als einmal Lust gehabt hätte, mit anderen Leuten auf den unzähligen Partys rumzuknutschen. Liam stand auf, um noch eine Runde Getränke zu holen, und River schaute mich an. Zu meiner großen Überraschung sagte er ganz direkt: „Schade, dass du in einer monogamen Beziehung bist. Ich hätte richtig Lust, dich zu küssen. Du bist echt ein ganz schön heißer Typ!"

Hitze stieg mir in den Kopf und ich merkte, dass mein Gesicht knallrot wurde. Was mach ich denn jetzt nur? Ich spürte außerdem ein deutliches Pochen in meiner Hose. Leugnen, dass ich mindestens genauso Lust darauf hätte, konnte ich nicht. Was mich an der ganzen Sache so anmachte, war der Fakt, dass River mich als das sah, was ich war: einen Typen. Ich rutschte näher an River heran. Mein Herz pochte so unglaublich stark, dass ich das Gefühl hatte, es würde mir jeden Moment aus der Brust springen. Die Musik im Hintergrund schien in immer weitere Ferne zu rücken und in meinem Kopf debattierte ich mit mir selbst hin und her: *Soll ich das jetzt machen oder nicht?* Im nächsten Moment schoss mir nur noch ein *Fuck it!* durch den Kopf und ich küsste River. Nach einem ersten kurzen, verhaltenen Kuss wich ich zurück. River grinste mich an, legte seine Hand an meinen Nacken und zog mich für einen intensiven Kuss zu sich heran. Wir knutschten wild herum, bis ich hinter mir Liam sagen hörte: „Was geht denn hier ab?"

Ich war erschrocken und dachte erst: *Scheiße, das war total kacke von mir.* Er hatte mich doch zu sich eingeladen und jetzt knutsche ich hier mit seiner Beziehungsperson rum. Ich schämte mich und sah mich schon mit meinem Rucksack mitten in der Nacht nach einer neuen Unterkunft suchen. Doch im nächsten Moment sah ich die Blicke, die sich Liam und River zuwarfen. Das waren keine bösen Blicke. Die beiden schienen etwas im Schilde zu führen. Liam lächelte verschmitzt und fragte: „Lasst ihr beiden mich mitmachen?"

Okay, fuck. Was passiert denn jetzt? Ehe ich mich versah, setzte sich Liam auf die andere Seite neben mich, fragte: „Darf ich auch mal?", und deutete mir an, dass er mich auch küssen wollte.

Erleichtert, dass ich mir anscheinend kein anderes Bett für die Nacht suchen musste, nickte ich. Es dauerte keine zehn Minuten, bis das anfängliche Knutschen in eine wilde Fummelei überging und wir drei beschlossen, zurück nach Hause zu gehen. Um das Ganze zu beschleunigen, rief Liam ein Uber-Taxi, und zu dritt saßen wir knutschend auf der Rückbank. Ich war nach wie vor in der Mitte. Die Fahrt dauerte nur kurz und als wir alle drei mit unseren Händen überall über unsere Körper verteilt zur Türe reinstolperten, wollte Liam klarstellen: „Hey Leo, nur ganz kurz. Als ich dir angeboten habe, ob du bei uns pennen willst, war das hier nicht geplant. Nicht, dass du denkst, ich hätte dich nur deswegen gefragt."

Ich lächelte. „Keine Sorge. Konnte ja niemand absehen."

River zog mich direkt zu sich ins Schlafzimmer und binnen Sekunden hatten wir fast alle unsere Klamotten verloren. Ich gab den beiden zu verstehen, dass ich lieber mein Shirt und meinen Binder anbehalten wollte, was kein Problem war. Wir küssten uns immer abwechselnd und ich sah Liams Gesicht zwischen Rivers Beinen verschwinden. Dass dies River gefiel, konnte ich an dem kurz darauffolgenden lauten Stöhnen festmachen.

Am nächsten Morgen wachte ich in meinem Bett im Gästezimmer auf und brauchte einen kurzen Moment, um zu begreifen, ob ich einfach nur einen wahnsinnig heißen Traum gehabt hatte oder ob die Bilder in meinem Kopf letzte Nacht wirklich passiert waren. Ich lag auf dem Rücken und verschränkte meine Arme hinter meinem Kopf. Für einen Augenblick lag ich grinsend da und mich überkam ein Gefühl von Freude. Ich hatte das erste Mal Sex gehabt, bei dem ich als männliche Person angenommen worden war. Und das zudem nicht mal mit einer Frau!

Leider hielt das Gefühl nicht lange an, als ich mein Telefon neben mir vibrieren spürte. Emmy rief an. *Shit!* Ich hatte mit ihr ja vereinbart, dass wir heute mal ein bisschen ausführlicher sprechen würden. Was sollte ich ihr nur sagen? Ich konnte ihr unmöglich von gestern Nacht berichten. Auch wenn das für mich ein krass positives Erlebnis gewesen war, Emmy würde es zerstören. Ich drückte sie weg und schrieb ihr, dass ich sie gleich zurückrufen würde. Ich brauchte noch einen Moment zum Nachdenken und außerdem musste ich pinkeln. Ich tapste leise über den dunklen Holzboden durch das Wohnzimmer Richtung Bad. In der Küche stand schon River an der Kaffeemaschine und füllte gerade Kaffeepulver in den Filter. Er begrüßte mich mit: „Guten Morgen, Cutie. Hast du gut geschlafen?"

Verlegen nickte ich und antwortete: „Äh, ja. Hab ganz gut geschlafen. Meine Freundin rief nur gerade an und das muss ich jetzt mal klären."

„Oh", sagte River darauf und fuhr fort: „Da war ja noch was. Wenn ich dir einen Tipp geben darf: Wenn du es ihr erzählen willst, mach das persönlich, wenn du wieder zu Hause bist. Am Telefon ist so was doof, meiner Meinung nach."

Da war was dran, dachte ich mir, als ich kurze Zeit später nachdenklich auf der Toilette saß. Über die Konsequenzen hatte ich mir in der heißen Stimmung der letzten Nacht keine Gedanken gemacht. Ich war mir doch so sicher gewesen, dass ich lesbisch war, und jetzt hatte ich gerade die wahrscheinlich heißeste Nacht meines Lebens mit einem anderen trans Mann und einer Person gehabt, die nicht ausschließlich Mann und nicht ausschließlich Frau war. War Emmy wirklich die Person, mit der ich mir meine Zukunft ausmalen konnte? Zum ersten Mal kamen mir Zweifel daran und ich fühlte mich elend.

„Hey Emmy." Ich sah ihr Bild auf meinem Display erscheinen. Sie sah wieder recht müde aus, lächelte aber, als sie mich sah, und antwortete: „Hey Schatz, wie ist Sydney? Hattest du eine wilde Partynacht? Du siehst etwas zerfeiert aus."

Fuck, was erzähle ich denn jetzt? Schnell suchte ich nach einer Antwort, die ehrlich war, aber natürlich nicht zu viel von gestern Nacht verriet. „Sydney ist ganz cool und das Haus von Liam und River ist echt schön. Hatte dir ja geschrieben, dass ich zum Glück nicht mehr im Hostel pennen muss. Und die haben eine ganz süße Katze!"

Ich wusste, dass Emmy Katzen liebte, und hoffte, sie damit von mir abzulenken. Das funktionierte auch und sie wollte Veebs unbedingt sehen. Mein Plan ging auf und Emmy war weniger auf mich und meine Erlebnisse fokussiert. Ich schämte mich, dass ich sie betrogen hatte. Bis zu meiner

Rückkehr in einer Woche musste ich mir darüber klarwerden, was ich wollte.

Nach dem Telefonat bot mir Liam an, mir sein Büro zu zeigen. „An einem Sonntag?", fragte ich ihn ganz entgeistert. Er lachte und antwortete mir: „Unsere Walk-in-Clinic ist am Sonntag am meisten besucht. Da kommen viele für ihre STI-Tests." Er musst das große Fragezeichen über meinem Kopf wahrgenommen haben, denn er fragte mich direkt: „Du weißt doch, was STIs sind, oder?"

Etwas peinlich berührt sagte ich nur: „Ich kenn die Abkürzung nicht."

Liam erklärte mir: „STI ist die Abkürzung für sexuell übertragbare Infektionen. Also Syphilis, Tripper, HIV und so weiter. Hast du dich darauf schon mal testen lassen?"

Ich schüttelte den Kopf und wurde nervös. Was, wenn ich mir bei dem Intermezzo gestern auch noch so was eingefangen hatte?

„Na, dann wird's aber mal Zeit! River und ich testen uns alle sechs bis acht Wochen, da wir ja hin und wieder auch Sex mit anderen haben. Wären wir monogam, wäre das nicht unbedingt nötig."

Wir fuhren gemeinsam mit dem Bus zu Liams Arbeitsplatz. Dabei wurde mir klar, dass ich mir auch eine Zukunft in einer ähnlichen Branche wie der, in der Liam arbeitete, vorstellen konnte. Aber dafür würde ich bestimmt studieren müssen. Ich fasste den Plan, gleich heute Abend zu googlen, was ich in Berlin in diese Richtung an Studiengängen finden konnte. Ich erkannte den Weg, den der Bus entlangfuhr. Hier waren wir gestern auch langgekommen und die Organisation, für die Liam arbeitete, war in der Nähe der Bar von gestern Abend.

Ich spürte Aufregung und Nervosität in mir aufsteigen. „Ich denk mal, dass es Testangebote auch bei dir in Deutschland gibt. Solltest du doch mal anfangen, Sex mit schwulen cis Männern zu haben, empfehle ich dir, dass du dich regelmäßig testen lässt. Infektionen sind unter schwulen Männern etwas häufiger zu finden, aber heutzutage lässt sich alles gut behandeln. Selbst HIV oder Hepatitis C sind keine Todesurteile mehr." Liam schien zu wissen, worüber er redete.

Schwulen Männern? Ich war fasziniert von der Lockerheit, mit der er über das Thema sprach. Für mich war das bislang immer eher ein Tabuthema gewesen.

Er fuhr fort: „Selbst vor HIV kann man sich jetzt super mit einem Medikament namens PrEP schützen. Seit ich das nehme, hab ich ab und zu auch Sex ohne Gummi mit einem meiner Lover."

Ich schaute Liam mit großen Augen an und fragte überrascht: „Wieso machst du das denn? Kannst du da dann nicht schwanger werden?"

Liam lachte. „Das fragen mich die ganzen cis Typen auch immer. Ich hab zwar noch meinen Uterus und das ganze Gedöns in mir, aber Testo unterdrückt meinen Zyklus und die Wahrscheinlichkeit geht gegen null, dass da irgendwas passiert. Mein Arzt sagte zwar, es ist nicht komplett ausgeschlossen, aber eben sehr unwahrscheinlich. Ich mach das jetzt auch nicht mit jedem ohne Gummi, denn es gibt ja auch noch andere Infektionen. Aber selbst wenn man sich mal was einfängt, wie schon gesagt, für alles gibt es heutzutage gute Medikamente."

Ich erinnerte mich noch an den Aufklärungsunterricht in der Schule und die Angst, die mir das Thema Geschlechtskrankheiten gemacht hatte. Aber anscheinend war das alles nur unnötige Panikmache. „Darf ich dich mal zwei Sachen fragen?"

Liam nickte: „Klar doch, schieß los!"

„Was meinst du denn damit, wenn du sagst, Sex mit schwulen Männern? Haben die Sex mit dir?", fragte ich ihn.

Voller Überzeugung sagte er: „Klar haben die Sex mit mir! Warum auch nicht? Ich bin ein Mann. Schwule Männer stehen auf andere Männer. Nur weil mein Körper nicht ganz der Norm entspricht, gehören wir trans Männer trotzdem zur schwulen Community dazu."

So hatte ich das noch nie betrachtet und der Gedanke berührte mich auf eine Weise, die ich kaum in Worte fassen konnte. Ich versuchte alles aufzusaugen, was er sagte. Schließlich fragte er mich: „Du wolltest doch zwei Sachen fragen. Was ist denn die zweite?"

„Ach ja, stimmt. Da war ja noch was. Also, seit wann weißt du denn, dass du im falschen Körper steckst, und wie lange nimmst du schon die Hormone?", wollte ich von ihm wissen.

Liam fing an zu schmunzeln. „Cutie, hast du schon mal drüber nachgedacht, dass unsere Körper nicht falsch sind? Die Gesellschaft sagt uns das zwar immer wieder, aber ich liebe meinen Körper! Ich hab ja auch nur den einen Körper. Und selbst wenn ich die ein oder andere Sache verändert habe, ist es für mich der absolut perfekte Körper! Ich nehm jetzt seit knapp zehn Jahren die Hormone und hoffe so sehr für dich, dass du auch irgendwann an den Punkt kommst, an dem du deinen Körper mindestens genauso lieben lernst, wie ich es bei meinem tue. Wenn nicht sogar noch mehr!"

Ich klebte förmlich an seinen Lippen, wenn Liam sprach. Er hatte schon so viel erlebt – und fast zehn Jahre Testosteron?! Das war wirklich eine lange Zeit. Die Ruhe und Gelassenheit, die er ausstrahlte, als er über seinen Körper sprach, wünschte ich mir auch so sehr. Und unsere Konversation bekräftigte mich nur noch mehr in meinem Wunsch, so schnell wie möglich selbst mit einer Hormonbehandlung anzufangen.

In den folgenden Tagen verbrachte ich zwar viel Zeit mit River und Liam, hatte aber auch einige Momente für mich allein, in denen ich versuchte, mir darüber klarzuwerden, was ich in meiner Zukunft sah. Das Bild wurde immer klarer für mich und ich konnte Emmy leider nur noch an wenigen Punkten in meiner Vorstellung wiederfinden. Innerlich schämte ich mich dafür. Ich mochte Emmy sehr und wollte sie nicht verletzen – doch gleichzeitig spürte ich diese enorme Neugierde. Liam und ich sprachen viel über seine Erlebnisse mit schwulen cis Männern und ich erinnerte mich mehr als einmal daran, wie ich damals mit Sanjay geknutscht hatte. Das Gefühl wollte ich wieder haben. Aber eben nicht als Frau, sondern als Mann. Ein paar Tage später saß ich im Flieger auf meinem Platz und war tief in meinen Gedanken versunken, als der süß aussehende Flugbegleiter mich fragte: „Darf es noch was zu trinken sein, der Herr?" *Der Herr!* Da war es wieder!

„Eine Cola Zero bitte", sagte ich mit einem kleinen Lächeln im Gesicht. Genau diese kleinen Momente, davon wollte ich mehr. Ich wusste aber auch, dass das mit Emmy nicht gehen würde. Ich lehnte mich in meinem Sitz zurück und schloss die Augen. Für all das, was mir bevorstand, brauchte ich Energie.

Kapitel 10

WIND AUF DER HAUT

Ich war froh, dass ich an einem Mittwochvormittag in Berlin landen würde und Emmy zu dieser Zeit arbeitete. Ich wollte nicht, dass sie mich vom Flughafen abholte. Wir hatten uns aber für den Abend verabredet, denn ich wollte so schnell wie möglich reinen Tisch mit ihr machen. Als ich mich gegen 18 Uhr auf den Weg zu Emmy machte, überkam mich Traurigkeit. Ich war mir sicher, dass ein Ende der Beziehung das Richtige war. Dennoch mochte ich sie sehr und wollte ihr nicht wehtun – doch da kam ich wohl nicht drumherum.

Emmy öffnete mir die Tür und fiel mir um den Hals. Als sie versuchte, mich zu küssen, wich ich ihr aus.

„Was ist los?", fragte sie erschrocken.

Ich lief in ihre Küche, füllte zwei Gläser mit Wasser und stellte sie auf den Küchentisch.

Es dauerte einen kurzen Augenblick, bis ich ein „Emmy, ich muss dir was sagen" herausbrachte. Ich spürte, wie sich ein dicker Kloß in meinem Hals breitmachte.

Sichtlich schockiert stand Emmy im Türrahmen der Küche. „Das ist jetzt nicht dein Ernst."

Sie schien zu ahnen, welche Welle gerade auf sie zugerollt kam. Ich suchte nach den richtigen Worten und dann drängten sie plötzlich alle auf einmal heraus: „Mir ist auf der Reise einiges klar geworden. Ich bin mir zwar noch nicht ganz sicher, wo alles für mich in Zukunft hingeht, aber ich weiß einfach, ich bin keine Frau. Ich will mich verändern. Vielmehr, ich will meinen Körper verändern. Und ich will noch Sachen ausprobieren. Ich glaub, das geht aber nicht, wenn wir zusammen sind." Ich begann zu zittern, als ich aussprach, was ich zu sagen hatte. Ich hatte Angst vor Emmys Reaktion.

Sie hatte sich zu mir an den Küchentisch gesetzt und ich sah, wie sich Tränen in ihren Augen sammelten.

„Ich hab's mir schon fast gedacht", sagte sie und bei der Hälfte des Satzes brach ihr die Stimme weg.

Unsicher, was sie damit meinte, traute ich mich aber dennoch nicht, nachzufragen. In der Hoffnung, dass sie das vielleicht etwas besser fühlen ließ, sagte ich: „Glaub mir, wenn ich dir sage, dass ich dich liebe. Aber für uns ist gerade einfach nicht die richtige Zeit."

Emmy blinzelte wütend einige Tränen weg und schnaubte mich an: „Und du glaubst allen Ernstes, das macht das besser? Ich hatte mit dir eine Zukunft gesehen. Aber seit du letzten Sommer deine Erleuchtung – oder was es auch immer war – hattest, bist du einfach nicht mehr die Person, in die ich mich verliebt habe."

Mir tat das so unglaublich leid, aber gleichzeitig bestätigte mir Emmys letzter Satz, dass es bei uns nicht zu passen schien. Die Zeit des Versteckens war vorbei. „Das, hier und jetzt. Das bin ich und das muss ich leben. Ich hoffe, dass

du das irgendwann verstehen kannst und wir uns dann vielleicht als Freund*innen noch mal neu begegnen können."
Emmy stand einfach nur auf und lief aus der Küche. Ich war mir nicht sicher, was das bedeutete. Ich glaubte aber, zu verstehen, dass es meine Zeit war zu gehen. Leise verließ ich ihre Wohnung und blieb kurz vor ihrem Haus stehen. Der Frühling stand in den Startlöchern, denn für 19 Uhr lag eine verhältnismäßige Wärme in der Luft. Ich atmete tief ein und blickte noch einmal auf das Haus von Emmy, in dem ich vor meiner Reise so oft ein und aus gegangen war. In mir spürte ich seltsamerweise Erleichterung und einen Drang, loszurennen. Losrennen in die Richtung einer neuen Zukunft. Losrennen hin zu mir, zu meiner Freiheit, zu meinem neuen Ich. Und noch ehe ich mich versah, lief ich so schnell ich konnte über das Kopfsteinpflaster des Gehwegs. Das Gefühl von Mitleid und auch Scham über meinen Seitensprung, mit dem ich gekommen war, wurde nun abgelöst von Aufregung, Glücksgefühlen und Vorfreude auf all das, was vor mir lag. Ich fühlte mich stark und wollte endlich der Welt erzählen, wer ich wirklich war. Auch meiner Familie. Ich schwor mir in dem Moment, nichts sollte mich jemals aufhalten, ich selbst zu sein. Ich rannte und rannte mit hoch erhobenem Kopf und es kümmerte mich in dem Moment einen Scheiß, dass andere Leute auf der Straße stehen blieben und mir hinterherschauten. Ich war ich und alles andere war völlig egal.
Ostern stand nächste Woche vor der Tür und meine Mutter hatte alle zu einem Brunch am Ostersamstag eingeladen. Ich dachte mir, wenn ohnehin schon alle an einem Tisch versammelt sitzen würden, wäre das die perfekte Gelegenheit,

ihnen Leo vorzustellen. Endlich wollte ich auch nicht mehr verstecken, dass ich einen Binder trug.

Ich fuhr an dem Donnerstag vor Ostern gerade mit dem Zug im Stuttgarter Hauptbahnhof ein und schrieb meinem Papa eine WhatsApp-Nachricht:

> Hey Papa, ich bin gleich da. Wollen wir vielleicht im Schlosspark eine Runde spazieren gehen?

> Klar, ich steh zwar schon vor dem Hauptbahnhof, aber fahre dann fix ins Parkhaus. Treffen am Mäckes im Bahnhof?

Ich hatte mir überlegt, dass es Sinn machen würde, mit meinem Papa erst mal allein zu sprechen. Ich war davon überzeugt, dass er mir zuhören würde, und dann hätte ich zumindest schon mal eine Person auf meiner Seite, bevor ich es der ganzen Familie erzählen würde. Papa begrüßte mich mit einer festen und herzlichen Umarmung. „Ich hab dich vermisst, mein Mäuschen!"

Mäuschen nannte er mich schon seit meiner Kindheit und auch wenn ich jetzt erwachsen war und sich gerade vieles veränderte, gab mir das ein Gefühl von Vertrautheit. Wir liefen gemeinsam aus dem Bahnhof und ich hakte mich bei ihm ein. „Jetzt erzähl aber mal von deiner großen Reise!", sagte er als Allererstes. „Hast du beim Schnorcheln Nemo gesehen?"

Ich lächelte und merkte, wie ich langsam nervös wurde. Ich hatte gerade keinen Nerv, ihm von meiner Reise zu erzählen, sondern ich wollte loswerden, was in mir brannte.

„Ach, Schnorcheln war schon echt ganz cool, Nemo hab ich aber nicht gesehen. Dafür ein paar Riff-Haie."

„Richtige Haie?", vergewisserte sich Papa.

„Ja, richtige Haie." Ich kam kurz ins Stocken. Mein Herz pochte und ich dachte mir: *Wenn nicht jetzt, wann dann?* Ich blieb stehen und schaute Papa an.

„Ist alles okay bei dir? Du siehst ein bisschen blass aus." Papa legte seine Hand liebevoll auf meine Schulter.

„Papa, ich möchte dir was sagen." Ich holte tief Luft und schloss für einen kurzen Moment meine Augen, um mich zu sammeln.

Papa sah besorgt aus. „Du kannst mir immer alles erzählen, das weißt du. Ist etwas auf deiner Reise passiert?"

„Es passiert schon ganz lange was in mir. Und ich möchte das nicht länger vor dir und Mama verheimlichen." Noch einmal holte ich tief Luft. „Ich glaube ... nein, ich weiß, bei meiner Geburt wurde ein Fehler gemacht."

Die Verwirrung stand Papa ins Gesicht geschrieben. „Was meinst du denn, bei deiner Geburt wurde ein Fehler gemacht? Ich hätte sie zwar fast verpasst, weil ich keinen Parkplatz gefunden habe, aber ich war letztendlich dann doch mit dabei!"

So oft hatte ich die Anekdote gehört, dass Papa fast meine Geburt wegen der Parkplatzsuche verpasst hätte, und ich musste kurz schmunzeln. „Nein, Papa, das meine ich nicht. Der Fehler ist: Ich bin kein Mädchen."

Es trat ein kurzer Moment der Stille ein. Papa sah nachdenklich aus. Ich versuchte, mich weiter zu erklären: „Ich hab einfach festgestellt, dass ich keine Frau bin. Ich will anfangen, Hormone zu nehmen, und wünsche mir, mich wohler in meiner Haut zu fühlen, wenn sich Dinge an mir verändern."

„Mh, ich verstehe." Papa schaute mich an. „Ich muss das erst mal sacken lassen, aber eins steht fest und das weißt du auch: Mama und ich haben dich sehr lieb. Und ich möchte dich immer unterstützen, egal was kommt." Papa kam einen Schritt auf mich zu und nahm mich wieder fest in den Arm. Noch während ich an ihn gedrückt dastand, sagte er zu mir: „Jetzt müssen wir nur schauen, wie wir das der Mama erzählen. Du kennst sie ja, sie ist manchmal etwas überschwänglich mit ihren Emotionen. Aber wir bekommen das schon hin." Wärme und Erleichterung machten sich in mir breit. Auf dem Rückweg im Auto erzählte ich Papa davon, wie sich die Dinge rund um mich und meine Identität in den letzten Wochen und Monaten entwickelt hatten. Wir verabredeten, dass wir es Mama, Olli, Tante Bärbel und ihrem Partner am Samstag gemeinsam beim Brunch erzählen würden.

„Papa", sagte ich, als wir gerade vor dem Haus geparkt hatten und er den Schlüssel aus der Zündung zog. „Ich heiße jetzt Leo."

Papa saß ganz still da noch mit dem Lenkrad in der Hand und schaute vor sich aus dem Fenster. *Was wohl gerade durch seinen Kopf gehen muss?* „Mhm." Mehr kam erst mal nicht von ihm.

Er schien nachzudenken. Ich wusste nicht so recht, ob ich jetzt aussteigen sollte. Sollte ich warten? Und gerade als ich mich dazu entschlossen hatte, auszusteigen, und meine Hand Richtung Türgriff bewegte, sagte Papa: „Leo also. Drei Buchstaben. Zwei Silben. Das sollte machbar sein."

Papa, der Analytiker. Das mochte ich so sehr an ihm. Er schien sich immer erst genau zu überlegen, was er sagen würde, bevor er seinen Worten freien Lauf ließ. Mir war klar, dass die ganze Situation für ihn komplex sein musste – dass er mit so etwas definitiv nicht gerechnet hatte. Aber ich hatte das Gefühl, dass er verstand: *Hier geht's gerade um etwas ganz Wichtiges.*

Mama begrüßte mich überschwänglich, als wäre ich das lang verschollene Kind, das endlich wieder den Weg nach Hause gefunden hatte. Dabei hatten wir uns ja an Weihnachten noch gesehen. Mama schaute mich an: „Du hast im Urlaub schon wieder abgenommen! Langsam reicht es aber mal damit."

Abgenommen hatte ich nicht weiter, aber wahrscheinlich hatte sie das optische Puzzle, dass meine Brust flach gedrückt war, noch nicht ganz zusammengesetzt. Ich stand bei uns im Flur und zog mir die Schuhe aus. Der wohlig warme Duft meines Elternhauses gab mir immer wieder das Gefühl, angekommen zu sein. Es war eine Mischung aus dem Geruch der warmen Stoffe der Vorhänge und Teppiche, Mamas Parfüm und eigentlich immer irgendetwas, das gerade in der Küche vor sich hinköchelte. „Was gibts denn heute?", fragte ich Mama, die schon wieder halb aus dem Flur verschwunden war.

„Für dich Gemüse-Lasagne und für uns normale Lasagne." Jetzt wo sie es sagte, konnte ich den Geruch des Essens auch zuordnen. „Gemüse-Lasagne ist auch normale Lasagne. Alles eine Frage der Definition." Ich wollte Mama ein bisschen ärgern, war ihr aber dankbar, dass sie meine neuen Essgewohnheiten akzeptierte.

Es war der Samstag gekommen. Wie schon in den letzten zwei Tagen hatte ich mir ein extraweites Shirt angezogen, damit die flache Brust nicht so sehr auffiel. Eine Konfrontation mit Mama wollte ich unbedingt vermeiden, bevor nicht alle anwesend waren. Ich war wieder sehr nervös, auch wenn Papa an meiner Seite war.

„Tante Bärbel!", rief ich laut, als ich sie im Flur hörte. Ich sprang auf und lief ihr entgegen. „Hallo Michael." Irgendwie fühlte ich Erleichterung, als ich die beiden sah. Tante Bärbel würde mich akzeptieren, egal, was war. Das wusste ich. Nun waren alle zusammen. Selbst Olli hatte sich mal für seine Verhältnisse an einem Samstag früh aus dem Bett bewegt und saß mit uns allen um Punkt elf Uhr am gedeckten Tisch. Mama kam mit einem Tablett gefüllter Sektgläser aus der Küche herein und drückte jeder Person ein sprudelndes Gläschen in die Hand. „Es ist so schön, wieder alle hier zusammen zu haben. Vor allem auch, dass unser kleines – nein, ja jetzt großes Mädchen – von ihrer Weltreise unbeschadet und mit allen Gliedmaßen wieder zurück ist. Ein Prost auf unsere Familie!"

Papa stupste mich von der Seite an und räusperte sich nicht gerade unauffällig. Damit hatte er die Aufmerksamkeit aller Anwesenden auf uns gezogen.

„Ich glaube, wir müssen noch eine neue Person im Kreise unserer Familie willkommen heißen", sagte er und nickte mir dabei ermutigend zu. Ich spürte wieder, wie mein Puls hochging. Ich wischte mir meine schweißnassen Hände an der Hose ab. In den vergangenen Tagen hatte ich mir zigmal die Worte zurechtgelegt, die ich sagen würde. Aber jetzt waren sie alle weg. Mein Kopf war leer. Nichts mehr da. Nada. Es herrschte erwartungsvolle Spannung im Raum, bis Mama die Stille brach: „Und jetzt? Otto, was willst du denn damit sagen? Hast du uns einen Hund gekauft, oder was?"

Papa streichelte mir langsam über den Rücken und sagte leise: „Du kannst das. Ich bin da."

Ich spielte nervös mit meinen Fingern vor meinem Bauch und schaute auf den Boden. Ich erinnerte mich an das, was ich mir selbst letzte Woche noch geschworen hatte: *Du hältst immer den Kopf über Wasser und lässt dich nicht unterkriegen.* Ich richtete mich auf, atmete tief durch und setzte an: „Ich möchte euch gerne etwas erzählen." Ich spürte, wie Papa meine Hand griff und sanft dreimal drückte. Ich schaute ihn kurz an und lächelte. *Ich schaff das!,* wollte ich ihm damit zu verstehen geben. „Ava, wie ihr sie kennt, gibt es nicht mehr. Ava hat sich nämlich in den letzten Monaten verändert. Nein, eigentlich schon in den letzten zwei, drei Jahren." Die Worte, die ich mir überlegt hatte, kamen langsam zurück. „Es ist ein bisschen so wie bei einem Schmetterling. Ava war lange in einem Kokon gefangen und hat es nun endlich geschafft, sich zu befreien. Aber nicht nur zu befreien, sondern endlich frei und glücklich zu fliegen."

„Ich versteh nur Bahnhof", blaffte Olli mittendrin.

Papa schaute ihn mit einem zügelnden Blick an. „Psst, nicht jetzt, Olli. Das hier ist wichtig." Dann blickte er zu mir. „Mach weiter. Du machst das gut." Mal von Olli abgesehen, der sich zu langweilen schien, konnte ich die Spannung in den Gesichtern aller anderen sehen. „Ich möchte euch heute gerne Leo vorstellen. Leo hatte sich lange versteckt. Vielmehr wusste Leo nicht so richtig, wie er sich zeigen sollte." Noch einmal holte ich Luft und sagte schließlich: „Ich bin Leo. Ich bin kein Mädchen, wie lange gedacht. Ich bin ein Mann."

Als hätte es nicht dramatischer sein können, fiel Mama das Sektglas aus der Hand und zersprang auf dem Parkett in tausend kleine Scherben. Vor lauter Schreck ging sie gleich in die Knie und begann, die kleinen Scherben aufzulesen. Papa beugte sich zu ihr runter und zog sie vom Boden hoch. „Karin, lass. Ich kümmer mich drum."

Tante Bärbel kam mit offenen Armen auf mich zu: „Hallo Leo, es ist schön, dich kennenzulernen. Am Ende des Tages zählt, dass du glücklich bist. Alles andere ist zweitrangig. Egal, welchen Namen du trägst, ich liebe dich als den Menschen, der du bist."

Mir kamen die Tränen und ich spürte, wie mich die emotionale Spannung im Raum überforderte. Meine Mama, die ich über Tante Bärbels Schulter genau im Blick hatte, starrte mich entgeistert an und schüttelte leicht den Kopf. Sie hatte ebenfalls Tränen in den Augen und ich hörte sie leise sagen: „Mein Mädchen. Mein kleines Mädchen."

Papa hielt sie von der Seite im Arm. Als Tante Bärbel mich langsam losließ, sagte Mama auf einmal aufgebracht: „Ich hab's gewusst. Ich hab's gewusst. Seit deinem Abi-Ball hab ich es gewusst. Ich dachte schon, du fliegst mit Marta nur nach Thailand, um dich umoperieren zu lassen."

„Mama, das nennt man heute angleichen, nicht umoperieren lassen." Ich biss mir auf die Zunge. Sie zu korrigieren war jetzt gerade vielleicht nicht der richtige Moment. Papa fuhr ihr liebevoll mit der Hand über den Arm. „Karin, jetzt beruhig dich erst mal. Ich weiß, dass wir alle davon überrascht sind. Aber wie Bärbel schon sagte: Am Ende des Tages zählt, dass es Ava ... entschuldige, ich meine Leo, gut geht und er glücklich ist."

Mama schüttelte immer noch den Kopf und wiederholte leise: „Er." Sie verschwand im nächsten Moment in der Küche. Ich wollte ihr hinterherlaufen, doch Papa stoppte mich. „Gib ihr einen kurzen Moment. Sie wird das schon verknuspern. Glaub mir."

Ein paar Minuten später saß ich noch ganz still am Tisch und beobachtete Mama, die mit hektischen Bewegungen ein Messer durch die Quiche jagte und sie in Stücke schnitt. Ich versuchte mit meinen Augen ihren Blick einzufangen, aber sie wich mir immer wieder aus. Erst als ich ihr lautstark zu verstehen gab: „Mama, ich möchte ein Stück Quiche", kam sie nicht umher, mich anzusehen. Sie stand auf der gegenüberliegenden kurzen Seite des Tisches. Ich hielt ihr meinen Teller entgegen und sie schien mit dem Stück Quiche auf der Kuchenschaufel etwa fünfzehn Zentimeter von meinem Teller entfernt wie eingefroren. Es herrschte wieder eine unangenehme Stille. Von links neben mir hörte ich Tante Bärbel sagen: „Also, ich würde sagen, wir setzen uns jetzt alle mal ganz in Ruhe hin, trinken einen Schluck Wasser und sprechen dann über den Elefanten im Raum."

Auf sie war einfach Verlass. „Karin, möchtest du denn gar nichts dazu sagen, dass Leo uns hier heute etwas Wichtiges anvertraut hat?", fragte sie meine Mutter.

Meine Mama stocherte auf dem Teller vor sich in ihrem Stück Quiche und schob eine Erbse auf dem Teller von links nach rechts. „Karin?", hakte Tante Bärbel nach.

Meine Mutter seufzte und schaute mich dann mit einem sorgenvollen Blick an. „Was bedeutet das denn jetzt für uns?", wollte sie von mir wissen. Ich hatte noch keine Chance zu antworten, bevor sie nachsetzte: „Hab ich jetzt meine Tochter verloren?"

„Mama, ich bin doch hier. Ich bin doch nicht weg als Mensch!" Meine Stimme war ganz flach vor Aufregung. Ich war unruhig und konnte die Situation nur schwer einschätzen, weil ich nicht lesen konnte, was in Mama vor sich ging. Mama fragte mich weiter: „Seit wann bist du denn dieser Leo?"

Meinen Namen betonte sie dabei komisch, was mich noch mehr verunsicherte. „Bewusst darüber bin ich mir seit fast einem Jahr, aber wenn ich zurückblicke, wusste ich das schon immer."

Mama schaute mich ungläubig an. „Wie, schon immer? Du warst doch ein glückliches Mädchen. Vielleicht nicht der größte Fan von Kleidern, aber du hast doch auch mit Puppen gespielt."

„Mama, Spielzeuge bestimmen doch kein Geschlecht. Olli hat doch auch mit mir mit den Puppen gespielt, als wir beide noch klein waren", versuchte ich ihr zu erklären.

„Das halte ich aber für ein Gerücht!", meckerte Olli vom Kopfende des Tisches.

Papa tätschelte ihm die Schulter. „Doch, mein Lieber. Ihr habt damals, bis du so sechs oder sieben warst, viel mit Puppen gespielt."

Olli verschränkte seine Arme und rutschte tiefer in seinen Stuhl.

Ich räusperte mich. „Mama, erinnerst du dich an die Geschichte mit den Hüten auf dem Boot in Jugoslawien? Als ich vielleicht so drei war?"

Sie nickte mir zu. „Natürlich erinnere ich mich noch daran. Wie könnte ich den Urlaub nur vergessen! Die Hafenrundfahrt war so ein Desaster!"

Überrascht schaute ich sie an. „Du erinnerst dich auch an die Schifffahrt?" Hat sie damals etwa gespürt, dass das eine schlimme Situation für mich als Kind gewesen war?

Mama nickte energisch. „Das Schiff wäre fast gekentert und Papa war kurz davor, über Bord zu gehen. Das vergesse ich nie! Und wir Frauen mussten mit euch Kindern unter Deck und alle um uns herum haben gekotzt. Das war schlimm, sage ich dir und ich hatte so große Angst um euch und Papa mit den anderen Männern oben an Deck."

Das war nicht dieselbe Erinnerung, die ich an den Tag hatte, die sich bei mir so schmerzlich eingebrannt hatte. „Mama, daran kann ich mich gar nicht mehr erinnern."

Mama fügte noch hinzu: „Du hast die ganze Zeit geschrien wie am Spieß!"

Tante Bärbel lehnte sich neugierig vor. „Das ist ja spannend, woran erinnerst du dich denn von dem Tag?"

„Ich erinnere mich genau an den Moment, als wir von der Hafenkante über eine Rampe auf das blau-weiße Holzschiff gingen. Mama ganz vorne, vor mir Olli und hinter mir Papa.

Ich hielt mich an den Seilen links und rechts an der Rampe fest. Am Ende der Rampe hob mich Papa auf den Arm. Alle Kinder, die an Bord kamen, haben Pirat*innenhüte aus Papier bekommen. Die Jungs bekamen schwarze Hüte und die Mädchen rote. Ich sah, wie Olli seinen schwarzen Hut aufsetzte und ich einen roten Hut bekam. Sofort habe ich gesagt, dass ich auch einen schwarzen Hut bekommen möchte, doch der Mann vom Boot sagte, dass nur die Jungs die schwarzen Hüte bekommen und ich als Mädchen eben einen roten Hut. Ich war so wütend und fand das unfair. Deswegen habe ich geschrien."

Michael, Bärbels Partner, klinkte sich auch mit ein und fragte: „Daran, dass das Schiff fast untergegangen wäre, kannst du dich gar nicht mehr erinnern?"

Ich schüttelte den Kopf. „Kein bisschen."

„Das ist ja höchst interessant!", sagte Michael. „Da sieht man mal, dass das gleiche Erlebnis bei Menschen unterschiedliche Traumata hinterlassen kann."

„Pah, Traumata? Wegen einem Papp-Hütchen?" Mama war aufgebracht.

„Mama, du wolltest wissen, seit wann ich weiß, dass ich ein Junge bin. Das Erlebnis ist eine meiner ersten Kindheitserinnerungen. Ich bin mir unsicher, ob ich mich so klar und deutlich an etwas anderes von zuvor erinnere. Das hat bei mir ganz offensichtlich Spuren hinterlassen und ich wusste ganz genau, dass ich auch einen schwarzen Hut hätte bekommen sollen." Ich brauchte einen Schluck Wasser und fuhr dann fort. „Außerdem erinnere ich mich noch daran, dass ich damals, als wir die kurzen Abendgebete vor dem Schlafengehen gemacht haben, danach immer still und heimlich gesagt habe: ‚Und lieber Gott, morgen möchte ich mit einem Schniedelwutz aufwachen.' Ich hab ja gesehen, dass Olli da was hat, was ich nicht habe, und dachte, das wächst mir auch noch, wenn ich älter werde. Dass der Hase so nicht läuft, hab ich dann natürlich irgendwann verstanden und ab da begannen die Probleme. Oder würdest du sagen, dass ich das klassische Mädchen war?"

„Bei Weitem nicht! Von der Idee meines kleinen Püppchens mit den blonden Haaren musste ich mich ja schon recht früh verabschieden. Und dazu …", Mama brach mitten im Satz ab und wurde nachdenklich. „Aber jetzt, wo du es sagst, sehe ich das auch." Sie schaute mich an und bekam wieder Tränen in den Augen.

„Mama." Ich wollte nicht, dass sie traurig war. Ich wollte so gern meine Freude über meine Selbstfindung mit allen teilen. „Mir geht's jetzt gut damit."

„Aber die ganzen Operationen und all das, was da vor dir liegt. Das kann ich mir gar nicht ausmalen!" Sie stützte ihren Kopf in ihre Hände.

Papa schaltete sich endlich mal wieder mit ein. „Karin, jetzt mach doch mal langsam. Eins nach dem anderen. Vielleicht sollten wir jetzt erst mal rausfinden, was Leo von uns braucht."

„Ob Schwester oder Bruder, du bist und bleibst das nervige kleine Geschwisterchen." Olli zwinkerte mir dabei mit einem Auge zu. Er hatte nie ein Händchen für Sensibilität gehabt, aber damit ließ er mich auf seine ganz eigene Art und Weise wissen, dass er mich unterstützen würde.

„Ich wünsch mir einfach nur, dass ich euch nicht verliere. So viele Familien wenden sich von trans Menschen ab und davor habe ich große Angst." Plötzlich hatte ich wieder

Tränen in den Augen. Mama stand auf und kam auf mich zu. Kurz vor meinem Stuhl blieb sie stehen. „Komm mal her." Sie gab mir zu verstehen, dass ich aufstehen sollte. Mein Stuhl quietschte auf dem Boden, als ich vom Tisch zurückrutschte. Ohne etwas zu sagen nahm mich Mama in den Arm und hielt mich bestimmt für eine Minute oder länger fest. Dann drückte sie mich von sich weg, hielt mich aber mit ausgestreckten Armen an den Schultern. „Ich weiß noch nicht, wie ich es hinbekommen soll, dich Leo zu nennen, aber egal was, wir als Familie halten zusammen. Du bist mein Kind und als deine Mutter ist es meine Verantwortung, dich zu lieben, egal was kommt." Ich merkte, dass sie sich noch ein bisschen damit schwertat, aber ich konnte ein leichtes Lächeln in ihrem Gesicht erkennen. „Gib mir ein bisschen Zeit. Ich muss mich daran gewöhnen."

Nach dem Coming-out bei meiner Familie folgten noch viele Gespräche und ganz langsam schien die Angst meiner Mutter nachzulassen. Sie begriff allmählich, dass sie ihr Kind nicht verloren hatte – sondern nur die Hoffnungen, die sie für meine Zukunft gehabt hatte. Und irgendwie verstand sie, dass die Dinge sich zwar anders entwickelten, aber trotzdem okay waren. Mit Hoffnung und dem Wissen, dass meine Familie hinter mir stand, begab ich mich nun endlich auf meinen Weg der Transition. Schnell war ich aber erschlagen von der Flut an Informationen und der immer länger werdenden To-do-Liste. Suche nach Therapeut*innen für die Verordnung der Hormone, kompetente medizinische Betreuung für die Hormonbehandlung und dann war da noch der bürokratische Berg der Vornamens- und Personenstandsänderung. Das alles klang für mich schon wie ein Vollzeitjob und nebenbei musste ich ja tatsächlich auch noch irgendwie für meinen Lebensunterhalt sorgen, auch wenn monatlich ein bisschen Unterstützung von Mama und Papa kam.

Nach alldem, was ich von Liam und seiner Arbeit für die Community gesehen hatte, war ich motiviert, mich in eine ähnliche Richtung zu entwickeln. Ich wollte auch für meine Community arbeiten und mit den ganzen Hürden im Gesundheitssystem, mit denen ich auf einmal konfrontiert war, sah ich eine gute Chance, hier etwas positiv verändern zu können. Ich war viel mit Liam per WhatsApp im Austausch und wusste dadurch, dass er Public Health studiert hatte. In Berlin gab's diesen Studiengang nicht im Bachelor, aber ich fand dafür ein ähnliches Studium der Gesundheitswissenschaften an der Freien Universität. Denn für mich war klar, aus Berlin wollte ich auf keinen Fall weg. Dank meiner Ausbildung hatte ich auch genügend Wartesemester, um die Einstiegskriterien trotz meines schlechten Abis zu erfüllen. Das beginnende Wintersemester rückte immer näher und ich jobbte nebenbei in einem Café, um die Zeit zu überbrücken.

Es war ein sonniger Nachmittag im September. Mit dem nötigen Indikationsschreiben von einer Therapeutin in der Tasche saßen Marta und ich in der U 9 und stiegen an der Haltestelle Turmstraße aus. Mein Herz klopfte so stark, dass ich das Gefühl hatte, alle um mich herum konnten es spüren. Als wir die Rolltreppe hochfuhren, hakte ich mich bei Marta ein und gab ein quiekendes Geräusch von mir.

„Ist da etwa jemand aufgeregt?" Grinsend drückte sie meinen Arm.

Mir war klar, dass sie darauf keine richtige Antwort erwartete. Seit Tagen nervte ich sie mit dem großen Tag, an dem ich nun endlich nach monatelangem Warten die erste Spritze Testosteron bekommen sollte. Der Arzt hatte vorab schon eine Reihe Untersuchungen laufen lassen und nun stand dem Schritt, meinen Körper ein bisschen näher an meine Identität zu bringen, endlich nichts mehr im Wege. Von den Vorgesprächen kannte ich den kurzen Fußweg zur Praxis ganz genau. „Jetzt renn doch nicht so. Wir sind eh viel zu früh dran." Marta zog mich am Ellbogen ein Stück näher zu sich heran.

Für mich konnte es nicht schnell genug gehen. Kurze Zeit später saß ich im Wartezimmer der Praxis und schaute auf den türkis gestrichenen Teil der Wand. „Das Interior-Design hat was von den frühen 2000ern. Findest du nicht auch?", fragte ich Marta.

„Ja, stimmt irgendwie. Aber du musst hier ja zum Glück nicht einziehen."

Vor lauter Lachen hätte ich fast meinen Namen überhört, der über den Lautsprecher im Wartezimmer durchgesagt wurde.

„Sind Sie bereit?", fragte mich kurze Zeit später der Arzt, als ich mit halb runtergelassener Hose vor ihm lag und den kühlen Wind an der Hautstelle spürte, die er gerade mit einem Alkoholtupfer gereinigt hatte.

Ich schaute Marta voller Vorfreude an, die neben mir stand und meine Hand hielt. „Mehr als bereit! Wegen mir hätte es gestern schon losgehen können!"

„Dann einmal bitte entspannen und ausatmen." Im nächsten Moment spürte ich schon einen kleinen Piks in meinem Gesäß und ein leichtes Drücken im Muskel. Adrenalin und

Euphorie schossen in alle Richtungen meines Körpers und ich hätte in dem Moment die Welt umarmen können. In den letzten Tagen hatte ich noch ein paarmal gezweifelt. Das Gefühl in meinem Bauch bestätigte mir aber sofort in dem Augenblick, als die Nadel in meine Haut eintauchte, dass es die richtige Entscheidung war! Voller Elan, als hätte der Arzt mir gerade Energydrink in die Venen gejagt, sprang ich von der Liege auf und umarmte Marta.

Mit einem Lächeln im Gesicht sagte der Arzt: „Die Reaktion seh ich so gerne bei meinen Patienten*innen. Deswegen gebe ich gerne die erste Spritze. Die weiteren verabreichen dann zukünftig die Kolleg*innen vorne im Labor. Wir bleiben jetzt erst einmal zwei, drei Monate bei Testoviron alle vierzehn Tage und steigen dann auf die Zwölf-Wochen-Depot-Spritze Nebido um. Am Anfang machen wir alle vier Wochen Bluttests, um zu schauen, wie der Testosteronwert sich entwickelt. Machen Sie bitte dafür vorne am Empfang direkt die Termine aus."

So ein kleiner Stich und eine winzige Menge Flüssigkeit, die so viel Veränderung hervorbrachten. Nach den ersten sieben Spritzen – gut drei Monaten später – konnte ich die Veränderung selbst deutlich sehen. Nachdem sich in den ersten sechs Wochen gefühlt erst mal gar nichts zu verändern schien – außer, dass meine Klitoris fast um das doppelte gewachsen war und ich eine Lust auf Sex verspürte, die mir vorher so nie bekannt war –, veränderte sich auf einmal schlagartig alles! Pünktlich zu Martas Geburtstag im Dezember begann bei mir der Stimmbruch und sie machte sich an ihrem Ehrentag den Spaß, mich mehrfach um ein Ständchen zu bitten. Mir brach bei jedem dritten Ton von *Happy*

Birthday die Stimme weg und sie kriegte sich vor lauter Lachen gar nicht mehr ein. Jeden Tag stand ich vor dem gut beleuchteten Spiegel im Bad und suchte nach neuen kleinen dunklen Härchen, die mir erst mal nur am Hals sprossen. Nach gut zwei Monaten sah ich aber auch die ersten Haare am Kinn und deutlich dichter werdende Koteletten. Jedes einzelne Haar begrüßte ich innerlich und hoffte, dass noch viele mehr folgen sollten.

In den nächsten Wochen wühlte sich Marta mit mir durch einen Berg von Papierkram. Erst suchten wir Unterlagen für die Krankenkasse zusammen, dann noch mehr Unterlagen für den Antrag bei Gericht, um meinen Namen und Personenstand von weiblich auf männlich ändern zu lassen. Mehr als einmal stand ich kurz davor, alles hinzuschmeißen, aber jedes Mal fing Marta mich wieder auf. Nach dem Vorsprechen bei Gericht, was allein schon eine total komische Situation gewesen war, wurden von mir auch noch zwei psychologische Gutachten gefordert, die meine *Transsexualität* bestätigten.

„Erstens finde ich den megaveralteten Begriff transsexuell scheiße und zweitens weiß ich doch selbst wohl am besten, wer ich bin. Das muss niemand prüfen. Schon gar nicht irgendwelche Psycho-Leute, die keine Ahnung von dem Thema haben. Weißt du, was die Kackbratze mich heute gefragt hat?", wetterte ich beim Abendessen mit Marta nach meinem zweiten von insgesamt sechs Gesprächen mit einer der Gutachterinnen aufgebracht.

Marta schüttelte nur den Kopf. „Ne, aber ich kann's mir vorstellen – nach dem, was du letztes Mal erzählt hast."

„Die wollte doch allen Ernstes jedes noch so kleine Detail über mein Sexualleben herausfinden. Mit wem ich Sex habe, welche Stellung ich dabei einnehme und dann sollte ich noch ganz genau beschreiben, an was ich denke, wenn ich mir einen runterhole." Ich verschluckte mich an einer Gabel Reis und Tofu. Als ich endlich aufhörte, zu husten, fuhr ich fort: „Und weißt du, was die Krönung war? Da fragt mich die Trulla doch zum Schluss noch: Könnten Sie mir bitte sagen, wie häufig Sie Stuhlgang haben und welche Konsistenz Ihr Stuhl hat?" Ich machte dabei die Stimme der Therapeutin nach.

Marta fiel ihre Gabel aus der Hand. „Nein! Das hat sie dich gefragt?! Das kann doch nicht wahr sein!"

Ich nickte energisch. „Hat sie. Und da soll mir einer mal erklären, was meine Kacke mit meiner Identität zu tun hat?"

Für diese unnötige Gutachtenscheiße durfte ich am Ende knapp 3.000 Euro aus eigener Tasche hinblättern. Das Schlimmste an den ganzen Prozessen der Anträge – egal ob nun bei Gericht oder Krankenkasse – war die Ungewissheit und die lange Zeit des Wartens. Ich wusste ja längst, wer ich war und was ich wollte. Aber der ganze Scheiß zog sich ewig in die Länge. Die Zeit zwischen den Jahren nutzte ich für eine Hausarbeit für die Uni. Ich kam gerade vom Recherchieren aus der Bibliothek nach Hause und fischte die Post aus dem Briefkasten. Und da war er: ein Brief der Krankenkasse. Ich rannte sofort die Treppen nach oben, zwei Stufen auf einmal nehmend.

„MARTA!", rief ich laut in den Flur.

„O Gott Leo, ist alles okay? Was schreist du denn so?" Sie stand mit weit offenen Augen in der Tür zu ihrem Zimmer.

„Die Krankenkasse hat geantwortet!" Ich hielt den Brief in die Luft. „Hier! Mach du ihn auf! Ich trau mich nicht!"

Marta nahm mir den Brief aus der Hand. Sie wusste, um was es ging. Nach dem Stress mit den Gutachten musste jetzt mal was Gutes kommen. Die Kostenübernahme für die Mastektomie würde bedeuten, dass ich endlich einen Termin in der Klinik ausmachen und vielleicht sogar noch vor dem Sommer die OP machen lassen können würde. Marta öffnete den Brief vorsichtig an einer Seite und zog das Schreiben ganz langsam aus dem Umschlag. „Willst du mich hier unnötig auf die Folter spannen? Nun lies schon vor!"

Marta faltete den Brief auseinander und ich sah ihre Augen über die Zeilen fliegen. Ihr anfänglich optimistischer Gesichtsausdruck verwandelte sich schnell in eine ernste Miene.

„Marta, was ist es? Mach jetzt keinen Scheiß, das ist nicht witzig!"

Marta presste die Lippen aufeinander und blickte vom Schreiben auf. „Leo, es tut mir leid. Sie haben deinen Antrag nicht genehmigt."

Ich riss Marta den Brief aus der Hand und wollte mich selbst überzeugen. „Haben die denn Arsch offen? Ich erfülle die Voraussetzungen nicht?", schrie ich das Blatt Papier in meiner Hand an.

Marta streichelte mir wohlwollend über die Schulter. „Leo, ich hab in dem trans Forum gelesen, dass die das oft einfach ohne klare Gründe ablehnen, um die Entscheidung hinauszuzögern."

Völlig aufgebracht platzte es aus mir heraus: „I know. Das hab ich selbst gelesen. Aber was denken die denn, dass mir die Brüste von alleine abfallen oder ich in 'nem halben Jahr denk, klar, mit den ollen Eutern kann ich problemlos leben? Die sind doch einfach nur scheiße!" Mir war in dem Moment klar, dass der Sommer oben ohne damit hinfällig war. Ein Einspruch mit dem anhängigen Verfahren konnte sich gut über mehrere Monate ziehen und die Kliniken hatten einen Vorlauf von mindestens einem halben Jahr.

„Wir finden eine Lösung für dich, Leo. Das kann einfach nicht sein, dass das System trans Menschen so schikaniert. Hast du schon mal drüber nachgedacht, die OP selbst zu bezahlen? Dann bist du nicht von der Krankenkasse abhängig."

Hatte Marta jetzt völlig den Verstand verloren? „Und von welchem Geld soll ich das bezahlen? Von den 3,50 Euro Trinkgeld vom Café gestern?"

„Ich hab auf Insta schon häufiger gesehen, dass Leute Fundraiser für trans OPs machen, und ich bin mir sicher, dass deine Eltern dich auch unterstützen würden."

Martas Vorschlag klang immer noch sehr komisch in meinen Ohren. „Ich hab keinen Bock, meinen Eltern irgendwas schuldig zu sein." Ich lief in mein Zimmer und versuchte mich zu beruhigen. Es musste auf jeden Fall eine andere Lösung her. Das konnte ich nicht auf mir sitzen lassen. Aufgeregt ging ich auf und ab und ärgerte mich über die Ignoranz der Krankenkassen. *Schnallen die denn nicht, dass sie uns damit noch mehr Schaden zufügen und in der Zukunft dann das alles wieder mit teurer Therapie zusammenflicken können?*

Doch Martas Vorschlag, die OP selbst zu zahlen, ließ mich nicht mehr los. *Wenn ich selbst bezahle, kann ich mir die Klinik und die Chirurg*innen auch freier aussuchen.* Nachdem ich Liams Brust in Australien gesehen hatte, wünschte ich mir später bei meinen Recherchen, dass die Ärzt*innen in Deutschland auch so gute Ergebnisse erzielen würden. Man sah bei ihm kaum eine Narbe und die Transplantation und die Verkleinerung der Nippel waren perfekt gemacht. In trans Foren teilen viele Menschen Ergebnisbilder nach ihrer OP. Nur bei den Eingriffen von deutschen Ärzt*innen hatte ich noch nichts Vergleichbares gesehen.

Ich schrieb Liam eine WhatsApp-Nachricht:

> Hey Cutie, sag mal, wie heißt noch mal der Doc in Florida von deiner Mastek?

Wegen der Zeitverschiebung musste ich für mich viel zu lange zwei Stunden auf seine Antwort warten. Er war gerade aufgewacht:

> Good morning, Stranger. Dr. Charles Garramone heißt der Doc. Wieso?

> Vielleicht fliege ich da auch hin. Die scheiß deutsche Krankenkasse hat meinen Antrag abgelehnt.

> O, Mann, das tut mir so leid, Hun. Aber Dr. Garramone kann ich von A-Z nur empfehlen.

Sofort setzte ich mich an den Laptop und rief die Website des Arztes auf. Ich steuerte als Erstes die Preisliste an. *Fuck! 7.000 bis 10.000 Dollar!* Ich googelte den Wechselkurs

und rechnete den Mittelwert von 8.500 Dollar in Euro um. Knapp 7.000 Euro plus Reisekosten. Das waren mindestens 10.000 Euro. Ich spürte, wie mein Telefon in der Hosentasche vibrierte. *Mama & Papa* leuchtete auf dem Display auf. *Die haben mal wieder den siebten Sinn dafür, dass was los ist.*
„Hallo", sagte ich mit belegter Stimme.

„Hallöchen, alles okay bei dir?", fragte Papa.

„Geht so. Die Krankenkasse hat meinen Antrag für die OP abgelehnt. Widerspruch dauert ewig und selbst zahlen bei einem guten Arzt in den USA kostet ein Vermögen", fasste ich die letzten Stunden kurz und knapp zusammen.

„Da zahlt man jeden Monat so viel Geld in die Krankenkasse ein und dann kommen sie ihrer einzigen Aufgabe nicht mal nach", regte sich Papa auf.

Mama war bislang still gewesen und fragte dann aber: „Was ist denn ein Vermögen? Und warum USA?"

„Die Ärzt*innen da drüben sind einfach viel weiter, haben viel mehr Erfahrung und bessere Operationsmethoden. Das würde mit allem Drum und Dran um die 10.000 Euro kosten", erklärte ich.

„Puh." Mama atmete hörbar laut aus. „Das ist nicht wenig. Aber sicherlich gut investiert, wenn es eine bessere Behandlung ist. Hast du mal drüber nachgedacht, dass du ja noch den alten Bausparvertrag hast, in den Papa und ich monatlich noch einzahlen? An das Geld kannst du jederzeit ran und du kannst selbst entscheiden, für was du das ausgibst. Das sollte für die Kosten mittlerweile ausreichen."

„Wie jetzt? Das geht? Ich dachte immer, das Geld könnte ich nur bekommen, wenn ich bauen will." Vielleicht schien nun doch nicht alles verloren? Meine Verzweiflung war noch gut spürbar, aber unter sie mischte sich auch ein bisschen Aufregung und Hoffnung.

***

Mama hatte recht gehabt und so saßen Marta und ich knapp drei Monate später im Flieger nach Miami in Florida. Nachdem Mama sich am Anfang etwas schwergetan hatte mit meiner Veränderung, hatte sie mich in den letzten Monaten immer mehr unterstützt. Sie war sogar mit Papa mal zu einem Eltern-Treffen von trans Kinder gegangen. Und ich glaube, das hatte bei ihr einiges angestoßen. Als ich die Schnalle meines Gurts im Flieger gerade geschlossen hatte, überkam mich ein Strudel an Glücksgefühlen. Ich konnte es nicht fassen: Ich würde den ersten Sommer oben ohne erleben! Marta kam als Begleitperson mit, da der Arzt die OP nicht ohne Unterstützung für die Nachsorge durchführte. Ein Vorteil der OP in den USA war auch, dass ich keine sieben Tage im Krankenhaus bleiben musste, sondern die Mastektomie ambulant durchgeführt wurde. Ich hasste Krankenhäuser, aber gleichzeitig machte mir der Gedanke an eine OP dieser Größenordnung als ambulanter Eingriff Angst.

Wir kamen drei Tage vor der OP an, um uns zu akklimatisieren. Unser Hotel lag in einem Vorort zwischen Miami und Fort Lauderdale direkt an der Küste. Es dauerte keine drei Minuten und wir waren mit den Füßen im Meer. Und das Wetter! Es war einfach Hochsommer im März. Um uns herum lagen nur ältere Menschen jenseits der Siebzig auf ihren

Liegestühlen und hielten sich große Spiegel vor das Gesicht, die die Sonne zum noch stärkeren Bräunen reflektierten. Marta stupste mich an: „Alter, Leo, ich dachte, das machen die in den Filmen nur aus Spaß! Ist das krass und die sind vor allem alle schon so braun, dass ich wette, dass die Haut sich wie so knusprige Haut am Grillhähnchen anfühlt, wenn man die anfasst!"

Ich musste lachen und stellte mir bildlich vor, wie die Haut der Personen bei Berührung schon fast zerbröselte.

Am Vortag der OP hatten wir ein Gespräch mit Dr. Garramone in seiner Praxis, bei dem er uns noch mal das Prozedere der etwa dreistündigen OP erklärte und Marta genau über die Nachsorge informierte. Sie schrieb eifrig in ihrem Notizbuch mit. „Ich will bloß nix falsch machen hinterher", sagte sie.

Wir holten noch ein paar Medikamente und Schmerzmittel aus der Apotheke und machten einen Großeinkauf für die kommenden Tage. Ich schlief unruhig in der Nacht, denn ich war tierisch nervös vor dem großen Tag der OP. Außerdem hatte ich wahnsinnige Angst vor den Schmerzen danach. Als Marta auf eins der Medikamente schaute, die der Doc mir verschrieben hatte, sagte sie nur: „Krasser Scheiß! Da ist Codein drin. Das ist ein Opioid! Wenn die dir so was verschreiben, dann mach dich mal auf was gefasst!"

Ich lag in einem blauen Kittelchen mit sexy Einweg-Netzunterhose in einem Krankenhausbett. Dr. Garramone war gerade da gewesen und hatte mit einem Stift auf meiner Brust rumgemalt, um die Schnittverläufe zu markieren. Komischerweise war ich ganz ruhig. „Marta, das fühlt sich alles richtig an und ich glaub, ich bin hier gut aufgehoben. Ich bin froh, dass du mit dabei bist. Danke."

Sie lächelte und griff nach meiner Hand. „Hey, ich mach das nur für den kostenlosen Trip in die USA." Frech zwinkerte sie mir zu.

„Du olle Trulla wieder!" Ich wusste, dass sie alles dafür getan hätte, mich hierbei zu unterstützen – egal, was es sie gekostet hätte. Aber Papa hatte darauf bestanden, dass meine Eltern ihre Reisekosten übernehmen würden. Eine freundlich schauende schwarze Krankenschwester kam, um mich abzuholen. „Ready?", fragte sie in ruhigem, warmem Tonfall.

„Ready", bestätigte ich mit fester Stimme und das Letzte, an das ich mich dann erinnerte, war, dass ich vom Bett rüber auf einen OP-Tisch krabbelte und mir eine Atemmaske über Mund und Nase gedrückt wurde. Drei, zwei, eins und ich war weg.

Ich spürte einen enormen Druck auf meiner Brust und betastete in einer Slow-Motion Bewegung meinen Kehlkopf. *Warum tut der denn weh?*, fragte ich mich.

„O, hey Cutie, du bist ja wach!", sagte die Krankenschwester, die mich auch abgeholt hatte. Sie schob mich direkt in einen anderen Raum und ich sah Marta auf einem Stuhl warten. „Du hast's geschafft! Ich bin stolz auf dich!", sagte sie und griff nach meiner Hand.

Die Krankenschwester drückte mir von der Seite noch einen Becher in die Hand. „Hier, trink mal einen kräftigen Schluck Ginger-Ale. Das kalte Getränk tut der Kehle nach der Intubation gut und bringt deinen Kreislauf in Schwung."

Ich griff nach dem kühlen Becher mit der blubbernden Flüssigkeit und den Eiswürfeln drin. Ich trank alles mit einem Mal aus und das tat meinem Hals wirklich gut. Noch völlig benommen von der Narkose gab ich Marta den leeren Becher und schob langsam die Bettdecke von mir weg. Ich blickte an mir runter und strich mir mit beiden Händen über die Brust. *Sie sind weg. Endlich weg!*

Marta und ich verbrachten noch weitere acht Tage in unserer kleinen Residenz in der Nähe vom Strand und gingen jeden Tag ein paar Minuten mehr an der Promenade spazieren. Der Arzt hatte mir gesagt, dass ich unbedingt schon am Tag nach der OP anfangen musste, mich zu bewegen. Das war wichtig für die Zirkulation und damit sich das Wundwasser nicht anstaute. Die Codein-Tabletten brauchte ich am Ende gar nicht, da die Schmerzen erträglich waren. Ich war fest eingewickelt in einen Druckverband, der es mir allerdings unmöglich machte, durchzuatmen. Quasi Binder tragen hoch zehn.

Aber der Tag war schnell gekommen, an dem Marta und ich uns wieder in den Praxisräumen von Dr. Garramone in Fort Lauderdale einfanden. Es war DER Tag, an dem der Verband abgenommen wurde! Ich konnte an dem Gesichtsausdruck des Arztes erkennen, dass er sichtlich Freude daran hatte, und ich dachte an meinen Doc in Berlin und die erste Hormonspritze. Die Drainagen waren schnell gezogen und endlich durfte ich mich im Spiegel anschauen. Über Jahre hatte ich den Blick in den Spiegel mit nacktem Oberkörper gemieden. Ich drehte mich zur Seite, um mich im Profil anzusehen. *Das sieht so verdammt geil aus!* Ich war völlig erstarrt von dem Anblick, den ich mir schöner nicht hätte ausmalen können. Ich spürte förmlich, wie ein großer Ballast von mir abgefallen war. Als ich noch völlig geflasht von dem Anblick vor dem Spiegel stand und gar nichts sagen konnte, tastete mir Dr. Garramone vorsichtig über die Brust. „Die Schwellung wird noch deutlich zurückgehen und die Fäden lösen sich in den kommenden drei Wochen von selbst auf."

Als wir fertig waren und das Praxisgebäude verließen, blieb ich auf dem Treppenabsatz davor stehen. Marta schien in Gedanken zu sein und lief einfach weiter. Ich holte so tief Luft, wie ich nur konnte, und spürte die Freiheit, die mein Brustkorb nach so langer Zeit unter dem Druck des Binders und jetzt des Druckverbands nicht mehr gewohnt war. Als Marta merkte, dass ich stehen geblieben war, drehte sie sich um und war ganz erschrocken.

„Leo, was ist denn los? Hast du Schmerzen?"

Ich stand da, schaute an mir herunter und weinte. Zum ersten Mal, seit der Verband ab war, traute ich mich, meine Brust anzufassen, und berührte mich vorsichtig Stück für Stück. Große Tränen kullerten mir über die Wangen und tropften vor mir auf den Boden.

„Leo, sag doch, was ist los?" Marta machte sich hörbar Sorgen.

Ich schaute auf und ein leichtes Lächeln tauchte in meinem Gesicht auf. „Marta, ich bin so, so glücklich! Weißt du, was gerade passiert ist?"

Sie schaute mich sichtlich verwirrt an und schüttelte den Kopf.

„Der Wind hat den Stoff von dem Hemd gerade hier, genau hier an die Stelle auf meine Haut gepustet. Das hat gekitzelt." Ich deutete mit dem Finger genau auf die Mitte meiner Brust auf Höhe des Brustbeins. Marta schaute mich immer noch etwas verwundert an.

„Ich kann mich nicht dran erinnern, wann ich das letzte Mal da einen so leichten Stoff gespürt habe. Meine Brüste waren ja immer im Weg. Und das hat sich gerade so schön angefühlt." Das kleine Lächeln ging über in das größte Grinsen, das sich auf meinem Gesicht breitmachte. Nun verstand auch Marta, dass ich vor Freude weinte und einfach nur ein Glücksgefühl in mir explodierte, das ich zuvor so noch nie verspürt hatte.

Kapitel 11

ZU HAUSE AM FUSSE DES REGENBOGENS

Marta und ich hatten die Sonne im Gepäck, als wir Ende März aus Florida zurückkamen, und es war für mich eine völlig neu gewonnene Freiheit, endlich ohne Binder rumzulaufen. Als die Sommermonate näher kamen, war kein synthetischer Stoff mehr eng auf meine feuchte Haut gepresst. Gerade wenn es richtig heiß war und ich viel schwitzte, waren die Binder einfach nur die absolute Hölle gewesen. Meine Haut war oft irritiert gewesen und hin und wieder hatte ich sogar wunde Stellen direkt unter der Achselhöhle gehabt. Aber all das würde ich nie wieder erleiden müssen! Marta und ich spazierten gerade dem Sonnenuntergang auf dem Tempelhofer Feld entgegen, als ich ihr erzählte: „Marta, die meisten cis Typen auf Grindr sind so seltsam. Da kommt kein ‚Hallo' oder ‚Wie geht's?', sondern die schicken dir gleich völlig unvermittelt ein Bild von ihrem besten Stück. Das ist echt unglaublich und von Consent haben die anscheinend noch nie was gehört."

Marta lachte. „Ich versteh das voll, consent is sexy, aber ich würd so gern auch mal wieder einen Dödel sehen. Ich hatte so lange keinen Sex mehr ..."

Wir kamen gerade am Urban-Gardening-Projekt auf dem Feld vorbei, als Marta mitten in der Unterhaltung auf einmal plötzlich sagte: „Endlich hab ich's, Leo!"

Ich blieb stehen und schaute sie fragend an.

„Ich hab mich die ganze Zeit gefragt, was an dir anders ist." Dadurch wurde mir nicht gerade klarer, worauf Marta hinauswollte.

„Dearie, na, bei mir ist ganz schön viel anders. Gestern hab ich zum Beispiel gesehen, dass mir jetzt langsam Haare auf der Brust wachsen. Nicht nur um die Nippel. Sondern richtig mitten auf der Brust!"

Marta schüttelte den Kopf. „Nein, nein, diese Veränderungen meine ich nicht!" Marta richtete sich ganz gerade auf und nahm die Schultern sichtbar zurück. „Genau so siehst du jetzt auch aus. Du läufst aufrecht. Nicht wie früher mit rundem Rücken. Ich seh, wie stolz du mittlerweile durch die Welt gehst, und es macht so viel Freude, dir dabei zuzusehen."

Marta war nicht nur die beste Freundin, die man sich vorstellen konnte, sie war auch ein von Grund auf aufmerksamer Mensch. Als sie das sagte, richtete ich mich noch weiter auf. Sie hatte natürlich, wie immer, recht. Jetzt, wo sie es sagte, fiel es mir auch auf. Ich nahm mir vor, dass es nie wieder anders sein sollte. Ich wollte stolz durch die Welt gehen und als nächster Stopp auf dieser Lebensreise stand Amsterdam auf dem Plan.

Ich freute mich total auf den Trip in die Niederlande, denn dort konnte ich endlich nach langer Zeit Liam und River wiedersehen. Die beiden hatten ihren Traum von einer kleinen Tour durch Europa wahr werden lassen und hatten einen kleinen Gig beim Queeristan Festival in der schönen Grachtenstadt. Das konnte ich mir nicht entgehen lassen.

River und Liam holten mich vom Bahnhof ab. So lange hatten wir uns nicht gesehen und fielen uns am Bahnhof überschwänglich in die Arme. Als Artists wurden die beiden von den Organisator*innen des linken, queeren Festivals in einem großen Hausprojekt mitten im Stadtzentrum untergebracht und ich konnte bei den beiden übernachten. „Leo, in unserer Unterkunft wartet schon jemand ganz aufgeregt auf dich!", sagte River, als wir gerade zu Fuß an einem Kanal entlangliefen.

Ich schaute ihn fragend an und hatte absolut keinen Plan, wovon er redete. Seine Piercings glänzten in der Sonne und waren dadurch noch auffälliger als sowieso schon. „Wer soll denn da auf mich warten?"

„Oh, ein wunderschöner Mann namens Assaf. Er sagt, er kennt dich, und ist auch mit seiner Band hier." Liam schaute mich dabei mit einem flirtenden Blick an. „Und wenn ich sage wunderschön, dann meine ich wunderwunderschön. Solche Augen hab ich noch nicht gesehen!"

Assaf? Wer zur Hölle ist denn Assaf? In meinem Kopf schossen Gedanken in alle Richtungen, aber ich konnte mir keinen Reim darauf machen, wo ich eine Person mit auffälligen Augen und einem noch auffälligeren Namen getroffen hatte. Aber River löste das Rätsel ein bisschen auf. „Als wir erzählten, dass unser Freund Leo noch kommt, fragte Assaf: ‚Welcher Leo?' Als wir ihm ein Foto von dir gezeigt haben, fingen seine Augen an zu leuchten. Er sagt, ihr hättet mal gechattet."

„Ah, das kann sein. Ich hab mir vor 'nem Monat oder so Grindr runtergeladen und mit ein paar Typen geschrieben. Aber ich hab mich bislang nicht getraut, mich mit irgendwem zu treffen."

Ich schämte mich ein bisschen, weil ich wusste, dass Liam und River viel mehr Erfahrung mit Sex und unterschiedlichen Partner*innen hatten als ich. Anmerken lassen wollte ich mir natürlich nichts. An dem linken Hausprojekt angekommen, standen zwei Personen gerade in der Tür und trugen Musikinstrumente ins Haus. Ich konnte sie vor mir auf der Treppe nur von hinten sehen. Einer von den beiden war etwas kleiner als ich und trug eine rosa Basecap mit dem Schirm nach hinten und hatte eine kurze Hose und ein Shirt in Batik-Muster an. Die andere Person trug ein rotes Tanktop und sehr kurze Jeansshorts, aus denen stark behaarte Beine ragten. Die Person musste um die 1,80 Meter groß sein. „Hey Assaf, hey Eli, braucht ihr Hilfe beim Tragen?", rief Liam hinter mir die Treppe hinauf.

Beide drehten sich um und an den leuchtend blauen Augen der größeren Person erkannte ich, dass dies Assaf sein musste. Und ja, sein Gesicht kam mir tatsächlich von Grindr bekannt vor. Als Assaf mich erblickte, fing er breit an zu grinsen. Vom Treppenabsatz über uns sagte er: „Hey, ich hab schon gehört, dass du kommst. Ich freu mich, dass wir uns endlich mal persönlich kennenlernen."

Ich war verlegen und brachte nur ein einfaches „Hallo" über die Lippen. Assaf sah in echt viel besser aus als auf seinen Bildern online. Er hatte dunkelbraune, fast schwarze kurze, aber sehr volle Locken und einen dunklen, dichten Vollbart. Seine Haut war auch etwas dunkler und hatte eine

Art goldenen Schimmer. Im Kontrast zu alldem stachen seine blauen Augen richtig heraus und hatten einen Glanz an sich, der mich innerlich umwarf. *Wow!*

„Leo, kommst du auch?", fragte mich Liam. Er und River waren schon bei den anderen beiden auf dem Treppenabsatz angekommen.

Ich merkte erst jetzt, dass ich immer noch wie angewurzelt mitten auf der Treppe stand und Assaf anstarrte. Mein Gesicht wurde warm und ich spürte, wie ich rot anlief. *Hoffentlich hat niemand etwas gemerkt.* Als ich mich wieder in Bewegung setzte und die Treppen weiter hochlief, schien auch Assaf mich nicht aus den Augen zu lassen. Das machte meinen hochroten Kopf natürlich nicht besser und ich versuchte mich rauszureden: „Puh, ist euch auch so warm vom Treppenlaufen? Ich merk richtig, wie mir davon die Hitze in den Kopf steigt."

River lachte: „Du bist auch echt nix gewohnt. Das waren doch gerade mal zehn Stufen."

Liam warf mir einen neckischen Blick von der Seite zu, denn er schien zu verstehen, was abging, und schlug vor: „Kommt, wir werfen erst mal Leos Sachen ab und dann können wir ja später zusammen durch die Stadt zum Festival laufen. Okay?"

Als wir in dem kleinen Apartment die Türe hinter uns schlossen, quietschte Liam sofort aufgeregt los: „Dude, was war das denn? Ich hätte die Blitze der Spannung zwischen euch beiden ja bis Australien gespürt, hätte ich nicht direkt danebengestanden!"

Peinlich berührt versuchte ich mich unwissend zu geben. „Ach ja, meinst du, da war was? Ich hab nichts bemerkt." Ich schob meine Unterlippe etwas nach vorne und zuckte unwissend mit den Schultern.

River stieß mir in die Seite: „Das wäre doch so schön: eine Amsterdam-Lovestory für Leo! Und wer weiß, Sonntag ist ja im Rahmen des Festivals eine Sexparty. Ich könnte mir gut vorstellen, dass Assaf dich liebend gerne als Date mitnehmen würde!"

Eine Sexparty? Klar, hatte ich von solchen Veranstaltungen schon in Berlin gehört, aber ich hatte keinen Plan, was da abging. Wieder einmal schämte ich mich dafür und traute mich nicht, die Fragen zu stellen, die sofort in meinem Kopf aufploppten. Stattdessen sagte ich nur: „Ja, mal schauen. Hab mich noch gar nicht entschlossen, ob ich da überhaupt hingehe." Innerlich war mir aber klar, dass mich nichts davon abhalten würde!

„Prosecco, anyone?" River stand mit drei leeren Sektgläsern und einer dunkelgrünen Flasche in der Hand vor uns. Na das geht ja schon mal feuchtfröhlich los hier!

Etwas angetüdelt vom Prosecco liefen wir zwei Stunden später gemeinsam mit Eli und Assaf durch die engen, kleinen Gässchen der Amsterdamer Innenstadt. Ich schaute mir die schmalen, alten Backsteingebäude genau an, die sich aneinanderreihten. Assaf legte mir seine Hand auf die Schulter: „Siehst du da oben die Balken an den Häusern?"

Ich nickte und spürte die Wärme seiner Hand.

Assaf fuhr fort mit seiner Erklärung: „Früher wurden mit Flaschenzügen die ganzen Waren hochgezogen, die hier mit den Schiffen aus aller Welt ankamen und dann oben in den Speichern unterm Dach gelagert wurden."

Gerne hätte ich seine Hand berührt, traute mich aber nicht. Stattdessen brachte ich nur ein „Das ist ja interessant" hervor. Aus Sorge, irgendeinen Mist zu sagen, war ich heute sehr still. Selbst der Prosecco schien da nicht geholfen zu haben. Ich war jetzt nicht DIE selbstsicherste Person der Welt, aber so schüchtern kannte ich mich gar nicht. Vielleicht sollte ich ein bisschen mehr von dem Gras links und rechts von mir einatmen, um locker zu werden. Amsterdam schien wirklich der Wallfahrtsort kiffender Menschen zu sein. In der Innenstadt roch ich immer wieder den Geruch von Marihuana. Vor uns tauchte ein großes Backsteingebäude auf, das eher aussah wie eine Lagerhalle. Über der Eingangstüre hing ein großes Banner und ich las den Schriftzug leise vor mich hin: *Queeristan*. Wir waren angekommen. Links neben dem bunt beleuchteten Gebäude war ein großes Metalltor, das künstlerisch geschmiedet aussah. „Kommt, wir gehen erst mal in den Hof. Es müsste auch gleich Abendessen geben", schlug Assaf vor.

Das Festival war ein queeres D.I.Y.-Festival – Do It Yourself. Alle Festivalbesucher*innen waren im Vorfeld dazu aufgerufen worden, sich in einen Schichtplan für ganz unterschiedliche Aufgaben einzutragen. Dadurch, dass alle mithalfen, war das Festivalticket nicht so teuer und es wurde sogar für alle veganes Mittag- und Abendessen angeboten. Ich hatte mich morgen für die Küchenschicht zum Mittagessen eingetragen und war mehr als gespannt, was mich in den kommenden Tagen alles erwartete. Im Hof angekommen, herrschte ein wildes Gemurmel von bestimmt insgesamt zweihundert Menschen. Assaf begrüßte einige Personen. *Der scheint ja* *hier ganz schön bekannt zu sein.* Mit meinen Augen folgte ich seinen Schritten und beobachtete ihn wieder. Auf seiner Wade fiel mir ein kleines Tattoo mit einem Kaffeeglas auf.

„Na, bist du wieder am Träumen?" Liam bekam wirklich alles mit.

Ich schmunzelte verlegen.

Er sagte darauf: „Komm mal mit, ich möchte dir jemanden vorstellen."

Wir liefen gemeinsam zu einer kleinen Gruppe, die sich gerade auf Bänken in einer Sitzecke platzierte, die aus alten Paletten gebaut waren. „Kassandra, das ist Leo aus Berlin. Er studiert Gesundheitswissenschaften mit einem Fokus auf trans Gesundheit."

Kassandra war eine kleine kräftige Frau mit langen dunklen Haaren, die fein säuberlich zu einem Zopf zusammengebunden waren. „Hi Leo, ich bin Kassandra. Ich vermute mal, dass Liam dich mir aus einem ganz bestimmten Grund mit diesen Informationen vorstellt?" Sie blickte Liam erwartungsvoll an.

Liam erklärte daraufhin: „Du kennst mich einfach zu gut, Kassandra. Ihr sucht doch bei GATE noch eine Person für euer Health Program, oder? Ich dachte mir, ich spiele hier mal ein bisschen Matchmaker."

Ich verstand nur Bahnhof und versuchte Kassandras Akzent zuzuordnen. Sie lachte: „In der Tat. Leo, könntest du dir vorstellen, für eine internationale trans Organisation zu arbeiten?

Überrascht und ohne so ein Gespräch beim Festival erwartet zu haben, sagte ich erst mal offen: „Grundsätzlich fände ich das spannend."

Kassandra kramte in ihrer Handtasche und reichte mir eine Visitenkarte. „Schreib mir doch mal nach dem Festival eine E-Mail und wir quatschen dann mal in Ruhe."

Als Liam und ich gerade zur Bar rüberliefen, fragte ich ihn: „Was ist denn GATE?"

„GATE steht für Global Action for Trans Equality und das ist die größte international agierende trans Organisation. Die machen eine super Arbeit und ich könnte mir vorstellen, dass du da mit deinem Background gut reinpassen würdest."

An diesem Abend war ein Poetry-Slam. In dem großen Backsteingebäude, das zu einer Eventlocation ausgebaut war, befanden sich eine Bühne und eine Bar. Assaf saß mit zwei Freundinnen in der Reihe hinter uns. Insgeheim hatte ich gehofft, dass wir vielleicht zusammensitzen würden. Aber das Wochenende würde bestimmt noch die ein oder andere Gelegenheit bieten, ihn besser kennenzulernen.

Am nächsten Tag machte ich mich gegen 10:30 Uhr allein auf den Weg zum Festivalgelände wegen meiner Schicht für das Mittagessen. Liam und River lagen noch im Bett und tranken Kaffee. Am Festivalgelände angekommen, meldete ich mich in der Küche und wurde vor einen Berg Kartoffeln zum Schälen gestellt. Ich war bestimmt schon eine gute halbe Stunde zugange und fast durch, als mich Assafs blaue Augen anschauten. „Hey, Kartoffel-König", begrüßte er mich.

Mein Bauch fing an zu kribbeln und ich lachte. „Na ja, sagt man uns Deutschen nicht nach, dass wir alle Kartoffel-König*innen sind?"

„Dabei kommen die Kartoffeln ja aus Südamerika, aber vielleicht esst ihr einfach mehr davon. Who knows!" Assaf schaute mir genau zu, wie ich eine weitere Kartoffel von ihrer Schale befreite. „Wie lange musst du denn noch schälen?"

Ohne zu wissen, warum er mich das fragte, antwortete ich: „Meine Schicht geht bis 13 Uhr. Was nach den Kartoffeln kommt, weiß ich nicht. Hoffentlich nichts, was meine Finger noch schrumpeliger werden lässt."

Assaf grinste. „Um diese Zeit müsste ich auch durch sein mit unserem Soundcheck. Wollen wir dann vielleicht zusammen einen Kaffee trinken gehen?"

Whaaaat? Ich musste mich zusammenreißen, nicht zu überschwänglich zu reagieren. Aber bei seiner Frage explodierte das Kribbeln in meinem Bauch. So lässig wie möglich sagte ich: „Klar gern. 13 Uhr dann vorne am Tor?"

„13 Uhr vorne am Tor", wiederholte Assaf. „Ich freu mich drauf", sagte er noch im Weggehen.

Mit einem Grinsen von einem Ohr bis zum anderen hätte ich kein Problem damit gehabt, noch weitere zwanzig Kilo Kartoffeln zu schälen. Ich hatte ein Kaffee-Date mit Assaf!

Punkt 13 Uhr stand ich vorne am Tor und wartete auf ihn. Ich schaute immer wieder auf die Uhr und die Minuten vergingen, aber Assaf tauchte einfach nicht auf. *War ja irgendwie klar.* Ich schien mir hier falsche Hoffnungen gemacht zu haben und als die Kirchenglocken um die Ecke 13:15 Uhr schlugen, setzte ich mich in Bewegung, um zurück zu River und Liam zu gehen.

„Leo! Warte!", hörte ich es auf einmal hinter mir rufen.

Assaf kam durch den Hof auf mich zugerannt. Völlig außer Puste erklärte er mir: „Sorry, das tut mir so leid. Beim Soundcheck hat ein Mikro nicht funktioniert und das hat alles unnötig in die Länge gezogen. Dafür geht der Kaffee auf mich!"

Ich war erleichtert und das Gefühl der Enttäuschung von vor einer Minute wechselte wieder zurück zu dem Kribbeln in meinem Bauch. Wir holten uns auf der anderen Straßenseite zwei Coffee to go und liefen Richtung Park.

„Ich bin erst vor acht Monaten nach Berlin gezogen. Davor habe ich einige Jahre in Italien gelebt und dort Film studiert. Ursprünglich komme ich aber aus Israel", erzählte mir Assaf.

Ich war fasziniert und fragte ihn: „Dann sprichst du doch sicherlich auch Italienisch, oder?"

Er antwortete: „E tu sei bellissimo!"

Bellissimo? Das Wort kam mir aus unseren Italienurlauben bekannt vor. Zu Papas Aufregung wurde Mama vom Hotelbesitzer immer mia Bella genannt. Was so viel hieß wie „meine Schöne". Bella? Bellissimo? Das hing bestimmt zusammen. Was Assaf genau gesagt hatte, wusste ich aber nicht. „Und übersetzt heißt das jetzt was?", wollte ich von ihm wissen und nippte an meinem Kaffee.

„Das sage ich dir ein anderes Mal. Ich spreche aber neben Italienisch auch noch Hebräisch, Englisch, Spanisch, Französisch und ein bisschen Arabisch. Gerade lern ich Deutsch, das ist echt der größte Krampf. Aber ich liebe Fremdsprachen und das schaff ich jetzt auch noch."

Wow! Sieben Sprachen?! Unglaublich gutaussehend und dazu auch noch intelligent. Assaf hatte es mir echt angetan. Vom Alter her waren wir auch gerade mal neun Monate auseinander, wobei er der Ältere war. Mit dem Kaffee in der Hand spazierten wir zurück zu unserer Unterkunft, da er sich für den Auftritt am Abend vorbereiten musste. Unten vor dem Haus gab er mir eine Umarmung. „Ich freu mich, wenn wir uns später wiedersehen", sagte er noch.

Nachdem ich völlig in ihren Bann gezogen der Musik von Assaf und Eli gelauscht hatte, half ich Liam und River mit dem Aufbau ihres ganzen Equipments auf der Bühne. Sie sollten den krönenden Abschluss des Abends bieten. Mit ihren Elektro-Beats heizten sie dem Publikum richtig ein. Neben der Bar führte eine Treppe in den ersten Stock, wo die ganzen Künstler*innen ihre Umkleideräume hatten. Eli und Assaf kamen gerade gut gelaunt und über irgendwas laut lachend die Treppe runter. Eli wurde am Fuße der Treppe von jemandem angequatscht und blieb stehen. Assaf erblickte mich und kam voller Euphorie auf mich zu. „Das war so geil gerade!", sagte er.

„Ja, das war echt ein mega Konzert! Ihr seid supertalentiert!"

Assaf schaute mich mit einem durchdringenden Blick und einem sanften Lächeln an. Trotz aller Unsicherheit spürte ich das große Verlangen, ihn zu küssen. *Leo, das ist deine Chance, mal was zu wagen.* Ich kratzte jedes Krümelchen Mut aus allen Ecken meines Körpers und sagte: „Ich würd dich echt gern küssen."

Assafs Lächeln wurde größer und seine weißen Zähne blitzen im Partylicht. „Dann tu's doch einfach!"

Seine Lippen fühlten sich unglaublich weich an und was anfänglich noch ein sanftes Küssen war, ging im Taumel der sich steigernden Beats im Hintergrund rasch in ein leidenschaftliches Knutschen über. Ich spürte seinen Bart an meinen Lippen kratzen und genoss dieses für mich völlig neue Gefühl. Mir war jetzt schon klar, dass ich definitiv mehr von Assaf wollte als nur einen Kuss. Aber das ließ nicht lange auf sich warten.

Den Sonntag verbrachten Liam, River und ich damit, Amsterdam näher kennenzulernen. Unser Sightseeing beinhaltete aber mehrere Stopps in Cafés, in denen wir das ein oder andere Gläschen Prosecco tranken. „Für mich ist jetzt Schluss. Ich will ja nachher bei der Sexparty klar im Kopf sein", sagte ich nach dem dritten Prosecco-Stopp. „Ich geh langsam auch mal zurück, ich will noch duschen." Liam schaute mich an und zog in schnellen Sequenzen die Augenbrauen hoch. „Stimmt. Du hast ja heute Abend hoffentlich noch was vor. Ich bin mir sicher, wenn Assaf dich bei der Party sieht, hat er sowieso keine Augen für andere."

Ich hoffte sehr, dass Liam damit recht behalten würde, und machte mich auf den Weg zurück zur Unterkunft.

Die Party war in einer Location halb durch den Vondelpark hindurch. Die Art Club hatte im Inneren eine Bar und insgesamt drei größere Räume, die sonst wahrscheinlich Tanzflächen waren. Denn in den Ecken hingen große Musikboxen. Überall verteilt fanden sich aber kleine Nischen und Separees, die mit Kissen und Decken ausgestattet waren. Hier und da standen Sofas und Sessel rum. Und lustigerweise waren auch drei, vier Campingzelte in den Räumen verteilt aufgebaut. Die lokale LGBTQIA+ Organisation bot in einem kleinen Zimmer hinter der Bar kostenlose HIV-Schnelltests an. Das fand ich ziemlich cool. Neben der Bar sah ich Assaf in einer Gruppe von Leuten sitzen. Er trug ein schwarzes Netzoberteil und sah darin unglaublich sexy aus. Ich trug lediglich ein weißes Tanktop und glänzende kurze Adidas-Shorts. Assaf stand sofort auf, als er mich sah, und kam zu mir rüber. Zur Begrüßung küsste er mich wieder mit seinen weichen Lippen. Nach gestern war ich mir nicht sicher, wie sich die Dinge jetzt weiterentwickeln würden. Auch wenn er mich recht eindeutig begrüßte, wollte ich mich vergewissern. „Bist du mit irgendwem zusammen hier?"

Er schüttelte den Kopf. „Ich hatte gehofft, dass wir vielleicht den Abend zusammen verbringen würden?" Und da war es wieder, sein freches, aber doch auch irgendwie sanftes Grinsen, das das Kribbeln in meinem Bauch wieder entfachte.

Bei aller Aufregung spürte ich aber auch Nervosität in mir wachsen. Für mich war das ja alles noch recht neu mit Männern. Ich wich seinem Blick aus und schaute Richtung Bar.

Assaf legte seine Hände auf meine Hüften und drehte sich in mein Blickfeld. „Hey, ich möchte dich nicht überrumpeln. Auch wenn's 'ne Sexparty ist, heißt das ja nicht, dass man Sex haben MUSS. Ich verbringe den Abend auch gerne einfach so mit dir."

Was sag ich denn jetzt nur? Nicht, dass Assaf denkt, ich bin voll die Niete. Mit mir selbst innerlich ringend, beschloss ich, offen und ehrlich zu sein.

„Versprich mir, dass du mich nicht auslachst, okay?", sagte ich zu ihm und er nickte sofort. „Ich hab noch nicht so viel Erfahrung mit cis Männern." Peinlich berührt schaute ich auf den Boden. „Also eigentlich noch gar keine."

Assafs Hände wanderten von meinen Hüften zu meinen Schultern und er antwortete mit weicher Stimme: „Das ist doch völlig okay! Nur weil ich vielleicht schon mal Erfahrungen mit trans Männern hatte, heißt das ja auch nicht automatisch, dass ich weiß, was DIR gefällt. Wir können doch einfach schauen, worauf wir Lust haben. Vielleicht willst du mir zeigen, was sich für dich gut anfühlt?"

Das hörte sich gut an und ich fühlte mich wirklich wohl in seiner Nähe. Er hatte etwas so Aufregendes, Elektrisierendes und Einfühlsames zugleich. Die letzten Wochen war ich mit dem ganzen Kram auf Grindr dermaßen überfordert gewesen, weil mir das alles ein bisschen zu schnell ging, was die Typen wollten. Mit Assaf fühlte es sich aber sicher an und ich spürte Mut in mir aufsteigen, endlich das auszuprobieren, was ich mir schon so lange gewünscht hatte. Schwuler Sex. Wir bestellten uns beide eine Cola an der Bar und liefen dann Hand in Hand durch den Club. Inzwischen war es deutlich voller geworden und auf einigen Sofas ging es schon ziemlich heiß her. Wir kamen an einer Kuschelecke vorbei, in der bestimmt sieben oder acht Personen gleichzeitig zugange waren. Ich war völlig fasziniert und wollte hinschauen, fühlte mich dann aber auch schlecht dabei, einfach nur hinzustarren. Neben uns stand ein Zelt und Assaf schaute vorsichtig durch den Eingang. „Das ist frei. Wollen wir es uns vielleicht hier gemütlich machen?" Er hielt dabei den Eingang zum Zelt offen.

Mit Aufregung im Bauch nickte ich und krabbelte voran rein ins Zelt. Zu Anfang küssten wir uns nur. Doch bald begannen unsere Hände, unsere Körper gegenseitig zu erkunden. Es war für mich ein neues Gefühl, Körperhaare außer meinen eigenen zu berühren, und davon hatte Assaf wirklich ausreichend. Ich fand das unglaublich sexy und spielte mit den Haaren auf seiner Brust. Vor jedem neuen Schritt vergewisserte sich Assaf, ob es okay war, was er tat. Das fand ich unglaublich einfühlsam und ich fühlte mich immer wohler mit ihm. Wir waren mittlerweile beide bis auf die Unterhose ausgezogen und ich konnte deutlich die Beule zwischen seinen Beinen erkennen. Meine Hand wanderte in Richtung der Wölbung und ich tastete mich langsam voran. Als ich seinen Schwanz durch die Unterhose sanft berührte, stöhnte Assaf leise auf. „Kannst du mir zeigen, was ich am besten machen soll?", fragte ich ihn, weil ich ihm nicht wehtun wollte.

Er nahm meine Hand, schob sie langsam in seine Unterhose und leitete mich an, seinen Schwanz mit meiner Hand zu umschließen. Seine Hand lag auf meiner und begann diese in langsamen Bewegungen auf und ab zu bewegen. Ich versuchte die ganzen Eindrücke zu verarbeiten und spürte, wie hart, warm und pulsierend er sich in meiner Hand anfühlte. Ich gab Assaf zu verstehen, dass ich mehr wollte, und zog meine Unterhose aus. Er tat das gleiche, stülpte sich ein Kondom über und legte sich vorsichtig auf mich. Er küsste mich leidenschaftlich und ich spürte, wie er behutsam in mich eindrang. Ich wurde von einer Flut an Endorphinen überrannt! Es war eine Mischung aus dem, was körperlich in mir vor sich ging, aber besonders auch dem, was in meinem Kopf geschah: Es war das erste Mal Sex mit einem Typen seit den Hormonen und meiner OP. Das erste Mal Sex, der sich zu tausend Prozent richtig anfühlte! Sex, so wie ich ihn mir schon so lange gewünscht und in meiner Fantasie ausgemalt hatte! *Schon witzig, dass mein zweites erstes Mal nun auch in einem Zelt passiert,* ging mir dabei noch durch den Kopf und ich musste schmunzeln.

Als Assaf und ich nach der Party gemeinsam durch den Vondelpark zu unserer Unterkunft liefen, dachte ich gar nicht so groß drüber nach und griff nach seiner Hand. Es fühlte sich natürlich an, nach dem intimen Moment, den wir gerade miteinander geteilt hatten. Assaf lächelte und ich mochte das warme Gefühl seiner Hand in meiner.

Zurück in Berlin trafen Assaf und ich uns in den kommenden drei Wochen fast täglich. Von Marta bekam ich eines Morgens nur zu hören: „Das mit euch ist ja fast nicht auszuhalten. Wie die Karnickel!" Ihr Augenzwinkern dabei zeigte mir, dass sie es nicht böse meinte. Ich kauf mir die Tage mal 'ne Großpackung Oropax."

Sie spielte darauf an, dass Assaf und ich jedes Mal, wenn wir uns trafen, Sex hatten. Manchmal sogar zwei- oder dreimal an einem Tag. Ich liebte das neue Körpergefühl, das dadurch bei mir hervorgerufen wurde. Nicht nur, weil der Sex einfach unglaublich geil war, diese Form des Begehrtwerdens gab mir ein Selbstbewusstsein, das ich nie gehabt hatte.

Assaf und ich saßen auf einer Decke auf dem Tempelhofer Feld. Auch wenn das alles sehr schnell gegangen war, war ich nach der kurzen Zeit schon bis über beide Ohren verknallt und wollte gerne mit ihm zusammen sein. Bislang hatten wir noch keinen richtigen Deep-Talk über unsere Gefühle geführt. Ich wusste zwar, dass er Single war, aber ich hatte keine Ahnung, ob er Interesse an einer Beziehung hatte. Natürlich wollte ich das, was hier gerade passierte, nicht aufs Spiel setzen. Innerlich hatte ich aber ein Verlangen nach Klarheit und wollte wissen, ob ich mich emotional weiter auf dieses Abenteuer einlassen konnte oder nicht. Wir saßen uns im Schneidersitz gegenüber und tranken ein kühles alkoholfreies Weizen – genau das Richtige für den heißen Hochsommertag. Ich hatte mir für heute fest vorgenommen,

Assaf zu gestehen, dass ich mich verliebt hatte, und suchte nach den richtigen Worten.

„Die letzten drei Wochen mit dir waren echt unglaublich schön." Ich räusperte mich, damit meine Stimme etwas fester wurde. „Ich mag es echt gern, Zeit mit dir zu verbringen, dich um mich zu haben und na ja, du weißt schon." Ich schmunzelte schüchtern.

„Ich weiß schon, was? Das würde mich jetzt sehr interessieren." Assaf wusste genau, worum es ging, wollte es aber unbedingt aus mir herauskitzeln.

„Der Sex mit dir ist der geilste!" Ich gab ihm die Bestätigung, die er so süß einforderte.

Er klopfte sich selbst ironisch auf die Schulter. „Puh, da hab ich ja noch mal Glück gehabt."

Ich schaute ihn etwas ernster an. „Jetzt mal ohne Spaß. Assaf, ich mag dich wirklich gern." Ich griff nach seiner Hand. „Also nicht nur das. Ich glaub, ich verlieb mich gerade in dich."

Als ich das sagte, leuchteten seine Augen noch mehr, als sie es sowieso schon taten. Der Wind wehte gerade dazu durch seine Locken und er sah so wahnsinnig schön aus. „Leo, ich bin auch mega happy, wenn ich mit dir zusammen bin. Ich bin aufgeregt, hab Kribbeln im Bauch und will dich am liebsten den ganzen Tag sehen. Und wenn ich dich nicht sehe, denk ich an dich. Ich würde mal behaupten, dass sind die Anzeichen dafür, dass es mir genauso geht wie dir." Er beugte sich näher zu mir und küsste mich.

„Ich würde mir wünschen, dass du mein Freund bist. Also mein fester Freund", sagte ich schließlich zu ihm.

„Das würde ich mir auch wünschen." Dabei drückte Assaf meine Hand liebevoll.

Ich war gerade auf dem besten Weg in meine erste schwule Beziehung, wollte diese aber anders angehen als meine bisherigen. Ich hatte seit meinem Besuch in Australien viel über das Arrangement zwischen Liam und River nachgedacht und bewunderte die beiden dafür, sich gegenseitig das Vertrauen und die Möglichkeit zu geben, auch andere Menschen zu treffen. „Könntest du dir vorstellen, dass wir eine offene Beziehung führen?"

Assaf atmete durch und blickte kurz nachdenklich in Richtung Himmel. Dann antwortete er aber: „Ich denk schon. So was wollte ich selbst auch schon mal probieren. Aber das funktioniert nur mit offener und ehrlicher Kommunikation. So ein ‚Was ich nicht weiß, macht mich nicht heiß'-Ding, das würde für mich nicht funktionieren. Man muss nicht immer alle Details wissen, aber das grobe Drumherum wäre mir schon wichtig. Sonst wird das schnell zu so einem Ding hinter dem Rücken."

Das machte für mich auch Sinn und ich erzählte ihm von dem Modell, das Liam und River für sich hatten. „Für den Anfang fänd ich es gut, wenn wir zwei Priorität haben und wir aber eben für das ein oder andere kleine Abenteuer oder neue Erfahrungen auch andere treffen können."

Assaf nickte. „Ich denk mal, die Zeit wird schon zeigen, wie sich alles entwickelt. Und wenn du mir offen sagst, was du brauchst – egal ob körperlich oder emotional –, und ich dir auch sagen kann, was ich brauche, dann haben wir die beste Grundlage."

Um noch mehr gemeinsame Zeit miteinander zu verbringen, beschlossen wir, uns gemeinsam ein Couple-Hobby zu suchen.

Assaf sollte recht behalten. Die Zeit zeigte, dass wir ein wirklich gutes Team waren und unsere Beziehung sich schnell festigte. Wir fingen an, gemeinsam in einem queeren Chor in Berlin zu singen, und ich liebte es, seine wunderschöne Stimme zu hören, wenn wir gemeinsam sangen. Ich konnte ihn unter den vielen Stimmen immer heraushören. Neben ihm morgens aufzuwachen und seine Nähe zu spüren, gab mir eine unglaubliche Energie, in den Tag zu starten, und ich fühlte mich von Glück erfüllt. Er gab mir einfach das Gefühl, angenommen und begehrt zu werden, wie ich es noch nie empfunden hatte. Ich merkte, dass er immer hinter mir stand und mir einen Halt gab, der mich weniger an mir selbst zweifeln ließ.

Das galt auch für die schwierige Entscheidung, ob ich zu meinem Vollzeitstudium noch einen Teilzeitjob bei GATE annehmen sollte. Kassandra und ich hatten kurz nach der Amsterdam-Reise ein Online-Meeting via Skype und ich erzählte ihr von meinem Background in den Gesundheitswissenschaften und worauf ich mich hierbei fokussierte. GATE suchte nach einer Person, um ein Projekt zur sexuellen Gesundheit speziell für transmännliche Personen zu leiten. Und wie sagt man so schön: Das passte bei uns einfach wie Arsch auf Eimer. Am Ende wusste ich, wenn ich in den Bereich der Advocacy-Arbeit gehen wollte, war der Einstieg über GATE einfach perfekt.

***

Ich war aufgeregt, denn ich hatte gerade ungefähr sechs Monate für die Organisation gearbeitet, als es für mich für eine Reise nach San Francisco zu einer Konferenz ging. In meiner Arbeit ging es darum, eine weltweite Gruppe transmännlicher Aktivisten zu koordinieren, die sich explizit für die Gesundheitsbelange unserer Community einsetzten. Wir hatten alle paar Wochen ein Online-Meeting und die Gruppe wuchs schnell auf gut fünfundzwanzig Personen von allen Kontinenten an. Meine Arbeit gab mir das Gefühl, dass ich wirklich etwas bewegte und wir gemeinsam global die Lebenssituation meiner Community verbesserten. Die fünftägige Konferenz in den USA stand unter dem Titel HIV Public Health Summit ganz im Zeichen der HIV-Prävention und GATE wurde dazu eingeladen, die trans Community bei der Konferenz zu vertreten. Von San Francisco hatte ich schon viel gehört und es war lange mein Traum gewesen, hier hinzureisen. Beim Summit sollte ich außerdem einen Vortrag über die besonderen Bedürfnisse von trans Männern halten und darüber, auf welche Risiken wir im Bezug zu HIV treffen könnten. Ich war gut vorbereitet, aber trotzdem so nervös, dass mein Herz raste, wenn ich an den Vortrag dachte. Ich war gerade in San Francisco am Flughafen angekommen und stand in der Schlange für die Grenzkontrolle. Als ich dran war, schaute mich ein grimmig schauender Grenzbeamter an. Ohne Hallo zu sagen, fragte er mich mit einer unglaublich tiefen Stimme: „Was ist der Grund für Ihre Reise in die USA?"

Die Person flößte mir gehörig Respekt ein und mit leicht zittriger Stimme sagte ich: „Ich bin für eine Konferenz hier."

„Was für eine Konferenz?" Der Beamte würdigte mich nicht eines Blickes, während er durch meinen Reisepass blätterte.

„Eine Gesundheitskonferenz", antwortete ich kurz angebunden. Ich war so froh, dass ich den Pass hatte ändern lassen. Die ganze Schikane des beschissenen Transsexuellengesetzes und die zwei schon fast traumatisierenden Gutachten, die ich in dem Verfahren über mich hatte ergehen lassen müssen, waren es wert gewesen. Denn hier wollte ich jetzt wirklich nicht mit weiblichem Gendermarker im Ausweis und dem Vollbart stehen, den ich mittlerweile trug. Im nächsten Augenblick hörte ich das dumpfe Geräusch des Stempels, den der Grenzbeamte kraftvoll in meinen Reisepass hämmerte. Von der ersten Reise in die USA wusste ich, dass das ein gutes Zeichen war. Vor lauter Stress war ich schweißgebadet und lachte innerlich ein bisschen selbst über mich, dass ich vor dem Grenzbeamten so nervös geworden war.

Jetzt freute ich mich aber auf die kommenden Tage. Liam war nämlich auch beim Summit zugegen und wir waren alle zusammen im gleichen Konferenzhotel im Zentrum der Stadt untergebracht. Als ich meinen schweren Koffer Richtung Hotel schleppte, fragte ich mich, ob so viel Gepäck wirklich notwendig gewesen war. San Francisco hatte angeblich einen fantastischen Golden Summer. Außerdem wusste ich von Assaf, dass San Francisco als schwule Welt-Hauptstadt bekannt war. Ich hatte vorab das Internet nach Infos über die weltweit bekannte LGBTQIA freundliche Stadt durchforstet und einiges auf meiner Travel-to-do-Liste stehen. Im

Hotel angekommen erwartete Liam mich schon freudig in der Lobby. „Hey, my Dear, wie war deine Reise?", fragte er mich.

In San Francisco war es gerade erst zehn Uhr morgens, zu Hause aber schon fast Zeit, wieder ins Bett zu gehen. Viel geschlafen hatte ich im Flieger nicht und konnte gerade noch ein Gähnen unterdrücken. „Der Trip war ganz okay, aber ich bin schon etwas k. o."

„Dann hab ich die perfekte Idee für uns!" Liams Augen leuchteten vor Begeisterung. „Du schmeißt dein Gepäck ab und machst dich fix etwas frisch. Dann gehen wir zum Marshall's Beach direkt neben der Golden-Gate-Brücke 'ne Runde chillen und danach in den San Francisco Eagle. Da ist heute ab 17 Uhr Happy Hour!"

Ich versuchte ihm gedanklich zu folgen, was nach 20 Stunden Reise gar nicht so einfach war. Aber chillen am Strand klang eigentlich ganz gut, das Wetter schien dafür heute perfekt zu sein und den Eagle hatte ich sowieso auf meiner Liste stehen. Liam wusste, wo die ganzen guten Spots der Stadt waren, da er mal ein paar Monate hier gelebt hatte. „Alles klar. Gib mir 'ne halbe Stunde, dann mach ich mich ausgehtauglich."

Beim 7-Eleven Store hatten Liam und ich uns mit Wasser und ein paar Snacks eingedeckt und liefen kurze Zeit später im Küstenwind ein paar hölzerne Treppen hinunter. Vor uns konnte ich einen breiten Strand erkennen, der für einen Samstagmittag recht leer aussah.

„Das ist der Strand?", wollte ich von Liam wissen.

Er lachte. „Das ist der Strand auf dem Weg zum Strand. Lass dich mal überraschen."

Ich sah an seinem Blick, dass er irgendwas im Schilde führte, vertraute ihm aber. Als wir gut fünf Minuten am Strand entlanggelaufen waren und uns über die anstehende Konferenz unterhalten hatten, kamen wir an einer Felsformation an. Nun wurde ich doch etwas unsicher. „Der Strand ist hier zu Ende. Ich dachte, du weißt, wo wir hingehen."

Liam lachte wieder auf. „Entspann dich mal."

Er kletterte auf die Felsen und stieg gekonnt von einem Stein auf den nächsten. *Okay, das scheint er wirklich nicht zum ersten Mal zu machen.* Das Meer preschte mit Kraft links neben uns gegen die Felsen und wir stiegen vorsichtig über die graue Gesteinsformation. Mein Blick fokussierte jeden einzelnen meiner Schritte. Das war alles andere als ungefährlich. Durch die Brandung vernahm ich aber langsam ein immer lauter werdendes anderes Geräusch. Ich konnte es nicht genau zuordnen, bis wir wieder Sand unter den Füßen hatten und ich mich traute, den Blick zu heben.

Da waren Männer. Mindestens hundert Männer, die hinter den Felsen einen kleinen Strandabschnitt belagerten. Liam ging zielstrebig voran und ich schaute ungläubig auf die vielen Leute. Es dauerte einen ganzen Moment, bis ich realisierte, warum ich so staunte: Die waren fast alle nackt! Männer aller Größen, Köperformen, Hautfarben und jeden Alters, die ihre blanke Haut ausgelassen und miteinander quatschend der Sonne entgegenreckten.

Liam blieb stehen und lachte. „Damit haste nicht gerechnet, oder? Ich hab dir mit Absicht nicht gesagt, WAS für ein Strand das ist."

Wir fanden eine kleine Stelle, gerade groß genug für unsere Handtücher, und als wir uns niederließen, sagte Liam nur: „Welcome to Gay Paradise!"

Liam saß auf seinem Handtuch und zog sich Stück für Stück aus. Ich war gerade dabei, mir meine Badehose anzuziehen, als er meinte: „Das Ding brauchst du hier nicht. Also, wenn du nicht unbedingt willst."
What?! No way! Ungläubig schaute ich ihn an. „Wir sehen nicht aus wie die." Mein Blick ging einmal demonstrativ den Strand entlang.

Liam stand auf und riss die Arme nach oben. „Na und?! Unsere Körper sind schön! Wir sind perfekt, so wie wir sind. Warum sollten wir nicht genauso wie alle anderen nackt sein dürfen? Und dein Arsch sieht so aus, als könnte der definitiv mal ein bisschen Sonne gebrauchen. Der blendet mich ja schon durch die Sonnenbrille."

Er musste einen Blick auf meine käsebleichen Pobacken erhascht haben, als ich gerade mühsam im Sitzen versucht hatte, mir die Badehose hochzuziehen. Ich schaute mich um, denn ich war mir sicher, dass die Männer um uns herum Liam anstarren mussten. Der lief gerade selbstbewusst Richtung Wasser und sprang mit spritzendem Wasser in die erste anrollende Welle. „Das ist so schön und fühlt sich so frei an!", rief er mir laut aus dem Wasser zu.

Zu meiner großen Verwunderung schaute aber niemand aufgeregt und die Männer um uns herum schienen gar nicht so recht wahrgenommen zu haben, dass Liam keinen Schwanz hatte. Mein Kopf fing an zu rattern. Sollte ich wirklich auch nackt hier rumlaufen? Das fühlte sich auf einmal ganz schön aufregend an. Liam kam zurück aus dem Wasser. „Schmeiß mal Grindr an. Du wirst sehen, kein Typ ist weiter als zweihundert Meter entfernt – und du wirst nur wenigen erklären müssen, was ein FtM ist."

Die Abkürzung FtM für Female to Male hatte ich tatsächlich in meinem Profil stehen, denn aus irgendwelchen Gründen störte mich die Bezeichnung trans Mann, wenn ich es geschrieben sah. Ich sprach von mir zwar immer mal wieder als trans Mann oder manchmal sogar nur als Mann, merkte aber, aber dass die Bezeichnung FtM-trans sich einfach besser anfühlte. Geteasert von Liam klickte ich auf das orangene Icon auf schwarzem Hintergrund auf meinem Telefon. „Du hast gelogen!" Ich hielt Liam mein Telefon unter die Nase. „Keiner ist weiter als hundertfünfzig Meter entfernt." Ich lachte. Im selben Moment spürte ich schon das Vibrieren einer ankommenden Message in meiner Hand.

> Hey Cutie, du bist gerade an mir vorbeigelaufen und ich dachte schon: Den hast du noch nie gesehen! Willkommen in SFO!

Ich schaute mir das Profilfoto der Person an. Ein Typ mit starkem Vollbart, Tanktop und grünem Halstuch lächelte freundlich in die Kamera. In seinem Profil stand: In San Francisco lebender Kinkster offen für neue Begegnungen, aber gern ohne Toxic Masculinity. *Okay, das klingt schon mal ganz gut.* Mit Assaf hatte ich in den letzten Monaten auch einige unterschiedliche Sachen ausprobiert und der Begriff Kink war mir mittlerweile ganz gut bekannt. Ich antwortete ihm.

> Danke! Ich bin gerade heute erst angekommen. Ich bin Leo und du?

> Ich bin Aren. Hast du Lust, nachher im Eagle ein Bier trinken zu gehen?

> Klar, mein Kumpel und ich wollen sowieso gegen 17 Uhr dahin.

Liam und ich blieben am Strand, bis der Hunger uns zurück in die Stadt trieb. Letzten Endes traute ich mich nicht, blankzuziehen, dachte mir aber: *Ich komm hier garantiert noch mal in den kommenden Tagen her!* Wie ich später von Liam erfuhr, war ein Stückchen weiter direkt unter der Golden Gate Bridge eine Cruising Area, wo die Männer vom Strand für die ein oder andere schnelle Nummer hingingen. Das wunderte mich gar nicht. Denn die Atmosphäre am Strand machte mich auch unglaublich an. Ich mitten unter den ganzen nackten heißen Typen. Das fühlte sich ganz schön gut an.

Als wir kurz nach 17 Uhr im Stadtteil SoMa am Eagle ankamen, schaute ich mir das schwarz gestrichene Gebäude in der eher industriellen Gegend an. Auf dem Dach des Eagle wehte eine große schwarz-blau gestreifte Fahne mit weißem Strich in der Mitte und einem roten Herz in einer der Ecken. Liam erklärte mir, dass das die Fetish Pride Flag war und es hier in der Gegend einige Bars und Geschäfte vornehmlich für schwule Männer gab. „Und wir als schwule trans Männer gehören hier dazu."

Wir gehören dazu. Als wir die Bar betraten, ging mir dieser Satz immer wieder durch den Kopf. Auch wenn Liam mit einem Selbstbewusstsein der Zugehörigkeit die Bar betrat, schwang bei mir eine dicke Portion Unsicherheit mit. Was, wenn uns jemand hier als trans erkannte und die uns hier nicht haben wollten? Über Grindr hatte ich in der Vergangenheit mehr als einmal gehört, dass ich nichts auf der App zu suchen hätte, wenn ich keinen Schwanz habe. Das sei nur was für richtige Männer. *Aber was ist denn schon ein richtiger Mann?*, fragte ich mich in diesen Momenten immer.

Wenn das kleine Schniepelchen zwischen den Beinen das Einzige war, was die Typen zum Mann machte, dann taten sie mir leid. Ich war ja das beste Beispiel dafür, dass es auch anders ging. Vorsichtig schaute ich mich um. Die Bar war ein großer, eher dunkler Raum. Auf der linken Seite erstreckte sich fast über die ganze Länge eine Theke und die Barkeeper waren flink auf den Beinen, um die vielen Menschen zu bedienen. Etwa auf Höhe der Mitte des Raumes war eine Tür, durch die Licht einfiel. Es stellte sich heraus, dass dies der Durchgang in eine Art Garten war. Liam und ich holten uns ein Bier an der Bar und gingen hinaus. Es war brechend voll und wieder sah ich eine Vielfalt an Männern – von jung bis alt, dick und dünn. Viele von ihnen trugen Lederklamotten und zwischendrin entdeckte ich drei Personen mit einer Hundemaske. Es herrschte ein Gebrummel von den ganzen Gesprächen und ich bekam ein kleines Wölkchen Zigarrenrauch ab. Ein kräftiger schwarzer Mann mit vollem schwarz-grauen Bart und Glatze zog gerade an einer dicken Zigarre. Unsere Blicke trafen sich und er zwinkerte mir freundlich zu. Ich sog die Atmosphäre inmitten all dieser Typen mit allen Sinnen auf. Liam und ich fanden auf einer kleinen Erhöhung Platz, von der wir das ganze Treiben noch besser beobachten konnten. Ein paar Meter vor uns sah ich eine Person winken. Ich fühlte mich erst gar nicht angesprochen, bis ich merkte, dass es der Typ vom Strand war, mit dem ich auf Grindr geschrieben hatte. Er drückte sich zu uns durch. „Hi Leo! Du bist ja wirklich gekommen."

Zur Begrüßung drückte er mich direkt. Ich war überrascht von der Geste, fand es aber schön.

„Liam, das ist Aren. Wir haben vorhin auf Grindr geschrieben." Seinen Namen sprach ich so aus, wie ich ihn las, mit einem R in der Mitte.

Aren korrigierte mich: „Eigentlich ist es Ah-den. Meine Familie kommt ursprünglich aus Armenien, ich bin aber in L. A. geboren."

„Oh, sorry. Das wusste ich nicht", entschuldigte ich mich.

Aren lachte. „Kein Ding, das bin ich schon gewohnt. Die meisten hier denken, es ist eine andere Form von Aaron."

Aren, Liam und ich unterhielten uns eine ganze Weile über San Francisco und unsere anstehende Konferenz. Dabei musterte ich Aren unauffällig von der Seite. Er war ein kleines bisschen größer als ich, aber nicht viel. Seine Haare auf dem Kopf waren komplett kurz geschoren, dafür hatte er aber den stärksten Bart, den ich je gesehen hatte. Am Hals gingen seine Barthaare direkt in das volle Brusthaar über. Das sah sehr flauschig aus und am liebsten hätte ich es auf der Stelle angefasst. Aren wusste ja offensichtlich von Grindr, dass ich trans war, und schien damit kein Problem zu haben. Deswegen wollte ich von ihm wissen: „Sag mal Aren, ist es okay, dass wir als trans Personen hier im Eagle sind?"

Aren schaute mich fragend an. „Wieso sollte das nicht okay sein?"

„Na, ich weiß nicht. Vielleicht hat da ja jemand ein Problem mit?", sagte ich.

Aren schüttelte den Kopf. „Auf gar keinen Fall. Schau mal da drüben, der Typ an der Bar mit dem roten Shirt." Er legte einen Arm über meine Schulter und drehte mich in Richtung einer zweiten Bar im Außenbereich. „Das ist Jason und er ist der erste trans Mann, der unser Mr. Leather San Francisco ist und bald auch beim Internationalen Mr. Leather Contest in Chicago antreten wird. Trans Personen sind hier herzlich willkommen – und diejenigen, die damit ein Problem haben, dürfen gern draußen bleiben. Du bist hier mehr als gern gesehen und ich freu mich, dass du da bist."

Seinen Arm ließ Aren über meiner Schulter liegen, als wäre es das Natürlichste der Welt. Ich kam ihm nach und legte meinen Arm um seine Hüfte. Ich fand ihn total attraktiv und mochte die offensichtliche Zuneigung seinerseits. Zwei Bier später war Liam tief in ein Gespräch mit dem Zigarre rauchenden Mann von vorher vertieft und Aren flirtete ohne Ende mit mir.

„Ich kann nicht leugnen, dass ich dich echt heiß finde. Hast du Lust, 'ne Runde in den Darkroom zu gehen?" Er schaute mich mit einem intensiven Blick an, der eine Welle von Lust in mir lostrat. In einem Darkroom war ich noch nie gewesen und von der Neugierde getrieben nickte ich. An der Hand zog Aren mich ins Innere der Bar. Vorbei an den Toiletten gab es einen kleinen dunklen Gang, an dessen Eingang ein paar Männer einzeln standen. Die Luft um uns herum wurde wärmer und schwerer. Meine Augen mussten sich erst mal an die zunehmende Dunkelheit gewöhnen. Nur ein kleiner Lichtschimmer ließ die Silhouetten anderer erkennen und ich war froh, dass Aren offenbar den Weg kannte. In einer Ecke blieb er stehen und drückte mich mit seinem Körper leicht gegen eine Wand. Er flüsterte in mein Ohr: „Gibt's irgendwelche Körperstellen, an denen du nicht angefasst werden magst?"

Ich schüttelte leicht den Kopf: „Nur meine Nippel sind ziemlich sensibel. Und bei dir?"

„Du darfst mich gerne überall anfassen!", sagte er und küsste mich im nächsten Moment.

Endlich konnte ich meine Hände in seinem Brusthaar vergraben und fühlte die dichten Haare zwischen meinen Fingern. An meinem Körper sprossen auch stetig die Haare, aber das hier war mehr als next Level und das machte mich sehr an. Arens Hand wanderte langsam zwischen meine Beine und er begann mich zu stimulieren. Ich gab ihm mit einem leisen Stöhnen zu verstehen, dass mir gefiel, was er da tat. Neben uns tauchte eine weitere Person auf, die kurze Zeit darauf mit runtergelassener Hose und ihrem Schwanz in der Hand dastand und uns genau beobachtete. Das fand ich irgendwie spannend, aber als die Person anfing, auch an mir rumzufummeln, war mir das schnell zu viel. Aren spürte, dass ich mich anspannte, und fragte: „Alles okay bei dir?"

„Mir ist das hier gerade ein bisschen too much, glaub ich", antwortete ich und zog dabei seine Hand aus meiner Unterhose.

Aren machte den Vorschlag: „Wenn du magst, können wir das auch bei mir zu Hause fortsetzen. Ich wohne nicht weit von hier."

Die Idee gefiel mir und auf dem Weg raus aus der Bar sagte ich noch Liam Bescheid, der mit dem bärtigen Zigarren-Typ heftig am Knutschen war. „Be safe, Cutie, und wir sehen uns beim Frühstück!", rief er mir noch nach.

Als ich am nächsten Morgen neben Aren aufwachte, wünschte er mir mit einem Kuss einen guten Morgen und sagte: „Du bist echt so ein unglaublich heißer Mann, Leo!"

So kann ein Tag doch immer losgehen! Wobei ich merkte, dass ich als Mann angesprochen zu werden irgendwie komisch fand. Allerdings konnte ich nicht festmachen, woran es lag. Als ich wenige Zeit später zu Fuß durch die Straßen des Mission Districts mit seinen vielen bunten Holzhäusern lief, ließ ich den gestrigen Abend Revue passieren. Besonders das Gespräch zwischen Liam, Aren und mir ging mir noch mal durch den Kopf. Liam sprach von sich selbst immer mit sehr viel Stolz als Mann. Er hatte gestern wortwörtlich gesagt: „Ich wusste schon immer, dass ich der Mann war, der ich heute bin."

Ich hingegen sprach von mir zunehmend als trans Person und weniger als Mann. Ich mochte aber doch mein männliches Aussehen und gestern hatte ich deutlich gemerkt, wie wohl ich mich unter schwulen Männern fühlte. Aren und der Zigarren-Mann waren nicht die einzigen beiden, deren wohlwollende Blicke ich gespürt hatte. Diese Bestätigung ließen mich heute mit noch stolzerer Brust durch die Straßen laufen. Und da war auch Assaf zu Hause, der mir diese Bestätigung immer wieder gab, weswegen ich das Gefühl – ja, schon fast meine innere Ablehnung – gegenüber dem Mannsein gar nicht so recht greifen konnte. Auch das M in meinem Ausweis für männlich war ja deutlich besser als das alte F. Im Hotel ging ich frühstücken. Ich musste schließlich nach der letzten Nacht meine Kraftreserven wieder auffüllen. Auch Liam schien Hunger zu haben und saß über einem riesigen Teller Rührei und einer großen Tasse Kaffee.

„Oh, oh, oh – the Walk of Shame!", rief er mir entgegen und meinte es offensichtlich humorvoll. „Erzähl mir alles! Besonders die dirty Details!"

Wir tauschten uns beide über unsere Nächte aus und wie ich erfuhr, hatte Liam den Typen aus der Bar mit den Zigarren mit ins Hotel genommen und anscheinend ebenso viel Spaß gehabt wie ich mit Aren. Trotz der heißen Storys ließen mich die Gedanken von meinem Spaziergang zurück zum Hotel nicht los.

„Sag mal Liam, was lässt dich eigentlich so sicher darüber sein, dass du ein Mann bist?", fragte ich ihn.

Liam dachte einen kurzen Moment nach. „Ich weiß es einfach. Es fühlt sich richtig an und ich will auch als Mann gesehen werden. Wieso fragst du denn?"

Ich versuchte mich zu erklären: „Ich weiß auch nicht so recht. Ich bin mir ja zu hundert Prozent sicher, dass ich keine Frau bin, und denke halt deswegen, dass ich ein Mann bin. Ich spür aber auch jedes Mal so ein kleines bisschen Cringe, wenn ich sage, ich bin ein Mann oder ich bin ein trans Mann. Kennst du das nicht auch?"

Liam schüttelte den Kopf. „Ne, das kenn ich nicht. Also nicht von mir selbst. Aber wenn du das Gefühl hast, dass das nicht hundertprozentig passt, warum sagst du es denn dann?"

Ich zuckte mit den Schultern und kam mir ganz schön doof vor, dass ich Liam die Frage gestellt hatte. *Was der jetzt wohl von mir denkt?* „Was soll ich denn sonst sagen?"

Liams Gesichtsausdruck wurde weicher. „Cutie, hast du schon mal drüber nachgedacht, dass du vielleicht trans nicht-binär bist?"

Ich runzelte die Stirn und schaute ihn fragend an. „Was? Wieso das denn? Schau mich doch mal an. Ich seh voll männlich aus, ich mag es auch, als männlich wahrgenommen zu werden, als männlich angesprochen zu werden und gestern hat mir auch einfach noch mal klar gemacht: *Ich steh auf schwule Männer!* Und die anscheinend auch auf mich. Ich seh doch nicht aus wie eine nicht-binäre Person!"

Liam schmunzelte und ich war mir kurz nicht ganz sicher, ob er mich ernst nahm. „Wie sieht denn deiner Meinung nach eine trans nicht-binäre Person aus?"

Mh, gute Frage. Ich zuckte mit den Schultern. „Na, nicht-binär halt. Nicht eindeutig männlich und nicht eindeutig weiblich."

„Cutie, nicht-binäre Menschen treten in allen Formen, Farben und Geschlechtsausdrücken in Erscheinung. Selbst der heiße Muskel-Daddy, mit dem ich letzte Nacht rumgemacht hab, der optisch die Definition von Männlichkeit ist, könnte nicht-binär sein. Es gibt hier keine klaren Regeln." Liam sagte das mit so einer Überzeugung, dass er damit in mir einen Prozess des Grübelns anstieß.

„Aber was ist denn mit Pronomen? Nutzen nicht-binäre Menschen nicht auch immer neutrale Pronomen?" Ich war mir sicher, das musste doch ein Argument sein.

„Nope." Liam schüttelte wieder den Kopf. „River ist doch das beste Beispiel. Klar, River nutzt zwar manchmal neutrale Pronomen wie they/them, aber er benutzt auch mindestens genauso oft männliche Pronomen. Rivers Äußeres schwankt total oft zwischen mega butch-männlich zu irgendwas dazwischen oder es kommt die komplett extravagante Queen durch. Es ist einfach alles erlaubt, Hauptsache, du bist bei dir und fühlst dich wohl!"

Die Konferenz in San Francisco war aufregend und ich lernte so viele Menschen kennen, die mir das Gefühl gaben, dass sie mit uns gemeinsam etwas Positives für meine Community verändern wollten. Verbündete Menschen, die selbst nicht zu unserer Community gehörten, aber klar signalisierten, dass sie uns in unseren Kämpfen gegen Ungleichheit und Diskriminierung unterstützen werden. Das bekräftigte mich in meiner Arbeit und ich war stolz, für so eine tolle Organisation wie GATE arbeiten zu dürfen und zu zeigen, dass wir als trans Community professionell auf hohem Niveau gute Arbeit ablieferten.

Aren und ich trafen uns noch ein paarmal und schlenderten an den Abenden nach der Konferenz gerne durch den LGBTQIA+ District The Castro. Nach einem gemeinsamen Dinner standen wir zusammen vor der riesigen Regenbogenflagge an der Ecke Castro Street und Market Street. Ich war ergriffen davon, unser Community-Symbol so präsent und groß mitten auf einer großen Kreuzung hell beleuchtet und sichtbar wehen zu sehen. Die bunte Pride-Flagge sowie die trans Flagge waren heute Symbole, die mich repräsentierten, die mich Teil einer Community sein ließen. Als lesbische Frau hatte ich mit den Flaggen nicht viel anfangen können. Vielleicht, weil ich damals innerlich schon gewusst hatte, dass ich einfach nicht die lesbische Frau war, die ich zu sein geglaubt hatte. Doch heute war das anders. Wärme breitete sich in mir aus. „Die Flagge ist über fünf Meter lang und gut drei Meter breit. Die sieht man schon von den ganzen umliegenden Hügeln", hatte Aren mir erklärt.

Mir stiegen die Tränen in die Augen. Aren legte seinen Arm um mich: „Alles okay bei dir, Sweetie?"

Meinen Blick weiter gebannt auf die Flagge gerichtet, sagte ich zu ihm: „Ich hab das Gefühl, angekommen zu sein. Ich fühle mich zu Hause. Ich war nie so bei mir, wie ich es heute bin, und das ist das schönste Gefühl, das ich jemals hatte!"

Auch wenn es schön war, mit Aren hier zu stehen, hätte ich diesen Moment so gerne mit Assaf geteilt und freute mich schon so sehr auf ihn zu Hause. Wir hatten jeden Tag telefoniert und ich hatte ihm von all meinen Erlebnissen erzählt. Auch von Aren. Es gab mir ein gutes Feeling, dass ich mit Assaf alles teilen konnte und nicht das Gefühl im Nacken sitzen hatte, dass er eifersüchtig war. Im Gegenteil, er freute sich mit mir.

Zurück zu Hause erzählte ich ihm noch ausführlicher von meiner Reise und zeigte ihm ein Foto, das meine gewonnene Freiheit zum Ausdruck brachte wie kaum ein anderes Bild. „Wow. Was für ein schönes Bild, Leo!", sagte Assaf und zoomte mein Gesicht auf dem Display heran. „Wie du leuchtest!"

Tatsächlich strahlte ich übers ganze Gesicht in die Kamera und das aus gutem Grund. Am Tag vor meiner Abreise war ich mit Aren noch einmal zum Marshall's Beach gegangen. Den ganzen Weg am Strand entlang wiederholte ich innerlich, wie ein Mantra: *Heute traust du dich. Heute traust du dich, am Strand nackt zu sein.* Als ich das Bild vor mir sah, nah an Assaf geschmiegt, erinnerte ich mich an die wohlige Wärme der Sonne auf meiner Haut am Po an dem Tag. Inmitten vieler nackter Männer um mich herum stand ich da, am Fuße der Golden Gate Bridge, und zeigte mich und meinen nackten Körper der Welt. „Und weißt du was, Assaf, mein Körper ist schön. Das habe ich endlich selbst erkannt. Noch viel mehr: Ich habe einen nicht-binären Körper und es ist auch völlig okay, dass dieser genauso bleibt, wie er jetzt ist!"

Wir lagen gemeinsam aneinandergekuschelt im Bett und Assaf nahm mich fest in den Arm. „Leo, du bist wunderschön. Nicht nur dein Körper. Du als ganze Person! Dein Körper, deine Seele, all das gehört zusammen und macht dich zu dem wunderschönsten Menschen überhaupt! Du weißt, ich unterstütze dich in allem, was du für dich entscheidest."

Ich schaute Assaf an. „Für dich wäre es also kein Problem, wenn ich einfach so bliebe, wie ich bin, und keine weiteren OPs machen lasse?"

Assaf blickte ein bisschen misstrauisch. „Leo, glaubst du wirklich, dass das ein Problem für mich sein könnte?"

Ich merkte in dem Moment, dass meine Frage eigentlich bescheuert war und ich ihn damit ein bisschen getroffen hatte.

„Erinnerst du dich an das, was ich dir damals im Vondelpark auf Italienisch gesagt habe?", fragte er.

Jetzt nickte ich. Mittlerweile wusste ich auch, was es bedeutete.

„Ich sag dir das gerne auf allen Sprachen der Welt und wenn ich sie dafür lernen muss. Du bist attraktiv, heiß, sexy, süß und ich liebe dich und deinen Körper." Assaf strich mir über die Wange. „Das gehört einfach zusammen."

„Genau das ist es." Ich atmete tief durch „Die Reise nach San Francisco hat so viel mit mir gemacht und ich wünschte, du wärst mit dabei gewesen! So lange habe ich über weitere Schritte wie eine Genitalangleichung nachgedacht, weil mich immer wieder so viele Leute danach gefragt haben, wann's denn jetzt endlich weitergeht."

„Als würde sie das irgendwas angehen", warf Assaf mit einem kleinen Schnauben ein.

„Und ich dachte auch einfach immer, ich als trans Person muss das machen lassen, weil sonst stimmt ja was mit mir nicht. Heute weiß ich aber, ich will und, vor allem, ich muss das gar nicht. Mit mir stimmt alles! Mein Körper ist perfekt, so wie er jetzt ist."

Assaf strahlte mich wieder an, als er mir zuhörte. „Leo, es ist so schön, dich SO reden zu hören und deine Euphorie zu spüren! Ich liebe dich dafür noch ein kleines bisschen mehr!"

Diese Liebe spürte ich so sehr und wusste, diesen Mann lasse ich so schnell nicht mehr los. Ich hatte auch keine Sorge mehr, so wie damals bei Emmy, dass er mich womöglich verlassen würde, wenn ich ihm sagte, wer ich wirklich war. Assaf nahm mich ausnahmslos für den Menschen an, der ich innerlich war. Vielleicht war es auch genau das, was uns so stark miteinander verband. „Ich hab das Gefühl, dass ich dir nichts vormachen muss und genauso sein kann, wie ich wirklich bin. Das tut so gut! Und ich möchte, dass du auch immer bei mir du selbst sein kannst. Du bist mein Herzensmensch, Assaf."

„Und du bist meiner, Leo." Wir hielten uns eine ganze Weile einfach nur im Arm.

Endlich fühlte ich mich bei einem Menschen so sicher und geborgen, dass ich nicht wie damals bei Emmy das Gefühl hatte, ich könnte verlassen werden, wenn ich mein wahres Ich zeigte. Und so fuhr ich fort: „Und weißt du was? Ich habe das Gefühl, meine Suche hat endlich ein Ende. Ich fühl mich ja schon auf dem männlichen Spektrum wohl, mag mein männliches Äußeres – und auch das Adjektiv männlich als Beschreibung passt für mich grundsätzlich. Aber das ist halt auch nicht alles und ich bin mehr als einfach nur Mann. Ich weiß endlich, wer ich bin. Ich bin Leo und ich bin transmännlich nicht-binär."

DANKSAGUNG

Hallo noch mal :)!

Es ist geschafft, du bist mit mir bis zum Ende dieser kleinen Reise gekommen und ich danke dir für deine Begleitung! Dieses Buch war für mich im wahrsten Sinne des Wortes eine Reise – eine emotionale Reise zurück in die Vergangenheit. Zu Beginn, als Community Editions auf mich zukam, wusste keine*r von uns so genau, in welche Richtung dieses Projekt gehen würde. Es war nur klar, dass es ein Buch über meine vier Coming-outs werden sollte: lesbisch, trans, schwul und trans nicht-binär. Und nun halte ich selbst dieses Buch in den Händen und bin sehr, sehr glücklich.

Bereits 2008 hatte ich die ersten Zeilen einer Geschichte geschrieben, diese Idee aber nicht weiterverfolgt. Auch wenn ich nicht weiter aktiv geschrieben habe, ist das Vorhaben, ein Buch zu verfassen, mit meinen stetig wachsenden Lebenserfahrungen und dem ein oder anderen Coming-out, das dazukam, weitergewachsen. Im Januar 2023 habe ich angefangen zu schreiben und bin drei Monate später am Ende dieses intensiven Prozesses selbst überrascht, wie sich die Geschichte entwickelt hat. In alldem habe ich nicht einfach nur über meine Vergangenheit geschrieben – mit all ihren leuchtenden, glitzernden, aber auch dunklen und traurigen Facetten. Ich habe in der Entstehung der kleinen Welt rund um Leo viel über mich selbst und meine teilweise noch offenen Wunden erfahren dürfen.

Ich habe außerdem die Freude am „freien" Schreiben entdeckt. Als Akademiker bin ich es sonst gewohnt, in einem ganz klar abgesteckten Rahmen Texte zu verfassen. Sicherlich gibt es auch beim Schreiben eines Romans die eine oder andere Regel, die aber im Vergleich zum wissenschaftlichen Schreiben kaum aufgefallen ist. Zum anderen habe ich auch erfahren, wie befreiend und „reinigend" das Schreiben der eigenen Geschichte sein kann. Die tiefe Auseinandersetzung mit meiner Vergangenheit und eben den „offenen Wunden" war wahrlich alles andere als einfach. Aber dadurch, dass dieses Buch eben „nur" ein autobiografischer Roman – sprich eine Geschichte angelehnt an meine Biografie – ist, konnte ich die Chance nutzen, einzelne Passagen in meinem Leben neu zu schreiben. Leo durfte Dinge erleben, die ich als junge queere Person nie erlebt habe, aber dringend gebraucht hätte. Leo ist in seiner eigenen Biografie teilweise mit negativen Erlebnissen anders umgegangen, als ich sie selbst erlebt habe. Genau das bot mir die Möglichkeit, innerlich einen Prozess der Heilung anzustoßen, für den ich unglaublich dankbar bin.

Dankbarkeit gilt auch insbesondere all den wundervollen Menschen, die mich auf meinem Weg zu meinem heutigen Ich begleitet haben und zum Großteil auch immer noch an meiner Seite sind. Insbesondere gilt dieser Dank meiner Familie, meiner Patentante Isolde, meinem Mann Idán und meinen engsten Freund*innen. Ich weiß von vielen Menschen aus meiner Community, dass ein starkes soziales Netzwerk um sich herum nicht selbstverständlich ist, auch wenn es das eigentlich sein sollte. Ohne euch wäre ich nicht die standfeste Persönlichkeit, die ich heute bin. Auch wenn die Charaktere im Buch alle fiktiv sind, sind sie zum Teil von diesen wichtigen Menschen in meinem Leben inspiriert und ich möchte euch auf diesem Wege sagen: Ich liebe euch sehr!

Aber auch meine Widersacher*innen möchte ich anerkennen. Auch wenn ich mir manchmal weniger Steine auf meinem Weg zu mir selbst gewünscht hätte, haben mich auch die vielen negativen Erlebnisse zu dem starken Aktivisten gemacht, der ich heute bin. Durch die Hürden habe ich gelernt, immer wieder aufzustehen, auch wenn ich mal stolpere. Ich liebe die Arbeit, die ich heute mache, und bin dankbar, dass mein Management YOUciety, der Verlag Community Editions und die Lektor*innen mit mir hier Hand in Hand gehen, um allen Menschen die Schönheit der Vielfalt näherzubringen.

An all die wundervollen queeren Menschen – insbesondere die jungen queeren Menschen da draußen – DU BIST RICHTIG –, GENAU SO, WIE DU BIST! Du bist nicht allein!

Ich sehe dich, und unsere Geschichten sind wichtig und müssen erzählt werden. Bitte erzähl du der Welt auch deine Geschichte, denn sie ist wertvoll!

Und an unsere Unterstützer*innen, die uns tatkräftig beistehen: vielen, vielen Dank dafür! Wer sich für Vielfalt einsetzt, setzt sich am Ende des Tages für alle Menschen ein, und gemeinsam können wir nur gewinnen!

Ich wünsche mir jedenfalls zukünftig mehr Geschichten wie diese hier in den Händen von Leser*innen. Und wer weiß, wo die Reise von Leo oder von mir als Roman-Autor noch hingeht. Wir werden es sehen ;).

Vielen Dank für deinen Support!
Dein Max

GLOSSAR

Hier findest du Begrifflichkeiten, die im Bezug zu der im Buch angesprochenen sexuellen und geschlechtlichen Vielfalt wichtig sind. Die nachfolgende Liste ist nicht vollständig und es gibt viele weitere Begriffe die relevant sind, wenn wir über das gesamte Spektrum auf dem Regenbogen sprechen.

Asexuell/aromantisch
Personen, die keine bzw. wenig sexuelle und/oder romantische Anziehung zu anderen Personen verspüren. Aromantische Menschen müssen nicht automatisch asexuell sein (und umgekehrt).

Bisexuell
Personen, die sich zu unterschiedlichen Geschlechtern hingezogen fühlen und/oder mit diesen Beziehungen führen und/oder Sex haben. Eine Anziehung muss nicht immer ausgeglichen für alle Geschlechter gelten, es kann durchaus Präferenzen für ein Geschlecht geben.

Cis

Dieser Begriff beschreibt Personen, bei denen das bei der Geburt festgestellte Geschlecht mit der gelebten Identität übereinstimmt. Sprich, einer Person wird z. B. bei der Geburt das weibliche Geschlecht zugeschrieben, sie lebt eine Identität als Frau und fühlt sich mit der weiblichen Geschlechterrolle wohl, dann ist das eine cis Frau.

FtM

FtM steht für die englischen Begriffe „Female to Male", sprich „Frau zu Mann" (im Deutschen FzM) und beschreibt trans Personen, bei denen zunächst bei der Geburt das weibliche Geschlecht festgestellt wurde, sie sich aber auf dem maskulinen (männlichen) Spektrum wiederfinden.

Geschlechtsausdruck

Mit dem Geschlechtsausdruck vermitteln wir nach außen ein Bild, das häufig als weiblich, männlich oder androgyn (Verbindung aus weiblich und männlich) verstanden wird. Dazu gehören z. B. unsere Kleidung, unsere Frisur, die Art, sich zu bewegen, zu gehen oder auch zu sprechen. Der Geschlechtsausdruck muss nicht immer der gelebten Identität entsprechen und kann sich auch in unterschiedlichen Umgebungen verändern (z. B. dass man sich in der Schule anders kleidet als zu Hause)

Geschlechtsidentität
Die Geschlechtsidentität beschreibt das Gefühl zu dir selbst. Wie fühlst du dich im Bezug zu deinem Geschlecht, wer bist du? In meinem Fall ist meine Geschlechtsidentität trans nicht-binär. Eine Geschlechtsidentität muss nicht mit dem Geburtsgeschlecht übereinstimmen.

Inter
bzw. intergeschlechtlich, beschreibt Personen, bei denen eine vielfältige Entwicklung der Geschlechtsmerkmale auftritt. Diese Varianzen können bei den äußeren oder inneren Geschlechtsmerkmalen (Genitalien, Organen), Chromosomen oder den Hormonen im Körper auftreten.

Lesbisch
Frauen, bzw. weibliche und nicht-binäre Personen, die sich zu anderen Frauen bzw. weiblichen Personen hingezogen fühlen und/oder mit diesen Beziehungen führen und/oder Sex haben

LGBTQIA+
bzw. im deutschen LSBTQIA+, steht für Lesbisch, Gay/Schwul, Bisexuell, Trans, Queer, Inter, Asexuell/Aromantisch und das Plus dient als Platzhalter für viele weitere Identitäten von sexueller und geschlechtlicher Vielfalt.

MtF
MtF steht für die englischen Begriffe „Male to Female", sprich, „Mann zu Frau" (im Deutschen MzF) und beschreibt trans Personen, bei denen zunächst bei der Geburt das männliche Geschlecht festgestellt wurde, sie sich aber auf dem femininen (weiblichen) Spektrum wiederfinden.

Nicht-Binär
beschreibt Personen, die weder weiblich noch männlich oder nicht ausschließlich weiblich oder männlich sind. Viele, aber nicht alle nicht-binären Personen nutzen für sich auch das Label trans. Manche (trans) nicht-binären Personen haben eine stärkere Tendenz zu Feminität oder Maskulinität. Ich selbst bin nicht-binär und beschreibe mich aber auch als transmaskulin, also mit einer Tendenz zu Männlichkeit. Geschlechtliche Vielfalt über das Frau- oder Mannsein hinaus hat es schon seit Menschengedenken in allen Regionen der Welt gegeben und trans nicht-binäre Menschen sind genauso valide wie Personen, die Frau oder Mann sind.

Pronomen
Pronomen sind Begriffe, die wir im Alltäglichen verwenden, um über andere Personen zu sprechen, die z. B. gerade nicht anwesend sind. Weibliche Personen nutzen (meist) die Pronomen „sie/ihre", männliche Personen nutzen (meist) „er/ihn" und manche Menschen ganz unterschiedlicher Geschlechtsidentitäten nutzen gar keine Pronomen (sprich, man verwendet nur den Vornamen) oder auch sogenannte Neo-Pronomen wie „dey/dem" oder „xier/xiem". Menschen können auch einen Mix aus unterschiedlichen Pronomen

verwenden. Wichtig ist es, uns gegenseitig nach unseren verwendeten Pronomen zu fragen, damit wir uns richtig ansprechen können, denn man kann und sollte die Pronomen einer Person nicht immer vom Geschlechtsausdruck ableiten.

Queer
Queer beschreibt Personen, die aufgrund ihrer Sexualität oder Geschlechtsidentität außerhalb der gesellschaftlichen Norm leben. Queer kann als Überbegriff für lesbische, schwule, bisexuelle, trans, inter und asexuelle/aromantische Personen (LSBTIA+) verwendet werden. Auch wenn der englische Begriff früher mal ein Schimpfwort war, hat unsere Community den Begriff positiv besetzt und ich selbst bin heute stolz darauf, queer zu sein.

Schwul
Männer bzw. männliche und nicht-binäre Personen, die sich zu Männern bzw. männlichen Personen hingezogen fühlen und/oder mit diesen Beziehungen führen und/oder Sex haben

Sexualität
Die Sexualität (oder auch sexuelle Identität) beschreibt das Gefühl zu anderen Personen: In wen verliebe ich mich, mit wem führe ich romantische Beziehungen und/oder mit wem lebe ich meine Sexualität aus. Bei manchen Menschen bleibt die Sexualität ein Leben lang dieselbe. Bei anderen – wie z. B. bei mir (Max) – kann sich die Sexualität aufgrund unterschiedlicher Einflüsse im Lebensverlauf verändern. Emoti-

onale Präferenzen müssen auch nicht immer mit sexuellen Vorlieben übereinstimmen.

Trans
Der Oberbegriff trans beschreibt Menschen, bei denen das bei der Geburt festgestellte Geschlecht nicht mit der gelebten Identität übereinstimmt. In meinem Fall wurde z. B. bei meiner Geburt das weibliche Geschlecht festgestellt, aber ich lebe eine Identität als transmaskulin nicht-binär.

Transfeindlichkeit
Dies beschreibt die unbegründete Angst oder Abneigung gegenüber Personen, die trans sind oder als solche wahrgenommen werden. Leider erfahren trans Menschen heute noch viel gesellschaftlichen Ausschluss, Diskriminierung und Gewalt. Wichtig ist es, über geschlechtliche Vielfalt (wozu das Transsein zählt) aufzuklären und zu zeigen, dass wir genau das gleiche Recht auf Würde und Akzeptanz haben wie alle anderen Menschen auch.

Transition
Manche trans Menschen streben soziale, körperliche oder auch rechtliche Veränderungen an, um ihre Identität zu leben. Das nennt man Transition oder auch (Geschlechts-)Angleichung. Nicht alle trans Personen wollen das – und das ist völlig okay! Es gibt keinen richtigen oder falschen Weg, trans zu sein. Jede Person darf für sich allein entscheiden, welche Schritte die jeweilig richtigen sind. Egal ob Hormone, ein neuer Name oder Operationen: Nichts davon macht

dich mehr oder weniger trans. Du bist trans, wenn du das für dich erkennst.

Transmännlich/transmaskulin
Dies beschreibt trans Personen, die bei der Geburt zunächst dem weiblichen Geschlecht zugeordnet wurden, aber (eher) eine männliche/maskuline Identität haben. Manche bezeichnen sich als trans Mann, manch andere (wie ich) als transmaskulin nicht-binär.

Transweiblich/transfeminin
Dies beschreibt trans Personen, die bei der Geburt zunächst dem männlichen Geschlecht zugeordnet wurden, aber (eher) eine weibliche/feminine Identität haben. Manche bezeichnen sich als trans Frau, manch andere als transweiblich nicht-binär.

SUPPORT-ORGANISATIONEN UND ANLAUFSTELLEN

Solltest du selbst negative Erfahrungen mit Mobbing, sexualisierter Gewalt, Trans- oder Homofeindlichkeit gemacht haben oder dich über diese Themen informieren wollen, findest du hier Unterstützung:

Bundesverband Trans* e. V.
bundesweite Interessensvertretung und Dachverband

www.bundesverband-trans.de
Instagram: @bv_trans

HateAid
bundesweite Hilfe bei Hass- und Hetze im Netz

https://hateaid.org
Instagram: @hateaidorg

Lambda Bundesverband

bundesweites Netzwerk für LGBTQIA+ Jugendliche & junge Erwachsene mit digitalen und regionalen Gruppenangeboten

https://lambda-online.de/
Instagram: @lambda.bund

MANEO

regionale Hilfe bei schwulenfeindlichen Angriffen

www.maneo.de
Instagram: @maneo_berlin

Regenbogenportal

bundesweite Sammlung von Anlaufstellen mit Filterfunktion

https://www.regenbogenportal.de/angebote

Schlau NRW

Bildungs- und Antidiskriminierungsprojekt zu sexueller, geschlechtlicher und romantischer Vielfalt
(Schlau-Projekte gibt es auch in anderen Bundesländern)

www.schlau.nrw
Instagram: @schlau_nrw

Trans* Angebote NRW
regionale Sammlung an Anlaufstellen für trans Menschen in NRW mit Filterfunktion

 www.trans-angebote.nrw

Trans-Kinder-Netz e.V.
bundesweite Initiative von Eltern von trans Kindern & Jugendlichen

 www.trans-kinder-netz.de
Instagram: @transkindernetz

Trans Recht e.V.
regionale Unterstützung Bremen

 https://trans-recht.de

Queer Lexikon
Glossar mit vielen Begriffen rund um sexuelle, romantische und geschlechtliche Vielfalt

 www.queer-lexikon.de
Instagram: @queerlexikon

Übersicht Anlaufstellen für LGBTQIA+ Jugendliche & junge Erwachsene in Deuschland, Österreich & Schweiz

   https://tra-la-card.queer-lexikon.net

ÜBER MAX APPENROTH

Max Appenroth ist ein Kölner trans Aktivist, Autor, Public Speaker und im letzten Jahr der Promotion am Institut für Public Health der Charité Universitätsmedizin Berlin. Max hat es sich zu seiner Aufgabe gemacht, über die Schönheit gesellschaftlicher Vielfalt aufzuklären. Mit dem eigenen Unternehmen „diversity factory" bieten sein Team und er Weiterbildungen und Beratung rund um das Thema Diversity an. Auch auf Social Media spricht Max auf diversen Plattformen über die schönen Facetten von Vielfalt und den Benefit einer tiefgründigen Auseinandersetzung damit.
Mehr Infos: www.max-appenroth.com

ÜBER RORY MIDHANI

Unverwechselbar, vielseitig und sozialkritisch – so lassen sich die Werke des britischen Künstlers Rory Midhani beschreiben. Egal ob knallbunt oder schwarz-weiß, sie zeigen queere und trans Menschen, die ihr Leben in vollen Zügen genießen, und vermitteln Stolz, Akzeptanz und Freude. Damit ist Midhani einer der bedeutendsten Künstler in der LGBTQIA+ Szene mit Ausstellungen in ganz Europa und Nordamerika. Er lebt heute in Berlin.